LOVE & LIES ON CAMPUS

De la même auteure aux éditions

addictives

Toi + Moi. L'un contre l'autre
Toi + Moi. Envers et contre tout
Toi + Moi. Seuls contre tous
Call Me Baby – volumes 1 et 2
Love Me if You Can
Call Me Bitch
Kiss Me if You Can
Bliss. Le faux journal d'une vraie romantique – volumes 1 et 2
Jeux interdits
Jeux insolents
Fallait pas me chercher ! – volumes 1 et 2
Corps impatients (aussi en poche)
Cœurs insoumis (aussi en poche)
Bliss. Le faux journal d'une vraie romantique – l'intégrale
Âmes indociles (aussi en poche)
Cent facettes de Mr Diamonds – l'intégrale
Jeux imprudents
(Im)parfait
Une toute dernière fois
Love Me if You Can – l'intégrale
It's Raining Love!
Kiss Me if You Can – l'intégrale
The Boy Next Room
Call Me Baby – l'intégrale
Call Me Bitch – l'intégrale
PS: Oublie-moi!
Fallait pas me chercher ! – l'intégrale
Recherche coloc : emmerdeurs, râleurs, lovers… s'abstenir!
10 bonnes raisons de te détester !
Just 17
Love & Lies on Campus
Bien plus forte que toi !

EMMA GREEN

LOVE & LIES ON CAMPUS

addictives

À Hannibal Lecter et tous les gens délicieux qu'il a croisés.

« Il n'y a pas d'amour ni d'amitié qui croise le chemin de notre destinée sans laisser de marque pour toujours. »

François Mauriac

TABLE

I

PAS TOUCHE
À BABY TILLIE

1

GO !

Arlo

T-shirt gris et rouge, le S et le D entrelacés sur le cœur, casquette noire au logo rouge et blanc, autocollant à l'arrière de mon pick-up : ça y est, je suis à nouveau un Aztec de San Diego. L'été à Queen Creek s'est étiré comme un gros feignant, et je serais sans doute mort de chaleur et d'ennui sans Colleen et mon petit boulot de barman. Mais la vie reprend enfin. Et j'ai toujours le cœur qui bat un peu plus vite et le sang qui pulse un peu plus fort en me garant sur le parking du campus.

Comme à chaque rentrée.

Pour cette quatrième année qui devrait normalement être la dernière, pas de dortoirs communs, de chambre minuscule, de salle de bains partagée ou de queue à faire devant un micro-ondes dégueulasse : un grand appart m'attend sur le campus, avec mes trois colocs. Cette année de *Senior* s'annonce prometteuse.

– *Go*, Aztecs, *go* !

Mon meilleur pote, Todd, fait tournoyer son poing près de son oreille en me voyant arriver, puis vient le coller contre mon poing en mimant une explosion. Derrière lui, le défenseur central de l'équipe de soccer, alias le mec le plus baraqué que je connaisse, *aka* Hector Vargas « Pousse-Toi Je Passe », porte une armoire sur sa tête comme si ça pesait le poids d'un livre. Il trouve même le moyen de me faire un signe de la main. Je vais chercher mon sac et mon unique carton d'affaires à l'arrière du pick-up et les suis jusqu'à l'appart.

– Bière ?

– Il est onze heures et demie du mat, Arlo.

– OK, bière, alors.

L'entraînement ne reprend que demain, et j'ai roulé cinq heures sous le cagnard depuis Queen Creek, Arizona. J'ai bien mérité celle-là. Il fait quarante degrés chez moi, et le bled de mon enfance m'a toujours étouffé, je respire bien mieux à San Diego. À moins que ce ne soient les potes, les cours, l'entraînement, les fêtes, les meufs… Tous les possibles qui s'ouvrent ici.

– Mec, est-ce qu'on est sûrs pour Colleen ?

– Trop tard, elle arrive.

Je balaye sa question de la main. Pendant qu'on regarde Hector transporter des meubles et les coller au mur comme des adversaires à détruire, Todd recommence avec cette histoire de quatrième colocataire de sexe féminin. Il ne s'en remet pas.

– Les colocs ne sont pas censées être mixtes, sur le campus.

– C'est complètement con. Et discriminant pour les gays, fais-je en haussant les épaules.

– Ouais, mais c'est la règle.

– Détends-toi, elle s'est inscrite au nom de Colin.

– Cette meuf ne fait jamais rien comme tout le monde… On va avoir des emmerdes.

– Todd, j'ai dit que je m'en occupais, OK ?

– Ouais, on voit très bien comment tu vas t'en occuper… Hector se marre en revenant avec un mini-frigo sous le bras.

Je lui balance une capsule de bouteille en pleine tête, il me la renvoie du pied et je me mets à jongler avec avant de faire une passe à mon autre coloc crispé.

– C'est ma meilleure pote depuis qu'on a 11 ans. Ça doit être la dixième année qu'on est dans la même classe, qu'on joue au foot ensemble et qu'on dort parfois dans le même lit, vous pouvez lâcher l'affaire avec ça. Colleen et moi, c'est de l'amitié, et ça ne sera jamais rien d'autre.

– Depuis quand ça existe, l'amitié fille-garçon ? me demande le baraqué.

– Depuis qu'on a mis des cerveaux dans la tête de gorilles comme toi pour faire un peu évoluer l'espèce…

– Ah bon ? Moi je croyais que je devais juste assurer le renouvellement des générations…

Et Hector rigole en essayant de se reproduire avec le petit frigo qu'il tient fermement par les hanches.

– Salut les arriérés mentaux ! lance Colleen en franchissant la porte. J'ai dit à ma petite sœur qui entre en première année demain de se méfier des beaux gosses blondinets comme Todd Kennedy. J'avais oublié les Latinos musclés sans cervelle comme Hector Vargas. Tiens, ils t'ont laissé sortir du Mexique, toi ? Ou t'as juste défoncé le mur à la frontière en faisant le bélier avec la tête ?

Je me marre en allant chercher son balluchon plus gros qu'elle.

– Vas-y mollo, lui soufflé-je.

– Putain, elle me fatigue déjà, soupire Todd.

– Je sens qu'on va bien se marrer ! lance Hector en sautant comme une brute pour s'asseoir sur le mini-frigo.

Un bruit de casse provient de l'intérieur, et on rit tous les trois pendant que Colleen nous traite de brutes épaisses et de débiles mentaux, sourire aux lèvres. Je ne sais pas comment autant de virulence peut sortir d'un corps si fluet. C'est ce qui la rend si bonne au soccer : longues jambes rapides, muscles nerveux, mise en action explosive, peur de rien, et fierté mal placée qui lui donne envie d'en découdre avec tout ce qui est a priori plus grand ou plus fort qu'elle.

Il n'y en a pas deux comme Colleen Sinclair.

Et heureusement pour moi.

– On va courir ? me propose-t-elle.

– Déjà ?

– Ouais, on va laisser les quatre gros bras s'occuper de casser des trucs. J'ai passé trop de temps en voiture, faut que j'aille me défouler un peu.

– Comme tu veux.

Je tends ma bière à peine entamée à Todd et je la suis sans résister. Après avoir enfilé nos baskets, on rejoint le stade de la fac, presque désert, et on se met à courir en silence. C'est toujours comme ça qu'on commence. Ma meilleure amie est remplie de démons à exorciser, névroses et addictions en tout genre. Elle a toujours des envies subites, des besoins impérieux et elle prend systématiquement ses décisions sur un coup de tête. En général, je la laisse faire en surveillant de loin. Parfois j'interviens.

Je connais Colleen par cœur. Elle mange peu, dort peu, parle beaucoup mais jamais d'elle. Change souvent d'avis. Abuse encore parfois de trucs auxquels elle n'a plus le droit de toucher, normalement. Oublie ses bonnes résolutions aussitôt qu'elle les prend. Se fait tatouer à chaque coup dur. Déteste la terre entière sauf moi, et parfois quelques autres. Mais j'ai toujours été là pour elle autant qu'elle pour moi. Il y a une sorte de pacte silencieux entre nous. Mais indestructible.

Depuis toujours, sa famille est un peu la mienne. On a grandi ensemble, ses parents se sont souvent occupés de moi quand les miens avaient mieux à faire avec mon frère. À partir du collège, Colleen m'a aidé à faire mes devoirs, je l'ai aidée à se faire des potes. À l'époque, elle se pensait bizarre, coincée, asociale, inadaptée au monde et trouvait que tout était facile pour moi.

Pourtant, je me sentais seul. Populaire peut-être, mais secrètement seul.

Alors j'ai eu l'impression d'être utile avec cette mission impossible : la comprendre et la protéger. Elle se sentait en cage, chez elle (bonne famille, parents stricts, règles par milliers). Moi, je ne savais même pas quoi faire de toute ma liberté, à part essayer de mal tourner. Elle voulait que je la rende cool. J'aimais qu'elle me rende important. Voilà à quoi on a passé notre enfance et notre adolescence, tous les deux. À refaire le monde, à chercher notre place, à créer notre univers rien qu'à nous, à jouer au foot en s'inventant stars du ballon rond ou commentateurs sportifs, à se raconter nos premières fois et nos secrets, à se marrer et à se soutenir quoi qu'il arrive. Colleen Sinclair m'a empêché de faire des conneries, je lui ai interdit de ne rien faire de sa vie. Et, puis les choses se sont inversées, parce qu'elle est tombée dans les extrêmes et n'a pas su s'arrêter. Je culpabilise pas mal de l'avoir entraînée là-dedans, je pensais que c'était ce dont elle avait besoin. Maintenant, je dois la protéger d'elle-même.

C'est fou à quoi ça tient, une amitié.

Mais celle-ci ne ressemble à aucune autre : on a la même passion pour le foot, on rêve tous les deux de devenir journalistes sportifs et on a la même ambition de ne plus jamais remettre les pieds à Queen Creek. Elle est la seule fille dont j'aie jamais été proche, alors que je me suis collé à plein d'autres. Todd et Hector sont de très bons potes de fac, mais Colleen est de loin mon meilleur copain. Et je me fous bien que tout le monde ou presque l'envie, la juge ou la déteste. Ou que la terre entière nous croie ensemble : cette meuf, c'est mon double.

– Tu lambines, Sinclair ! soufflé-je entre deux foulées. À quoi tu penses ?

Je lui balance un petit coup de coude, et elle sort de ses pensées avant d'accélérer devant moi.

– Aux cent mètres que je vais te mettre dans la face, Sheridan…

Tu parles.

Je la rattrape sans trop forcer, mais j'attends le deuxième tour de stade pour recommencer à lui tirer les vers du nez.

– Comment ça va, derrière ce sourire qui ne dit pas tout, Colleen ? Tu te tiens à notre programme… ?

– Je *déteste* ton putain de programme. Mais rien à signaler de ce côté-là, je suis clean.

– Tant mieux. Alors quoi ?

– Rien de très nouveau, j'ai envie de tout sauf de reprendre les cours…

– Il ne nous reste qu'une année pour le *bachelor*, ça va le faire.

– Toi, tu veux ce diplôme, Arlo. Moi je voudrais juste me barrer faire le tour du monde avec un sac à dos, et ne plus voir vos sales gueules à tous.

Elle se marre mais je devine qu'il y a une petite part de vérité là-dessous.

– Désolé mais ton père m'a demandé de t'empêcher de fuguer à nouveau…

– Je m'en fous, je cours plus vite que toi.

– Ça fait dix ans que tu répètes ça et je ne t'ai jamais vue aller plus loin que l'Arizona.

– Continue comme ça et je te fais bouffer ta casquette d'Aztec.

– *Go*, Aztecs, *go* ! lui crié-je pour l'agacer.

Et je cours en marche arrière en augmentant la cadence pour la provoquer. Elle répond à mon sourire en piquant un sprint dans la dernière ligne droite. Je fais semblant de la laisser gagner – mais c'est vrai qu'elle court au moins aussi vite que moi.

Puis on reprend notre footing à une allure plus cool, et je change de sujet :

– Alors comme ça, ta sœur va vraiment faire sa rentrée à la San Diego State University ? Dans ma tête, Baby Tillie aura toujours 12 ans.

– 18… Moi aussi j'ai du mal à y croire.

– Je pensais qu'elle irait à la fac à Phoenix pour rester en Arizona, près de…

– Elle fait tout comme moi, qu'est-ce que tu veux ? ironise la brune.

Elle allonge à nouveau la foulée en espérant me semer et clore ce dossier… Mais elle n'a aucune chance d'y arriver. De toute l'équipe de soccer de ce campus, je suis le plus rapide. Pas le plus bosseur, jamais le premier ni le dernier à l'entraînement, pas du genre à manger sainement, ou à me coucher tôt les veilles de match, pas le profil pour être capitaine ou chouchou du coach, mais personne ne peut m'empêcher d'atteindre mes objectifs et d'obtenir ce que je veux.

– Reviens ici, Sinclair, et passe aux aveux. Ça t'emmerde que ta petite sœur marche dans tes pas ?

– Non, elle peut bien faire ce qu'elle veut.

– Mais… ?

– Rien.

– Tu as peur qu'elle te colle ?

– Non.

– Qu'elle raconte tes « exploits » à tes parents ?

– Elle ne ferait pas ça.

– Qu'elle découvre qui tu es vraiment ? fais-je en me marrant.

– Je veux être libre, Arlo.

Colleen s'arrête net et se penche en avant pour reprendre son souffle, les mains en appui sur les genoux. Ses cheveux lui tombent devant les yeux et lui cachent presque tout le visage. Je sais qu'elle reste comme ça uniquement pour masquer son trouble, sa colère, peut-être son envie de pleurer. Alors je la soulève par un bras et une jambe, l'installe en travers de mes épaules comme un sac et l'emmène jusqu'à la pelouse. Je la laisse tomber par terre et je m'allonge à côté d'elle dans l'herbe.

– Tillie est cool. Ça va bien se passer… tenté-je pour la rassurer.

– On ne pourrait pas être plus différentes.

– Je sais. Mais tu as une sœur qui s'intéresse à toi, qui t'admire et qui t'aime comme tu es. C'est déjà pas mal…

– Pas envie d'avoir à m'occuper d'elle. Encore moins qu'elle s'occupe de mes affaires.

– Je m'en occuperai si besoin, OK ?

Colleen soupire en regardant passer les nuages. Je tourne la tête pour fixer son profil tendu. Je crois qu'elle a encore maigri. Et que je ne connais pas ce tatouage qui dépasse à peine derrière son oreille. Je pense à sa petite sœur, mais l'image est floue : je n'ai pas vu Tillie Sinclair depuis pas loin de deux ans, il me semble. Je reviens le moins possible à Queen Creek, ces derniers temps. Dans ma tête, Baby Tillie est une version soft et édulcorée de Colleen, aux angles arrondis : plus de joues, plus de seins, plus de fesses, moins de gros mots, moins de démons, moins de défauts. Plus petite, moins allumée. Plus souriante, mais pas autant de personnalité. Les cheveux moins foncés, les avis moins tranchés. Chouchoute des parents. Marrante, mais un peu gamine. Gentille et réservée. Pas follement intéressante.

Il faut dire que je ne m'y suis jamais vraiment intéressé.

– On rentre ? J'ai envie d'une douche !

Colleen saute sur ses pieds : les trois minutes de contemplation sont apparemment terminées. Et elle a suffisamment vidé son sac pour pouvoir reprendre le cours de sa journée.

– Merci pour la séance de nuages. Je déteste vraiment cette phase du programme, me ment-elle en souriant.

– À ton service, fais-je en me relevant. Je ne t'accompagne pas, il faut que je passe au bureau des étudiants pour régler mes derniers frais d'inscription.

– OK… T'aurais dû me dire si tu avais besoin de fric.

– C'est bon, Colleen. J'ai bossé tout l'été, j'ai fait un nouveau prêt, ça va bien se passer.

– Tu peux arrêter de répéter ça ? grogne-t-elle.

– Ça. Va. Bien. Se. Passer. Ou peut-être pas. Mais même ça, ça ira.

Je lui rends son sourire et on échange notre *check* habituel : les tranches de nos poings serrés qui se frappent trois fois. Normalement, on répète aussi trois fois : « Ça va bien se passer », mais je crois qu'elle a eu sa dose pour aujourd'hui. Je m'éloigne en lui lançant :

– Si Todd et Hector continuent à s'accoupler avec le mobilier, n'appelle pas les flics. Je te rappelle que c'est toi, la coloc clandestine.

Colleen me fait d'abord un joli doigt d'honneur, puis colle son majeur sur sa bouche pour me faire signe de me taire. Elle repart en courant vers l'appart et je traverse le campus jusqu'au bâtiment administratif. Je croise quelques têtes connues, un prof de l'an dernier, un ex-joueur blessé de l'équipe de soccer, j'échange des « Hey ! » de loin, une accolade avec une ex qui se plaint en riant que je sois tout transpirant, je lui dis que je l'appellerai sans savoir si je le ferai, deux jeunes mecs lancent un « *Go*, Aztecs, *go* ! » sur mon passage et je retrouve peu à peu mes marques dans ce labyrinthe familier. J'adore cette atmosphère frémissante de veille de rentrée, avant que la fac s'anime vraiment. Ma BFF va plutôt bien. Mes colocs sont fidèles à eux-mêmes. Notre appart est sympa et notre quatuor prometteur. Je compte bien profiter de cette année d'université sans bouder mon plaisir.

Qu'est-ce qui pourrait mal se passer ?

Je frappe deux coups à la porte du bureau des inscriptions et une autre porte du couloir s'ouvre juste à côté. Trois profs en sortent, dont deux qui servent apparemment de guides à celui du milieu. Mon cerveau a du mal à croire à ce que mes yeux découvrent : le visage de mon frère, son putain de sourire radieux, ses fringues à la con, sa coupe de cheveux qui a besoin de se faire remarquer et sa mallette de prof qui cherche à asseoir sa légitimité.

Jay Sheridan, prof à la San Diego State University ?

Ma colère monte et je sens la sueur perler sur mon front qui brûle. Pas besoin de courir pour transpirer, le choc suffit. Il y a plus de cinq mille facs dans ce pays, une cinquantaine rien qu'en Arizona, alors qu'est-ce qu'il est venu foutre là ? *Chez moi.*

Bien sûr que non, je ne suis pas au courant : on ne partage rien, lui et moi.

Sauf un nom de famille qui fait semblant de nous unir et qui n'y est jamais parvenu. Toutes mes stupides blessures d'enfance remontent à la surface comme si on venait de gratter les plaies pour les rouvrir, juste pour le plaisir.

Je ne le hais même pas. C'est moins que ça. Je ne veux juste pas de lui dans ma vie. Pas ici.

Mon frère aîné ne remarque même pas ma présence. Il s'éloigne pendant que je bous sur place.

Ça va bien se passer, ça va bien se passer, ça va bien se passer…

2

OH, SISTER

Tillie

– Tu te bouges, Till' ? soupire ma sœur en sautillant dans son microshort destroy en jean noir.

– Désolée si je n'ai pas été livrée avec tes jambes de six kilomètres…

– Pauvre chérie. Je te les échange contre ton QI de cent vingt.

Colleen s'immobilise après trois pas, me fixe dans les yeux en passant sa main tatouée dans son carré court, puis change d'avis en rigolant.

– En fait, non. Je ne saurais pas quoi faire de toute cette intelligence…

Elle repart aussi vite en saluant un mec, puis un groupe de filles sur son passage. Elle semble chez elle, ici, sur le campus colossal de la San Diego State University. Pas moi.

Mais j'ai décidé que je n'aurais pas peur.

Que si Colleen pouvait le faire, alors moi aussi. De nous deux, ma sœur aînée a toujours été la plus téméraire, la plus rebelle, libre, impulsive, fonceuse. Elle était un peu bizarre, avant, mais elle est devenue cool. C'est la fille qu'on traite de *badass* d'une voix envieuse. Celle qu'on remarque en un regard, qui plaît aux garçons, les mauvais comme les bons, qui n'a pas peur de se faire des ennemis et n'a pas à hausser le ton pour qu'on l'écoute jusqu'au bout.

À peu près tout mon contraire.

Trois ans et un monde nous séparent. Jusqu'à aujourd'hui, j'ai eu une fâcheuse tendance à m'excuser d'exister. Discrète, mesurée, parfois effacée, toujours raisonnable, facile à vivre pour ne déranger ou ne décevoir personne. Sauf moi. Je n'aime pas grand-chose chez moi et n'ai jamais su agir sans réfléchir… Mais ça ne m'empêche pas d'avoir de l'ambition, de vouloir exister, à ma façon.

Je crois que j'attendais juste mon heure.

Alors cette année, les choses vont changer. Vivre dans l'ombre de ma sœur, c'est du passé. Si j'ai atterri dans la même fac qu'elle, c'est simplement parce que San Diego propose le meilleur cursus de la côte ouest en architecture – et peut-être aussi pour quelqu'un d'autre, que je ne citerai pas. Mais je compte bien trouver mon propre chemin, ma voix pour qu'on m'écoute, ma propre lumière pour apprendre à briller.

– Tillie Sinclair « nouvelle version », bienvenue à la fac ! scandé-je pour m'encourager.

Devant moi, Colleen se retourne, me toise d'un air amusé, puis m'attrape par le poignet pour que j'accélère.

– Si tu veux te faire des potes, je te déconseille de passer pour une tarée en te parlant à toi-même… précise-t-elle. Allez, viens, je sens que cette visite guidée va prendre un siècle !

– Tu sais combien d'années ça fait, un siècle ?

– Continue à faire ta maline et je te largue au milieu du campus…

Sa menace me fait marrer. On échange un sourire, elle me met un petit coup d'épaule qui m'arrache un râle exagéré et c'est moi qui la traîne jusqu'au stand de café à emporter.

– Noir pour la grande, commandé-je au type derrière son comptoir sur roues.

– Lait et vanille pour la petite, ajoute ma sœur.

Tandis que je dégaine un billet de dix dollars pour payer, Colleen va discuter avec deux mecs qui passent par là. Un blond plutôt mignon et un immense brun tout en muscles. En percevant des bribes de leur conversation, je crois entendre qu'ils habitent dans le même appartement.

Ce qui est absolument impossible.

Mais impossible n'est pas Colleen. Colleen *EST* l'impossible.

Quand la rebelle me rejoint, elle boit une dernière gorgée de café, puis balance son gobelet vide en l'air, le rattrape du bout du pied et shoote en visant la poubelle. But. Très fière de son action, elle m'annonce la suite du programme :

– Bibliothèque. Cafétéria. Gymnase. Dortoirs. Et basta !

– C'était qui, ces mecs ?

– Todd et Hector ? Juste des potes…

– Des potes qui te rappellent que c'est ton tour de remplir le frigo ?

La cachottière se retient de sourire et continue sa route sans passer aux aveux :

– C'est juste des conneries, Till', laisse tomber…

– Colleen…

– Tu es sûre que tu tiens à visiter la bibliothèque ? Ce n'est pas franchement de culture générale que tu manques, c'est plutôt de…

– Ne change pas de sujet. Tu vis avec ces gars ?

– C'est interdit sur le campus et tu le sais, lâche-t-elle en remuant les sourcils.

– Donc tu vis avec ces mecs.

– Parle moins fort ! Et oui, je vis avec ces deux mecs. Plus Arlo.

– Arlo ?

– Oui, Arlo.

– Je… Arlo Sheridan ?! « Ton » Arlo ?

– Oui, je te dis ! On va répéter son prénom combien de fois, là ?

Je sens mon cœur battre un peu plus fort qu'il ne devrait.

– Ne dis rien aux parents, hein ?

– Non, non…

– Ils me feraient encore le coup de : « Colleen, si tu ne rentres pas dans le droit chemin, on te coupe les vivres, on te renie ou on t'envoie dans un camp de redressement qui nettoiera ton corps de tous ses péchés, te rendra ta virginité et t'évitera la prison ! »

Je fais semblant de rire à ses élucubrations, mais en réalité, j'en suis restée à Arlo.

Son Arlo…

***

– Oh, merde, soupire ma sœur un peu plus tard. Ça me rappelle ma première année…

J'ignore sa moue de dégoût et pénètre dans *ma* chambre, celle qui m'a été assignée au premier étage du bâtiment A réservé aux *freshmen*. Il y a deux lits, mais je suis apparemment la première à m'installer.

– Prie pour que ta coloc soit à peu près normale, continue la pile électrique. Parce que vous n'allez pas seulement dormir à trois mètres l'une de l'autre, vous allez aussi respirer le même air étouffant, vous voir à poil matin et soir, sûrement partager vos mecs et vos maladies…

– Personne ne t'écoute, Colleen…

– Imagine… La fille chante du Britney Spears dans son sommeil.

– Tais-toi.

– Elle est contre le déodorant.

– Ferme-la.

– Elle se tape les mecs deux par deux, les ramène ici et ne t'en laisse pas un seul.

– Stop !

Je me bouche les oreilles et tente de m'approprier mon nouveau chez-moi. La pièce n'est pas immense, occupée par de rares meubles qui ne sont pas de première jeunesse, il y fait très chaud mais les deux grandes fenêtres laissent filtrer une belle lumière. Je choisis immédiatement le lit du côté gauche – celui du cœur, en m'abstenant bien d'expliquer cette stupide raison à ma sœur qui exècre mon romantisme. Je me laisse tomber dans un soupir sur le vieux matelas un peu jauni.

– Debout ! aboie Colleen qui se tient au milieu de la pièce, les bras en l'air, le visage paniqué.

– Pourquoi ?

– On ne sait pas ce qui s'est passé sur ce matelas avant que tu poses tes fesses dessus ! Mets au moins un drap si tu veux éviter de choper une saloperie !

– Et moi qui te pensais intrépide…

– Crois-moi, Tillie, je cherche à te protéger. Il se passe *beaucoup* de choses sur ce campus. Des choses qui laissent des traces… ou des fluides… Lève ton cul !

Je fais une grimace et me redresse d'un bond en frottant énergiquement mes fesses.

– Il faut que je me change, fais-je soudain. Le type de l'accueil a dit que mes valises seraient dans la salle commune.

Je quitte ma chambre, longe le large couloir rythmé de portes en bois et croise des tas de visages inconnus. Je visite au passage la salle de bains partagée, ses lavabos et ses cabines de douche, puis je finis par tomber sur une vaste pièce aux murs gris, équipée d'une large télé, de bibliothèques, de tables hautes et basses, de vieux canapés en cuir et de fauteuils affaissés. Une fille à lunettes est assise dans l'un d'eux et joue à Bubble Shooter sur son téléphone, tandis qu'une jolie Black lit le nouveau *Hunger Games,* la bouche entrouverte. Aucune d'elles ne lève les yeux vers moi et j'hésite un instant à les saluer pour me présenter, mais aucun son ne sort de ma bouche.

Je repère le coin où sont parqués les bagages, distingue mes deux valises rouges au milieu des autres, m'en empare et retourne dans le couloir.

– Je ne suis pas près de me faire des amies… marmonné-je pour moi-même.

– Lucide !

Je sursaute en me rendant compte que ma sœur me suit.

– Tu es encore là, toi ?

– Je suis partout, Tillie… fredonne-t-elle d'une voix qui est censée me foutre les jetons.

– Tu me fatigues, Colleen.

– J'ai promis à Jojo que je ne te lâcherais pas le premier jour…

Je souris en pensant à notre petit frère protecteur resté en Arizona et je cède à ma sœur la poignée de ma deuxième valise – la plus lourde. Ça lui apprendra à toujours avoir le dernier mot.

– Donc tu habites avec Arlo ?

– Voyons voir ce que tu as fourré là-dedans…

Ma question reste sans réponse.

De retour dans ma chambre, alors que Colleen essaie la moitié de mes fringues et s'en met quelques-unes de côté, je troque enfin mon jean contre une jupe légère. Ça fait trois ans qu'on ne vit plus ensemble, sauf lors de ses rares passages à Queen Creek pendant les vacances universitaires. Je ne saurais dire si ma sœur aînée m'a manqué ou pas. Nos relations ont toujours dansé sur un fil tendu entre amour, rejet, complicité et rivalité. Mais je dois bien avouer que je me sens un peu rassurée de la savoir là, sur le même campus que moi.

Je garde cet aveu pour moi et fais silencieusement mon lit, vide ma valise de fringues dans la penderie qui m'est réservée, puis m'attaque à la seconde, dans laquelle j'ai transporté mes livres, carnets de dessin, photos et autres objets de décoration que j'ai jugés indispensables. Un petit tapis douillet, une lampe de chevet, mon réveil corgi, l'affiche du film *Le Silence des agneaux* et quelques babioles qui me tiennent à cœur.

– T'es sérieuse, là ?

– Quoi ?

– Tillie, tu as vraiment ramené ce poster *creepy* qui pourrissait déjà ta chambre à la maison ?

– J'adore ce film…

– J'adore Jared Leto, ce n'est pas pour ça que je le placarde sur mon mur.

Son visage change d'expression. Je devine l'image salace qui se dessine dans son esprit.

– Quoique… En fait, si, je plaquerais bien Jared contre mon mur… Et il passerait un sale quart d'heure.

Je reprends mes rangements en essayant de toutes mes forces de ne pas comparer mon ennuyeuse et presque honteuse inexpérience à toutes les expériences sexuelles de ma sœur et à sa façon décomplexée d'en parler.

– J'ai déjà repéré un beau gosse dans le bâtiment B, lâche-t-elle alors.

– Parce que tu veux te taper un Première Année, maintenant ?

– Pour toi, idiote…

– Sans façon.

– Tu comptes rester vierge jusqu'à tes 40 ans ?

Je lui balance mon coussin en pleine face et rétorque :

– Si je me fie à tes goûts habituels, il boit comme un trou, fume des joints, est tatoué de partout, ne se rase jamais et ne se douche pas souvent…

– Oh, *sister,* tu viens de décrire le mec idéal, fait-elle en s'éventant.

– Colleen, je ne veux pas de mec, je veux devenir architecte.

– Quel rapport ? se marre la brune.

– Je compte passer cette année à étudier, pas à me taper tout ce qui bouge !

– C'est de la discrimination contre ceux qui ne bougent pas, ça…

– Qu'est-ce que…

– Quoique, c'est vrai que se taper des morts, c'est un peu dégueulasse…

– COLLEEN !

Ma sœur débloque, comme c'est souvent le cas. Mais sa bonne humeur un peu perchée finit par être contagieuse et, dans sa bouche, même les pires horreurs arrivent à me faire sourire. Elle se marre en s'emparant de mon sweat bordeaux, je lui arrache des mains pour le ranger précieusement dans ma commode.

– Hey !

– Jonah me l'a offert, celui-là. Pas touche…

La rebelle n'insiste pas, elle sait ce que ce sweat représente pour moi. Au moment où elle se jette sur mon lit, on frappe à la porte. Deux coups francs, secs, virils.

Et le plus beau visage que mes yeux aient jamais croisé apparaît. Ce visage que je connais par cœur, même si je ne l'ai pas admiré depuis presque deux ans. Sous cette masse de cheveux châtain foncé qui ont tendance à boucler, un regard vert profond qui vous happe en un instant, puis un nez droit et fin, des pommettes saillantes, une mâchoire bien dessinée, des lèvres pleines. Et cette peau hâlée parsemée de quelques grains de beauté bien placés, un sous l'œil gauche, un autre près de la bouche, impossible à oublier, difficile à seulement arrêter de regarder, sur lequel vous rêvez de promener vos doigts, vos lèvres…

Le meilleur ami de ma sœur pénètre dans mon espace et prend déjà toute la place.

Ses deux têtes de plus que moi, ses épaules carrées, ses avant-bras musclés, ses jambes fièrement plantées dans le sol.

Voilà Arlo Sheridan.

Le premier, l'éternel, le seul crush de toute ma vie.

3

« BABY TILLIE »

Tillie

Son silence à lui est différent.

Sans prononcer un seul mot, il me parle. À l'intérieur. Il fait battre mon cœur à tout rompre, frissonner ma peau, il réchauffe tout mon corps.

Et depuis toutes ces années, Arlo n'a pas la moindre idée de l'effet qu'il a sur moi – personne ne le sait. Je crois qu'il ne m'a jamais considérée comme une fille… qui a des attributs de fille… et pourrait peut-être, un jour, qui sait, si un miracle survenait, avoir une vie amoureuse…

D'ailleurs, ses yeux me quittent déjà pour aller se poser sur la brune étendue sur mon lit.

– Salut, Tillie. Tu peux foutre ta sœur dehors, histoire qu'elle évite de louper le premier entraînement de soccer de la saison ?

– Merde, putain, bordel, j'ai pas mes affaires ! s'écrie l'intéressée.

– Elles sont là…

Son meilleur ami lui balance le sac qu'il tenait sous le bras, et elle pousse un cri de joie.

Moi, je fixe celui que j'aime en secret, son visage doux, son regard profond, son corps devenu robuste, emprisonné dans ce maillot brillant, noir et rouge. J'étais déjà folle de lui en grandissant, alors qu'on n'était qu'adolescents, mais ce que je ressens aujourd'hui, à cet instant, est indescriptible. Arlo est devenu un homme, vraiment. Un homme qui me coupe le souffle et me fait ressentir des trucs nouveaux. Encore plus forts. Et une fois de plus, je me sens minuscule à ses côtés. Invisible.

Colleen ne voit qu'Arlo. Arlo ne voit que Colleen.

Je leur envie leur complicité, cette relation si particulière, fusionnelle qui, un jour, même s'ils jurent le contraire, pourrait devenir amoureuse. Et j'en frissonne. Je les imagine main dans la main. *Ensemble.* Leurs bouches soudées. Leurs corps aimantés. Et je me vois déjà faire un discours le jour de leur mariage.

« Aujourd'hui s'envole ma seule chance d'être heureuse en amour.

Vive les mariés ! »

Je secoue énergiquement la tête en espérant chasser cette vision d'horreur et me remettre les idées en place. Pendant que la rebelle troque sa tenue sexy pour son maillot de foot rouge et noir, sans une once de pudeur, le garçon aux iris olive me fixe à nouveau.

– Baby Tillie a bien grandi…

– Oui, donc tu peux arrêter avec les « Baby », grommelé-je, vexée qu'il me traite comme une gamine.

Il l'a toujours fait et ça n'a pas l'air de vouloir changer. Comme si l'univers avait décidé que trois ans d'écart équivalaient à une sentence à vie.

– Baby Tillie a aussi appris à se rebeller, apparemment ?

– Je sais surtout où ça fait mal, si je balance un genou dans ta direction…

C'est sorti tout seul, mais ma voix un peu tremblante a trahi mon émotion. Ce mélange de colère et de frustration qui parvient à chasser ma timidité. Je ne suis plus une enfant, je voudrais qu'il le réalise. Le reste du monde peut bien me traiter comme une ado attardée s'il le souhaite, mais pas lui.

Lui, je veux qu'il me voie vraiment.

On se jauge du regard quelques secondes. Un petit trou se forme au creux de mon ventre, une petite flamme s'allume mais je garde ces sensations bien enfouies. Arlo sourit, je reste de marbre mais juste en apparence, parce que dans ma poitrine, ça cogne.

– Putains de chaussettes montantes à la con… !

Tandis que Colleen se bat avec ses fringues, son meilleur ami lâche un long soupir. Il croise les bras sur son torse, s'adosse au mur de ma chambre et la survole du regard.

– Toujours aussi glauques, ces chambres, commente-t-il.

– Je vais la décorer.

– Ouais, t'as déjà fait du beau boulot à « Cuculand » ! ironise ma sœur en laçant ses baskets à crampons. Remarque, avec un peu de chance, ta coloc sera gothique et collera des posters de Satan un peu partout…

– On t'a pas demandé ton avis, toi, grogné-je. Et merci de ne pas me porter la poisse…

– Ce sera pas pire que ton poster de psychopathe !

J'observe le visage en noir et blanc, les yeux couleur ambre, la bouche recouverte par un papillon de nuit un peu effrayant. Et je n'en démords pas : cette sublime affiche du *Silence des Agneaux* ne quittera pas ce mur.

– Sérieux, Till', tu vas faire peur aux mecs. Quoique, pour ça, il faudrait que tu te décides à en inviter un dans ton lit…

Elle l'a fait. Elle vient *vraiment* de m'humilier devant lui.

Je vais la tuer… Lui arracher les yeux et lui faire gober. Ou lui casser quelques dents sur le rebord de mon lit, au choix. Mais déjà, la voix grave et un peu cassée d'Arlo retentit et mes envies de meurtre se dissipent.

– Bouge-toi, Colleen, le coach va nous démolir si on n'est pas à l'heure !

Enfin prête, l'emmerdeuse s'étire, me claque un bisou sur la joue pour parfaire son numéro de grande sœur et m'annonce qu'elle revient me voir ce soir.

– Pas la peine. J'ai mon premier cours demain matin, je vais me coucher tôt.

– Mais quelle petite parfaite… soupire ma sœur.

Elle dessine un signe de croix sur mon front, je la pousse en direction de la porte tandis qu'Arlo se décolle lentement du mur en m'offrant un dernier regard.

– C'est marrant, c'est mon film préféré…

Je hausse les épaules et prétends ne pas le savoir. Ses yeux vert foncé se posent un instant sur mon poster, puis la porte de ma chambre se referme derrière lui.

Son air est encore là. Son odeur fraîche et mentholée. Son empreinte invisible sur mon mur. Et les frissons sur ma peau.

4

COMMENT SE FAIRE DES AMIS EN DIX LEÇONS

Tillie

Le lendemain matin, Jonah m'appelle à sept heures une et me sort du coaltar, comme promis. Sa voix, bien plus alerte et enthousiaste que la mienne, lâche un cri de joie, puis récite sur un ton solennel :

– C'est officiellement ton premier jour à la fac ! Le premier jour du reste de ta vie, Tillie Sinclair ! Tu peux le faire ! Tu auras bientôt le monde à tes pieds !

– Merci Jojo… Meilleur réveille-matin de cette planète qui se meurt ! Je t'embaucherais bien à l'année, mais je n'ai pas de quoi te payer…

– Tu as bien dormi ?

– À peu près.

Je me retiens de préciser que j'ai eu du mal à fermer l'œil

à cause du bruit incessant dans le couloir, puis que mes songes ont été envahis par un certain athlète au regard vert.

– C'est quoi ton premier cours, déjà ? m'interroge mon frère en bâillant.

– Microéconomie. Achève-moi à distance…

– Non, j'aime trop t'entendre souffrir.

Je rigole en m'étirant. Jonah n'a qu'un an de moins que moi et il tient l'une des places les plus importantes dans ma vie.

– Ta coloc n'est pas encore arrivée ?

– Non, j'imagine que ses cours ne commencent pas aujourd'hui.

– Si elle est sexy, je compte sur toi pour les photos dénudées…

– C'est ça, ouais. Pourquoi est-ce que tous les mecs sont des pervers ?

– Parce que notre cerveau est situé plus bas…

Jonah se marre, puis enchaîne sur les voisins qui viennent de s'installer de l'autre côté de la rue. Des « voisines », plutôt : un couple de femmes et leurs trois filles. Dont l'une semble être particulièrement au goût de mon petit frère.

– D'après mes investigations, elle a entre 16 et 17 ans, sourit tout le temps, est à moitié asiatique, ne se balade qu'à vélo et fait un petit 90B…

– Jonah !

– Quoi ? Ça te choque qu'elle fasse du vélo ?

On passe plus de trente minutes à se raconter tout ce qui nous passe par la tête – ou presque – alors qu'on s'est quittés la veille. Si on n'avait pas un an d'écart, lui et moi, on pourrait jurer qu'on est jumeaux. Liés par quelque chose qui nous dépasse. Et aussi par ce qui nous est arrivé.

– Sept heures quarante, Tillie !

– Merde !

– Appelle-moi après tes cours.

– Bye, loseur.

– Bonne chance, loseuse.

Je m'habille en vitesse, puis vais me rafraîchir et me maquiller dans la salle de bains commune – en me forçant à sourire aux rares étudiantes déjà debout. Je quitte le dortoir, respire l'air encore frais du petit matin, retrouve le campus qui se réveille doucement. En prenant la direction du bâtiment *Economics & Business* situé complètement à l'est, je croise un vendeur de café et m'offre un *latte* avec un extra-shot de caféine.

Besoin de toute l'énergie qu'on peut me donner.

Ce matin-là, j'enchaîne trois cours magistraux. Que ce soit dans l'immense amphithéâtre ou dans une salle plus restreinte, je m'arrange pour m'asseoir toujours au neuvième rang – ma date de naissance et mon chiffre porte-bonheur –, je choisis systématiquement le quatrième siège en partant de la gauche – date de naissance de mon frère. Oui, j'ai des lubies et oui, je suis un peu superstitieuse. Ça peut aider quand on ne croit pas en Dieu… ni beaucoup en soi-même.

Je tape mes notes à toute vitesse, sans trop lever la tête de mon clavier, sauf pour poser les questions qui me traversent l'esprit. Je ne rate aucun mot, aucune explication des différents professeurs, que ce soit en économie, en droit ou en histoire de l'architecture.

J'ai toujours été comme ça dans le cadre scolaire : carrée, vive, appliquée, avide de connaissances et toujours concentrée.

Inutile de préciser que ces qualités ne sont jamais mentionnées dans le manuel « Comment se faire des amis en dix leçons ».

Après ma pause déjeuner – un sandwich avalé à l'écart de la foule, à l'ombre d'un grand eucalyptus –, je me présente au *Arts Building* juste à l'heure et découvre une petite salle très lumineuse, ne possédant que six rangs. Je lutte contre ma névrose, m'installe juste derrière une fille un peu isolée et lui souffle d'une voix aussi amicale que possible :

– C'est bien le cours de dessin en bâtiment ?

Elle se retourne, hoche rapidement la tête, puis retourne à son manga.

– Merci ! Je suis…

Le professeur fait son entrée et je n'ai pas le temps d'aller au bout de ma phrase. Je sors le matériel requis – carnet de croquis, feutres, crayons et graphites, papier millimétré, règle à échelle et gabarits – puis me concentre sur ses mots.

– Vous n'êtes qu'en première ou deuxième année, mais si vous portez en vous l'ambition suprême de devenir un grand architecte un jour, le dessin est *la* matière qui se doit d'être maîtrisée. On ne vous demandera rien de moins que la perfection. Vous pensez peut-être avoir un bon coup de crayon ? Redescendez, vous êtes sans doute à peine médiocre et c'est tout à fait rationnel : cet apprentissage prend du temps… Donc il serait hautement judicieux de s'y attaquer dès maintenant, avec humilité !

Petite trentaine, look excentrique, coiffure asymétrique, cheveux très blonds, grande silhouette dégingandée, ce prof ne passe pas inaperçu. Ses traits, sa voix, son allure : quelque chose en lui m'interpelle. Comme si je l'avais déjà croisé un jour ou comme s'il ressemblait à quelqu'un que j'ai connu, mais sans que je parvienne à déterminer précisément qui.

Et en seulement quelques minutes, je n'y pense plus.

Sa technique, son approche du dessin, des lignes, des courbes, des profondeurs me fascinent. Son langage soutenu, son attitude perchée, ses conseils, ses sourires : j'aime tout chez ce type qui est clairement passionné par la matière qu'il enseigne.

Ce cours passe bien trop vite à mon goût et je suis la dernière étudiante à quitter mon pupitre dans la salle baignée de lumière. Je passe près du professeur qui range méticuleusement son matériel et m'interpelle, sans même lever les yeux vers moi :

– Vous aimez vraiment ça, n'est-ce pas ?

– Moi ?

– Quand je parlais de rester humble, vous n'êtes pas obligée de vous sentir transparente pour autant. Oui, vous. Vous et le dessin…

– J'adore ça, avoué-je tout bas. Le dessin m'a aidée… quand j'avais besoin de remettre de l'ordre là-haut.

Je pointe mon crâne du doigt, le professeur me fixe alors une seconde, acquiesce comme s'il comprenait mieux que personne, puis ajoute :

– Vous allez devoir retirer tout affect de votre travail.

– Pardon ?

– Je vois rarement tant de potentiel dès le premier cours, continue-t-il. Mais ne vous laissez pas parasiter par vos émotions. Votre technique est bonne, contentez-vous de travailler dur pour l'améliorer.

Ses yeux bleus sans malice ni arrière-pensée me scrutent, puis me quittent.

– Je dois y aller, ma femme passe des examens aujourd'hui.

– Je…

Je ne sais pas quoi répondre à ça.

– Bon courage, soufflé-je bêtement, tandis que le type aussi génial qu'étrange me laisse seule face au tableau blanc.

Légèrement sonnée par cette première journée, je traîne un peu sur le campus, tente de m'habituer à tout cet espace, à tous ces bâtiments blancs aux toits en brique orange, à tout ce monde en perpétuel mouvement. Je vois passer des gens pressés, des filles seules, comme moi, des groupes d'amis, des étudiants en tenue de sport… et mes pensées s'envolent vers Colleen et Arlo.

– Si seulement j'aimais le foot, grommelé-je pour moi-même.

J'évite de justesse un mec perdu dans ses SMS, lui crie de regarder devant lui, me souviens d'arrêter de parler toute seule, puis me précipite à l'intérieur de la petite épicerie de ce coin du campus. J'achète l'équivalent de mon poids en chips, chocolat et soda, puis repars en direction du dortoir.

Bâtiment A. Je croise la fan de *Hunger Games* dans l'escalier qui me mène au premier, lui souris et découvre qu'elle est passée à la série *Charley Davidson* entre-temps.

Cette fille *doit* devenir mon amie.

– Je suis Tillie Sinclair, chambre quinze. Si tu veux passer un jour, j'ai tous les tomes suivants…

– Salut, moi c'est Elle Morgan. Attends, tu as dit chambre quinze ?

– Oui…

La fille aux cheveux noirs finement tressés m'adresse un sourire, puis pose solennellement sa main sur mon épaule.

– Bon courage avec *elle*.

– Elle ?

– Ta *roommate*…

Deux minutes plus tard, je découvre l'étudiante qui a

apparemment fait parler d'elle et avec qui je suis supposée cohabiter pendant… dix mois.

– Je m'appelle Martha ! s'écrie-t-elle en m'apercevant sur le pas de la porte.

Elle tire brusquement sur son pull extra-large et extra-long, entre le beige et le blanc cassé, qui semble avoir été porté par au moins trois générations avant elle. Son blond aussi tire sur le beigeasse incolore. Je remarque malgré moi son jean sorti tout droit des années 1980, dont les jambes trop longues tire-bouchonnent sur de grosses sandales que je qualifierais de proprement illégales. Elle semble mal à l'aise et passe la main dans une sorte de chignon de mamie qui laisse s'échapper des mèches blondes à la texture proche du foin.

Sa voix haut perchée me fait remarquer mon impolitesse.

– Tu ne te présentes pas ?

– Désolée. Je suis Tillie, soufflé-je en allant me poser sur mon lit, les yeux écarquillés.

– Cette… « chose » … fait-elle en pointant mon poster du doigt. C'est censé faire joli ?

– La beauté est un concept très subjectif, non ?

Elle ne rit absolument pas à mon trait d'humour.

– Ce film est dérangeant. Et malsain. Je préférerais ne pas avoir à y penser chaque jour.

Moi, c'est à quelqu'un en particulier que je préférerais ne pas penser chaque minute…

Quelqu'un qui aime ce film autant que moi…

Je me croyais du genre « sage et bien rangée » – surtout comparée à Colleen. Je découvre qu'il y a plus coincé, carré, austère que moi. Genre un milliard de fois plus.

Et elle s'appelle Martha.

5

NOUVEAU DÉFI

Arlo

Je ne l'ai pas recroisée une seule fois sur le campus en une semaine de cours : Baby Tillie devait probablement être plongée dans ses bouquins ou ses carnets à dessin. Je ne m'attendais pas à ce que ces cinq minutes passées dans son dortoir me trottent dans le crâne comme ça. Et quand je repense à elle entre deux cours, deux entraînements ou deux soirées, je réalise que Colleen n'est pas très bavarde sur le sujet « petite sœur que j'aime même si je ne sais pas trop quoi faire d'elle ».

En fait, je comprends mieux, maintenant. Elle la cache… et elle a bien raison. Tillie Sinclair n'a plus rien d'un bébé : la fille que j'ai sous les yeux a tout d'une bombe en devenir, qui ne sait pas encore quels ravages elle peut faire.

Au milieu de la cafétéria, je la reconnais tout de suite. Ça ne peut être qu'elle. Mais en à peine deux ans, la gamine joufflue au look juvénile de mon souvenir s'est métamorphosée. Je me retrouve comme un con, à la mater sans pouvoir m'en empêcher, assis à table avec mes potes, le cou dévissé pour pouvoir la suivre du regard. J'ai l'impression que mon cerveau essaie de jouer tout seul au jeu des sept différences.

Tillie a de longs cheveux jusqu'au milieu du dos, un peu ondulés genre grosse crinière un peu sauvage. Il me semble qu'avant, elle les portait toujours attachés. Ses grands yeux sombres me rappellent ceux de sa sœur, mais ils ont quelque chose de plus intense qu'il y a quelques années, plus directs, plus présents, plus… conquérants. Debout dans la cafet' bondée, son plateau à la main, elle cherche une place vide du regard, avec un petit sourire aux lèvres, l'air de trouver ça marrant d'être perdue. Elle observe, elle patiente, elle semble avoir la vie devant elle et bien aimer ce nouveau défi.

Sa bouche pulpeuse se met à bouger comme si elle se parlait à elle-même. Je n'avais jamais remarqué qu'elle avait des lèvres pareilles, jusqu'à ce qu'elle pioche une frite dans son assiette et la déguste avec les doigts en attendant de savoir quoi faire.

Ce qui n'a pas changé, c'est qu'elle est toujours tout le contraire de Colleen.

Elle aime réfléchir. Elle aime manger. Elle aime rire. Cette fille a toujours bien aimé la vie, je crois. Ça me faisait juste marrer avant. Ça me percute un peu fort, là, maintenant. Et je sais que cette candeur, cette légèreté qui me plaisent insupportent pas mal sa sœur aînée.

Tillie tourne sur elle-même dans son short en jean et son T-shirt *Stranger Things* pour passer en revue toutes les tables prises, à la recherche d'un petit trou où elle pourrait se glisser. Je ne la remercie pas de me laisser la mater sous tous les angles, à trois cent quatre-vingts degrés. Ça m'étonne moi-même mais j'aime vraiment ce que je vois. Mes connards de pieds s'impatientent sous ma chaise et ont envie de courir pour l'aider à trouver un endroit où s'asseoir. Mais Baby Tillie a 18 ans, elle peut bien se démerder toute seule.

– Ça va, le torticolis, Sheridan ? Tu veux pas être plus discret quand tu mates ?

– Ferme-la, Todd, je la connais.

– La petite brune bien gaulée ? C'est une Première Année, non ?

– Ouais…

– Et déjà une ex ? se marre Hector à ma droite.

– Non.

– En tout cas, belle paire de…

– Arrête-toi là, Vargas, le coupé-je net. Ça vaut mieux pour toi.

Le défenseur lève une main innocente de chaque côté de son visage pendant que mon autre coloc se marre dans sa barbe.

Je tourne à nouveau la tête pour voir Tillie qui continue à avancer dans la cafétéria, suivie d'une autre fille au chignon et au look bizarres. Elles ont l'air de deux proies faciles. Le reste de ma tablée ne se gêne pas pour commenter les nouvelles courbes qui leur passent sous les yeux. Je décide de ne pas les faire taire. J'ai trop à penser.

Je ne sais plus vraiment comment étaient ses seins et ses fesses avant, je crois que je n'ai jamais vraiment regardé. Mais j'ai l'impression de découvrir les formes de Tillie Sinclair pour la première fois. Peut-être que ses fringues les mettent plus en valeur. Peut-être que mes yeux la regardent autrement. En tout cas, le malaise me gagne quand mon cerveau se met à s'imaginer la déshabiller. La voir en vrai. La toucher.

– Bon, je vais l'aider ! Cette petite beauté a besoin de moi, décide Stephen en bondissant sur ses pieds.

Les autres mecs rigolent et je n'ai qu'une envie, lui faire un croche-pied pour qu'il se ramasse les dents sur le carrelage. Mais le milieu de terrain marche jusqu'aux filles, pose chacun de ses bras autour de leurs épaules et les guide jusqu'à une table à moitié vide. La meuf un peu coincée sursaute, Tillie se contente de s'écarter. Ça me fait plaisir. Trois mots plus tard, Stephen fait dégager un mec qui mangeait là tout seul, joue au chevalier servant en tirant la chaise de Tillie, puis pique une frite dans son assiette pour la faire sourire. Ça marche.

Je note mentalement de le tacler bien fort au prochain entraînement.

Quand Stephen revient avec son petit air fier, il reçoit de la part des autres footballeurs quelques : « Bien joué », tapes amicales et check entendus qui me font soupirer. Je me penche au-dessus de la table, me racle la gorge pour attirer leur attention et lâche à voix basse :

– Cette frite était à elle et c'est la première et la dernière fois que tu prends quoi que ce soit appartenant à cette meuf, Stephen. C'est la petite sœur de Colleen Sinclair. On ne touche pas à Tillie, OK ?

– Ouh… se marre Todd à côté de moi.

– Ça vaut pour vous tous.

Ma voix n'était qu'un râle rauque et menaçant.

Le blond ne rigole plus. Les autres acquiescent. Stephen marmonne un « Dommage… » mais je sais qu'il n'ira pas plus loin. La loyauté entre sportifs d'une même équipe existe encore. On ne se fait pas ce genre de coup chez les Aztecs de San Diego.

– C'est quoi toutes ces messes basses ? demande soudain une voix féminine au-dessus de nos têtes.

Colleen se pointe à notre table et reste debout, un trognon de pomme dans une main et une bouteille d'eau dans l'autre.

– C'est censé être ton déjeuner ? lui demandé-je en haussant les sourcils.

– Ouais, et tu devrais arrêter les frites si tu veux continuer à courir vite, réplique-t-elle en haussant les épaules.

Stephen quitte la table avec son plateau et s'arrête tout près de la brune pour lui glisser bien fort :

– Il paraît que je n'ai pas le droit d'approcher ta sœur… Mais si toi tu veux aller boire un verre ou me retrouver direct dans les vestiaires, c'est toujours possible.

Le pseudo-séducteur fait son petit sourire en coin à ma meilleure amie juste avant de me défier du regard. Je note mentalement de lui faire bouffer la pelouse au prochain entraînement. Je me fous qu'il tente sa chance auprès d'elle, Colleen est assez grande pour se défendre. Mon seul flip, à cette seconde, c'est que ma meilleure amie découvre que j'ai joué au mec protecteur avec Tillie.

Alors que c'est peut-être exactement ce qu'elle attend de moi.

Mais putain, mon cerveau ne sait plus sur quel hémisphère penser.

– Merci mais non merci, grogne Colleen à ce blaireau de Stephen tout en s'asseyant sur mes genoux.

D'une seule main, elle attrape mon menton, m'écrabouille les joues et me colle un *smack* sur la bouche.

– Je suis déjà prise !

Elle éclate de rire et Stephen décide de prendre la fuite

en levant les yeux au ciel. Mon coloc Todd se lève à son tour en soupirant :

– Je ne comprendrai jamais rien à vous deux…

Puis toute l'équipe de foot quitte la table et la cafétéria d'un même mouvement.

– Les pauvres bichons, on brouille un tout petit peu les pistes et ils sont tout perdus, tout à coup… se marre Colleen.

– Ça t'amuse, hein ?

– Ouais. Plus que les cours de presse écrite. On sèche ?

– Non.

Je la soulève et l'assieds sur la table pour me débarrasser d'elle. Malgré son mètre soixante-quinze, elle est toujours aussi légère. Au moment où je me retourne pour récupérer mon sac par terre, je tombe sur les yeux de Tillie, plissés sous ses sourcils froncés, qui accrochent les miens quelques secondes. J'ai l'habitude de ce genre de conneries de la part de Colleen, qui aime bien surprendre son monde et faire le contraire de ce qu'on attend d'elle. Ça ne me dérange pas. Ses *smacks* et ses frasques ne me font ni chaud ni froid.

Mais apparemment, Baby Tillie, elle, n'a pas aimé voir ça.

Et son regard étrange plongé dans le mien, ses lèvres pulpeuses fermées dans une petite moue contrariée, sa façon de se détourner très vite en inspirant un peu trop fort… Tout ça, ça me fait un truc.

Je connais Colleen par cœur. Mais je n'ai pas encore appris à déchiffrer Tillie Sinclair.

Et je déteste par principe tout ce qui me résiste.

Mais je résiste rarement à un nouveau défi.

6

PAS ELLE, PAS LUI

Arlo

Ce cours de presse écrite était d'un ennui mortel. Dans l'amphi bondé, j'ai passé la première heure à regarder les résultats sportifs sur la tablette de Todd pour voir si mes paris m'avaient rapporté un peu. Mais ce n'est pas encore aujourd'hui que je vais pouvoir faire fortune et arrêter mon petit boulot de barman qui occupe tous mes étés.

La deuxième heure s'est étirée lentement entre exercices d'écriture rapidement expédiés, propositions de Colleen de tout plaquer pour partir faire le tour du monde en auto-stop, là, maintenant, et dessins d'Hector qui essayait de reproduire de mémoire toutes les formes de seins qu'il avait eus entre les mains. La troisième heure n'a pas réussi à me tenir éveillé : j'ai sombré.

Quand je rouvre les yeux, je découvre l'amphi vide et un

Post-it collé sur ma joue avec la petite écriture en pattes de mouche nerveuses de Colleen :

Pas voulu te réveiller. J'ai dit au prof
que t'étais devenu narcoleptique
après le traumatisme de la mort subite
du nourrisson de ton frère de 30 ans.
L'important c'est d'avoir l'air d'y croire.
Ne me remercie pas.

Il n'y a qu'elle qui peut réussir à me faire marrer au sujet de mon frère. Je souris en levant les yeux au ciel et je remarque que le prof est parti depuis longtemps, sans me chercher d'ennuis pour cette sieste de fin d'après-midi. En me frottant les yeux avant de ramasser mes affaires, je tombe sur deux autres Post-it collés sur le dos de mes mains, avec des écritures différentes. Le premier dit :

Vais à la salle de sport.
On se retrouve direct à la soirée ?

Et le deuxième :

P.-S. : tu baves pas et tu ronfles même pas
quand tu dors. Si j'étais attirée par toi,
je crois que je t'épouserais, Sheridan.
Mais même pas en rêve.

Colleen adore changer d'écriture pour me faire croire que quelqu'un d'autre qu'elle s'amuse à m'écrire sur la tronche en plein cours. Tout comme elle aime cultiver l'ambiguïté entre nous, juste pour le plaisir, alors qu'il n'y en a aucune. Pas d'attraction, pas d'amour, seulement cette amitié exclusive que tout le monde a du mal à comprendre.

Je m'étire et me décide enfin à quitter cet amphi quand j'entends la classe suivante commencer à arriver pour s'installer. Des Première Année qui débarquent en masse et en avance et se collent au premier rang comme des mouches sur un piège. En dévalant les escaliers jusqu'à la sortie, je me demande quel prof est capable de créer cette petite émulation bourdonnante autour de lui, après seulement une semaine de cours.

Lui, forcément.

Une boule de feu me remonte dans la gorge quand je le vois faire son entrée grandiloquente dans l'amphi, suivi d'une étudiante qui n'a d'yeux que pour lui. Je ne sais pas ce qui me fout le plus en colère : ses cheveux trop blonds qui retombent dans un savant flou artistique de chaque côté de sa tête, son costard couleur gerbe avec une chemise à petites fleurs débile dessous, sa façon d'avoir à se faire remarquer tout le temps, partout, à briller absolument, à prouver qu'il est différent, qu'il a plus d'humour, de style et de vocabulaire que la terre entière… Ou le fait que Tillie ait l'air en totale admiration face à mon frère.

– Professeur Shay, attendez, je peux vous parler ? lui demande-t-elle sur un ton fébrile.

– C'est « Jay Shay », inutile de me donner du « professeur » ni même du « monsieur ».

Évidemment, il a fallu qu'il prenne son foutu pseudo d'artiste, même ici. Il ne pouvait pas utiliser son vrai nom de famille comme tous les profs de la fac. Jay Sheridan ne supporte pas d'être comme tout le monde.

Et moi, pour cette raison et tant d'autres, je n'ai jamais pu le supporter.

J'arrive presque à sa hauteur et j'accélère au moment de le croiser pour éviter toute tentative de dialogue cordial. Je dois lutter très fort contre l'envie de lui balancer un bon coup d'épaule au passage pour le faire reculer de deux mètres et le descendre de son piédestal.

Mais mon regard croise celui de Tillie qui me sourit, qui nous fixe l'un après l'autre. Soudain, elle semble enfin comprendre ce qui me lie à son prof de dessin et je me retrouve à slalomer entre son petit corps aux courbes folles et la grande silhouette frêle de mon frère.

On se gêne tous les trois, on va dans la même direction sans le vouloir, on se percute, on s'excuse, on se contourne, j'ai envie de gueuler, de courir, d'ordonner à Jay de dégager, mais je me tais pour Baby Tillie qui perçoit le malaise et me demande si ça va. Je fuis ses yeux curieux, j'échange un regard dur avec mon frère qui entrouvre la bouche et je fais non de la tête pour que surtout, il la ferme. Quand j'arrive enfin à me sortir de ce bourbier, je réalise que j'ai passé ces deux dernières minutes en apnée.

Je ne veux pas de lui ici.

Je ne veux pas d'elle près de lui.

Pas de Tillie qui me sourit, qui s'interroge, qui prend soin de moi. Colleen ne m'a pas habitué à ça.

***

Je suis allé passer mes nerfs sur un rameur, puis sur un banc de muscu à soulever des haltères. Aucune trace de ma meilleure amie à la salle de sport de la fac comme elle l'avait dit. Mais j'ai l'habitude qu'elle ne suive pas le programme, même pas quand c'est elle qui l'annonce. Après un saut à l'appart pour me doucher, me changer et manger un morceau avec les gars, je rejoins la *fraternity house* où a lieu une grosse soirée étudiante réservée aux *Senior*. Autrement dit, l'alcool va y couler à flots et la drogue devrait circuler à peine cachée.

Je laisse Todd à un concours de jonglage au milieu d'un salon et Hector à un jeu à boire dans la cuisine, et pars à la recherche de Colleen qui ne répond pas sur son portable. Sur un balcon au premier, elle s'enfile un *shot* avec une bande de filles et secoue la tête en grimaçant avant de m'apercevoir.

– Arlo, amène-toi !

– Salut…

– Je te présente Freya, Kristan, Effie, Sarina… lance-t-elle à toute vitesse en les pointant du doigt l'une après l'autre.

Elle me semble déjà bien éméchée pour un début de soirée. Après mon triple *check* à ma meilleure amie, je fais un petit signe de la main aux quatre filles dont les visages me semblent vaguement familiers. Puis je chuchote à Colleen :

– Tu ne veux pas ralentir un peu ? Il est tôt…

– Ouais mais déjà trop tard pour aller regarder les nuages, rigole-t-elle. Oublie un peu ton programme et écoute ça.

– Quoi ?

– Effie ici présente a 21 ans, comme nous, et elle est toujours… *vierge*, chuchote-t-elle en arrivant sur le dernier mot. Je pensais que sur le campus, il ne restait que ma petite sœur et sa pote bizarre.

– Et en quoi ça me concerne ?

J'ignorais cette information sur Tillie. Elle me reste un peu dans la tête pendant que Colleen continue son numéro.

– Comme t'es mon BFF et que tu ne me refuses rien, et comme tu as la réputation d'être un super bon coup sans te comporter comme un connard… je me suis dit que tu pourrais rendre un grand service à Effie en la débarrassant de sa première fois. Et en lui laissant un bon souvenir, quoi.

La fille en question rit jaune, les autres gloussent sans pouvoir s'arrêter et Colleen me saute au cou en gémissant « Dis oui ! ».

– Contrairement à ce qu'elle vous a dit, je ne suis ni un *escort boy* ni un gigolo, m'expliqué-je. Mais merci d'avoir pensé à moi.

– Non mais en fait… je suis partante ! lance Effie alors que je commençais à m'éloigner.

Colleen me lâche et laisse échapper un petit couinement excité. Je soupire, vois la fille s'approcher de moi d'un pas hésitant, recule en souriant et n'ai même pas le temps de dire que je ne suis pas intéressé.

La fameuse Effie m'attrape par le T-shirt et colle ses lèvres sur mon visage, sa langue dans ma bouche, son bassin contre le mien. Pas très subtil, mais pas désagréable. Elle a un goût de tequila et de citron. Ses seins s'écrasent contre mon torse, ses yeux se ferment fort et j'ai beau aimer ce qu'elle me fait, je pense à tout sauf à ça.

Je pense au corps de Tillie Sinclair.

Au regard de Tillie Sinclair.

À la bouche de Tillie Sinclair.

À mon putain de frère.

Et je ne sais pas lequel des deux m'empêche de tirer mon coup ce soir. Mais ça me fout en rage.

Je repousse délicatement Effie en lui murmurant :« Désolé », vais me planter devant Colleen, lui pique son *shot* que je vide d'un trait et lui glisse :

– Ne me refais pas un coup comme ça.

Je quitte le balcon, l'étage, la *frat house* pendant que ma meilleure amie essaie de me retenir à grands cris :

– C'est bon, je plaisantais ! Il t'arrive quoi ? Reviens, Arlo ! Reste, ça va bien se passer !

Elle ricane encore et je me barre de cette soirée. Tout en me demandant sérieusement ce qui est en train de m'arriver.

7

PAS SI PARFAITE

Tillie

Je ne suis pas de ces étudiantes nonchalantes qui, pour avoir l'air cool et intéressantes, arrivent à jouer l'indifférence avec les garçons, les profs, les potentielles meilleures amies qu'elles rêveraient de se faire en secret pour la vie. Moi, je suis la fille souriante, enthousiaste, un peu collante, incapable de cacher son intérêt pour les choses et les gens.

À l'exception d'Arlo Sheridan. Mais lui ne doit jamais savoir.

Ma sœur trouve que je suis trop gentille, trop honnête… et pense que j'essaie d'avoir l'air parfaite. Cette étiquette m'insupporte. D'autant que moi, contrairement à Colleen, je ne lui balance jamais à la tête toutes les étiquettes qui lui collent à la peau : chiante. Sombre. Difficile à vivre. Provocatrice.

Surtout quand elle s'amuse à embrasser le garçon que

j'aime... juste pour faire son show.

Elle trouvait aussi que c'était une mauvaise idée mais je n'ai pas pu m'en empêcher : dès la deuxième semaine de cours, je me suis portée candidate pour devenir l'assistante du prof de dessin. Ça peut sembler idiot, mais quand il m'a choisie, moi, la fille qui ne fait même pas semblant de ne pas le vouloir très fort, je me suis senti pousser des ailes. Immenses puissantes, multicolores. Les ailes d'un hippogriffe qui aurait fusionné avec une licorne.

Moi, l'étudiante de Première Année sans amis, sans mec, « la sœur de » qui marche généralement sur des œufs et s'excuse d'exister, j'aurais voulu me promener avec une pancarte de « professeur assistante », que tout le monde sur le campus apprenne mes nouvelles responsabilités. Que toute la fac sache que j'ai ma place ici. Que ce titre pompeux signe le début d'une nouvelle vie, même, peut-être. D'un nouveau moi en mieux. La Tillie qui réussit. La Tillie qu'on choisit.

J'étais pleine d'espoir – à défaut d'humilité.

Mais il a suffi d'une rencontre fortuite, à l'entrée d'une salle de cours, pour que tout se complique. Pour que ma mémoire revienne. Pour que je comprenne que « Jay Shay » – le nom d'artiste qu'utilise mon professeur favori – est en fait Jay Sheridan, le frère d'Arlo.

Ce frère plus âgé que mon *crush* intersidéral a toujours détesté sans que personne ne sache vraiment pourquoi à Queen Creek. Et apparemment, cette haine viscérale les poursuit jusqu'ici. Je ne crois pas avoir déjà vu un tel échange de regards assassins entre deux membres d'une même famille. La tension dans le corps d'Arlo, la gravité sur son visage, ces quelques secondes intenses sont bizarrement restées gravées dans ma mémoire. Pas seulement parce que ses muscles m'ont frôlée, pas juste parce que c'est le plus sexy et le plus fascinant et le plus beau mec que je connaisse. Mais aussi parce que j'aurais voulu l'aider. Essayer de comprendre. De l'apaiser.

Mais qu'est-ce que vous pouvez bien cacher, les frères Sheridan ?

***

– Salut, Perfec'Tillie !

Je détache les yeux de ma feuille de dessin et me tourne vers ma sœur qui vient d'entrer dans ma chambre sans frapper.

– Tu n'as pas cours, toi ?

– Pas envie, aujourd'hui…

La cancre se laisse tomber sur mon lit en grognant à cause de ses courbatures. Elle est belle dans sa combi noire échancrée qui souligne sa peau bronzée, même si elle a maigri. Je la trouve trop fine et trop cernée mais je sais qu'elle déteste en parler, alors je garde ça pour moi. Avant de prendre des saloperies, Colleen était déjà mince, mais pas à ce point. J'enviais sa silhouette parfaite, sa taille de guêpe, ses immenses jambes de gazelle… mais ses addictions l'ont creusée. Et à force, j'ai peur qu'elle ne disparaisse.

– Tu auras la gentillesse de frapper, la prochaine fois, lui glissé-je en souriant. J'ai une coloc, tu sais ?

– Oh que oui, je sais, se marre la brune. Je rêve de la rencontrer.

– Laisse-la tranquille, Colleen.

– Elle est vraiment comme ce qu'on raconte ?

– Les gens sont cons… Dès qu'ils se retrouvent à plusieurs,

ils se moquent des autres en ricanant comme des demeurés… Et ce sont les mêmes qui chialent et se lamentent, tard le soir, tout seuls dans leur lit, parce qu'on s'est moqué d'eux. On entend tout, les murs sont fins, ici.

Je me lève, vais chercher une petite bouteille de soda et lui en propose une. Elle refuse d'un signe de tête.

– Tillie…

– Quoi ?

– Ne me dis pas que c'est ta nouvelle meilleure amie ?!

Pas vraiment, non. Mais je déteste les bruits de couloir débiles et les boucs émissaires faciles. Je n'ai pas envie que ma colocataire et ses « particularités » deviennent l'attraction du bâtiment A.

– Martha est plutôt cool, dans son genre… fais-je, l'air de rien, avant de boire une gorgée pétillante.

Ce n'est pas la stricte vérité. Ma *roommate* n'est pas exactement un rayon de soleil, elle semble débarquer tout droit d'une autre planète, impossible d'avoir une conversation de plus de trente secondes avec elle, mais elle est propre et discrète, passe le plus clair de son temps libre à lire ou à coudre des fringues affreuses.

– Il paraît qu'elle se douche à cinq heures quinze tous les matins pour être sûre de ne croiser personne ! insiste Colleen.

– C'est son problème, non ? Dieu soit loué, je vis enfin avec quelqu'un de plus pudique que toi.

La brune ricane, puis s'écrie à nouveau :

– Elle n'adresse jamais la parole à un seul mec ! Elle baisse même les yeux face à eux !

– Elle est timide, j'imagine… C'est son droit. On ne peut pas toutes être aussi délurées que toi.

– Elle ne sait même pas se servir d'un ordinateur !

– Où tu as entendu tout ça ?

– Tout le monde en parle depuis dix jours ! Elle se promène sur le campus avec une bible à la main ! Tillie, elle parle toute seule en fixant le ciel ! Elle ne boit pas d'alcool, pas de café et tous les soirs, elle jeûne !

– Je suis au courant, Colleen, c'est bon ! Elle est peut-être un peu différente, mais elle ne dérange personne.

– Nos parents auraient tellement rêvé d'avoir une bonne fifille comme elle…

– Arrête de les diaboliser tout le temps, soufflé-je. Tu n'es pas un cas facile. Et ils font ce qu'ils peuvent depuis… ce qu'on a vécu…

Un silence pesant s'abat soudain dans ma chambre. Ma sœur aînée me sourit tristement, roule pour s'allonger sur le ventre et chuchote :

– Quand même, Till'… Fais gaffe à toi. Cette fille sort tout droit de *La Servante écarlate,* elle est dangereuse.

Un rire s'échappe de ma gorge.

– Qu'est-ce que tu veux qu'elle me fasse ?!

– Elle va te recruter dans sa secte ! Bientôt, tu ne mangeras plus que du pain dur et tu porteras une capuche rouge… Remarque, ce ne sera peut-être pas vraiment pire que ça, ajoute-t-elle en fixant ma jupe qui tombe jusqu'aux chevilles.

Je remonte ma jupe à mi-cuisses, la rejoins sur le lit pour la faire taire, lui saute à pieds joints sur les fesses comme quand on était gamines, elle me tire par la manche pour me faire tomber sur le matelas et on finit toutes les deux sur le dos, hilares, échevelées, à bout de souffle.

– Colleen ?

– Ouais… ?

– Tu vas bien ?

Elle me fixe un instant de profil, d'un air grave, puis me repousse pour sauter sur ses pieds.

– Inquiète-toi pour toi, Baby Tillie. Je suis une grande fille, je me gère…

– Arrêtez de m'appeler comme ça, avec Arlo ! Je n'ai plus 12 ans, putain ! Ouais, je dis même « putain », t'as vu ?!

Pas impressionnée pour un sou, Colleen me sourit.

– Tu t'es fait des potes, dans ce dortoir ?

– Une !

– La fille qui lit les mêmes trucs que toi ?

– Oui. Son prénom, c'est Elle. Mais on n'en est qu'au début de l'amitié, ne t'emballe pas… J'attends de voir si elle me prête ses bouquins pour juger si c'est du sérieux entre elle et moi.

Ma sœur ricane, se moque, fait la grimace mais en réalité, je sais qu'elle tient à ce que je sois entourée, à ce que je m'intègre, à ce qu'il ne m'arrive rien. Derrière ses airs de fille *badass* que rien n'atteint, Colleen cache un cœur trop gros pour elle.

– OK, affirme-t-elle en caressant le tatouage de sa main. C'est un bon début, j'imagine… Et puis, si ça ne colle pas, tu auras toujours ta Martha.

Ma sœur s'enfuit de ma chambre avant de recevoir le pavé que je lui jette à la figure. Mon pauvre livre. J'accours pour le ramasser et le caresse d'une main en m'excusant à voix haute.

Jc nc parlc pas toute seule puisque je m'adresse à mon bouquin. Mais puisque je vous dis que je ne suis pas folle ! chuchoté-je en me faisant rire moi-même.

Alors, pas si parfaite que ça, hein ?

8

PLUS-QUE-PARFAITE

Tillie

Son tablier grisâtre noué autour de la taille, Martha passe une bonne partie de ce samedi à coudre en chantonnant des trucs religieux sur la grandeur de Jésus et l'accomplissement promis aux jeunes filles qui lui seront fidèles. Je grimace. Mais une fois de plus, je reste sagement de mon côté de la chambre numéro quinze, n'osant pas lui demander de changer de registre – ou de me fournir un peu de la drogue qui la fait planer si haut.

En vérité, je ne touche pas à ces trucs-là. Pas plus qu'aux trips religieux.

– Tu n'as toujours pas trouvé une autre affiche pour remplacer cette « chose » ? lance-t-elle d'une voix doucereuse en posant les yeux sur mon poster.

– Martha, tu fais ce que tu veux de ton côté de la chambre, idem pour moi.

Je veux bien prendre sa défense quand tout le monde se ligue contre elle, mais elle ne va pas non plus me convertir à son délire austère : pas de café, pas d'alcool, pas de poster, pas de lecture païenne, pas de plaisir.

Et puis quoi encore ?

La plus-que-parfaite lève les yeux au ciel – en s'adressant probablement à quelqu'un, tout là-haut – et la pacifiste que je suis préfère la fuite au conflit. Je me contente de lui sourire. Colleen me traiterait probablement de lâche, Jonah de loseuse, Arlo de *big baby* et je les emmerde tous. Mais dans ma tête seulement.

J'enfonce mes écouteurs dans mes oreilles et délaisse mon cahier de croquis pour me lancer dans une nouvelle dystopie que ma copine Elle a accepté de me prêter. Les heures défilent sans que je les voie passer. Ma coloc s'agite sur les coups de seize heures et m'annonce qu'elle est attendue – sac à dos sur l'épaule, bible dans une main et chapelet dans l'autre. Lorsque la porte se referme derrière sa sainte personne, je saute sur l'occasion pour appeler Jonah. En vidéo, cette fois.

La connexion s'établit et l'écran de mon ordinateur affiche en gros plan une énorme tête de chien à la place de celle de mon frère. Son museau pointu, sa tête de renard bouffie, ses oreilles dressées et démesurées prennent absolument toute la place.

– Pan !, pousse-toi de là, c'est ton maître que je veux voir.

Et le corgi tombe raide mort, comme à chaque fois qu'il entend son nom. C'est la plus grande fierté de Jojo : avoir appris à son chien à faire le mort chaque fois qu'il entend : « Pan ! »… et avoir du même coup décidé de le nommer comme ça – avec le point d'exclamation, s'il vous plaît.

Longue histoire…

– Hey, Till' ! Je connais ce sweat bordeaux…

– Quoi, cette vieillerie ? fais-je en tirant sur mon col, l'air dégoûté.

Je lui souris en essayant de paraître légère, mais ma blague ne passe pas. Il faut dire que c'est le pull que Jonah portait quand…

– Pas envie d'en parler merci ! beugle-t-il à toute vitesse, avant même que je lance le sujet.

– OK, OK… Bref, ton sweat me sert un peu de doudou.

– Relève-toi, Pan ! tu m'écrases.

Et le corgi se redresse, puis retombe inerte sur les genoux de mon frère, qui ricane bruyamment.

– T'as 17 ans, Jojo, tu ne veux pas changer de blague ?

– Désolé, c'est la meilleure que je connaisse.

– Et avec la voisine d'en face, du nouveau ?

– Elle promène toujours son petit 90B sur son vélo, si c'est ce que tu veux savoir.

– Jonah, grandis un peu… soupiré-je.

– OK, je l'ai googlée, elle s'appelle Christina, elle a 16 ans, elle aime la bonne musique et les séries pas trop débiles, ses gènes sont à moitié philippins, elle va dans le même lycée que nous… Enfin, que moi… Enfin, que moi si j'y allais encore… Et non, ses phéromones sexuelles ne sont pas encore assez puissantes pour qu'elle me fasse sortir de la maison.

– Ça viendra, tu vas y arriver, Jo…

– Il me reste plus qu'à investir dans une bonne paire de jumelles. Mais t'as pas à t'inquiéter, je risque de rester puceau encore plus longtemps que toi.

– Merci pour le soutien, loseur.

– À ton service, loseuse, fait-il dans un sourire.

Mon petit frère fait toujours semblant d'arriver à rire de sa situation. Mais ça fait cinq ans qu'il n'a pas mis le nez dehors. Qu'il suit ses cours à distance, enfermé dans sa chambre, et qu'il passe le reste de son temps libre devant son ordinateur ou face à la fenêtre à épier le monde normal. La vie qui continue sans lui.

Physiquement, il s'est remis de ce qui lui est arrivé – si ce n'est la longue cicatrice blanche qui court sur sa tempe et fend son épaisse chevelure noire, qu'il a laissée pousser depuis le drame. Mais émotionnellement, Jonah est un autre. Le traumatisme l'a laissé agoraphobe, hyperémotif et terriblement angoissé. Depuis, il compense son anxiété par l'humour. Comble sa solitude avec son chien au nom si terrible, censé conjurer le sort.

Pas sûr que ça marche.

– Et avec Colleen, ça va ?

– À peu près, murmuré-je. Elle ne me parle pas beaucoup plus qu'à toi…

– J'ai dû tomber sur un bon jour, elle m'a appelé hier.

L'aînée de notre fratrie préfère généralement les textos… quand ce n'est pas le silence radio. Les autres – et en particulier nos parents – peuvent aller se brosser, mais elle fait parfois l'effort d'appeler Jonah.

– Ça avait l'air d'aller, poursuit-il, elle n'a esquivé qu'une question sur deux. Par contre, elle m'a bien raconté les exploits de ta coloc… Du coup, j'ai commencé la série *La Servante écarlate !*

– Jojo… grommelé-je. Tu vas pas t'y mettre, toi aussi ?

De frustration, je me frotte le crâne des deux mains, et il

se marre en voyant ma face disparaître derrière mes cheveux.

– Je te laisse, Cousin Machin, faut que j'aille retrouver mes amis virtuels.

– Ça marche… Amusez-vous bien. Et embrasse les parents, dis-leur que je les appelle bientôt !

– Ouais, et toi, surtout, ne t'éclate pas trop à San Diego.

– T'en fais pas pour ma virginité et moi, lui chuchoté-je en grimaçant. Ça marche bien entre nous deux, ce n'est pas près de changer…

– Les choses changent plus vite qu'on ne croit, tu le sais aussi bien que moi. En un quart de seconde, tout bascule. Mais t'es pas obligée de vivre à la traîne juste parce que je suis resté coincé cinq ans en arrière, Till'.

– Je sais…

Son regard sombre empli de mélancolie, mon frère caresse le corgi entre ses deux immenses oreilles qui ont l'air prêtes à s'envoler.

– Hey, Jojo ?

– Quoi… ?

– Pan !

Et le chien-renard tombe brusquement à la renverse sur les genoux de mon frère, dont le rire tonitruant résonne de Queen Creek jusqu'à moi.

***

Tard, ce soir-là, alors que j'essaie de dormir en chassant les souvenirs de la tragédie qui a frappé ma famille, la porte de ma chambre s'ouvre avec fracas. Je sursaute dans mon lit. Mon réveil corgi affiche pas loin de quatre heures du matin et Martha déboule en titubant, soutenue par deux mecs qui ne savent apparemment pas chuchoter.

Et moi qui la pensais en retraite spirituelle avec son groupe de prière.

– On la met au lit ? propose le plus costaud des deux.

– Putain, elle est complètement saoule.

– Ça pèse lourd ses putains de sandales en bois, là.

– Il fait noir, allume, on va se casser la gueule.

– Je peux pas, t'es con, elle doit avoir une coloc.

– OK, tu prends laquelle ? La bourrée ou l'endormie ?

Les deux abrutis s'empêchent d'éclater de rire et postillonnent partout dans la chambre quinze, jusqu'à mon visage. Malgré mon dégoût, je reste immobile, muette, dans l'espoir qu'ils s'en aillent au plus vite. Mais quand l'un des deux allonge finalement Martha sur son lit et s'affale sur elle dans le même élan, je saute sur mes pieds pour les faire dégager.

– Dehors ! J'ai une bombe lacrymo !

Et, tremblante, terrifiée puisant au plus profond de moi ce petit élan de courage, je brandis dans le noir mon réveil en forme de chien à grandes oreilles.

– C'est bon, détends-toi, on la raccompagnait juste, souffle le baraqué.

– Elle est torchée, tu devrais nous remercier.

– Ah ouais ? Et vous comptiez faire quoi avec la bourrée et l'endormie ? Une partie de backgammon ?!

Les mecs éclatent à nouveau de rire en comme des idiots et s'enfuient de ma chambre. Je vais fermer à double tour derrière eux et me jure mentalement de ne plus jamais oublier.

– Martha, ça va ?

Ma coloc à la crinière blonde éparpillée geint plus qu'elle

ne me répond. Elle pue l'alcool à un kilomètre. J'allume ma petite lampe, vais lui chercher un verre d'eau et de quoi manger pour éponger sa première cuite.

– Ça tourne… grommelle-t-elle.

– Si tu dois vomir, reste bien de ton côté, OK ?

– Je ne sens plus mon visage…

– C'est normal, je crois.

– Mes cheveux sont encore attachés à mon crâne ?

– Tout est là, Martha, ça va aller. Ces mecs t'ont droguée ?

– Non, juste beaucoup… beaucoup… beaucoup de jus de tomate.

– Et sûrement beaucoup de vodka. Ça s'appelle des bloody mary.

Martha se redresse dans son lit, se met à réciter des prières à base de « Marie » tout en se balançant d'avant en arrière. J'ai juste le temps d'attraper sa grande besace en toile de jute pour qu'elle vomisse en geyser dedans.

Je passe un long moment à lui tenir les cheveux tout en lui caressant le dos et lui promettant qu'elle n'ira pas en enfer. Ma *roommate* « plus-que-parfaite mais pas vraiment » revient finalement à elle.

– Merci, Tillie… On ne s'est pas occupé de moi comme ça depuis longtemps.

– Pas de souci.

– T'es une mère pour moi.

– Ne va pas trop loin non plus, Martha, ça va.

– Si, je ne sais pas ce que je ferais sans toi.

– Tu sais que tu n'es pas obligée de faire toutes les expériences du monde ou de dire oui à tout ce qu'on te propose juste pour être comme les autres, hein ?

– J'ai dit non toute ma vie, m'avoue-t-elle dans un souffle.

– Pardon ?

– Là d'où je viens, tous les plaisirs sont interdits.

Ma coloc s'adosse à sa tête de lit et renoue ses cheveux en chignon. De grosses larmes roulent sur ses joues verdâtres. Alors je viens m'asseoir en tailleur au bout de son matelas et lui prends la main. Celle qui n'est pas entrée en contact avec son vomi.

– Tu viens d'où, Martha ? demandé-je doucement.

– D'une communauté mormone de l'Utah. J'ai été excommuniée cet été.

Elle vient de débiter ces mots à toute vitesse, comme si elle passait aux aveux face à des flics en rogne.

– Je… Wow… T'y vas pas mollo sur les confidences, toi. Sérieusement ?

– Oui… J'ai vécu un mois et demi dans un foyer pour filles et j'ai pu entrer à la fac grâce à une bourse.

– Et ta famille ?

– Ils ne savent pas où je suis. J'ai été bannie, Tillie, c'est terminé. Je ne les reverrai plus jamais.

– Pourquoi ils t'ont chassée ? lui demandé-je doucement.

– Je ne peux pas en parler… C'est trop difficile. Un jour, je te raconterai.

Elle sèche ses larmes et prend une grande inspiration en fermant les yeux. Je vois ses lèvres bouger en silence et je crois qu'elle prie… Je la laisse terminer. Que Martha ait appartenu à une communauté de mormons, ça explique beaucoup de choses. Je me demande même comment je ne l'avais pas deviné avant. Mais personne ne pourrait imaginer quels combats et quel courage habitent cette fille pas si parfaite… et pas si bizarre que ça.

– Je veux enfin devenir maîtresse de ma vie, annonce-t-elle solennellement à la fin de sa prière.

– D'accord. Mais on va commencer par établir quelques règles sur les mecs, l'alcool, la drogue *ET* les posters.

– OK, je t'écoute. Apprends-moi tout ce que tu sais.

– Je ne sais pas grand-chose de la vie, Martha, désolée… grimacé-je. Mais j'ai vu ma sœur abuser de tout ce qu'elle pouvait, et ça ne marche pas beaucoup mieux que de se priver de tout, si tu veux mon avis.

– Alors on fait quoi ?

– Hum… Je n'en ai pas la moindre idée.

Ma *roommate* éclate de rire et reprend peu à peu des couleurs.

– Mais je connais un mec, que dis-je, un demi-dieu, dont je bois les paroles et pour qui je ferais à peu près n'importe quoi… confessé-je. Et ce mec-là répète souvent : « Ça va bien se passer », il paraît.

– Tu crois en Dieu, Tillie ?

Une lumière brille soudain dans ses yeux. Une petite flamme que je m'empresse d'éteindre.

– OK, soupiré-je bruyamment. On va commencer par la leçon sur les métaphores sexuelles…

9

TOUT RÉUSSIR

Arlo

Il n'est même pas sept heures du mat quand mon portable vibre sous mon oreiller. Je le laisse toujours là, près de ma tête, au cas où Colleen aurait besoin de moi une nuit de n'importe quoi. Mais quand j'ouvre un œil pour déchiffrer le message, c'est le prénom de Jay qui s'affiche sur mon écran. J'hésite à balancer mon portable à l'autre bout de la chambre… mais je me retiens, juste pour le sommeil de mes colocs.

Vous n'avez jamais vu un Hector Vargas levé du mauvais pied.

Allongé sur le ventre, je me redresse en appui sur les coudes pour voir ce que mon frère me veut. Dans tous les cas, ça me fout déjà les nerfs.

[Petit déjeuner, Arlo ? J]

[Nope.]

[J'ai repéré un vendeur de donuts
au nord du campus.
C'est moi qui invite… J]

[Toujours pas. Tu peux garder tes
thunes, tes beignets et tes points
de suspension, « Jay Shay ».]

[Il va bien falloir qu'on se parle
à un moment… J]

[Et j'ai pris mon nom d'artiste
uniquement pour qu'on ne puisse
pas faire le lien entre mon nom
de famille et le tien.
Pour ne pas te forcer la main… J]

[Je ne t'ai rien demandé.
Ni de venir ici, ni de cacher qui
tu es. Encore moins de t'occuper
de ce que je ressens.]

[Et tu peux te faire appeler comme
tu veux, tu es bien plus un Sheridan
que moi. Ce nom ne compte pas
pour moi.]

J'aurais dû m'arrêter avant ça, ne pas rentrer dans son jeu, ne pas m'emmerder à lui écrire tout ce qu'il m'inspire. C'est sans doute exactement ce qu'il veut. Mais c'est plus fort que moi. Entre nous deux, ça fait des années et des années que ça ne marche pas. Que ça explose quand on se frotte l'un à l'autre… et que ça bout gentiment quand on se fréquente juste de loin. On a huit ans d'écart, il a quitté la maison bien avant moi. Mais c'est après mon départ pour la fac qu'on a vraiment arrêté d'essayer de faire partie de la même famille.

Je ne comprends pas pourquoi cet emmerdeur revient à la charge et s'obstine.

Parce que Jay Sheridan a besoin de tout réussir…

Et c'est peut-être la seule chose qui nous réunit.

[Je ne suis pas ton ennemi,
Arlo. Je voudrais qu'on se
parle comme des frères. J]

[Pour ça il faudrait déjà
qu'on en soit.]

Je me retourne d'un mouvement brusque, m'assieds sur mon lit et dégage la couette d'un coup de pied. J'ai beau être torse nu, je crève de chaud. Je voudrais couper court à cette discussion. Mais on ne peut pas raccrocher, avec les textos. Je vois qu'il est déjà en train de m'écrire à nouveau et je décide de lui envoyer un message vocal, ce sera plus rapide. Plus efficace.

« Je ne sais pas ce que tu fous là. Pourquoi il a fallu que tu prennes un poste de prof dans cette fac et pas une autre. Si tu comptes me faire chier longtemps et régner ici, comme tu l'as toujours fait à la maison. Mais ne te fatigue pas. Ici c'est chez moi… *Mon* territoire… Vis ta vie et laisse-moi vivre la mienne, ça vaudra mieux pour tout le monde. »

J'envoie sans réfléchir, puis je réécoute ma voix cassée tenter de clore la discussion et surtout d'étouffer sa tentative de rapprochement. Après quelques secondes de silence, Jay me renvoie à l'écrit :

[Il serait temps que tu grandisses.
On ne pourra pas faire la paix
tant que tu seras en guerre
contre ta propre histoire… J]

Cette fois, mon portable valse et va s'écraser contre un tas de fringues par terre. Je déteste sa façon de me faire la leçon. De coller son initiale au bout de ses points de suspension de malheur, dans lesquels j'imagine son ton pompeux de frère aîné qui sait apparemment mieux que moi ce dont j'ai besoin pour avancer. Je hais ses métaphores à la con. Et je le méprise d'oser remuer le couteau dans la plaie de mon enfance sous couvert de bienveillance fraternelle.

Je saute de mon lit, enfile un short sur mon boxer, jette un T-shirt sur mon épaule et me rue jusqu'à la chambre de Colleen. Je frappe une fois, deux fois, dix fois. J'entrouvre sa porte et découvre son lit vide. Pour une fois que c'est moi qui avais besoin de vider mon sac. Je n'ai pas la tête à m'inquiéter de l'endroit où ma meilleure amie a passé la nuit.

J'enfile mon T-shirt, des baskets et décide d'aller courir avant le début des cours. Je croise Hector en train de faire des tractions à une main, un donut dans l'autre. Je ne fais même pas l'effort de lui dire bonjour.

– Mauvais choix de petit déj, mec. À plus.

Je n'écoute pas sa réponse, pas plus que les insultes qui allaient avec.

Premier tour de stade : je repense à mes parents biologiques en me demandant s'ils sont morts ou vivants.

Deuxième tour de stade : j'essaie d'imaginer quel nom j'aurais porté s'ils m'avaient gardé.

Troisième tour : je leur en veux.

Quatrième tour : je me demande quelle vie ils ont eue avant moi, après moi, si c'était la misère, l'enfer ou juste la triste banalité, à quoi j'ai échappé, de quoi ils ont voulu me protéger.

Cinquième : je leur pardonne.

Sixième : je me demande s'ils pensent à moi… autant que je pense à eux.

Septième : je tente de calculer la probabilité de les retrouver.

Huitième : probablement zéro.

Neuvième : je cours plus vite pour que mon cerveau arrête de donner raison à mon putain de frère.

Dixième : je sais que je devrais les chercher, comprendre ce qui m'est arrivé, connaître enfin les raisons de mon abandon pour arrêter de me faire des films. Ces questions sans réponses sont devenues mon obsession.

Onzième : il faut que je le fasse.

Douzième : je vais le faire.

Treizième et dernier tour de stade : et merde, je suis complètement cramé, mes muscles se tétanisent et évidemment, je vais me pointer en retard à mon premier cours.

***

Je me faufile discrètement dans l'amphi, les cheveux encore mouillés de la douche, en adressant un petit geste d'excuse en direction de l'estrade.

– Sheridan, vous avez pris une option « cours à la carte et horaires flexibles », cette année ? me demande le prof qui interrompt son cours magistral.

– Désolé, professeur King.

Je lui souris, il lève un sourcil pour me faire comprendre qu'il trouve ça plutôt léger. Puis je vais me glisser à côté de Todd et lui emprunte une feuille et un crayon.

– Cours de quoi ? lui demandé-je à voix basse.

– Droit de la presse.

– Toujours pas de trace de Colleen ? fais-je en la cherchant du regard dans l'amphi.

– C'est toi, son chaperon, pas moi… marmonne mon coloc.

– Pourquoi il fait la gueule, lui ?

J'ai posé la question à Hector qui somnole sur sa table.

– Vous deviez aller courir ensemble. Et Colleen a laissé un Post-it sur le frigo hier soir…

– Qui disait quoi ?

– *« Si je retrouve encore une seule goutte sur la cuvette, je vous enfonce un tampon dans le cul. »* En gros…

Je réprime un rire contre mon poing.

– Et il y avait un putain de tampon hygiénique scotché à côté, précise Todd, l'air écœuré. Je t'avais bien dit qu'une meuf à l'appart, c'était une mauvaise idée.

– C'est pas de ma faute si vous pissez à côté… fais-je en rigolant.

– Sheridan, vous avez quelque chose à apporter à ce cours ? s'agace à nouveau le prof depuis son estrade.

– Rien qui vaille mieux que votre précieux savoir, monsieur.

Quelques rires fusent dans les rangs de derrière, quelques filles coulent leurs regards amusés vers moi et le professeur King me laisse m'en tirer comme ça.

Je la ferme pendant les trois heures de cours suivantes tout en tentant de joindre Colleen par texto sous la table. Découcher une nuit, manquer des cours, ce n'est pas si inhabituel que ça, chez elle. Mais c'est mon rôle de m'inquiéter. Et j'ai intérêt à gérer ses excès si je veux que Todd et Hector la tolèrent dans cette coloc jusqu'à la fin de l'année universitaire.

Une demi-heure avant la fin du cours, le prof de droit nous colle une interro surprise qui porte sur les trois premières semaines de cours. Je remplis le QCM comme je peux, un peu de mémoire, un peu à l'instinct. Je laisse Hector loucher sur ma feuille et je m'inspire un peu de la fille appliquée devant moi. Tout juste de quoi limiter la casse.

Je repense à mon frère qui aime tellement réussir… et j'ai à nouveau la rage de ce test à moitié raté, de ces tours de stade qui n'ont pas suffi à me défouler, à m'apaiser, de mon enfance qui m'a laissé un goût amer, de mon histoire et de ses zones d'ombre que je pensais pouvoir laisser encore un peu enfouies, terrées à Queen Creek. Et probablement ailleurs.

10

EN COLÈRE

Arlo

Ce n'est qu'à la pause déjeuner que je retrouve Colleen, assise sur une table de la cafétéria, les jambes pendant dans le vide, les deux tatouages de ses chevilles se balançant nerveusement pendant qu'elle raconte une histoire apparemment palpitante à un groupe de filles hilares. Et c'est seulement quand je m'approche avec mon plateau que je me rends compte que Tillie en fait partie.

Soudain, toute la table cesse de parler et même de rire.

– Salut, Arlo ! T'as vu l'effet que tu leur fais ? se marre ma meilleure amie à mon arrivée. Pauvres petites Première Année.

L'année dernière, j'aurais sûrement essayé de m'en taper une ou deux, comme disent mes coéquipiers au QI limité. Voire plus. Mais quelque chose en moi a changé, depuis quelque temps. Disons que mes préoccupations ne sont plus exactement les mêmes. Jay, Colleen, Tillie… ça fait beaucoup de bordel et d'émotions à gérer.

J'évite soigneusement le regard de Baby Tillie mais je suis presque certain que ses joues ont rougi. Je tiens mon plateau à une main pendant que Colleen cogne trois fois son poing contre le mien.

– Tout va bien ? grogné-je.

– Bah ouais, c'est quoi, cette tête ?

– J'essaie de te joindre depuis ce matin.

– Désolée, plus de batterie.

– T'as dormi où ?

Colleen saute sur ses pieds et vient se coller près de moi pour me chuchoter à l'oreille :

– Je ne sais pas si tu as remarqué mais ma petite sœur est là. Pas la peine de me tirer les vers du nez en public.

– Alors réponds juste à ma question.

– C'est quoi ce ton et ce regard noir, Arlo ?

– Tu viens de rater un test en séchant les cours, lui annoncé-je.

– C'est pas la fin du monde, dit-elle en haussant les épaules.

– Tu as besoin de ces notes pour décrocher ton *bachelor*. Si tu commences à déconner dès le début de l'année…

– Je te l'ai déjà dit, je me fous de ce diplôme. Je vais prendre mon sac et me barrer, aller voyager…

– Tu me gonfles avec ton tour du monde, Sinclair. Redescends sur terre.

– Tu me saoules avec ta mauvaise humeur, Sheridan. Va tirer ton coup, ça te fera peut-être du bien.

Soudain, une crinière brune ondulée et une bouche pulpeuse s'interposent timidement entre nous.

– Y a un problème ? Ça va, vous deux ?

Sa voix fébrile et son regard inquiet me désarment un peu.

– Occupe-toi de ton cul, Tillie, la rembarre sèchement sa sœur.

– Pas la peine de lui parler comme ça, soufflé-je.

– Je suis assez grande pour me défendre, merci ! la plus jeune m'envoie balader.

– Bon, démerdez-vous, les sœurs Sinclair, vous me fatiguez.

Je recule de deux pas avec mon plateau et Tillie lance brusquement, d'une voix plus forte, comme sur un coup de tête :

– Je suis devenue l'assistante du Pr Sheridan !

– Je crois qu'il se fait appeler « Jay Shay », par ici, ironisé-je. Et qu'est-ce que tu veux que ça me fasse ?

– Perfec'Tillie a encore frappé, se marre Colleen en me voyant m'énerver.

Je plisse mes yeux agacés vers elle… puis les dirige à nouveau sur sa version mini. Elle croise ses bras sur ses seins affolants et soutient mon regard quelques instants. Je crève à nouveau de chaud.

– Je voulais juste te le dire, c'est tout. J'avais l'impression que…

– Arrête de te faire des films, Tillie. Et raconte-moi des trucs qui m'intéressent, pour changer.

Ma réponse semble la piquer au vif… mais elle n'a pas l'air décidée à lâcher le morceau. Je lis dans ses yeux sombres et brillants que c'est même tout l'inverse.

– C'est le prof le plus cool, le plus doué, le plus fascinant que j'aie rencontré, prononce-t-elle lentement, comme pour voir ma réaction.

– Et ? demandé-je, genre indifférent.

– Et je crois que ma petite sœur a un gros *crush* sur son prof de dessin, traduit Colleen en allant pincer les joues de sa sœur.

Tillie se dégage d'un geste agacé.

– Il était temps que tu te décides à t'intéresser aux mecs, Baby Tillie… lui murmuré-je avec un petit sourire narquois.

– Peut-être que ça manquait juste de mecs intéressants, réplique-t-elle en me regardant bien en face.

Sa repartie allume une étincelle dans mon orgueil… et à un autre endroit, là où ça ne devrait pas. Je vois que ça fait la fierté de sa sœur aînée et je lutte très fort pour ne pas poursuivre cette petite joute verbale explosive avec Tillie devant Colleen.

– Retourne lécher les bottes de ton prof préféré et fous-moi la paix, tu veux ? J'ai déjà assez d'une sœur Sinclair à gérer…

Colleen ricane. Tillie bout. Ce serait presque jouissif… s'il n'y avait pas cette tension et ce léger malaise entre nous trois.

– C'est quoi ton problème avec moi, Arlo ? me demande alors la petite brune en faisant un pas de plus dans ma direction.

Seul un plateau de cafétéria nous sépare. Son visage est si près que je pourrais l'embrasser. Et je ne sais même pas pourquoi cette idée me traverse l'esprit à ce moment-là, mais elle fait plus que ça : elle me transperce. Je lâche mon plateau sur la table près de nous pour éviter de l'envoyer dans les airs. Fourre mes mains dans mes poches pour m'interdire de les poser sur elle. Et me mets à lui parler tout bas, malgré toute la rage qui gronde en moi.

– Ne te donne pas tant d'importance, Tillie. Ce n'est pas toi, mon problème, c'est mon frère. Et ça fait des années que ça dure. Mais la nouveauté, apparemment, c'est que tu as décidé d'en faire ton putain de gourou. Mauvaise idée, petite.

Je lâche ces derniers mots entre mes dents et décide de me barrer avant qu'elle ait le temps de me répondre quoi que ce soit. Mais je lis dans ses yeux une colère difficile à contenir, un frémissement que je n'avais encore jamais vu chez elle, un truc prêt à exploser si je le titillais encore juste un peu.

Le seul problème, dans tout ça, c'est que ça ne titille pas qu'elle.

***

Cet après-midi-là, à l'entraînement de soccer, mes coéquipiers prennent pour tout le monde. Pour mon frère venu jouer les intrus à la fac de San Diego. Pour mes parents biologiques aux abonnés absents. Pour les autres, pas beaucoup plus présents. Pour ma meilleure amie qui a parfois tellement de démons à gérer qu'elle semble oublier que je suis de son côté. Et pour sa bombe de petite sœur qui n'était pas du tout prévue au programme de cette quatrième année.

Stephen mange la pelouse chaque fois qu'il touche le ballon. Je tiens toujours mes promesses. Lee, notre gardien de but titulaire, se prend une de mes frappes en pleine tête et une autre dans les parties, et reste cloué au sol cinq minutes à se tordre en grimaçant. Petite nature. Même Hector et son mètre quatre-vingt-dix s'écroulent sous un de mes tacles musclés, au point que le coach me demande d'en garder un peu pour les matchs.

Je note mentalement de m'engueuler avec les sœurs Sinclair et ce qui me sert de frère avant la prochaine rencontre des Aztecs.

Quand je rentre à l'appart après un détour par la piscine du campus et un autre par le *food truck* pour remplir mon ventre vide de trois hot dogs, je retrouve Hector en train de jouer à la console dans le salon, une part de pizza enfoncée dans la bouche, et Todd en train de filer les cours à rattraper à Colleen.

Ils s'en sortent tous très bien sans moi.

Un signe de la main plus tard, je m'engouffre dans ma chambre et referme la porte en la claquant du pied. Ce besoin de solitude, cette envie d'en découdre, cette colère sourde en moi, ça ne me ressemble pas.

Je ne comprends rien.

Je vais m'allonger sur mon lit pour taper cette recherche que je fais souvent sans jamais cliquer sur OK. Au moment où mon pouce frôle l'écran, un message me parvient et c'est bien Colleen, cette fois, qui m'écrit :

[Tu t'es calmé… ?]

[Nope.]

[Il paraît que t'as fait des dégâts
à l'entraînement…]

[Il paraît.]

[Il y avait aussi des blessées à la
cafet' après ton départ. J'ai dû
réanimer deux ou trois
Première Année.]

[T'es con.]

[Désolée de pas t'avoir prévenu
cette nuit. J'ai déconné.
Je vais me remettre à ton foutu

programme. Tu viens,
on va s'allonger dans l'herbe
pour regarder les nuages ?]

[Il fait nuit, Colleen !]

[Tu me manques, Arlo.
Je déteste m'engueuler avec toi…]

[Désolé, pas ce soir.]

Je risquerais de t'avouer que j'ai ta sœur dans le crâne…

Et que j'adore m'engueuler avec elle.

11

RIVALES, MAIS PAS VRAIMENT

Tillie

Je le vois passer presque tous les jours, à un coin ou un autre du campus.

Juste passer.

Même quand il me reconnaît, même quand nos chemins se croisent ou nous mènent dans la même direction, Arlo ne s'arrête pas pour venir me parler. Qu'il soit seul, entouré de ses potes, « bras dessus, bras dessous » avec Colleen, en maillot de foot ou en jean et T-shirt, à la bourre pour un cours, un entraînement ou marchant nonchalamment les mains dans les poches, mon *crush* de toujours ne me calcule plus.

Il est partout mais il me traite comme une étrangère, plus que jamais à ma portée et pourtant tellement loin, froid, intouchable, juste *là* mais pas pour moi.

Baby Tillie n'existe plus pour lui.

Enfoiré.

***

Ma copine Elle se pointe à ma porte un jeudi soir pour me rendre *The Book of Ivy*. En découvrant ma tête de dix pieds de long, l'amoureuse des livres, qui est aussi ma seule amie – si on met de côté le cas Martha –, décrète soudain :

– Tillie, les bouquins, c'est bien, mais ça ne remplace pas une vie ! Il est temps que je te sorte !

Je résiste comme je peux, aussi motivée qu'une narcoleptique qui a déjà sombré, mais son insistance – et son regard qui tue – a finalement raison de moi. Cette fille a une sacrée personnalité.

Je capitule, mais pas sans une petite idée derrière la tête. Mes yeux vont se poser à l'autre bout de la chambre 15, sur ma coloc à la tignasse blonde et son ouvrage de couture.

Je crois que la jolie Black comprend et regrette immédiatement sa bonne action.

– Si je sors, elle vient avec moi ! lui chuchoté-je.

– Tu plaisantes ?

– Non.

– Tu vas vraiment me faire ça ?

Je hoche la tête en lui souriant.

– Non négociable ? tente-t-elle encore.

– Martha en a plus besoin que moi, elle n'a jamais mis les pieds dans un bar ! De toute sa vie !

– Elle est bizarre, Tillie !

– Elle a juste besoin de s'ouvrir au monde… besoin d'amis… et d'amour.

– OK, soupire Elle en fermant les yeux. Mais tu peux faire en sorte qu'elle ressemble à une humaine, histoire qu'elle ne fasse pas fuir tous les mecs ?

– Tu m'en demandes un peu trop, là…

Une heure plus tard, on passe les portes de l'Eurêka ! où le dernier single de Tones and I bat son plein. Je tire ma *roommate* par la main en la sentant se tendre et l'empêche de faire un signe de croix à peine arrivée. Elle l'ignore sans doute mais moi aussi, j'ai besoin d'elle. Les bars, c'est nouveau pour moi. Je ne suis pas non plus habituée aux vapeurs d'alcool, à cette ambiance moite et frémissante, encore moins aux mecs qui nous reluquent, une bière ou un scotch à la main, sans même chercher à s'en cacher. Je me sens un peu fébrile mais curieuse, excitée, j'ai du mal à m'empêcher de sourire.

La jolie Elle et sa coloc Lauren ressemblent à des filles de magazines. Moi, je me suis contentée d'enfiler un slim avec un top un peu décolleté et Martha… de retirer son tablier. Ce qu'elle portait en dessous – et porte donc toujours à présent – est totalement informe et défraîchi, mais rien dans ma garde-robe n'a trouvé grâce à ses yeux.

« Trop moulant. » « Trop vulgaire. » « Trop taille basse. » « Trop taille haute. » « Trop noir. » « Trop rose. » « Trop provocant. » « Trop aguicheur. » « Trop indécent. » « Trop… »

Bref, à l'entendre, je suis bonne pour le trottoir. Ce n'est pourtant pas l'impression que j'ai, mais j'ai quand même le réflexe de remonter mon top pour dévoiler aussi peu de peau que possible. J'ai beau avoir envie de vivre, de m'amuser, ma sagesse légendaire a vite fait de me rattraper.

– Tu es étudiante en dessin, comme Elle ? demandé-je à Lauren en m'asseyant sur la banquette.

Soyons honnêtes : mes amis de fac sont rares et l'idée d'en compter une de plus à l'issue de cette soirée ne me déplaît pas.

Si ça pouvait en plus fermer le clapet de ma sœur…

– Ouais, au grand dam de mes parents ! Toi, tu es en archi, c'est ça ? Et une tête, apparemment…

– Et déjà l'assistante de Jay Shay ! précise Elle en faisant signe à un serveur.

J'acquiesce, un peu embarrassée par ces compliments, tandis que la blonde me dit tout le bien qu'elle pense du prof qu'on a en commun. Tandis qu'on discute un bon moment, Martha, mutique, observe ce qui nous entoure d'un air abasourdi.

Voire horrifié.

– Cette fille derrière le comptoir est *vraiment* en train de jongler avec des bouteilles d'alcool ?

– Oui. Et c'est elle qui va te servir à boire, rétorque ma copine à tresses en la matant comme un ovni.

– J'avais dit « plus jamais »… me souffle l'ex-mormone en se rappelant son exploit précédent.

– Juste un verre, lui glissé-je en souriant. Je suis là, le pire qu'il puisse t'arriver, c'est de t'amuser !

– Faites que Dieu t'entende…

Lauren et Elle se retiennent de commenter et je lève la main pour que quelqu'un vienne enfin prendre notre commande. Quelques minutes plus tard, on trempe les lèvres dans nos verres, on grignote quelques *wings* et nos langues se délient à nouveau.

– Vous pensez quoi du brun du fond ? nous interroge Elle.

– Trop musclé, lâche Lauren. Ça sent le mec qui se dope et abuse de la salle de muscu, ça.

– La salle de quoi ? demande Martha en reposant sa bière déjà bien entamée.

– Mais tu sors d'où, toi ?

– On va éviter cette question… fais-je avant de détourner leur attention. Et le blond accoudé au bar ?

Je me prends au jeu, moi aussi, et me surprends à aimer ça. Lauren lâche un petit cri aigu.

– Mon ex. Le pire coup qui ait jamais existé.

– Le pire quoi ?

Je fais signe à Martha d'écouter plutôt que participer, tandis qu'Elle triture nerveusement ses longues tresses noires. J'ai appris à la connaître un peu, en quelques semaines : la belle Black n'est pas des plus diplomates, elle manque parfois de tact, de patience, mais j'aime sa franchise. Avant que Martha ait le temps de lâcher une nouvelle question loufoque, Elle se lève en tendant la main à sa copine hilare.

– Viens danser avec moi Lau, je t'en supplie…

Ensemble, elles s'éloignent et vont se trémousser, vite rejointes par deux mecs visiblement intéressés par leur duo.

– Alors c'est comme ça que ça marche ? commente ma coloc, le nez dans son verre.

– Quoi donc ?

– Les… rapprochements humains.

– Comment vous faites… chez vous ?

– On ne fait pas. Jusqu'au mariage. Et après ça, je ne sais pas.

– Martha, je crois qu'il va falloir que tu te mettes à Netflix. Tu comprendras mieux en regardant…

– Net-quoi ?

J'abandonne, bois quelques gorgées, chantonne au son de la voix de Shawn Mendes, m'agite sur ma banquette et pense à lui.

Arlo Sheridan. Ses yeux verts, ses boucles folles, son grain de beauté si près de sa bouche…

Jusqu'à ce que son visage à elle m'apparaisse. Colleen vient de faire une entrée remarquée dans ce bar, accompagnée de sa bande de copines un peu jetées. C'est en tout cas la réputation qu'elles ont, sur le campus.

Je vois immédiatement que ma sœur n'est pas dans son état normal – sûrement sous l'influence d'une saloperie. Coke ? MDMA ? Amphét ? Je pense qu'elle a déjà tout testé, mais elle disait être clean depuis des mois.

Ce soir, je n'y crois pas.

– Ne bouge pas, je reviens… glissé-je à Martha en quittant ma banquette.

Ma sœur aînée légèrement titubante me voit venir de loin et me fait de grands signes. Son rire sonne faux, ses cheveux courts sont trempés, collés dans sa nuque, son maquillage a commencé à couler, ses mouvements ont quelque chose de saccadé, trop nerveux, pas normal. Ce spectacle me fait mal au cœur.

– Colleen, viens avec moi.

Elle m'échappe et continue de danser en ricanant.

– Je me doutais que tu n'étais pas là pour t'éclater avec moi…

– Tu as pris quoi ?

– Laisse-moi tranquille, Tillie. Ce soir je fais la fête, demain je redeviens sage !

– Ça ne marche pas comme ça et tu le sais…

– J'ai juste un peu trop bu, ça va !

J'observe les filles avec qui elle s'est pointée ici et constate qu'elles semblent toutes dans le même état.

– Trop bu ? répété-je. Tu me jures que c'est tout ?

– J'ai fumé, aussi… Mais rien avalé ! Ni sniffé !

Je soupire, tente de la prendre par la main mais ma sœur m'esquive une fois encore.

– Rentre avec moi, Co…

– Non ! La nuit ne fait que commencer ! Toi, va retrouver ta bonne sœur de coloc et ta petite chambre d'étudiante parfaite.

– Tu deviens méprisante quand tu es dans cet état-là.

– Et toi tu te crois mieux que moi.

J'inspire profondément et crie un peu plus fort pour réussir à me faire entendre par-dessus la musique.

– Je n'ai jamais dit ça, Colleen ! Et encore moins pensé.

– Tu mens ! riposte-t-elle. Tout le monde sait que je suis la ratée… Je l'ai toujours été.

– Arrête de dire ça.

– Mais Arlo est à moi, petite sœur, désolée !

– Pardon ?

Elle sourit d'un air mauvais en répétant encore une fois cette phrase et mon cœur dégringole dans ma poitrine. Colleen ne s'était jamais doutée de rien, jusque-là.

Du moins, c'est ce que je croyais.

– Qu'est-ce que tu… ?

– Mytho ! Je sais que tu rêves de lui en secret, me balance la brune. Que tu fantasmes sur lui depuis des années…

– Tu racontes n'importe quoi.

– Je te connais mieux que tu le crois, Tillie. Et lui, c'est mon double, mon confident, mon meilleur ami… Je sais que ce n'est pas un mec pour toi. Il ne saura jamais aimer une gentille fille… Si c'est le grand amour que tu cherches, ce ne sera pas avec Arlo Sheridan. Ce n'est pas un saint, crois-moi. Tu devrais rester loin de lui !

Ma grande sœur qui me prend de haut et pense m'apprendre la vie, ça n'a rien de nouveau. Mais elle ne m'avait jamais mise en garde au sujet d'Arlo. Je ne le pensais pas si « mauvais garçon » que ça… et je ne sais plus quoi en penser. Colleen peut se montrer dure, cash, sans filtre, mais je la sais surtout fragile. Étranglée par le doute, l'angoisse, souvent submergée par ses addictions.

Prisonnière d'elle-même.

Alors je n'ajoute rien. Je lui lance un dernier regard – sans animosité ni jugement –, je lui murmure de faire attention à elle et je vais retrouver Martha. Qui n'a pas bougé d'un centimètre sur sa banquette, les yeux écarquillés, se retenant de respirer.

12

ÉTOURDISSANT

Tillie

– Ta sœur et toi, vous semblez très différentes…

Bien avant minuit, on abandonne lâchement Elle et Lauren à l'Eurêka ! pour prendre le chemin du retour. Une bière a suffi à rendre Martha un peu pompette, bien trop bavarde et la route à pied s'annonce longue.

– Elle a trois ans de plus que moi, mais j'ai toujours été la « mature », la « raisonnable » des deux, lui avoué-je. La « coincée » et l'« ennuyeuse », aussi.

– Elle a surtout l'air malheureuse, ajoute ma coloc d'une voix triste. Et je m'y connais…

– Je crois que Colleen ne sait pas qui elle est, ce qu'elle vaut. Ni qu'on l'aime.

J'ai la gorge serrée en me confiant sur ma sœur. Martha perçoit les trémolos dans ma voix, sa main se glisse dans la mienne et la serre. Ce moment aurait pu être touchant, mais ma coloc trébuche lourdement et se rattrape à mon bras… en m'arrachant un ou deux tendons au passage au niveau du coude et de l'épaule.

Je pousse un cri de bête.

– Oh, mon Dieu, pardon ! piaille-t-elle en se redressant.

– Ton Dieu, il commence à me…

Elle plaque sa main sur ma bouche pour m'empêcher de blasphémer, puis elle murmure :

– Ta sœur a de la chance de t'avoir.

Je la fixe, hagarde.

– Je suis sérieuse, Tillie. Sans toi, je serais perdue, ici. Et c'est sûrement pareil pour elle… Tu dois être une lumière dans sa vie.

– Je ne crois pas, non, soufflé-je en me massant le coude. On s'aime, elle et moi, mais on ne sait pas toujours comment se le montrer. Sans le vouloir, nos parents nous ont toujours comparées et c'était rarement en faveur de Colleen. Ça nous a mises en rivalité, parfois, et je sais que ça a été bien plus dur pour elle que pour moi. Et quand je la vois se détruire… ça me fait un mal de chien. Je voudrais l'aider, je ne sais juste pas comment.

J'essuie rageusement les larmes qui roulent sur mes joues sans y avoir été invitées.

– Moi, j'avais neuf frères, lâche soudain l'ex-mormone.

– Neuf ?!

– Et une petite sœur, mais elle a rejoint Dieu avant de pousser son premier cri.

Pause.

J'observe longuement cette fille dont je sais si peu de choses, si ce n'est qu'elle a eu un début de vie tragique. Tout se mélange sous mon crâne et dans mon cœur, la peine, la confusion, l'empathie, la douleur. Sans réfléchir à ce que je fais, je la prends dans mes bras par réflexe.

– Tu veux me parler de tes frères ?

– Euh, Tillie ?

– Oui ?

– Ce… Cette proximité m'incommode, souffle Martha contre moi, raide comme un piquet.

– C'est toi qui m'as tenue par la main en premier !

– La main, c'est différent de… de tout ça.

Elle pointe du doigt ma poitrine écrasée contre la sienne. Et mon décolleté qui paraît soudain inapproprié, compressé dans cette position. Je ris tout bas et me détache d'elle.

– Alors, tes frères ?

– Tu veux vraiment savoir ?

J'acquiesce et la blonde au chignon rit comme je ne l'ai jamais entendue rire avant – l'excitation et la bière, sûrement.

– Alors… Dans l'ordre il y a Jacob, Jonathan, Joseph, Jeremiah, Justin, Joel, Jared, Joshua, Jericho et Judah.

– Ah… Tes parents ont galéré sur la fin, non ? Et pourquoi tous en J ?

– Non, attends ! Je crois que Josh est arrivé avant Jared… Oui, c'est ça ! Donc c'est Jacob, Jonathan, Joseph, Jeremiah, Joel, Joshua, Jared, Jericho et Judah !

– J comme…

– Comme Jésus, oui. Et comme Jéhovah, aussi. Dieu, si tu préfères.

– Tu… Non, tu ne plaisantes pas. D'accord, je ne vais pas insister.

Je reprends notre chemin en gardant mon avis pour moi, mais Martha ne s'arrête plus.

– Mon père John avait deux femmes, peut-être que depuis il en a une troisième…

– Respire, Tillie… me murmuré-je à moi-même.

– Je suis née en numéro trois. Et ma sœur, c'était Madelyn. La petite dernière, du moins je crois.

– Je suis désolée, Martha.

– Elle veille sur moi, de là-haut.

Son sourire serein m'émeut. Ceux qui ont la foi ont au moins cette chance : ne jamais avoir à vraiment dire adieu. Mais je préfère vivre dans la réalité, ne croire que ce que je vois, c'est comme ça qu'on m'a élevée. Et la vie n'a rien de miraculeux, selon moi : elle n'est qu'un enchaînement arbitraire de malheurs et de joies.

– Pour les filles, on est donc dans les M… commenté-je.

– Comme Mary. Le prénom de ma mère.

– Elle te manque ?

– Chaque jour. Et pourtant, elle ne m'a jamais vraiment portée dans son cœur. Elle vouait un amour inconditionnel à mes frères, je passais toujours après. Voire jamais. Mais Dieu devait avoir un autre plan pour elle et moi… Un jour, on se retrouvera.

– Je suis sûre qu'elle t'aimait, à sa façon, murmuré-je. Et qu'elle t'aime encore.

– Tu vois, toi aussi tu as la foi, Tillie Sinclair.

Et son rire s'envole dans la nuit noire.

Dans ses lourdes sandales, Martha trébuche à nouveau, mais cette fois je la laisse aller dire bonjour au goudron. Je tiens à mes tendons.

– Dieu avait un plan pour toi et ce trottoir, je crois… lui lancé-je en riant.

Après ça, on regagne le dortoir plus rapidement que prévu, je marche sans m'arrêter et l'entends trottiner derrière moi, essoufflée. Une fois de retour dans la chambre, Martha se couche après une courte prière dans laquelle je l'entends demander de me protéger, moi.

Mon ventre vide se plaint de cette soirée sans dîner, alors je ressors, mais seule, cette fois. En traversant à nouveau le campus, je lève les yeux vers le ciel bleu marine et repère une étoile qui brille un peu plus fort que les autres.

Martha y verrait peut-être un message de Madelyn.

Moi, je pense à Colleen. Et je me surprends à faire une petite prière pour elle.

Juste au cas où ça marcherait.

***

Toutes les épiceries du campus étant fermées à cette heure-ci, je me paie deux ou trois kilomètres pour atteindre le magasin le plus proche ouvert toute la nuit. Derrière son comptoir, le caissier lève à peine les yeux vers moi lorsque je pénètre par la porte coulissante. Sa casquette des San Diego Toreros vissée sur la tête, il a l'air à peine plus âgé que moi et regarde une vidéo sur son téléphone en mâchant un chewing-gum.

Et je me remémore à quel point j'ai de la chance de faire des études sans avoir à bosser toutes les nuits.

J'attrape deux boissons dans l'allée des sodas, reviens sur mes pas pour reposer les deux bouteilles – et attraper la quatrième et la neuvième dans le rayon. Mes superstitions débiles ne vont pas s'évaporer juste parce que j'ai prié une fois. Puis je dévalise l'étal des bonbons et me dirige vers les surgelés.

La glace est mon péché mignon.

– Colleen, arrête tes conneries et rentre à l'appart avant que je m'énerve !

Sa voix me parvient et me cloue sur place. Cette voix grave, un peu brisée, qui me fait tant de choses. J'avance encore de quelques pas, le cœur battant, et tombe sur Arlo Sheridan. Sans me voir, il range son téléphone dans la poche de sa veste en jean et s'empare d'un pot de Ben & Jerry's au cookie *dough*.

Exactement celui que j'aurais pris. Et celui que Jojo m'aurait arraché des mains, s'il avait été là, pour l'engloutir avant moi.

– Il y a un problème avec Colleen ?

Son corps d'athlète se tend brusquement, son beau visage se tourne vers moi et ses iris vert olive plongent dans les miens.

– Tillie, qu'est-ce que tu fous là au milieu de la nuit ?

Du regard, il cherche dans les environs une personne qui serait susceptible de m'accompagner, mais il ne trouve personne. Nous sommes bien seuls dans ce rayon.

– Comment tu es venue jusqu'ici ? À pied ?

– Baby Tillie sait marcher, oui. Colleen va bien ? insisté-je.

– Elle est bourrée, grommelle-t-il en s'adossant aux vitres de l'immense congélateur. Elle rentre, je vais la laisser dormir et la faire chier demain.

– Plus que bourrée, précisé-je. Je l'ai vue avec ses copines.

– Tu étais à l'Eurêka ?

– Oui.

Ses yeux se plissent, il semble préoccupé et je le trouve plus beau encore. Plus intense. Puis il acquiesce simplement et promène son regard sur moi. Avec une certaine douceur, je crois. Ça me pétrifie complètement.

– L'autre jour… Je… j'y suis allé un peu fort.

– On est d'accord.

– Désolé.

Ça lui coûte de s'excuser, mais il le fait quand même. Voilà en partie pourquoi je suis folle de ce garçon : derrière ce visage envoûtant et ce corps qui fait crier les filles se cache quelqu'un de bien, j'en suis sûre. Arlo Sheridan est un mec à part. Tout sauf un cliché. Une perle rare. Une étoile filante qu'on rencontre qu'une fois dans une vie… et qui illumine tout votre ciel, si seulement vous arrivez à la voir à temps.

Ma colère évanouie, je lui souris. Lui me dévisage avec une intensité qui me déconcerte et un petit trou se creuse dans ma poitrine.

– Mon frère… continue sa voix grave. T'as dû comprendre que c'était un sujet sensible ?

– Je connais ça.

– Ouais. J'imagine que c'est pas de tout repos de partager le même A.D.N. que Colleen Sinclair.

Je fais une petite moue, on rit doucement tous les deux.

– Tu me raconteras, un jour ? lui demandé-je.

– Quoi ?

– Ton frère et toi…

– Pourquoi ça t'intéresse ?

Je hausse les épaules et m'empare à mon tour d'un pot de glace.

– Parce que ça te concerne…

Mon cœur se met à battre plus fort après la quasi-déclaration que je viens de lui faire. Je ne sais pas ce qui m'a pris. Mais je tente de me maîtriser et je pose à nouveau mes yeux sur le garçon que j'aime en secret. Les mains derrière son dos, il fixe ses pompes, inspire profondément et une étrange chaleur se répand sous ma peau.

Ce que ce mec arrive à me faire sans même me toucher devrait être interdit par la loi. Interdit tout court. Pour Colleen. Je ne peux pas, je ne devrais pas lui faire ça.

– Tu étais avec qui, ce soir ? demande-t-il soudain, tout bas.

– Pardon ?

– Tu m'as entendu, Tillie…

Il me fusille presque du regard et un nouveau rire nerveux m'échappe.

– Je croyais que je n'existais plus, murmuré-je.

– Quoi ?

– Tu m'as vue au moins dix fois sur le campus et… rien. Le néant. Comme si j'étais devenue transparente.

Il lâche un soupir et grogne :

– Ce serait tellement plus simple, Tillie…

Son regard s'arrête sur mes lèvres, puis sur mon décolleté. Mon cœur s'excite, tambourine, menace d'exploser. Encore sous le choc, j'ai du mal à croire à ce que je viens d'entendre.

Et soudain, tout s'éclaire. Tout s'allume à une vitesse folle. C'est aveuglant. Étourdissant.

Je crois bien que je plais à Arlo Sheridan.

Et que mon ciel est devenu un peu plus grand.

13

L'EFFET TILLIE SINCLAIR

Arlo

Je ne peux pas croire que j'aie fait ça. Tout ça. Au rayon glaces d'une supérette ouverte vingt-quatre heures sur vingt-quatre, j'ai maté Baby Tillie comme une proie, regardé sa bouche, ses seins en oubliant qui elle était et surtout qu'elle n'est pas pour moi. Dans la liste de mes exploits de cette nuit-là, je me suis aussi excusé auprès d'elle de m'être comporté comme un con – ce qui n'a pas dû m'arriver depuis… ma naissance. Et enfin, le pire, de loin… je crois que je lui ai avoué à demi-mot qu'elle me plaisait. Que si je l'évite sur le campus, c'est parce qu'elle est tout le temps dans ma tête. Que si je l'ignore quand on se croise, c'est pour éviter de me trahir à la regarder comme il ne faut pas.

Mais depuis quand je me contrôle aussi peu, moi ?

Il fait un peu moins chaud à San Diego depuis le début du

mois d'octobre. J'ai pris l'habitude d'aller courir, seul, tous les matins avant les cours. J'ai du mal avec les questions d'Hector et Todd qui veulent régulièrement savoir pourquoi je n'ai toujours pas eu de meuf après un mois et demi de cours. Pourquoi je pars tôt des soirées étudiantes. Pourquoi je repousse les avances de cette fameuse Effie qui me colle souvent. Pourquoi je passe moins de temps avec Colleen, alors que c'est moi qui ai insisté pour qu'elle rejoigne notre coloc. Pourquoi je me fous en rogne de temps en temps, un peu sans raison.

Je ne leur ai pas parlé de mon frère. Ni de l'effet que me fait Tillie Sinclair. Ils ne comprendraient sûrement pas grand-chose à toutes ces émotions contraires, aux interdits que je me fixe tout seul, aux problèmes qui sont bien loin de leurs préoccupations de footballeurs en quatrième et dernière année de fac. Mes deux meilleurs potes sont là pour en profiter, pas pour se prendre la tête.

– Arlo, ton portable vibre comme un sextoy fou depuis dix minutes !

Hector Vargas « Pousse-Toi Je Passe » finit ses pompes dans le salon, puis m'apporte mon téléphone alors que je sors de la douche. Il le tient du bout des doigts comme si c'était un vibro qui avait déjà servi et il se marre comme un con.

– Tu devrais arrêter de te remplir les muscles d'air, Hector, t'as plus que ça dans le cerveau.

– Putain, t'as tes règles depuis un mois ou quoi ?

Le défenseur central repart en haussant les épaules et je m'en veux un peu de passer mes nerfs sur lui. À un autre moment, sa blague m'aurait peut-être fait rire. Si je n'avais pas deux appels en absence de Jay et cinq nouveaux textos que j'efface sans même les lire. Sûrement une énième invitation à un petit déj fraternel ou une hache de guerre à enterrer sous une pyramide d'excuses bidon et de *donuts* trop sucrés.

Mon frère ne semble pas décidé à lâcher le morceau. Je ne sais pas ce qu'il me veut exactement, mais il a l'air d'avoir oublié qu'il a affaire à encore plus borné que lui.

Je vais en cours sans même me fatiguer à lui répondre. Pas plus que je tente de joindre Colleen qui a encore découché la nuit dernière. Elle finira bien par me raconter ses mensonges habituels : que « ce n'est rien », qu'elle va « très bien », qu'elle n'a touché à aucune saloperie « depuis au moins trois minutes » et qu'elle a « besoin d'un ami mais pas d'un chaperon ».

Après une journée de cours et un match amical contre l'équipe de soccer d'une fac voisine, je rentre à l'appart sans me joindre aux festivités entre footeux et pom-pom girls. Pas la tête à ça. Mais apparemment, ma meilleure amie avait eu la même idée que moi : traîner tranquille dans la pénombre en regardant une émission débile et en mangeant n'importe quoi.

– Je peux me joindre à toi ?

– Il reste les trois quarts d'une pizza à l'ananas et la moitié d'un pot de glace au cookie en train de fondre.

Je pense à Tillie.

– Mais je regarde *Le Bachelor* et je te préviens, je ne change pas de chaîne.

– Ça me va. Je vais pouvoir regarder des paires de seins sans les commentaires graveleux d'Hector.

Je pense à Tillie.

– Alors, le score, vous avez gagné ? me demande Colleen en me faisant une place sur le canapé.

– Match nul. J'ai mal joué.

Je m'interdis de penser que c'est à cause de Tillie et je vais m'asseoir par terre devant la table basse, adossé au canapé.

– Désolée, je ne suis pas venue te voir jouer… J'avais des cours à rattraper.

– Tu n'es pas obligée de me mentir, Colleen.

Je me décapsule une bouteille de bière et mords dans une part de pizza pendant qu'elle s'allonge sur le ventre sur le canapé pour venir placer sa tête près de la mienne.

– Je crois que même le soccer m'ennuie, maintenant…

– Tu traverses une mauvaise passe, hein ?

– Je ne me souviens plus de quand date la dernière bonne.

– Tu as besoin de quoi, Colleen ? Comment je peux t'aider ?

Je tourne les yeux vers elle mais elle fuit mon regard.

– Pars voyager avec moi.

– Non…

– Rase-moi la tête.

– Non plus.

– Alors la tienne… lance-t-elle en enfonçant ses doigts dans mes cheveux. Ça, ce serait fun !

– Oublie. T'as dormi où, cette nuit ?

– À une fête… Je ne sais plus trop comment j'ai atterri dans cette baignoire. Mais j'étais seule. Et je ne me suis même pas fait tirer mon portable ou mes papiers. Y a du progrès, non ?

– *Good girl*… ironisé-je en lui tapotant la joue.

Elle se retourne sur le dos, fixe le plafond et laisse mollement reposer sa main tatouée sur mon épaule.

– Tu crois que si ma sœur était un peu moins parfaite, je le serais un peu plus ?

Tillie apparaît dans mon esprit. Et j'ai envie d'elle. Et je m'en veux de faire ça à ma meilleure amie.

– Elle n'a rien à voir là-dedans, marmonné-je.

– J'en ai marre, parfois.

– De quoi ?

– De me comparer aux autres. De ne jamais me sentir à ma place nulle part. De me lasser de tout, de ne rien trouver qui me fasse vraiment vibrer. Et de te voir te lasser de moi aussi. Je sais que je ne suis pas un cadeau, comme meilleure amie… Mais ça me fait mal que tu t'éloignes…

– Je ne vais nulle part, Colleen.

Je vide ma bière d'un trait, repose ma bouteille et ma part de pizza presque terminée, puis me redresse pour aller soulever la brune du canapé. Je l'installe en travers de mes épaules et l'emmène jusqu'à sa chambre avant de la faire tomber comme un sac sur son lit.

– Tu devrais dormir. Demain, on reprend le programme : on va retourner courir ensemble, tu vas venir en cours… à *tous* les cours, tu vas arrêter l'alcool et les cachets, je vais te fliquer aux soirées jusqu'à ce que tu rêves de retourner vivre chez tes parents plutôt qu'avec moi.

Entre ses joues creuses, un sourire se dessine enfin.

– Dors avec moi, ce soir.

Colleen retire son short et son débardeur sans se soucier de ma présence, enfile un long maillot de foot qu'elle tire de sous son oreiller, puis se décale pour me faire une place à côté d'elle.

– Tu sais que ce n'est pas avec ce genre de chemise de nuit que tu vas attirer quelqu'un d'autre dans ton lit ? me moqué-je.

– Qui je pourrais vouloir ? J'ai Arlo Sheridan pour moi toute seule… et torse nu, s'il vous plaît.

Elle s'amuse à me siffler pendant que j'enlève mon T-shirt et m'allonge sur son matelas, un bras replié derrière la tête.

On partage régulièrement le même lit depuis l'enfance, c'est toujours resté totalement platonique. Mais je sais que Colleen, sa grande gueule et son cœur de pierre ont parfois besoin d'affection, de douceur, d'attention rien que pour elle.

Elle se recroqueville sur le côté et me demande doucement :

– Tu crois vraiment que ça va bien s'passer ?

– À la fin, ça se passe toujours bien.

– T'es sûr… ?

– Non, j'ai envie de buter mon frère chaque fois que j'entends son nom ou qu'il essaie de m'appeler.

– C'est ça qui te met dans cet état-là ?

J'ignore sa question.

– Et toi, si tu continues à traîner avec ces filles, à dormir le jour et à faire n'importe quoi la nuit, je ne donne pas cher de ta peau. C'est moi que ton père va buter quand il va savoir tout ça.

– Il ne saura rien, tu m'entends bien ?

– Ouais, vu que tu viens de me perforer un tympan…

– Et il faut bien que je me fasse des copines quand mon meilleur ami déserte.

– J'ai juste eu des trucs à gérer…

– Je sais, Arlo. Tu ne crois pas que tu devrais laisser une chance à Jay ? Ton frère a peut-être changé. Ce « fils à sa maman » ne te veut pas forcément du mal…

– On ne change pas. Jamais.

Et je pense à Tillie. Sa métamorphose en quelques années. L'ancienne petite fille naïve et joufflue, chouchoute de ses parents, timide et tellement inoffensive qu'on a envie de la protéger. Pas de lui faire tout ce qui me passe par la tête en ce moment…

– On change tous, au contraire, soupire Colleen. Kristan et Freya disent que la fac prend des enfants et en fait des monstres, elles trouvent ça marrant d'imaginer les adultes pourris et névrosés qu'on va tous devenir.

– J'aime pas ces filles, grommelé-je.

– Freya a mauvaise réputation mais elle est intéressante, ça me change des petites parfaites de l'équipe de foot. Kristan est cool, marrante, sans prise de tête. Effie et Sarina n'ont pas inventé le fil à couper l'eau chaude, mais au moins on rigole bien.

– Elles ne passeraient pas leur vie sous ecsta si elles étaient si géniales.

– Tu m'avais manqué, mon insupportable chaperon préféré…

Colleen se marre et vient coller son bras autour de ma taille, puis sa tête sur mon épaule. Ses élans de tendresse ne m'ont jamais dérangé jusque-là.

Alors pourquoi je pense à sa sœur ? À ce que ça me ferait si c'était le corps de Tillie à sa place, la peau de Tillie contre la mienne, les mains de Tillie sur moi, sa bouche si près…

– Je sais que la présence de ton frère sur le campus te perturbe. Mais je ne t'ai jamais vu comme ça, Arlo. T'es sûr que ça va ?

– Arrête, tu m'as vu dans des états bien pires que celui-là.

– C'est vrai… Attends, je vais chercher les photos.

Colleen quitte son lit pour rapporter les vieux albums qu'elle aime tant regarder. Elle s'assied en tailleur près de moi et se marre déjà. Et je me dis que j'aime cette fille sans limite, sans condition, sans arrière-pensée, sans rien vouloir à part son amitié. Colleen et moi, ça se vit, ça ne s'explique pas.

Depuis dix ans qu'on se connaît et qu'on passe tout notre temps ensemble, on s'est chacun sauvé la mise plusieurs fois. Quand j'étais en guerre contre mes parents et que je trouvais refuge chez elle, en suppliant les siens de m'adopter. Quand elle ne supportait plus sa famille bourgeoise, coincée, qui l'étouffait et lui demandait de ne jamais déborder. Quand j'ai pensé arrêter les études après le lycée et qu'elle m'a inscrit presque de force ici. Quand je l'ai aidée à sortir avec son premier mec alors qu'elle était persuadée que personne ne voudrait jamais d'elle. Quand elle m'écoutait, des heures durant, cracher sur Jay. Quand j'ai été son épaule le jour où elle a failli perdre Jonah. Quand je lui ai fait goûter à sa première bière, sa première clope, son premier *shot* de vodka, son premier joint. Je n'imaginais pas qu'elle finirait par abuser de tout ça. Je me sens un peu coupable. En tout cas, responsable d'elle. Je suis censé m'assurer qu'elle va à peu près bien, qu'elle ne perd pas pied et ne se met pas trop en danger.

Et je crois que j'avais un peu perdu de vue ma mission, ces derniers temps.

– Non mais regarde mon look de première de la classe. Toi, tu avais déjà l'air cool, à 11 ans !

On passe en revue les photos de classe de chaque année, les premières boums, les vacances à traîner à Queen Creek, les dîners de Thanksgiving chez ses parents qui m'ont toujours ouvert leur porte et invité à leur table. J'aperçois Baby Tillie en arrière-plan sur certains clichés, toujours en retrait, mais souvent avec le sourire. Je me marre devant une photo où elle fait clairement la gueule, déguisée en saucisse pour Halloween, forcée par sa sœur aînée qui avait décidé qu'on serait un hot dog tous les trois.

Tillie a passé son enfance à vouloir nous suivre dans nos folles aventures ou prendre part à nos histoires : Colleen l'en a toujours empêchée, peut-être pour la protéger, sans doute juste pour pouvoir respirer.

– Pour une fois qu'on la laissait venir avec nous, cette petite ingrate… sourit Colleen avec un brin de nostalgie dans la voix.

– Elle est mignonne quand elle boude, m'entends-je prononcer.

Et je le regrette aussitôt.

– Je rêve ou tu es… touché, Arlo Sheridan ?

Ma meilleure amie me dévisage, amusée, et je lève les yeux au ciel avant de reprendre mon air indifférent.

– C'était la bonne époque, c'est tout. On pensait qu'on avait des problèmes… mais on était des gosses presque insouciants.

– Parle pour toi. Moi je suis née avec des névroses, je crois.

– C'est pour ça que ta sœur est devenue parfaite, il fallait bien qu'elle compense pour vos pauvres parents. Elle t'a pris toute l'intelligence, la beauté et la bonne humeur !

C'était censé être une petite pique bien sentie, comme on a l'habitude de s'en envoyer, Colleen et moi. Mais ça ne sort pas exactement comme je l'avais prévu dans ma tête. La brune me lance un sale regard sous ses sourcils perplexes.

– T'es en train de dire quoi, là ? Qu'elle te plaît, ma version junior… ?

– Arrête de dire n'importe quoi… C'est un bébé.

C'est le seul argument que j'ai trouvé. Je me redresse et quitte le lit de ma meilleure amie : besoin de me dégourdir les jambes, de calmer mon pouls et d'aller boire un coup pour apaiser ma gorge sèche. Colleen a l'air de se contenter de ma réponse. Elle referme ses albums, les pose par terre en vrac et se remet sous la couette.

– Merci de me prendre comme je suis, Arlo… Aussi imparfaite… Éteins quand tu reviens te coucher. Bonne nuit…

Elle bâille, enfonce sa tête dans l'oreiller et ferme déjà les yeux.

– T'es ma famille, lui chuchoté-je. Y a rien qui changera ça.

Et je pense à Tillie. Encore et toujours à Tillie.

14

NI LE LIEU NI LE MOMENT

Arlo

Le lendemain, Colleen vient courir avec moi.

Après un petit déj expédié devant le vendeur ambulant de beignets et de cafés, on va en cours tous les quatre, avec Todd et Hector, en commentant les résultats des Aztecs de San Diego la veille.

Puis on improvise une réunion au sommet pour organiser un roulement sur les tâches domestiques : la vaisselle commence à s'accumuler dans l'évier, les poubelles débordent et la douche est bouchée. Forcément, tout le monde a l'air d'attendre que les autres s'en occupent.

– J'irai acheter du déboucheur et une ventouse après les cours… annoncé-je.

– Oh oui, fais-nous le coup du plombier, se marre Hector en prenant une voix de meuf débile.

La seule fille de la bande lui envoie une tape sur le biceps et se fait mal à la main. Puis je l'entends mettre de l'eau dans son vin pour la toute première fois de la vie de cette coloc :

– Je ferai gaffe à ramasser mes cheveux après la douche, souffle-t-elle. Et j'accepte de faire la vaisselle trois fois sur quatre si Hector Gros Muscles Vargas sort l'intégralité des poubelles. Et si Todd Grosse Tête Kennedy me laisse loucher sur sa feuille à tous les tests.

Les deux mecs se marrent et les *check* s'échangent spontanément.

– Qu'est-ce qui nous arrive… ? On est d'accord *et* en avance pour les cours ! ironisé-je.

– Et tu fais même pas la gueule ! ajoute le blond en m'applaudissant lentement.

Je le fusille du regard et passe à autre chose.

– Mais pourquoi il n'a pas droit à son surnom à la con, lui ? demande Hector à Colleen. Je propose Arlo Grosse B…

– Ferme-la, Vargas ! le coupé-je.

– Voilà pourquoi Freya, Kristan et toutes les filles cool de ce campus préfèrent les filles, grogne ma meilleure amie en riant. Vous êtes tous des cas irrécupérables.

On continue à avancer dans les allées vers le secteur Journalisme et Communication pendant qu'Hector essaie de se faire arranger un coup – perdu d'avance – avec les nouvelles meilleures copines de Colleen.

– Je vous rejoins en cours, il faut que j'aille récupérer un truc dans ma caisse.

J'abandonne mes trois colocs et me mets à courir en direction du parking du campus. Ils sont trop occupés à parler de cul pour songer à me retenir ou à m'accompagner. Et tant mieux. En réalité, je n'ai rien à aller chercher dans mon pick-up, je viens simplement d'apercevoir Tillie Sinclair marcher dans cette direction. J'ai juste eu le temps de voir qu'elle portait un jean clair qui moule ses fesses et qu'elle suivait un mec, lui aussi de dos.

Quand je les rattrape enfin, je ne sais plus vraiment ce que je fous là. Et quand je découvre que le type en grande conversation avec Tillie n'est autre que mon frère, je fais demi-tour sans me poser de question.

– Arlo, attends !

Je reconnais la voix de Jay qui m'arrête net dans mon élan et me colle des envies de meurtre.

– Je suis en retard, désolé, tenté-je de fuir.

– Mais les cours ne commencent que dans dix minutes, ajoute Tillie.

Ses yeux candides plongés dans les miens, sa bouche pulpeuse qui n'a pas la moindre idée de son pouvoir sur moi, sa seule présence aux côtés de mon frère, tout me torture.

– On peut discuter ? me propose doucement Jay, comme s'il s'adressait à un forcené qu'il faut neutraliser.

Il s'approche lentement de moi, dans son costard immonde à carreaux bleus, verts et bordeaux. Puis il tend une main dans ma direction, comme s'il y avait la moindre chance que je la lui serre. Il me sourit et sa façon de faire me gonfle encore plus que tout le reste.

– Ni le lieu ni le moment, réponds-je en faisant non de la tête.

– Je peux vous laisser si vous voulez... glisse doucement Tillie.

– Oui tu peux y aller, merci.

– Vous n'êtes pas en cours, tu n'as pas à lui obéir, rappelé-je à la brune. D'ailleurs, c'est juste ton prof de dessin, tu n'es pas son chien, arrête de lui manger dans la main.

Elle prend la mouche et plisse ses yeux sombres en les passant de Jay à moi, plusieurs fois.

– Je ne crois pas que tu devrais t'adresser comme ça à l'une de mes étudiantes en ma présence, tente mon frère sur son ton péremptoire préféré.

– Je me fous bien de ce que tu dis et de ce que tu crois, Jay. C'est à Tillie que je parlais.

On échange un nouveau regard lourd de sens, elle et moi, et je décide de déguerpir. Cette petite scène à trois a assez duré. Je me retourne pour quitter le parking et je sens une main s'abattre sur mon épaule, me retenir fermement d'aller plus loin.

Une vague de colère monte en moi quand je réalise qu'il y a des carreaux près de mon oreille. Que c'est mon frère qui me touche et croit pouvoir m'empêcher d'avancer. Alors je fais volte-face, dents et poings serrés. Je l'attrape d'une main par le col de son stupide costume coloré et m'apprête à lui mettre une droite dont il se souviendra. Celle qui me démange depuis des années.

Mais cette fois, c'est la main douce de Tillie qui se glisse sur mon avant-bras. Le contact de nos peaux, la chaleur de sa paume, la délicatesse de ses doigts et les mille émotions qui traversent ses yeux brillants parviennent à me faire redescendre un peu.

Juste un peu.

Mais personne avant elle n'avait réussi à avoir ce minuscule pouvoir sur moi.

15

LA CLÉ DE TOUT

Tillie

Je fais face au côté obscur d'Arlo.

J'ai toujours lu et ressenti de la complexité en lui, ce regard intense et cette intelligence instinctive qui le rendaient différent, plus sombre et à la fois plus brillant que la moyenne. Mais je crois que je ne l'ai jamais vu aussi enragé, aussi prêt à défoncer tout ce qui l'entoure, à faire mordre la poussière à son frère et à quiconque oserait le défier. Et pourtant, il a beau être effrayant, j'ai peur pour lui. Peur pour le garçon que j'aime en secret et qui se transforme sous mes yeux.

Peur de tout ce que ça va entraîner. Peur qu'il frappe trop fort, qu'il regrette son geste plus tard, qu'il soit suspendu, renvoyé… ou même arrêté. Je vois sa mâchoire frémir, son poing hésiter encore… et mes deux mains vont maintenant se poser sur son torse, pour stopper ce qui est en train de se produire.

Je m'interpose entre les frères Sheridan sans même y réfléchir. Arlo s'immobilise. Ce contact physique semble lui faire comme un électrochoc. Il interrompt brutalement son geste, ses yeux olive se plantent dans les miens et… je m'y noie. J'y lis un millier d'émotions. De colères enfouies. De rêves brisés.

– Arlo, ne fais pas ça, lui murmuré-je.

Il me fixe avec une telle intensité que le temps s'arrête. Jay décide de disparaître, j'entends ses pas légers qui s'éloignent.

– Arlo, s'il te plaît…

– Tu ne sais pas, Tillie. Tu ne sais rien.

– Raconte-moi.

– Non.

Nos regards restent aimantés, on se dévisage, on avale le même air lourd et pesant. Le parking se met à tourner autour de moi, je sens son cœur battre sous mes paumes, ma peau fourmiller, ma respiration galoper.

Et soudain, il m'échappe.

À grandes enjambées, l'athlète tente de rejoindre son pick-up garé à quelques dizaines de mètres de là. Je le suis en courant, persuadée que la pire idée à ce moment-là serait de le laisser seul face à ses démons.

Arlo passe son temps à voler à la rescousse de tout le monde. De ma sœur. De ses potes. De ses coéquipiers. De moi, parfois. Mais qui le protège, *lui ?* Qui prend soin du grand Arlo Sheridan quand il pète un plomb et laisse déborder sa douleur ? Qui s'assure qu'il ne fait pas de conneries ?

– Attends-moi ! insisté-je en trottinant derrière lui.

– Fous-moi la paix, Tillie.

– Tu vas faire quoi ?

– Mêle-toi de ton cul !

– Arlo, arrête ! grondé-je en l'attrapant par le bras.

Il se retourne, se libère de mon emprise sans aucun effort et m'assassine du regard :

– Dégage, Baby Tillie.

J'essaie une nouvelle fois de le retenir, il soupire et me repousse, cette fois en posant fermement ses deux mains sur mes épaules.

– Laisse. Moi. Respirer.

Il scande ces mots d'une voix rauque et sans appel.

– C'est assez clair, comme ça ?

Je fais non de la tête, il lève les yeux au ciel. Soudain, son grand corps me sème à nouveau pour aller rejoindre son pick-up. Je me rue dans la même direction, fais le tour du véhicule à toute vitesse tandis qu'il s'installe au volant. J'ouvre la portière juste avant qu'il la bloque et saute sur le siège passager.

Une mitraillette. Voilà ce que je trouve dans son regard.

– Descends.

– Je ne te laisserai pas seul.

– Tillie Sinclair, descends de ma putain de caisse.

Son ton acerbe m'impressionne un peu mais je ne lui montre pas. Quelque chose m'empêche de le laisser partir.

– Tu es trop en colère pour conduire, soufflé-je.

– Tu es qui pour décider de ce que je dois faire ?

– Je suis Tillie.

Je lui souris en espérant que ma réponse idiote le détende un peu. Mais c'est un échec cuisant. Toujours aussi crispé, Arlo fait rugir son moteur et démarre en trombe en lâchant entre ses dents serrées :

– Attache-toi ou je te balance par la fenêtre.

Je l'aurais fait même s'il ne me l'avait pas demandé. Pendant quelques minutes, on roule en silence. Je pense au cours que je suis en train de rater… mais à ce moment précis, ça ne compte pas. Je pose mes yeux sur lui tandis qu'il fixe la route. Son beau visage préoccupé, les muscles et les veines saillantes de ses avant-bras, l'odeur de menthe et de musc qu'il dégage… J'observe, j'admire, je respire, je m'imprègne de tout.

De lui.

Ce mec est redoutable.

Malgré sa colère et ses traits tendus, Arlo conduit avec aisance, sans prendre de risques inconsidérés. Il va vite, je dois m'accrocher à la poignée de maintien pour encaisser un ou deux virages, mais je n'ai pas l'impression de risquer ma vie à ses côtés.

J'ai le cœur qui bat à tout rompre. Mais ça n'a rien à voir avec le danger.

– On va où ?

– Où je veux.

– C'est-à-dire ?

– Voir la mer. Il n'y a que ça pour me calmer.

– Pourquoi est-ce que ton frère te rend barge ?

Mon manque de tact, de diplomatie, doit le surprendre : je vois ses phalanges se contracter un peu plus autour du volant.

– Tu t'es invitée dans ma voiture pour me rendre un peu plus dingue encore ?

– Non. Pour que tu ne sois pas seul. Et pour comprendre.

Nos regards se croisent un instant, puis le sien se détourne.

– Il n'y a rien à comprendre. Je ne te dois aucune explication.

– Parce que je ne suis pas Colleen ?

L'athlète aux muscles tendus secoue la tête, l'air las, puis lâche une première information qui me cloue littéralement à mon siège :

– J'ai été adopté. Jay n'est pas mon frère biologique.

– Pourquoi… Pourquoi est-ce que tu as gardé ça secret ?

– Parce que ça ne regarde personne, grogne Arlo. Et parce que ma soi-disant famille m'a complètement bousillé…

Je reste bouche bée, réalisant que j'aurais dû le deviner, depuis toutes ces années. Arlo a passé des années fourré chez nous, à faire les quatre cents coups avec Colleen. Je comprends maintenant que c'était sans doute pour fuir son propre foyer. Et si, à Queen Creek, tout le monde savait que les frères Sheridan se comportaient comme des étrangers, on ignorait bien pourquoi.

Il nous manquait cette donnée cruciale. Depuis tout ce temps, il *me* manquait cette part de vérité sur lui.

– Tu en as beaucoup souffert ? soufflé-je dans sa direction.

– D'être adopté ?

– Oui.

Arlo fronce un peu plus les sourcils, puis tourne sur la petite route qui mène à la plage d'Ocean Beach.

– Ils l'ont eu, lui, se met-il à raconter. Et puis ils ont appris qu'il n'y aurait jamais de deuxième, malgré toutes ces années passées à essayer. Alors ils se sont tournés vers l'adoption…

– *Ils ?* Tu parles d'eux comme s'ils n'étaient rien pour toi.

– C'est exactement ce qu'ils sont.

– Tu as quand même été désiré, non ? fais-je innocemment.

Arlo lâche un rire sans joie. Au loin, l'océan apparaît.

– Ils n'ont jamais fait le deuil d'un autre enfant biologique. Je suis arrivé douze ans après leur fils adoré et j'en avais déjà quatre. C'était trop tard pour tout le monde. Déjà foutu pour moi.

– Comment ça ?

– L'adoption a été leur choix par défaut, Tillie. Ils voulaient juste un frère pour leur fils, un lot de consolation pour eux. Entre nous quatre, ça n'a jamais pris. Ils ne m'ont jamais laissé ma chance... Jamais aimé comme ils l'aiment, lui.

J'entends les blessures profondes dans sa voix, tout ce qu'il essaie de taire parce qu'il n'aime pas se montrer vulnérable devant moi. Je devine comme ça lui fait mal de prononcer ces mots. Mal à son ego. Mal au cœur. Mais il a le courage d'aller les chercher au fond de sa gorge nouée. Je ne sais pas tout ce qu'il a vécu mais ces aveux me touchent au plus profond.

– Je suis désolée, Arlo...

– Et ce connard qui m'a traité comme un moins-que-rien pendant quinze ans se pointe ici ? enrage soudain le garçon plein de tourments en accélérant. Sur ce campus où j'ai enfin ma place ? Et il te tourne autour ? Il veut mourir, ou quoi ?

– Arlo... C'est juste mon prof, bredouillé-je en sentant mon cœur s'emballer.

– Je le hais, gronde sa voix grave. Je voudrais le détruire.

– Il n'est pas responsable des erreurs de vos parents. Ce sont des histoires d'adultes qui bousillent les enfants, parfois...

– Colleen me répète sans cesse la même chose, avec des mots plus crus, grommelle-t-il. Vous me faites chier avec vos bons sentiments. Jay est une ordure : il ne m'a jamais accepté, j'étais de trop dans leur famille à la con et j'ai grandi chaque jour en me sentant rejeté. Mais c'est terminé. Ma vie m'appartient, désormais.

– Il cherche peut-être à réparer...

– C'est trop tard, putain ! Et ta sœur non plus ne le comprend pas...

Ça me dérange qu'elle connaisse la vérité depuis tout ce temps, et pas moi. Mais Colleen est son double depuis toujours, sa meilleure amie, sa confidente, sa copine de galères… Sa personne préférée sur terre.

Moi, je ne suis que Baby Tillie.

– Tu as déjà cherché tes parents biologiques ? demandé-je doucement en fixant les vagues à l'horizon à travers le pare-brise. J'imagine que tu penses à eux tous les jours…

Arlo met un certain temps à répondre. Une petite éternité. Lorsqu'il se tourne vers moi, c'est pour souffler :

– Tu poses un peu trop de questions…

– Ça veut dire oui, ça ?

– C'est personnel.

– Colleen le sait ?

– Colleen sait tout.

Je ravale ma frustration et garde les insultes que j'ai envie de proférer pour moi.

Mais à l'instant où Arlo est obligé de se ranger sur le bas-côté pour laisser passer un énorme camping-car sur cette route étroite, je me venge comme je peux. J'éteins le moteur d'un tour de clés, les arrache de la serrure et les serre dans ma main.

– Qu'est-ce que… ? Mais putain, tu es folle !

– Tu ne joues pas franc-jeu, Sheridan, lui lancé-je en m'enfonçant à nouveau dans mon siège.

– Je ne joue pas avec toi, Tillie, nuance. Rends-moi mes clés.

Son grand corps se penche sur moi, sa main s'enroule autour de la mienne pour tenter de l'ouvrir. Mais je résiste, me tortille, lui échappe. Il revient à la charge, je tiens bon.

– Tu n'auras pas ces clés tant que tu ne m'auras pas tout dit…

– Je vais vraiment te laisser sur le bord de la route, Tillie.

– Tu ne ferais jamais ça.

– Tu ne sais absolument pas de quoi je suis capable.

– Tu es un mec bien.

– Arrête de te faire des films sur moi.

Sa voix n'est qu'un souffle. Un râle rauque et chaud qui allume une petite flamme entre mes cuisses.

– Tu ne me fais pas peur, Arlo, murmuré-je en mentant effrontément.

– Tu devrais te méfier…

– Non.

– Rends-moi mes clés.

– Non.

– Dans trois secondes, je te fous dehors par la force.

Ses menaces ne marchent pas sur moi, elles font juste grimper la tension entre nous et grandir le feu qui se propage maintenant au creux de mes reins. Il tente à nouveau de m'arracher les clés, je les glisse brusquement dans mon soutien-gorge, là où je sais qu'il n'ira pas les chercher.

– Putain, Tillie…

Ses yeux s'écarquillent en se posant sur la peau fine de mon décolleté. Je remonte mon T-shirt qui en dévoilait un peu trop et me racle la gorge. Notre soudaine proximité m'affole… Son regard fou sur moi, sa chaleur, son intensité, son odeur. Et je crois que je ne suis pas la seule à ressentir ce trouble.

Ses yeux sondent les miens, puis descendent lentement sur ma bouche. Seuls quelques centimètres nous séparent et j'ai du mal à déglutir. Mais encore plus à me retenir. Timidement, je me penche en avant en espérant amener mes lèvres à la rencontre des siennes. Lui ne bouge pas, il me laisse venir, avant de chuchoter :

– Ne fais pas ça.

Ses mots disent non, mais sa voix cassée exprime tout le

contraire. Je plonge un peu plus, déjà avide de ce baiser que j'ai imaginé un bon milliard de fois.

– Tillie, on ne peut pas…

Cette fois, le garçon que j'aime secrètement depuis une éternité baisse complètement la tête. Il renonce avant de m'avoir offert mon premier baiser. À la place, il me prend dans ses bras et me serre contre lui, juste quelques secondes.

Il sent si bon, sa peau est si chaude, je suis sous le choc, sous le charme, sous son emprise et j'en veux plus, beaucoup plus. Mes lèvres embrassent son cou, mes doigts se promènent dans ses boucles folles, je lâche prise et j'ose pour la première fois de ma vie : c'est vertigineux, délicieux.

Entre lui et moi, il y a quelque chose d'indéniable. Évident. Je sais qu'il le sait. Qu'il le ressent.

Mais déjà, ses mains me repoussent et me collent contre la vitre de la voiture. Tout en me fixant avec cette intensité qui me désarme, Arlo répète encore une fois :

– On ne peut pas.

Sa portière s'ouvre et d'un saut, l'athlète quitte son pick-up. En abandonnant ses clés à mon décolleté. Estomaquée, je le contemple dans le rétroviseur tandis qu'il court le long de la route.

Et m'échappe pour de bon.

***

Ça m'a bien pris vingt minutes pour retrouver mon souffle et me remettre de mes émotions. Enfin, juste assez pour pouvoir prendre le volant. Je passe donc du côté conducteur, j'allume le moteur et je conduis fébrilement le pick-up d'Arlo jusqu'au parking du campus.

Puis, le cœur encore en vrac, juste avant de retourner en cours comme la Perfec'Tillie que je suis, je me rends chez Arlo pour glisser ses clés de voiture dans la boîte aux lettres de son appart.

Ces clés qui nous ont presque vus nous embrasser.

16

QUAND CHUCKY RENCONTRE ARLO

Tillie

Après ce baiser qui n'en était pas un, j'ai repris les cours, mes appels à Jonah, le dessin, la lecture, l'éducation païenne de Martha, les sorties avec Elle. Ma nouvelle petite routine étudiante : pas vraiment ennuyeuse, plutôt riche et bien remplie, mais dans laquelle il manque un élément.

Un élément crucial.

Lui.

Je n'ai croisé Arlo qu'une fois de toute la semaine, et il était entouré de tous ses colocs – dont ma sœur qui a bien fait semblant de ne pas me voir. Dans ces circonstances, je n'ai bien sûr pas pu dire ce que j'avais sur le cœur au garçon qui me file systématiquement entre les doigts.

Ni lui voler le baiser dont je rêve chaque nuit depuis ce fameux jour. Mais ça me fait peur qu'il soit si *bad,* si dangereux pour moi. Colleen m'a défendu de m'approcher de lui… et j'ai aussi peur de la trahir que de ce que je pourrais découvrir.

Ma sœur me rend plus souvent visite au dortoir, ces derniers temps : elle reste parfois pour mater un film, me poser des questions indiscrètes, se servir dans mes fringues, vider mes réserves de bonbons, embêter Martha, et j'en conclus qu'elle va mieux.

Je rêve un peu moins souvent qu'on va la perdre et je me surprends à y croire, cette fois : elle et moi, on se rapproche, on rit, on se raconte tout et n'importe quoi, on refait le monde à notre manière. J'adore cette Colleen-là, moins fuyante, moins distante, moins difficile à suivre, à comprendre, à aimer. Elle n'a plus l'air prisonnière de la drogue ni de son manque, elle ne joue plus avec mes émotions comme elle le faisait quand elle était au lycée, ne cherche plus à me manipuler, ne me reproche pas de ne rien comprendre, d'être trop sobre, trop sage, trop normale, trop chiante à mourir. Parfois, je me sens prise en otage par tout ce qu'elle exige, ressent, espère, refuse et nous fait subir, selon ses humeurs et ses excès.

Mais dans les moments où elle va bien, je la retrouve. C'est elle. Vraiment elle. Et je me demande qui est derrière tout ça : son meilleur ami toujours là pour la relever ? Une autre rencontre qui aurait tout changé ? Mais avec Colleen, on est toujours sur le fil et je sais aussi que tout peut s'écrouler à nouveau, qu'il suffit d'un souffle, d'un stupide souffle pour que ça déraille.

Et si ce souffle, c'était moi ? Moi qui tente de lui prendre *son* Arlo. Moi qui risque égoïstement de la faire sombrer à nouveau…

– Tu sors de tes pensées et tu mets cette perruque, oui ?

La *douce* Elle me balance une espèce de rat roux – et mort – à la tronche et je l'enfile sur mon crâne sans broncher.

Me voilà transformée en Chucky. J'ai décidé de jouer le jeu cette année, même si ça fait environ dix ans que je ne me déguise plus pour Halloween… Un peu traumatisée par les horreurs que me faisait porter ma sœur quand elle avait encore envie de jouer à la poupée avec moi.

– Et toi, Martha, tu es censée ressembler à un fantôme flippant, pas juste à une fille bizarre en robe blanche…

– Mais j'ai mis du rouge à lèvres !

– Il est *nude,* pas rouge sang comme on avait dit !

– Je n'aime pas trop toutes ces choses-là, ces créatures diaboliques…

La jolie Black soupire en agitant ses tresses, sa coloc Lauren finit de zipper sa combinaison sexy de Sailor Moon et attrape une couronne de fleurs pour aller la poser sur la tête de Martha.

– Voilà. Tu es une nymphe, maintenant.

– Une divinité, ben voyons… marmonne la cheffe des opérations.

– Elle, arrête de râler et enfile ton costume !

Je lui balance son arc et cinq minutes plus tard, Katniss Everdeen, Sailor Moon, Nymphe Martha et Chucky quittent leur dortoir pour se rendre à la plus grande *frat house* du campus, où est organisée la fameuse « Soirée du cauchemar ».

Une première sur ce campus, pour moi. Et malgré mon excitation, ma pointe de fébrilité, Chucky a décidé que ce soir, Chucky n'aurait pas peur. Chucky va s'amuser.

***

Je mets moins de deux minutes à le localiser. Dans le grand hall de la maison, Arlo se trouve au milieu des plus belles filles de l'équipe de foot féminine – dont Colleen, évidemment – qui se sont déguisées en pom-pom girls zombies à la sortie d'un accident de bus sanglant. Le mec de mes rêves est assis sur le bord d'une fenêtre ouverte, comme un souverain installé sur son trône et entouré de sa cour.

L'athlète s'est contenté d'enfiler un maillot de basket pour l'occasion et j'ai soudain du mal à assumer mon déguisement. Toutes ses favorites s'agitent autour de lui, remuent tout ce qu'elles ont en stock, juste pour attirer son attention.

Pathétique.

Et très compréhensible.

– Elles n'ont jamais vu un mec de leur vie, ou quoi ?

– C'est Arlo Sheridan, quand même, précise Lauren. Il fait partie du top trois des célibataires les plus convoités de cette fac.

– Donc intouchable, grommelle miss Rayon de Soleil. Où est le bar ?

Tandis que Katniss et Sailor Moon vont nous chercher à boire, je reste à mon poste de surveillance en rougissant intérieurement en repensant à ce mec que tout le monde pense inaccessible et que je veux tellement, sans en avoir le droit. Arlo ne m'a peut-être toujours pas repérée, mais moi je l'ai bien droit dans ma ligne de mire.

– Je le connais ! me glisse alors Martha.

Je délaisse le beau gosse et son harem du regard pour me tourner vers ma coloc.

– Comment ça ?

– Il est passé à la chambre, l'autre jour… Oh non, mince, il se peut que j'aie oublié de te le dire.

Elle se met une petite claque sur le front, je l'empêche de recommencer. On ne sait jamais, un peu plus et elle serait capable de se flageller avec sa couronne de fleurs.

– Martha, détends-toi. C'était quand ? Il voulait quoi ?

– Y a trois ou quatre jours, je crois… Te parler, c'est tout.

– Il avait l'air comment ? Stressé ? Énervé ? De bonne humeur ?

– Beau.

– Hein ?!

– Juste beau.

Je ris de frustration, meurs un peu de ne pas savoir ce qui l'a amené jusqu'à ma porte et ce qu'il était venu me dire, et je noie toutes ces émotions dans le verre que me tend Elle.

– Viens danser, Chucky.

Katniss m'attrape par la salopette et je la suis jusqu'à la pièce d'à côté, transformée en *dance floor* pour la soirée. « Trampoline » de Shaed ft. Zayn résonne à plein volume et mon corps se met à bouger un peu malgré moi, animé par ce rythme entêtant et par la sensualité que dégage ce morceau.

Arlo passe près de moi tandis que la chanson suivante démarre. Le célibataire « tant convoité » met un peu de temps à me reconnaître sous ma perruque et ces fringues ridicules. Une pom-pom girl sous chaque bras, il me fixe intensément tandis que je continue à onduler. Le voir si proche de toutes ces filles alors qu'il ose à peine me toucher, moi, ça me rend dingue. Je devrais me sentir nulle, inexistante, pas à la hauteur, avoir envie de laisser tomber cette petite compétition perdue d'avance… Mais c'est moi qu'il regarde et ça me donne envie de sortir les griffes. Un de ses potes déguisé en Jésus s'avance dans ma direction, Arlo lui fait signe d'aller voir ailleurs.

Et ça m'irrite un peu plus. Je sais qu'il n'est pas pour moi… Meilleur ami de ma sœur… Mec dangereux qui ne tombe pas amoureux… Et qui souffle le chaud et le froid en me repoussant autant qu'il m'attire, en éloignant les mecs autour de moi. Mais alors pourquoi je ne m'arrête pas ? Pourquoi moins je peux l'avoir, plus je le veux ? Et pourquoi il a l'air de me laisser de l'espoir ?

C'est à *lui* que je devrais poser toutes ces questions.

– Un problème, Sheridan ? crié-je à son oreille pour être entendue.

– Aucun. Un problème, Sinclair ?

– Je danse avec qui je veux !

– Parce que tu crois que ça m'intéresse ?

Je lui lance un regard mauvais et ne prête aucune attention aux deux potiches qui doivent me trouver salement gonflée.

– C'est qui, elle ?

– La petite sœur de Colleen.

– Joli costume… lâche la première d'une voix moqueuse.

– J'ai hésité entre un vrai costume et un déguisement de pute, rétorqué-je. Mais le deuxième était déjà pris…

Les mots ont fusé, ils sont sortis sans que je puisse les contrôler. Les deux filles, vexées, s'apprêtent probablement à me démolir, mais Arlo les emmène plus loin en se marrant. Pas très fière de moi, je retourne auprès d'Elle et me défoule sur un morceau de Queen.

On joue à ce petit jeu toute la soirée. À l'autre bout de la pièce sombre, surchauffée et bondée, le meilleur ami de ma sœur flirte avec qui bon lui semble, mais quand un seul mec ose m'approcher, je vois ses yeux verts me scruter farouchement.

Colleen me découvre ici une heure après mon arrivée. Elle vient danser avec moi, m'arrache ma perruque pour libérer ce qu'elle appelle ma « crinière de déesse » et pendant quelques minutes, les sœurs Sinclair s'enferment dans leur bulle. Cette complicité, cette proximité qui renaît entre nous, ça m'avait manqué.

Puis sa copine Freya et sa bande débarquent dans des costumes complètement barrés, et ma sœur s'évapore pour aller faire et prendre je ne sais quoi avec elles.

– Colleen, attends !

Je n'ai même pas le temps de la mettre en garde : elle a déjà filé. Arlo et moi échangeons un nouveau regard, à ce moment-là. Un regard qui exprime la même inquiétude teintée de lassitude : « Quelle connerie t'apprêtes-tu encore à faire en cachette, Colleen Sinclair ? »

Une image improbable attire soudain mon attention, un peu plus loin. Martha. Ma Martha. La nymphe et sa couronne de fleurs. En train de danser avec un mec. Un vrai mec, en chair et en os. Un mec qui ne se signe pas avant de l'embrasser sur la joue, qui ne tient pas de bible à la main et qui la contemple, attendri, en dansant sereinement un slow avec elle.

– Putain, elle s'est casée avant moi ! s'étrangle Elle, dans mon dos. Tillie, dis-moi que je fais un *bad trip !*

– Elle apprend vite, la petite… fais-je en souriant.

***

Il est presque une heure du matin quand je décide de rentrer. Elle et Lauren se sont trouvé deux mecs potables avec qui danser, Martha et ses sabots enchaînent les slows et j'en ai ma claque de voir Arlo se faire draguer à tout va.

Je traverse la grande pièce en direction de la sortie, mais juste avant que je passe la porte, une main s'enroule autour de mon bras et m'entraîne à l'écart.

– Arlo ?

– Suis-moi.

Il me guide jusqu'à une petite cuisine et referme la porte derrière nous.

– Personne ne viendra, ici.

J'ai le souffle coupé et bien du mal à savoir ce que je fais là, ce qu'il attend de moi, alors je le fixe droit dans les yeux et j'attends qu'il s'explique.

– Tu as perdu ta langue ?

Je fais « non » de la tête. Il sourit.

– Fâchée ? demande-t-il tout bas.

Sa voix grave me chatouille à l'intérieur. Je fais « non » à nouveau.

– C'est plus drôle quand tu parles, Tillie.

– Tu es venu frapper à ma porte ?

Le meilleur ami de ma sœur marque une pause, puis reprend en s'adossant au mur derrière lui :

– Je voulais juste vérifier que tu ne m'en voulais pas…

– Pour ?

– T'avoir lâchée, l'autre jour. Merci d'avoir ramené ma caisse.

– C'est tout ?

– Quoi ?

– C'est tout ce que tu voulais savoir ? insisté-je.

– Ouais.

On se jauge du regard, lui et moi, pendant une petite éternité, alors que les boum boum de la fête battent encore leur plein derrière la porte. Ici, dans notre cachette, c'est un peu comme si la Terre s'était arrêtée. Et qu'elle tournait dans tous les sens sous mes pieds.

– Tu es sûr que tu ne venais pas chercher autre chose, Arlo ?

– Comme quoi ?

– Je ne sais pas… Quelque chose qu'on n'a pas terminé, toi et moi.

Il se gratte le front et se marre, le regard planté au sol. Un grognement lui échappe, juste avant ces mots :

– Tu ne vas pas me faciliter les choses, hein ?

– Qu'est-ce que ça veut dire ?

– Que ce petit jeu entre toi et moi doit cesser, Tillie.

– Quel jeu ? Je ne joue pas, Arlo. Je ne sais pas jouer, moi.

Ses iris olive se plantent dans les miens, ses dents mordent sa lèvre inférieure et la petite flamme renaît entre mes cuisses. Il souffle :

– Arrête ça.

– Arrêter quoi ?

– De me plaire… murmure-t-il.

Mon cœur s'emballe, se met à battre n'importe comment. La chaleur grandit en moi, se répand partout.

– Je ne fais pas exprès, Arlo… Et tu m'as plu en premier.

Il inspire profondément, tente de regarder ailleurs mais ses yeux reviennent sur moi. Sur ma bouche qui vient de prononcer ces mots.

– Colleen, lâche soudain le garçon qui m'est interdit. On ne peut pas lui faire ça. Ta sœur en serait malade. Elle et moi, ce qu'on a… C'est sacré. Il faut qu'on arrête nos conneries !

Je respire difficilement, puis laisse glisser de mes lèvres :

– C'est trop tard, non ?

Je le dévisage sans pudeur, presque sans me reconnaître, sentant mon propre corps me pousser au crime. Je sais que c'est mal, que Colleen est fragile, qu'Arlo est tout ce qu'elle a. Mais mon envie de lui est trop forte pour être tue.

– Ouais. C'est trop tard.

Sa voix rauque claque dans les airs et soudain, il est contre moi. Sur moi. En moi. Sa langue dans ma bouche, ses mains dans mon cou, son souffle sur ma peau.

Arlo m'embrasse comme un mauvais garçon. Il n'est pas tendre, pas patient, il me veut et me le prouve. Ses lèvres sont douces mais pas ses manières, il sent la menthe, le rhum, le chaud et je gémis contre sa bouche, maintes et maintes fois.

Ce n'est pas comme ça que j'imaginais notre premier baiser. C'est bien plus puissant encore. Plus fougueux, plus sensuel, plus renversant. Je crois que s'il ne me tenait pas, je pourrais défaillir de plaisir, de tournis, d'excitation… Et ce vertige, ce tourbillon est le truc le plus délicieux qu'il m'ait été donné de vivre. Je réponds encore à son baiser pour que ça ne s'arrête jamais. Cette fois, c'est moi qui l'embrasse à pleine bouche.

Jusqu'à ce que la porte s'entrouvre derrière nous. Arlo et moi nous séparons en catastrophe, alors que la tête de Freya apparaît.

– Merde ! Pardon ! Continuez, je n'ai rien vu !

La jolie métisse se marre, puis reprend :

– Remarque, si, ça a l'air sympa… Ça vous dit, un truc à trois ?

La porte se referme, emportant avec elle la copine de ma sœur éméchée et son rire faux qui résonne sous mon crâne pendant de longues secondes.

À un mètre de moi, Arlo passe la main dans ses cheveux, lâche un grognement en tirant sur son maillot, puis quitte à son tour notre pièce secrète. Sans m'adresser un mot.

Mais en laissant la morsure de ses lèvres sur ma bouche.

17

LA MISSION

Arlo

Non, ce n'est pas trop tard.

J'ai dit l'inverse à Tillie avant de l'embrasser parce que j'en crevais d'envie. Mais on n'était pas nous-mêmes, à cette soirée d'Halloween. Elle était déguisée en poupée possédée, je ressemblais à un connard de basketteur entouré de meufs juste pour rendre jalouse celle qu'il veut vraiment.

Mais je dois arrêter de la vouloir.

Il est encore temps.

Je fais des tours de stade pour me décrasser… Et me débarrasser des souvenirs de sa bouche, sa langue, sa peau sous mes mains et son corps contre le mien.

Ce n'était qu'un baiser.

Ce n'est pas censé me hanter.

Je secoue la tête et j'accélère un peu : il suffit que je reste droit dans mes bottes. Que je me tienne aux trois objectifs que je me suis fixés. Cette année, je dois décrocher mon *bachelor* et quitter cette fac pour me trouver un job de journaliste sportif. Faire gagner mon équipe et finir dans les trois premiers du championnat de soccer. Et aider Colleen à garder la tête hors de l'eau pour qu'elle finisse ses études et ne sombre pas dans le cercle vicieux des tentations du campus.

J'ai promis à leurs parents que je protégerais les filles Sinclair.

Ma seule option pour réussir cette mission et les préserver toutes les deux, c'est de faire passer mon amitié pour Colleen avant mon attirance pour Tillie. La première compte plus que tout le reste, ça ne doit pas changer. Et la seconde ne mérite pas un mec comme moi, instable, en proie à ses démons et surtout incapable de réprimer ses pulsions.

J'ai arrêté de prendre de la drogue et de me saouler grâce au sport, parce que j'aime être en état de performer sur le terrain. Dans le privé, je respecte les filles et j'évite de les traiter comme des bouts de viande. Ça ne m'a pas empêché de les collectionner. Et si je vais en cours, c'est parce que j'ai envie de terminer ce que j'ai commencé et que je pense avoir trouvé ma voie. Mais tout ça ne fait pas de moi un gentil garçon. Colleen ne voudrait pas de moi pour sa sœur. Et de toute façon, elle prendrait ça pour un affront, une trahison, un abandon.

Ça doit s'arrêter là.

Baby Tillie n'est pas pour moi.

Je finis mon dernier tour de stade en sprint en me cramant les poumons. La douleur physique, il n'y a que ça pour fumer les pensées qui prennent toute la place sous le crâne. Ça et la mer.

Sans prévenir personne, je prends mon pick-up pour aller passer le week-end seul dans la baie. À cette époque de l'année, il fait encore assez chaud pour que je puisse dormir dans ma caisse. Avec quelques bières et de quoi manger, je roule jusqu'à une plage peu fréquentée, à vingt minutes de San Diego. Black's Beach offre une vue dingue depuis le haut de la falaise, où on peut se garer. Le sable gris et le chemin difficile dans les rochers font que presque personne ne vient ici, à part de vieux naturistes qui n'en ont rien à faire de rien.

C'est à peu près tout ce dont j'ai besoin.

***

De retour à la fac, je passe une semaine à éviter Tillie et les questions de mes potes. Je ne fous pas les pieds à la cafétéria, je me barre dès la fin des cours, je décline deux invitations à des soirées étudiantes, je continue à aller dormir face à l'océan quand l'insomnie me guette à l'appart, et je fais plusieurs fois demi-tour quand j'aperçois la brune et sa crinière au détour d'une allée ou d'un *food truck* sur le campus.

Entre elle et mon frère, ça commence à faire beaucoup d'indésirables à fuir.

Je n'ai pas l'habitude de jouer au lâche mais, pour l'instant, c'est la seule parade que j'ai trouvée. Les lèvres de Chucky me happent encore souvent et sa salopette moulée sur ses formes tourne en boucle dans ma tête. Sur ce coup-là, je crois bien que c'est moi qui suis possédé par cette foutue poupée.

Si Jay ose poser ses mains, sa bouche ou ne serait-ce que ses yeux sur Tillie, je le démonte.

Et je le dénonce aux flics dans la foulée.

Je ne sais même pas pourquoi cette éventualité me traverse l'esprit pendant que je me rends à l'entraînement. Ce n'est pas du tout son genre. Le type qui me sert de frère est un gros narcissique bourré de défauts mais ni un homme à femmes ni un connard intéressé par les petites jeunes. Je ne crois pas qu'il soit gay mais je ne lui ai jamais connu de meuf officielle. Je crois juste qu'il s'aime trop lui-même.

– Hey ! Serait-ce une apparition ou bien Arlo Sheridan en chair et en os ?

Colleen me saute dessus près du stade et fout ses mains partout sur moi en se marrant. Je lui fais une clé de bras pour qu'elle arrête tout en chassant les souvenirs des doigts de Tillie enfoncés dans mes cheveux.

Putain de cerveau monomaniaque.

– C'est bon, lâche-moi. T'étais passé où, toi ?

– Juste par-ci, par-là, un peu de muscu, beaucoup de footing, improvisé-je.

– Pas la peine de me *bullshiter*, Arlo, elle s'appelle comment ?

Mon abruti de cœur fait un tour sur lui-même avant de me sauter dans la gorge. Ma voix sort bizarrement :

– Elle s'appelle Hector Vargas et elle ronfle tellement fort que je suis obligé de découcher de temps en temps pour réussir à fermer l'œil.

Je continue à avancer pour ne pas regarder Colleen pendant que je lui mens. Elle me rattrape en riant doucement et passe son bras sous le mien.

– On va regarder les nuages ? me propose-t-elle d'une voix blanche, après un long silence.

– Pourquoi, t'en as besoin ?

Je me rends compte que ma semaine passée un peu loin de tout m'a fait oublier ma mission de chaperon. Je ne sais pas vraiment où elle a dormi non plus, ces dernières nuits. Ce qu'elle a fait de son temps libre et surtout avec qui. Je me plante face à elle et continue notre trajet à reculons pour observer ses joues creusées, ses cernes violacés, ses lèvres gercées, son short de foot qui flotte sur ses longues jambes trop fines et sa main tatouée qui tente de cacher la détresse sur son visage.

– Parle-moi, Colleen.

– Je ne suis pas sûre d'avoir la force d'aller à l'entraînement... bredouille-t-elle alors que les larmes lui montent aux yeux.

Cette vague de désespoir me submerge aussi. C'est rare que ma meilleure amie admette aller mal. Et c'est souvent que ça va plus mal encore. Je m'arrête et colle mes mains autour de son visage pour forcer son regard fuyant à affronter le mien.

– OK, t'as repris des saloperies ?

– ...

– C'est quand la dernière fois que tu as pris un vrai repas ?

– ...

– Fait une vraie nuit ?

– ...

– Bon, je crois que les nuages ne vont pas suffire, là.

Je passe mon bras autour de ses épaules pointues, fais faire demi-tour à son grand corps frêle et la traîne jusqu'au parking du campus. En silence, je jette nos deux sacs de sport à l'arrière de mon pick-up, lui ouvre la portière et la fais grimper côté passager.

– Et l'entraînement ? couine-t-elle.

– Y a plus urgent.

Je fourrage dans ma boîte à gants pour sortir quelques snacks réservés à mes soirées à Black's Beach, lui déverse tout ça sur les cuisses et quitte la fac pour rouler vers le centre de San Diego.

– Mange.

– On va où ?

– Tu sais très bien où on va.

– Arlo…

– Quand je dis « mange », tes ongles ne comptent pas.

– Je ne crois pas que je puisse avaler quoi que ce soit.

– Tu aurais dû me dire que tu avais replongé, grogné-je en accélérant.

– Tu n'étais pas spécialement dispo…

Elle a murmuré ça sans animosité, mais je me prends son reproche en pleine face. Ce n'est pas la première fois que Colleen tombe si bas, à céder à la spirale de ses addictions, à se faire du mal sans en parler à personne, à attendre de toucher le fond pour demander de l'aide. Mais d'habitude, je suis là pour la retenir avant la chute. La culpabilité m'écrase bien comme il faut et je descends ma vitre pour respirer à fond.

– Je suis désolé.

– Tu n'y es pour rien… Je devrais être plus forte que ça.

– Tu devrais surtout arrêter de traîner avec la bande de Freya.

– Elles ne sont pas responsables non plus… C'est en moi, Arlo.

– Hey !

Je me gare sur le bas-côté et attrape son menton anguleux entre deux doigts.

– Ça va bien se passer, ça va bien se passer, ça va bien se passer.

Colleen me fait un de ses petits sourires tristes, persuadée du contraire. Mais elle se force à lever son poing fermé pour le cogner trois fois contre le mien. Puis elle descend du pick-up et se rend à la réunion des « Addicts Anonymes » à laquelle j'aurais dû l'emmener il y a longtemps.

Dans la grande salle peuplée de jeunes paumés et de vieux habitués, je reste en retrait pendant que ma meilleure amie prend place sur une des chaises placées en cercle. Je passe l'heure suivante à boire du café dégueulasse, à la regarder pleurer sans entendre ce qu'elle confie à ses compagnons de galère… et à repenser à Tillie.

Freya nous a surpris en train de nous embrasser…

Est-ce qu'elle a pu nous balancer à Colleen juste pour le plaisir ?

Est-ce que c'est ça qui l'a fait sombrer à nouveau ?

Est-ce qu'elle m'en aurait parlé, si elle le savait ?

Est-ce que je suis le pire meilleur ami qui soit ?

Je repense à sa façon de me pousser, à la sortie du lycée, pour que je ne décroche pas et que j'entre à la fac. Elle m'a aidé à remplir mon dossier, à faire une demande de bourse, à mettre en avant mes résultats sportifs pour compenser mes notes moyennes. C'est grâce à elle que j'ai décroché une place à la San Diego State University. Et c'est moi qu'elle a suivi ici. Elle était heureuse de quitter Queen Creek mais Colleen n'était sans doute pas faite pour la fac. Campus trop grand, trop impersonnel, trop dangereux. Trop de gens, trop de libertés, trop de vices. Cette vie étudiante qui m'a ouvert tant de portes est peut-être en train de la détruire.

Et moi, pour une histoire de meuf que je ne peux pas avoir, je suis en train de laisser faire.

– Promets-moi de ne rien dire à personne, vient me souffler ma meilleure amie à la fin de la séance.

– Reste clean et je garde ton secret.

– Ni à mes parents, ni à Todd et Hector, encore moins à Perfec'Tillie, même si elle te supplie.

– Promis, soupiré-je. Mais ta sœur te connaît mieux que tu ne crois…

– Pourquoi tu dis ça ?

– Parce que je sais qu'elle s'inquiète pour toi. Et peut-être qu'elle pourrait t'aider à…

– Commence par adresser la parole à ton frère, après ça on verra pour les leçons de relations fraternelles, m'envoie Colleen dans les dents.

– OK. Un point pour toi. Tu vas déjà beaucoup mieux, hein… ?

Je lui souris, elle se marre, on sort sur le trottoir, elle me jette son gros jeton doré « Premier jour de sobriété », je jongle trois ou quatre fois avec avant de lui faire une passe qu'elle rattrape à la main.

– Pas la peine de frimer, tout le monde sait que je suis une meilleure joueuse que toi. Invite-moi plutôt à manger… Je meurs d'envie d'un cheeseburger.

Elle prend mon bras pour le mettre autour de ses épaules, puis m'embrasse sur la joue. Sa façon à elle de me remercier de ne pas la laisser tomber. Ou peut-être de me rappeler que je suis à elle. Je serre son cou au creux de mon coude et m'interdis de penser à Tillie.

– OK, mais tu payes, je suis à sec.

– T'es vraiment le pire rencard de l'histoire, Sheridan.

– Tu n'as pas idée, Sinclair. Pas idée…

18

BRUITS DE COULOIR

Arlo

Colleen va mieux et s'en tient au programme : cours et entraînements tous les jours, repas sains, nuits de huit heures, footings matinaux, parties de jeux vidéo avec Todd, Hector et moi à la place de ses soirées de débauche avec Freya, Kristan et compagnie. Elle a même appelé son frère en FaceTime pour prendre de ses nouvelles, j'ai aperçu le corgi qui faisait le mort en gros plan sur son écran.

Ça fait plusieurs fois que je trouve des excuses à la con pour ne pas l'accompagner rendre visite à Tillie au dortoir des Première Année. Et que je me barre rapidement de la cafet' pendant que Stephen, Lee et mes autres coéquipiers tentent leur chance auprès d'une certaine Elle ou d'une certaine Lauren. Aucun n'a osé approcher Tillie sous mes yeux depuis ma mise en garde, et tant mieux. Moi, je n'arrive toujours pas à la regarder en face.

Mais quand je l'observe à la dérobée, je vois bien que la brune a l'air déçue, peut-être même un peu perplexe et franchement dégoûtée qu'on ne s'intéresse pas à elle. De ne pas plus exister.

Si tu savais, Tillie Sinclair, la place que tu prends pourtant… La force de ce que tu dégages… Le pouvoir de ton regard curieux et contrarié… L'effet que me fait ta moue boudeuse mais pas résignée…

Stop.

– Où tu cours encore, Sheridan ? me demande Colleen quand je m'éloigne. T'as un *date* ?

– Merde, grillé !

Malgré moi, je cherche les yeux sombres de Tillie et je les vois s'allumer instantanément. Ça m'allume aussi. Je me détourne d'elle et réponds à sa sœur.

– Rencard avec la secrétaire du bâtiment administratif… Prie pour que ça marche entre nous ! fais-je en rigolant.

Juste avant de quitter la cafétéria, j'enfile ma veste en jean, remonte mon col, puis chope au vol le petit sourire de Tillie qui vient me titiller là où il ne faut pas. Elle le voit. Je me maudis et vais me refroidir les idées au secrétariat.

Après avoir déposé mon nouveau chèque d'acompte au bureau financier, je traîne un peu dans les couloirs, les mains dans les poches, salue deux mecs que je connais, une fille dont j'ai oublié le prénom, un prof de l'an dernier qui n'a pas dû garder un souvenir impérissable de moi et un couple en train de s'embrasser.

Je les ai à peine dépassés que j'entends le blond maigrichon marmonner :

– Il paraît que Sheridan est le petit frère de « Jay Shay »…

– Qui ?

– Tu sais, le prof de dessin qui se prend pour un artiste.

Je m'arrête net sans trop savoir pourquoi j'ai envie d'entendre la suite. Je me penche pour refaire un supposé lacet de ma basket.

– Mais pourquoi il ne se fait pas appeler Pr Sheridan, ce con ? glousse la fille.

– Aucune idée. Tu verrais sa dégaine, tu comprendrais…

– Alors c'est peut-être pour ne pas être comparé à son beau gosse de frère.

– Tu le trouves si bien que ça, Arlo ? T'as qu'à sortir avec.

– Arrête, babe. Décris-moi le prof de dessin.

La fille se pend au cou du blond en minaudant. Le mec en bomber aux couleurs des Aztecs se met à jouer les malins.

– Ben… Des costards de crétin, une coupe de cheveux de crétin, des mots qui se *croivent* plus intelligents que nous et toute une tripotée de crétines qui lui collent aux basques.

Je ne sais pas à combien de « crétins » je vrille. Mais je me relève dans un bond, attrape le blond par le col de son blouson et le plaque contre le mur d'en face.

– Premièrement, le verbe « croiver » n'existe pas. Si tu passais un peu plus de temps en cours et un peu moins dans sa bouche, tu ne t'exprimerais peut-être pas comme un môme de 5 ans.

– C'est bon, Sheridan, j'avais pas vu que c'était toi.

– Tu parleras quand ce sera ton tour, dis-je en le plaquant à nouveau au mur pour le faire taire.

Il se la ferme et sa copine sursaute non loin de là.

– Deuxièmement, je ne t'ai pas autorisé à prononcer mon nom. Tu n'as aucune idée de qui je suis, de qui est Jay Shay ou de ce qui nous lie. Quand on ne sait pas de quoi on parle, on la boucle, compris ?

– OK, mec, message reçu…

– Pas fini ! grogné-je un peu plus près de son visage.

– Mais tu m'as posé une question…

– Ouais, et c'est toujours pas ton tour, fais-je en serrant les dents. Et troisièmement, la prochaine fois que tu auras envie d'insulter un prof pour jouer les gros durs devant ta meuf, sois un peu plus créatif que ça. OK, « crétin » ?

Le blond fait « hmm hmm » de la tête sans oser prononcer un seul mot. C'est dans mon dos que résonne une voix masculine :

– Je pense que tu peux le lâcher, Arlo. Le message a l'air d'être passé et je n'ai pas envie d'avoir à remonter cet incident.

Je reconnais son ton lent et solennel avant de me retourner sur Jay. L'étudiant en profite pour partir en courant avec sa copine tandis que je me demande ce que mon frère a entendu de cette conversation.

– Ce n'est pas ton honneur que je défendais, mais le mien, annoncé-je sans attendre.

Mais c'est trop tard, le type en costard rayé et baskets multicolores me regarde avec un petit sourire entendu. Il regarde autour de lui comme pour s'assurer qu'on est seuls dans ce couloir.

– Que tu le veuilles ou non, Arlo, tu es mon frère.

– Te fatigue pas à recommencer avec ça… Je dois y aller.

– Fuis si tu veux. Mais je ne crois pas que tu aies la nature d'un lâche.

– Arrête un peu avec tes grandes phrases, Jay, grommelé-je en croisant les bras.

– Il y en a pourtant qu'il faut que tu entendes : nos parents n'ont pas été à la hauteur de notre histoire. Et moi non plus, parce que je les ai laissés faire. Mais je ne suis pas le seul responsable de cette situation. J'ai besoin de toi pour qu'elle change.

– Je ne vois pas pourquoi elle devrait changer.

Je fais non de la tête tout en reculant jusqu'au mur. Mon regard ne quitte pas ce type que je déteste, qui m'a privé de l'amour de mes parents pour se le garder pour lui… et qui a l'air d'en être parfaitement conscient.

– On ne partage rien depuis des années, toi et moi… Mais il y a eu du changement dans ma vie, récemment, m'explique Jay. Ça m'a fait beaucoup réfléchir à ce qui nous lie. À ce qui nous empêche de tisser ce lien. Et je voudrais réparer ce qui peut encore l'être.

Ses yeux bleus deviennent brillants avant de virer au carrément humide. Mon frère a toujours montré des émotions débordantes et mes parents mordaient à l'hameçon à chaque fois – tout en me reprochant mon insensibilité et mon incapacité à exprimer quoi que ce soit. Pour me comprendre, il aurait fallu qu'ils écoutent un peu mieux mes silences et voient un peu plus loin que mes yeux secs.

Je ne sais pas si Jay est sincère, cette fois, ou juste encore en train de me manipuler pour m'attendrir… mais ça ne prend pas.

– Ce qui se passe dans ta vie ne me regarde pas, Jay. Tu ne t'es pas intéressé à moi pendant quinze ans, ce n'est pas la peine de commencer maintenant.

– Tu te trompes d'ennemi…

– Pourquoi tu ne vas pas pleurnicher auprès de papa et maman, hein ? Tu fais ça si bien.

– Parce que c'est de toi, Arlo, dont j'ai besoin.

À peine cette phrase prononcée, le prof de dessin quitte le couloir sans se retourner. Et me laisse collé au mur, le souffle court, avec l'impression qu'on vient de me coller un coup de poing.

19

TOUTE UNE HISTOIRE

Tillie

Je ne sais pas ce qui me prend, mais pour la première fois de ma vie, je décide de sortir courir au petit matin. Moi, Tillie Sinclair, reine du *binge-reading, binge-watching* et *binge-eating,* j'enfile un débardeur – devenu un peu serré –, un bas de survêt qui me sert d'habitude de pyjama, et j'étrenne les Nike que m'a offertes ma mère il y a bien deux ans, maintenant.

Sa façon subtile de me dire : « Sors un peu la tête de tes livres et de tes écrans, ma chérie. »

Je ne suis pas spécialement proche de mes parents, mais je ne les fuis pas comme le fait Colleen. Contrairement à ma sœur, je leur ai rarement donné l'occasion d'être sur mon dos : bonnes notes, peu de sorties, pas de grosse crise d'adolescence, pas de garçons, encore moins de fréquentations louches. Du coup, Sylvia et Douglas Sinclair me laissent vivre ma petite vie à la fac, se contentant d'un coup de fil hebdomadaire et de quelques SMS rassurants par-ci, par-là. Leurs préoccupations principales : Colleen – même s'ils n'ont jamais eu la moindre prise sur elle et la pensent sortie de ses addictions – et surtout Jonah, qui ne sort toujours pas de la maison cinq ans après le drame.

Je finis de lacer mes baskets et je quitte discrètement la chambre 15, laissant Martha à ses rêves tranquilles. Je n'ai pas la moindre idée de ce qu'il faut faire mais j'ai besoin de respirer, de m'essouffler, de me défouler. De le sortir de ma peau, de mon corps, de mes pensées et de mes songes.

Il est partout.

Pourtant, Arlo Sheridan me fuit comme la peste depuis notre baiser, je le sais, et ça me rend tarée. Littéralement. Hier soir, ce n'est plus à mes bouquins que je parlais, mais à mon plafond.

Je crois que même mon ex-mormone de coloc m'a jugée.

Alors ce matin, tandis que le ciel se réveille paresseusement, je me rends en marchant jusqu'au Tecolote Canyon Park, ce parcours de trail situé à quelques centaines de mètres du campus. Je trouve un premier sentier en terre et me mets à courir, d'abord à faible allure, puis à un rythme plus soutenu. En dix minutes à peine, je me retrouve à bout de souffle. Mon premier point de côté surgit peu après et, rapidement, je suis au bord de l'évanouissement.

C'est confirmé : il faut être maso pour aimer ça.

Mais je me fais violence, je serre les dents, j'empêche même une fille en combinaison de latex rose qui devrait être illégale de me dépasser. Je ne me connaissais pas une telle résistance. Mais je compte sur cet effort surhumain pour me débarrasser du meilleur ami de ma sœur qui refuse de sortir de ma tête. De mon cœur. Et de partout ailleurs.

J'aurais le droit d'aimer n'importe qui sur ce satané campus, qui compte environ dix mille étudiants. La moitié d'entre eux sont des mecs. Alors, pourquoi lui ?

Pourquoi est-ce qu'il a fallu que j'aime le seul qui m'est interdit ?

***

Au moins trois étudiantes viennent frapper à la porte de ma cabine de douche, furieuses que j'y passe tant de temps au lieu de leur céder la place. Je les ignore. Sous l'eau chaude, j'oublie les muscles qui me lancent à divers endroits insoupçonnés de mes cuisses, le cours que je suis en train de rater, mon frère qui me manque, ma sœur qui m'inquiète, mais pas *lui*.

Cet emmerdeur d'athlète aux yeux verts, son grain de beauté et son baiser refusent de disparaître.

Loupé.

– Arrête d'en faire toute une histoire, loseuse… C'était juste un baiser entre deux étudiants sous l'emprise de leurs hormones et de l'alcool. Il aurait sûrement embrassé ta coloc, s'il avait pu. Arlo est un collectionneur, je te rappelle, Colleen nous le répète assez.

Jonah et Pan ! me fixent d'un regard blasé, de l'autre côté de l'écran. Plus d'une semaine après ce qu'il s'est passé entre Arlo et moi, j'ai fini par craquer et tout lui raconter.

– Jojo…

– Quoi ?

– Tu ne comprends pas.

– Explique, alors !

Je laisse échapper un soupir, puis lui avoue, en blaguant à moitié :

– Ma vie a vraiment commencé le jour où Arlo Sheridan m'a embrassée.

Mon frère se marre, se cache derrière les oreilles géantes de son chien, puis m'observe à nouveau, soudain pris d'un doute.

– Tillie… Tu n'es pas sérieuse, hein ?

– Je crois que si.

Jonah est le premier à qui je me confesse. Pendant presque dix ans, j'ai caché aux yeux de tous l'admiration, l'affection, puis l'amour que j'ai éprouvés pour le garçon d'à côté. Qui n'est plus juste un « garçon » mais un homme qui réveille en moi des désirs indécents et m'obsède encore plus qu'avant.

Qui est aussi l'espèce de grand frère choisi par nos parents pour nous protéger depuis dix ans. Et surtout le meilleur ami de Colleen, son double, son âme sœur, le seul être humain qui la garde en vie.

– Il est trop important pour elle, me souffle Jojo en pensant à la même personne que moi. Tu le sais, Till'.

J'acquiesce tristement.

– Je le sais.

– Elle aurait l'impression de le perdre, continue le plus jeune de la fratrie – mais de loin le plus mature et le plus sage de nous tous.

–Tu crois vraiment ?

– N'oublie pas qu'elle est fragile…

– Je n'oublie rien, Jonah. J'ai déjà failli vous perdre tous les deux alors crois-moi, je n'oublie pas. Je crois juste que je me voilais un peu la face jusque-là… Mais je me déteste de vouloir la seule personne sur cette terre qui l'empêche de se foutre en l'air.

Et c'est comme si j'en prenais pleinement conscience, enfin, alors que je m'entends prononcer ces mots terribles. Mon frère frotte nerveusement la cicatrice qui barre sa tempe, puis se force à sourire en ajoutant :

– On n'est pas des cadeaux, hein ?

– Pas vraiment, non, mais je fais avec. J'ai tout essayé pour ne plus vous aimer, rien n'a marché.

Son rire me réconforte un peu.

– Tillie, n'importe quel mec aurait de la chance de t'avoir, lâche mon petit frère. Pas vrai, Pan !?

Le chien se laisse tomber sur le côté comme une chiffe molle, puis se redresse d'un coup pour venir lécher la tronche de son maître hilare.

– OK, note pour moi-même : ne plus demander de conseils à un mec qui roule des pelles à son renard-éléphanteau.

– Ouais, c'est ça. Toi, commence par arrêter de rouler des pelles à Arlo Sheridan…

Un point pour lui.

***

Martha est amoureuse. Transfigurée par le coup de foudre qu'elle a eu pour Austen Roberts – étudiant en physique-chimie de deuxième année et grand amateur de slows –, elle ne tient plus en place. Ses soirées « prière et couture » ont été remisées au placard et ont laissé place à des activités plus traditionnelles : cinéma en amoureux, burgers aux chandelles, balades au clair de lune.

L'élu de son cœur a l'air d'être un mec bien. Un *nerd* presque aussi bizarre qu'elle, mais qui l'aime juste comme elle est.

Et il ne m'en faudrait pas beaucoup plus pour me mettre à croire aux miracles.

– Tu veux sortir avec nous, Tillie ? Tu pourrais rencontrer quelqu'un comme mon Austen, tu sais… ?

– Sans façon, grommelé-je. J'ai un *date* avec un *drama* coréen et une pizza double pepperoni. Mais amusez-vous bien ! Enfin, pas trop non plus…

Elle me sourit en brossant sa longue cascade de cheveux blonds. J'hésite à lui ressortir le même speech que la veille : « On prend son temps, on a le droit de dire non, on fait seulement ce pour quoi on se sent prête, on n'oublie pas de se protéger. »

– Je crois que c'est le bon, Tillie.

– Vous êtes ensemble depuis huit jours !

– Dieu l'a choisi pour moi… Il me l'a envoyé.

– Même Dieu peut se tromper…

– Ne parle pas de lui comme ça !

– Dieu ?

– Non, mon Austen !

Je rigole tandis qu'elle passe une robe bleu nuit presque jolie mais un peu trop longue et large pour être qualifiée d'actuelle.

– Je crois que Mary la trouverait belle, souffle soudain ma coloc.

– Qui ?

– Ma mère… Elle a 50 ans aujourd'hui. Et elle me manque terriblement alors qu'elle n'a jamais vraiment été là pour moi… C'est fou, non ?

– C'est humain.

D'une voix triste, j'ajoute :

– Je suis sûre qu'elle pense à toi, Martha.

– Je ne crois pas. Ses fils lui suffisent.

Et en la prenant dans mes bras, je ressens sa douleur et je pense à Arlo. À la souffrance, la colère qui doivent l'étreindre et l'étouffer en présence de son frère. Lui aussi est un mal-aimé. Lui aussi méritait des parents qui l'auraient choyé, aimé comme il est, qui lui auraient prouvé chaque jour à quel point il est important.

Mon cœur se fendille en pensant à tous ceux qui n'ont pas, près d'eux ou pas très loin, ce genre de piliers. Des parents aimants, protecteurs, faillibles et imparfaits, souvent trop présents… mais qu'on est contents de trouver en cas de coup dur. Comme un dernier filet de sécurité quand on s'est envolé du nid.

– Tu feras mieux quand ton tour viendra, Martha. Tu répareras cette injustice en aimant tes propres enfants jusqu'à la lune…

– C'est joli, renifle la blonde.

– C'est toi qui es jolie.

Et je le pense. J'ajoute un peu de mascara sur ses cils, un peu de rose sur ses joues et de baume sur ses lèvres et, quand on vient frapper à la porte, je la laisse aux bras de son Austen – qui avait *vraiment* une rose en papier entre les dents, je n'ai pas pu le rêver.

– Pas la peine de commencer votre collection de dix enfants dès ce soir ! lancé-je à la porte qui se referme.

Puis je jette un œil à mon ordinateur qui m'attend sur mon lit, au menu de la pizzeria posé sur mon bureau… Et je réécris tout le programme de ma soirée.

– Pas envie d'être seule, murmuré-je à moi-même.

Ma petite robe noire est de sortie. Elle est assez moulante, plutôt courte et un peu décolletée. Je n'avais encore jamais trouvé d'occasion de la porter. C'est un cadeau de Colleen pour mon dix-huitième anniversaire et je me souviens encore du petit mot qui l'accompagnait : « Tu me remercieras quand tu ne finiras pas vieille fille. »

Ce n'est pas le but de cette soirée mais j'ai envie de me sentir belle, moi aussi, pour une fois. Désirable, pas forcément raisonnable, libérée de l'étiquette « fille amoureuse du garçon qui lui est interdit » que je me suis collée moi-même sur le front.

J'appelle Elle en espérant la convaincre de m'accompagner, mais elle passe la soirée en tête-à-tête avec Jamie Fraser d'*Outlander* et je ne fais définitivement pas le poids face à un homme en kilt. Elle m'apprend que Lauren est au cinéma avec l'un des colocataires de ma sœur.

OK. PAUSE.

Quelqu'un pourrait m'expliquer comment l'oublier quand TOUT me ramène à lui ?

– Lequel ? demandé-je en essayant de ne pas crier.

– Hector Vargas. Il est pas mal du tout mais un peu limité là-haut… commente la jolie Black.

Je peux respirer à nouveau.

– Ce n'est pas celui qui parle de cul toute la journée ?

– Si. Il doit probablement être en train de la peloter, genre : « Pardon, je cherchais ma bouteille de soda dans le noir », se marre mon amie.

– « Oups, désolé, je crois que j'ai mis ma main dans ton seau à pop-corn… », ricané-je à mon tour.

Un long silence plus tard, je lui chuchote :

– Elle ?

– Ouais ?

– Je crois qu'on est un peu jalouses…

– Carrément.

On rit de nous-mêmes et on raccroche. J'hésite un instant à renoncer et à m'affaler sur mon lit, mais je décide d'enfiler mes Converse rouges pour aller faire un tour sur le campus. Juste histoire de voir si quelque chose d'intéressant s'y passe.

Juste histoire de ne pas rester seule.

Sans lui.

20

TOUTE UNE STORY

Tillie

Je crois qu'elle s'appelle Kristan. La blonde m'aborde près du stand de hot dogs où je fais la queue, dans sa combinaison kaki qui met sa silhouette pulpeuse en valeur.

– Ta robe est canon. C'est Tillie, c'est ça ?

– Oui, murmuré-je, soudain intimidée, en croisant mes bras sur ma poitrine. Et… merci.

– Tout le campus parle de la « petite Sinclair », continue la fille au regard doux.

– Ouais, la petite sœur de…

– Rien à voir avec Colleen. Tu fais fantasmer tous les mecs sans le savoir. Et quelques filles aussi…

Son rire léger s'envole dans la nuit noire et je l'entends commander deux hot dogs. Un pour elle et un pour moi. J'imagine qu'elle exagère pour me faire plaisir, mais quand même, je ne peux me retenir de sourire. Je n'en reviens pas qu'on parle de moi sur ce campus.

– Tu viens boire un coup avec nous, après ? me propose Kristan en refaisant sa queue-de-cheval.

– Je ne crois pas…

– Allez ! Colleen nous a dit que tu ne te mélangeais pas beaucoup…

Elle a beau insister, cette fille ne m'agace pas. Son sourire est franc, elle sent bon et j'ai rarement croisé un visage aussi agréable à contempler. C'est idiot mais sa beauté bien à elle me met en confiance.

– Où ça ? Et avec qui ?

– Freya, Effie et Sarina. La clique, quoi. On doit se retrouver à l'Eurêka !

– Sans Colleen ?

– Ta sœur ne veut pas sortir, ce soir. Je crois qu'Arlo la flique…

– C'est pour son bien.

Ma voix était un peu plus rude que je ne le voulais.

– Je sais, Tillie, ce n'était pas une critique. Au contraire, je trouve ça très bien qu'il prenne soin d'elle comme il le fait.

– Elle… Elle a fait des choses dangereuses, récemment ?

Est-ce que ma sœur va vraiment mieux ou est-ce que je me fais des films ?

Je ne sais pas si je pose la question à la bonne personne sachant que Freya et sa bande sont loin d'être des saintes-nitouches. Mais contre toute attente, Kristan me répond avec une franchise qui me surprend :

– Il y a quelques semaines, elle a pris des trucs auxquels je ne touche pas, oui. Et il était temps qu'elle arrête. Allez, viens, ta sœur préférerait te savoir avec moi que toute seule…

Je suis la jolie blonde jusqu'au bar où ses copines l'attendent et je m'invite dans leur bande, juste pour la soirée.

Freya embrasse sa petite amie à pleine bouche, puis me propose un *shot* de tequila en guise de bienvenue. Je remercie la métisse aux yeux jaunes difficiles à regarder en face… et je le descends sans réfléchir, décidée à faire la fête.

Un peu d'alcool ne va pas me tuer.

Je danse avec les quatre filles un bon moment, me laisse approcher par un mec plutôt beau, mais qui se révèle un peu trop collant. Freya sent ma gêne et le dégage facilement, en deux trois mots glissés à son oreille.

– Elle ne laissera rien t'arriver, me confie alors Sarina, en admiration pour la cheffe de bande.

Je ris, grisée par les *shots* et l'impression de m'être fait de nouvelles amies. Je me demande une seconde si je devrais aller parler avec Freya de ce qu'elle a vu entre Arlo et moi, si elle l'a dit à Colleen ou pas. Mais je décide d'arrêter d'y penser. Je me sens bien, je bouge mon corps librement, sans pudeur, m'éclate une bonne partie de la nuit en enchaînant les verres. Puis tout devient un peu flou. Je danse avec plusieurs mecs, j'embrasse maladroitement l'un d'eux lorsqu'il m'offre un verre mais fais un petit signe à la fille aux yeux dorés pour qu'elle le fasse disparaître.

Et, contrairement à Arlo, le type s'évapore vraiment.

Je ne sais pas quelle heure il est quand je m'écroule sur cette banquette au fond du bar, au milieu du bruit assourdissant, du chaos, de la chaleur des corps et des effluves d'alcool. Tout ce que je sais, c'est que quand je me réveille, je suis dans les bras du garçon que j'aime – et qui est salement en colère.

– Colleen, ça ne vous suffisait pas ? Il fallait aussi que vous fassiez plonger sa sœur ?!

– Arlo, c'est toi ? je ris bêtement en tâtant son torse.

Mais le garçon à la voix rauque est trop occupé à engueuler mes nouvelles « amies » pour me répondre.

– Laissez Tillie en dehors de vos soirées à la con…

Il sent tellement bon. Et son corps est tellement chaud à travers ce polo bordeaux. Je caresse la peau nue de son avant-bras, il me secoue légèrement en aboyant :

– Toi, je te ramène et tu ne bouges plus de ton dortoir !

– Je suis libre ! protesté-je, encore saoule. Tu ne peux pas me donner d'ordres, Arlo Sheridan. J'ai mis ma petite robe noire et ce n'était même pas pour toi !

– Je ne veux pas savoir pour qui tu l'as mise, Tillie…

– T'es sûr ?

– Ne me le dis pas, je risquerais de le détruire.

Je crois entendre ces mots sortir de sa bouche, mais je n'en suis pas certaine à cent pour cent. L'alcool me fait tourner la tête et je trébuche. Tout en me tenant serrée contre lui, Arlo me guide à travers le bar bondé jusqu'à la sortie.

L'air frais de cette nuit de novembre ne suffit pas à me faire dessaouler. Je suis incapable de marcher droit, mon sauveur s'agace à chaque fois que je chancelle et finit par me hisser comme il peut pour me ramener sur son dos.

– Même ton dos est doux. Et chaud. Et sexy…

– Tais-toi, Tillie. Sauf si tu veux avoir des regrets demain…

– On est déjà demain, non ? ricané-je.

– Elles t'ont fait boire quoi, sérieux ?

– J'ai bu toute seule, de mon plein gré, comme une grande ! Arrête de me traiter comme un bébé !

– Rappelle-moi qui je porte sur mon dos, là ?

Touché. Je ris de plus belle, puis m'accroche à son cou et à ses épaules massives.

– Comment tu m'as trouvée ? demandé-je soudain.

– Instagram, grogne-t-il. Pour une fois, cette connerie a été utile. Kristan a posté une *story*, tu dansais avec un type et tu n'avais pas l'air dans ton état normal…

Je glisse un peu vers le bas. Il me remonte d'un coup sec.

– Arlo ?

– Quoi encore ?

– Merci d'être venu.

– C'est la dernière fois… ronchonne-t-il en accélérant le pas. Refais ça et je te tue.

Histoire de l'impressionner un peu plus, je vomis en chemin. Trois fois. Puis au dortoir, en atteignant tout juste les toilettes. Arlo me tient les cheveux à chaque fois, patiemment, sans faire de commentaire. Il attend en se marrant pendant que je me brosse les dents et la langue comme une acharnée dans la salle de bains commune. Puis il m'accompagne jusqu'à ma chambre déserte, remarque tout haut que Martha n'est pas là, me dépose sur mon lit, me donne à boire, se retourne quand je retire ma robe tachée pour enfiler un T-shirt propre.

Il est contrarié mais prévenant. Doux. Tendre. Comme dans mes rêves.

Je me bats avec ma couette, il se penche pour me border et je l'attire sur mon matelas.

– Dors, Tillie.

– Oui, mais reste avec moi.

Arlo hésite, m'observe, soupire. Il est tendu, beau à crever. Il s'allonge lentement à mes côtés, puis ferme les yeux, comme pour s'empêcher de me regarder de si près.

Moi, quand je clos mes paupières, ça tourne. Je le lui dis tout bas. Il me chuchote qu'il est là. Alors, pour ne pas tomber dans le trou noir, je m'accroche à lui. Le garçon de mes rêves me laisse l'entourer de mes bras.

Et je tombe un peu plus amoureuse de lui.

21

JE RESTE

Arlo

Elle tombe dans les vapes et pendant quelques secondes – ou quelques minutes, je ne sais plus à quelle vitesse le temps défile quand je suis près d'elle –, j'hésite à déserter. À quitter son lit, sa chambre, son dortoir pour aller me bourrer la gueule quelque part et essayer de l'oublier.

Mais je reste.

Je reste parce qu'elle pourrait encore être malade.

Je reste parce qu'elle pourrait avoir froid.

Je reste parce qu'elle pourrait se sentir seule.

Je reste parce que c'est mon devoir, mais pas seulement.

Je reste parce que j'aurais dû me pointer bien plus tôt dans ce bar.

Dès la première photo postée avant minuit, sur Instagram. Je m'en suis empêché, j'ai résisté à mon instinct pour lui laisser sa liberté. Pour ne pas me comporter comme ces mâles alpha que je ne peux pas blairer, pour ne pas l'enfermer, pour qu'elle ait la chance de faire ses choix. Et pour ne pas lui donner de fausses idées.

Cette chose indéfinissable qui nous lie est dangereuse. Et elle grandit chaque jour. Est-ce du désir ? De l'amour ? Tout ce que je sais, c'est que mes sens, mes émotions, même mon sang se troublent au contact de Tillie Sinclair. C'est du venin qui pulse dans mes veines quand je la regarde, quand je la sens, quand je la touche du bout des doigts.

Et pourtant, c'est avec elle que je passe la nuit. Elle qui me prive de sommeil. Elle que je contemple comme un con, en admirant les reflets de la lune sur sa peau douce et ambrée. Elle que j'ai envie de serrer dans mes bras. D'embrasser. D'entendre gémir. Elle qui me fait parler tout seul comme un con.

– Je ne sais pas ce que tu me fais, Tillie, mais il faut que tu arrêtes…

22

MON PREMIER

Tillie

Les filles de l'étage du dessus se disputent, pour changer, et me sortent du sommeil avant la lumière du soleil. J'ai mal au crâne, le cou coincé, la bouche sèche et je ne comprends pas ce qui m'arrive.

Et puis ça me revient. Le bar. Les *shots*. Arlo. Son dos. Les chiottes. Sa voix, son odeur, sa chaleur.

Le cœur battant, je me retourne nerveusement en faisant crisser le matelas le moins possible et je me retrouve face au garçon que j'aime, profondément endormi dans mon lit.

– Je n'ai pas rêvé… murmuré-je en étudiant son beau visage. Tu es vraiment là.

La version ensommeillée d'Arlo Sheridan est d'une beauté à couper le souffle. Ses boucles châtains en désordre balaient son front serein, son nez fin souffle de l'air frais, son grain de beauté qui est si bien nommé souligne sa bouche que je me retiens d'embrasser. Ses lèvres à peine entrouvertes laissent apercevoir ses dents blanches et carrées, je m'en approche, puis recule en prenant conscience de mon état… lamentable.

Oui, je pourrais le contempler toute la journée. Oui, ça me coûte terriblement de le quitter. Mais la séparation est nécessaire. Vitale à ma dignité. Je dois ressembler à un panda dépressif et hirsute, je sens aussi mauvais que le chien de mon frère et je ne vais pas tarder à me faire pipi dessus. Je m'arrache à mon lit le plus discrètement possible et sors de la chambre sur la pointe des pieds pour me ruer dans la salle de bains. Après un passage aux toilettes, je me démaquille et me lave les dents directement sous une douche brûlante.

Je regagne ma chambre en T-shirt et culotte et découvre avec soulagement qu'Arlo n'a pas bougé. Il est toujours là. Toujours endormi dans mon lit. Toujours beau comme un dieu.

Je ferme le verrou derrière moi, m'excuse silencieusement auprès de Martha – qui a dû se faire une place dans le lit de son Austen, vu l'heure matinale… et je me rallonge discrètement face à lui, en me faisant toute petite pour que ce moment suspendu ne prenne jamais fin. Mais bien vite, je sens son corps bouger contre le mien, ses muscles s'étirer. Puis ses yeux s'entrouvrent et rencontrent les miens. Aucune surprise dans son regard vert intense.

– Désolée pour hier soir… murmuré-je en lui souriant timidement.

Ses yeux inouïs m'observent, attentifs, se plissent

légèrement et descendent sur ma bouche. Mon cœur s'emballe, ça fourmille au creux de mes cuisses, il fait mille degrés dans mon corps.

Lui ne dit pas un mot, se contente de tendre le bras pour attraper une petite bouteille de Dr Pepper sur ma table de nuit et la vide à moitié.

– Tu… Tu es venu me chercher, tu te souviens ?

Il acquiesce, puis sa voix grave retentit.

– Ce n'est pas moi qui étais bourré, Tillie. Tu n'as pas besoin de me raconter ce qui s'est passé.

Il s'étire et fait la grimace.

– T'as pas mal au dos ? m'inquiété-je. Tu as été obligé de me porter sur tout le chemin…

– Rien à voir avec toi, c'est ce putain de lit qui m'a bousillé !

– Il n'est pas si mal, fais-je en me retenant de sourire. Surtout quand tu es dedans…

Le meilleur ami de ma sœur inspire profondément, puis lâche un soupir terriblement sexy.

– Je dois y aller.

– Non !

– Comment ça, « non » ?

Ma main fébrile se pose sur sa joue. Un peu affolée à l'idée qu'il me quitte si vite, j'approche mon visage du sien tandis qu'il me regarde faire. Je pose mes lèvres timides sur sa bouche, il ne ferme pas les yeux, ne répond pas à mon baiser.

Pas comme la première fois.

– Embrasse-moi, Arlo, murmuré-je contre ses lèvres.

– On ne peut pas.

– Tu en as envie, non ?

Il penche la tête sur le côté et soupire à nouveau.

– Pas ici. Pas comme ça.

– Pourquoi ?

– Tillie… gronde-t-il. Tu crois qu'il va se passer quoi, dans cette chambre déserte, après un baiser ?

– Ce qu'on veut…

– Tu délires.

– J'ai attendu pour toi ! m'écrié-je soudain. J'ai toujours voulu que ce soit toi…

– Tillie, arrête tes conneries.

Il se redresse sur les coudes, lâche un long râle, puis une flopée de gros mots. Je l'empêche de m'échapper et l'embrasse à nouveau, en douceur. Il répond d'abord à ce baiser, comme s'il ne pouvait pas résister, avant de me repousser en grognant. Puis le garçon inspire profondément, gronde plus fort et cesse enfin de se retenir. Son visage fond sur moi et sa langue s'enroule autour de la mienne. C'est lui qui m'embrasse, cette fois. Sauvagement. Ses mains s'emparent de mes hanches, me collent brusquement à lui avant de me renverser sans douceur sur le matelas.

C'est cet Arlo-là que je veux. Celui qui est au-dessus de moi, qui me regarde comme s'il allait me dévorer, qui bande déjà dans son jean devenu trop serré.

– Dis-moi de partir, Tillie.

Sa voix rugueuse m'excite comme jamais.

– Reste.

– On va faire une putain de connerie si je reste !

Je fais non de la tête, colle mes lèvres aux siennes, il les suce, puis me mord. Je n'ai jamais connu de telles sensations avant. J'ai l'impression de me tenir au bord d'un gouffre. De jouer ma vie, à cet instant.

Et je n'avais jamais pensé qu'un tel vertige, qu'un tel danger puissent être aussi jouissifs.

– Tillie, demande-moi de dégager avant que je me libère vraiment…

– Je te veux, Arlo.

– Tu n'as… Tu n'as jamais… ?

– Non. Tu seras mon premier.

Je lui souris, le cœur en vrac, le corps en feu. Il se rembrunit un peu plus.

– Je n'ai pas le droit, putain, souffle-t-il dans mon cou. Mais l'idée qu'un autre connard te touche, ça me rend dingue…

Ses mains remontent le long de mes cuisses nues, que j'écarte par réflexe. Par désir. Je sens son érection contre ma peau et j'en frissonne.

– Tu es sûre ? murmure-t-il une dernière fois.

– Je t'ai attendu des années, Arlo.

En entendant ces mots, il fond sur moi. Ses lèvres s'abattent sur les miennes, son baiser se fait sauvage, impatient, vertigineux. Je gémis contre sa bouche, goûte à sa langue, encore et encore, tandis que ses mains me visitent. Elles caressent mes cuisses, passent sous mes fesses, les empoignent.

– J'ai rêvé tellement de fois de faire ça… souffle sa voix grave.

– Moi aussi…

Nos regards fiévreux s'aimantent, puis il embrasse mon cou, mon décolleté, mes seins à travers mon T-shirt.

– Personne n'y a jamais goûté ?

– Personne.

– Tes seins sont tellement parfaits…

C'est la première fois depuis longtemps que cet adjectif me plaît. Il les malaxe, fait rouler ses paumes sur mes tétons, les titille, les agace, puis vient les mordiller. Je sens le plaisir me traverser de part en part, mon sexe pulser, le réclamer, je gémis et me cambre contre lui. Arlo en profite pour faire disparaître mon T-shirt, puis le sien.

J'ai toujours imaginé qu'il me déshabillerait comme ça. Sans chichis. Sans hésitation ni maladresse. Avec des gestes précis et tendus, à la fois brusques et sensuels. Sexy comme lui.

Torse nu, me surplombant de tous ses muscles bandés, le garçon qui me fait fantasmer m'allume un peu plus encore. Je m'accroche à ses épaules carrées tandis qu'il se frotte un peu contre moi.

– Personne ne t'a jamais touchée… là ?

Il frôle ma culotte d'un doigt joueur et je cesse de respirer. Je lui fais signe que « non, personne avant lui » et l'insolent sourit. Il se penche sur moi, m'embrasse lascivement en se faufilant sous le coton. Ses doigts me caressent, je gémis, ils viennent à la rencontre de mon humidité, de ma chaleur. Je soupire, ils pincent mon clitoris, jouent avec.

J'en suffoque tellement c'est bon.

– Tu n'as pas idée à quel point c'est excitant de t'entendre gémir…

Alors je gémis de plus belle.

J'ai déjà joui, toute seule. Je pensais savoir ce qu'aimait mon corps, comment faire pour atteindre le plaisir en me touchant, mais ce qu'Arlo me fait est sans précédent. Tellement plus puissant. Tellement plus dément.

Et le désir grimpe encore davantage quand il me prend doucement la main pour aller la poser sur lui. Sur son sexe. Impressionnant de dureté. Grand, large et emprisonné, qui tente de s'extraire de son pantalon.

– Regarde ce que tu me fais, Tillie, grogne Arlo en m'embrassant. Je crois que je n'ai jamais bandé aussi fort…

Je frémis… mais je n'ai même pas peur. Tout me semble évident, avec lui. Je le caresse deux ou trois fois avant de glisser ma main directement sous son jean et son boxer. J'enroule mes doigts autour de son érection et je fais des mouvements de haut en bas. J'y vais à l'instinct, comme ça me vient. Ça a l'air de plaire à Arlo, qui lâche un râle rauque et se tend contre moi tout en me laissant faire.

On s'embrasse comme des sauvages, dans ce lit trop petit pour nous. La couette tombe par terre, chassée par nos corps qui meurent de chaud. Et puis, malgré la fièvre, l'urgence qui me saisit tout entière, Arlo nous oblige à prendre notre temps. Il m'embrasse encore et me caresse partout, lentement. Il plonge ses yeux verts dans les miens et y reste longtemps, comme on ne m'a jamais regardée auparavant. Au fil des minutes et des soupirs, on se découvre, on s'effleure, on s'apprivoise, on laisse s'exprimer nos corps fous de désir, nos peaux brûlantes et nos souffles de plus en plus courts.

Le reste de nos fringues finit sur le sol de la chambre. Je suis nue pour la première fois devant un garçon et je fais tomber mes barrières. Sa tendresse me fait oublier ma pudeur. Ses sourires me donnent des ailes. Sa lèvre qu'il mord en observant ma nudité me rend plus confiante encore. Je m'abandonne à ses mains expertes, à sa bouche avide et aventureuse, je le laisse me toucher où il veut, me goûter où bon lui semble.

C'est Arlo. Arlo Sheridan. Ça ne pouvait être que lui.

Je lui donne du plaisir en le caressant, j'essaie d'être à l'écoute de son corps, de ne pas trembler, de le toucher là où c'est bon, pas trop vite, pas trop fort. Il me fait jouir une première fois en jouant avec mon clitoris. C'est surprenant, rapide, complètement dingue. Une deuxième fois en allant glisser sa tête et sa langue entre mes cuisses. C'est délicieux, grisant, absolument dément.

Mais ça ne me suffit pas.

Je le veux tout entier. Je le veux vraiment.

Et je le lui dis tout doucement.

– Je n'ai pas de capote, souffle Arlo lorsque je lui glisse ces mots.

– Moi j'en ai une…

J'ouvre le tiroir de ma table de nuit et en sors le sachet argenté. Il se redresse et me fixe d'un œil étonné, presque amusé.

– On peut savoir avec qui tu pensais t'en servir ?

– Tu ne m'as pas entendue, tout à l'heure ?

– J'étais légèrement en surchauffe…

Il rit tout bas et ce son sexy au possible me donne encore plus envie de lui. Je croise mes jambes dans son dos pour le ramener à moi.

– Sois mon premier et tais-toi.

Il plaque sa main sur ma bouche, me mord un téton, puis déchire l'emballage de la capote entre ses dents. Je n'ai jamais été aussi excitée, aussi prête de toute ma vie.

Je le laisse se débrouiller avec le préservatif et me contente de caresser ses pectoraux musclés, ses abdominaux dessinés. Je l'avais déjà vu torse nu avant, après un match ou un entraînement, mais je n'imaginais pas que son corps sous mes mains me ferait un tel effet. Je poursuis mes visites tactiles en allant promener mes mains le long de son dos, de ses reins cambrés, de ses fesses bombées qui m'arrachent un soupir.

– Tu es prête… ? me demande sa voix rauque.

– Je te veux tellement… réponds-je dans un souffle.

Et ses yeux verts se noient dans les miens pendant que je sens son sexe glisser en moi comme un poignard en velours. Arlo a beau être doux, prudent, la douleur me coupe le souffle et me paralyse, bouche entrouverte. Il s'arrête net, entoure mon visage de ses mains et colle son front au mien.

– Tillie ?

– Encore… J'en veux encore, susurré-je tout près de sa bouche.

Et Arlo revient en moi, d'un mouvement de bassin plus sensuel encore, lent et presque tendre. Cette fois, la brûlure commence à me plaire. Il m'embrasse, recommence, le plaisir monte doucement et je me sens m'ouvrir à lui, m'abandonner à ce que je ressens, à ce qu'il me fait si bien.

J'entoure son cou de mes bras, plonge mes doigts dans ses cheveux bouclés, joue avec sa bouche pendant que nos corps fusionnent de plus en plus vite, chaque fois un peu plus fort. Je m'entends soupirer, gémir, puis crier. Je le vois se tendre, grogner, m'attendre. Je découvre mon corps capable de bouger au rythme d'un autre, ma peau transpirer contre une peau qui n'est pas la mienne, ma bouche prononcer un prénom qui m'était jusque-là interdit, et mon cœur battre comme un dingue, menaçant d'exploser.

Je m'accroche à lui. Mais je lâche prise.

L'orgasme me prend par surprise. Et me fait trembler de la tête aux pieds tandis qu'Arlo me serre fort dans ses bras.

C'est bien connu, on ne jouit pas la première fois.

Avec Arlo Sheridan, on fait mieux que ça.

23

TROP DE QUESTIONS

Arlo

Premier tour de stade : je viens de faire une énorme connerie.

Deuxième tour : la meilleure connerie de ma vie.

Troisième tour : ça ne doit plus jamais se reproduire.

Quatrième tour : jamais.

Cinquième tour : bientôt... ?

Sixième tour : est-ce que Tillie en voudrait encore ? Est-ce qu'elle a aimé ça autant que moi ? Est-ce que j'ai été à la hauteur de sa première fois ? Pourquoi je sens encore ses bras autour de moi, son corps sous le mien, bandant et tremblant ? Pourquoi ça m'a fait vriller autant, avec elle ?

Septième tour : c'était la première et la dernière fois. Ça n'arrivera plus jamais. Entre elle et moi, ça s'arrête là. Il faut que je lui dise.

Huitième tour : Colleen se bat contre elle-même en ce moment, elle a besoin de moi à cent pour cent. Elle ne peut pas, elle ne doit pas savoir.

Neuvième tour : je m'arrête au milieu et dévie vers le banc où est posé mon sac de sport.

Essoufflé, je fouille dans mes affaires pour sortir une bouteille d'eau et mon portable. J'essaie de dévisser comme un con un bouchon imaginaire en haut de mon téléphone. Et je secoue la tête en maudissant Tillie Sinclair. Ses seins affolants, son cul bien rond, ses hanches sous mes mains, ses lèvres pulpeuses qui m'excitent tellement, ses doigts partout sur moi qui n'avaient peur de rien, ses caresses qui m'ont rendu fou, sa façon dingue de bouger, à l'instinct…

Courir plus. Penser moins.

Je me dépêche de lui envoyer un texto avant de reprendre mes tours de stade. Mais au moment où je cherche quoi lui écrire sans lui faire trop de mal, je reçois un message de Tillie.

[Arlo, il faudrait qu'on discute.]

[Oui.]

Rien trouvé de mieux comme réponse. Cette fille me fait perdre le peu de neurones que j'ai.

[Commence…]

[Tu vas bien ?]

Dis-moi que tu vas bien, Tillie. Que je ne t'ai pas blessée plus que nécessaire ce matin, en quittant ta chambre sans me retourner...

[J'en sais rien... Et toi ?]

[Je ne regrette pas ce qui s'est passé, Tillie. Mais je sais aussi que ça ne doit plus arriver.]

[Tu as détesté ?:)]

Ça, c'est tout Tillie Sinclair. Un sourire au moment où on s'y attend le moins. Une façon bien à elle de rendre plaisants les moments les plus chiants. D'aimer la vie même quand elle lui fait un sale coup. Comme lui foutre son premier mec sous le nez et lui confisquer dans la foulée.

À moins qu'elle ne soit plus forte que ça ? Plus indifférente à moi ? Aucune idée. Je ne sais plus si elle joue les grandes pour ne pas souffrir ou si c'est facile pour elle de passer à autre chose. Il y a plein de filles de 18 ans qui ont envie de se débarrasser de leur virginité. Qui mettent le grappin sur un mec histoire de décider quand et comment. Qui ont l'air de jouer leur vie sur le moment mais qui ne sont pas de grandes sentimentales pour autant.

Je pensais que Tillie le vivrait plus mal que ça. Qu'elle me compliquerait la tâche, me collerait, me supplierait d'être son mec et pas seulement sa première fois. À la place, elle a l'air de la jouer raisonnable, calme, détachée.

Perfec'Tillie a encore frappé.

Je m'assieds sur le banc en fixant mon écran pour relire notre conversation depuis le début.

[Tu ne réponds plus…
Ça a dû vraiment être
terrible pour toi. Désolée :)]

Terrible ? Ouais… Terriblement bon.

[Tu n'as pas besoin de savoir ça.
Juste qu'on doit arrêter.]

[Je sais. Pour Colleen.]

[Et tout un tas d'autres raisons.]

[Comme… ?]

[Tu poses trop de questions, Tillie.]

[Comme si tu ne te les posais pas…]

[Il faut que j'aille courir.]

[C'est ça, fuis… :)]

[Au fait ? Moi, j'ai adoré ça…]

Je souris malgré moi. À ses points de suspension, à sa

franchise, à sa manière de retourner la situation. Je suis dur avec elle et Tillie continue à être tout l'inverse. J'aime tellement sa façon de ne pas tricher, de ne pas jouer, de se montrer comme elle est vraiment. De dire ce qu'elle ressent. J'essaie de lui répondre simplement, sans trop en dire ni avoir l'air de n'en avoir rien à foutre.

[Tant mieux.]

[Ma sœur ne doit pas savoir.]

[Jamais.]

[Tu vois ? On est d'accord parfois.]

[À plus tard, Baby Tillie,
fais attention à toi.]

[Trop tard…]

Je verrouille mon portable et le laisse un long moment contre mon menton en me demandant ce qu'elle a voulu dire. Si c'est trop tard pour faire attention à elle. Si se revoir « plus tard », ce sera « trop tard ». Ou si quelque chose m'échappe encore. Et je me retrouve comme un connard, les jambes tendues devant moi sur ce banc, à me poser un millier de questions sur Tillie, sur Colleen, sur elle et moi, l'autre et moi, les deux sœurs entre elles, l'amitié, le cul, l'amour, la famille.

Et sur les Sinclair qui m'attendent à leur table pour Thanksgiving, dans peu de temps, comme presque tous les ans. Je devrais peut-être renoncer, cette année. Mais ce serait suspect, j'ai toujours passé cette fête chez eux et pas chez moi. C'est toujours le moment où Douglas me remercie d'être un grand frère pour ses filles. Où Sylvia me redit à quel point j'ai de beaux cheveux, de beaux yeux, comme je ferai de beaux enfants un jour, comme j'ai un grand cœur et un encore plus grand estomac.

C'est le soir de l'année où on se rappelle la chance qu'on a d'être en vie, tous réunis et capables de compter les uns sur les autres. Le soir où Colleen fait des remarques sarcastiques sur ses parents et me chuchote que c'est moi sa famille, que notre amitié compte plus que tout pour elle, en cognant son poing contre le mien. C'est aussi souvent le moment où Baby Tillie me regarde en souriant, sans rien dire mais en pensant très fort : *« Sauf que ça ne me fera pas rien, cette année »*. Et que Jonah aura beau me faire rigoler en me catapultant des petits pois en pleine tête ou en visant les oreilles de son chien comme un gamin, j'aurai probablement envie de hurler. De fuir. D'aller courir ou coller Tillie contre un mur.

Mon portable vibre à nouveau dans mon sac et je peux dire adieu à mes tours de stade pour me vider la tête. Le devoir m'appelle :

[Hey, Sheridan ! Je sors d'un meeting
de drogués, tu viens me chercher ?
J'y suis allée en courant mais j'ai
la flemme de rentrer à pied.]

[J'arrive.]

[Et je meurs de faim, grouille-toi !]

[Paye-toi un cheeseburger toi-même, Sinclair. Tu sais que les femmes peuvent porter des futes et disposer de leur propre argent, de nos jours ?]

[Arrive vite ou je te fais bouffer mon jeton !]

[J'arrive pas à choisir : burger ou hot dog ?]

[Sprite ou Dr Pepper ?]

[Frites ou *onion rings ?*]

[Sur place ou à emporter ?]

[TROP DE QUESTIONS, Colleen. Je conduis.]

[Je t'ai déjà dit que tu étais le pire BFF de la terre ?]

[Oui.]

Je lâche mon portable et roule jusqu'au centre de San Diego en riant jaune à ses blagues. Si elle savait vraiment quel genre de meilleur ami je suis… Le genre qui couche avec sa petite sœur le lendemain d'une soirée trop arrosée.

Qui continue à jouer avec elle par texto au moment de tout arrêter. Qui vient de risquer dix ans d'amitié fusionnelle et de loyauté sans faille pour se faire égoïstement du bien, beaucoup de bien. Et qui a besoin de tours de stade pour évacuer tout le désir, tous les mensonges, toute la culpabilité, toutes les questions et les pulsions qui lui vrillent le crâne.

Même cette caisse me rappelle Tillie, ses provocations, notre rapprochement… Je bande comme un con, je manque d'air, je la veux.

Je l'ai eue… Pourquoi ça ne me suffit pas ?

Je ne dois pas la vouloir… Pourquoi je ne pense qu'à ça ?

Et je pourrais avoir qui je veux… Pourquoi il n'y a qu'elle ?

Trop. De. Questions.

C'est décidé : je vais protéger les sœurs Sinclair comme je l'ai toujours fait. M'en tenir au programme, jouer mon rôle de grand frère et remplir la mission que je me suis fixée. Veiller sur la grande, la supporter, la soutenir, l'accompagner, être là pour elle… et me tenir éloigné de la petite.

Très éloigné.

Pas contre elle, sur elle, en elle.

Stop.

24

NORMALE OU SPÉCIALE

Arlo

En revenant sur le campus, ce soir-là, je tombe sur mon frère en garant mon pick-up sur le parking. La nuit commence tout juste à tomber et il s'apprête à monter dans sa voiture quand nos regards se croisent. Il m'adresse un petit signe de la main et je serre mes doigts autour du volant. Toujours assise à côté de moi sur le siège passager, Colleen me chuchote :

– Reste cool…

– Ce n'est pas toi qui me chaperonnes, tu te souviens ? réponds-je sèchement.

– Là, tu vois, tu es tout sauf cool. Et à une époque pas si lointaine, c'est moi qui t'empêchais de déconner…

– Pas faux.

– On va juste sortir et dire bonjour, se comporter en adultes et avoir une conversation normale.

– Depuis quand tu es une adulte et surtout, depuis quand tu as envie d'être normale, Colleen Sinclair ?

– Tu le connais pas, mais un certain Arlo Sheridan essaie de me faire faire la paix avec la vie… Tu devrais essayer, ça fait du bien, parfois.

Je souris à ma meilleure amie et je descends du pick-up en lâchant un soupir. Je ne vais pas rester enfermé là-dedans mille ans. Face à moi, Jay dépose sur sa banquette arrière sa mallette de prof et sa veste de costard aux motifs indéterminés. Il referme la portière, puis se tourne à nouveau vers nous.

– Bonsoir à vous deux.

– Salut, Jay, lâche Colleen sur un ton enjoué.

– Hey, marmonné-je simplement.

Je reçois un coup de coude et la brune grommelle entre ses dents serrées : « Adulte normal, Arlo. »

– Je m'apprêtais à rentrer manger ces quatre hot dogs, mais je peux partager si vous voulez.

Jay nous montre un sac en papier mais Colleen s'empresse de décliner.

– Je me suis déjà fait la totale, je peux plus rien avaler. Mais j'en connais un qui a toujours faim.

Nouveau coup de coude de Colleen en plein dans les côtes. Je la fusille du regard et elle me susurre :

– Un hot dog, ça ne t'engage à rien. Écoute juste ce qu'il a à te dire, tu viendras cracher sur lui quand il aura fini… Je t'attends à l'appart.

– Ne me fais pas ça, grondé-je en comprenant le traquenard.

– Je ne bois plus, je ne me drogue plus, je vais en cours et à l'entraînement, je me rends à toutes les réunions d'addicts possibles… Tu peux bien faire *un* petit effort pour avancer dans ta vie, toi aussi.

– T'es une garce. Je te ferai bouffer la pelouse demain. Et je peux te dire que tu vas rentrer à pied chaque fois que…

– Je vais y aller, lance Jay qui s'impatiente. C'est pas grave… C'est juste que ça va refroidir. Ce sera pour une autre fois.

Ça m'étonne qu'il parle normalement, ce soir. J'observe son regard déçu, presque résigné, son petit sourire qui se veut compréhensif. Et je me racle la gorge avant de lâcher le premier truc qui me vient :

– J'espère que t'as mis un supplément moutarde.

Colleen en profite pour s'éclipser, juste après m'avoir glissé à l'oreille :

– Cool. Ça va bien se passer…

Pour me donner une contenance, je vais déplier le coffre de mon pick-up et je saute à l'arrière pour m'asseoir au bord. Jay s'approche et me tend un hot dog avant d'installer une serviette en papier dans son col de chemise rayée.

– Je ne savais pas que tu aimais ce genre de bouffe, fais-je, la bouche pleine.

– Qu'est-ce que tu sais de moi, Arlo ?

– Que tu as des goûts de chiottes en matière de fringues, des manières bizarres et une coupe de cheveux vraiment horrible.

– Merci, je prends ça pour un compliment. On ne peut pas tous être un joueur de soccer populaire qui fait tomber toutes les filles de la fac.

– Tu ne vas pas me faire pleurer, « Jay Shay ». Tu adores faire l'original.

On s'envoie quelques piques presque naturellement, en

oubliant nos conflits, la distance entre nous et les années à se détester. Un peu plus et on aurait l'air de deux frères. Mais il faut toujours qu'il gâche tout.

– J'ai juste eu de la chance d'avoir des parents qui m'ont pris et aimé comme j'étais.

– Tu fais chier, Jay…

– On ne va pas parler de hot dogs et de vêtements toute la soirée.

– Je ne sais même pas si j'ai envie de te parler. C'était une mauvaise idée.

J'enfourne ma dernière bouchée et saute sur mes pieds.

– Je sais que les parents ont passé leur vie à nous comparer. À te trouver pas assez comme ci, trop comme ça…

– Juste pas assez comme toi, rectifié-je.

– Ma femme m'a fait comprendre beaucoup de choses.

Son regard bleu croise le mien et Jay me tend un nouveau hot dog comme si j'allais en avoir besoin. Je me rassieds à l'arrière du pick-up et il se hisse à côté de moi.

– Je ne savais même pas que tu avais une femme, lui fais-je remarquer.

– On n'est pas mariés. Mais on essaie d'avoir un enfant… C'est le plus grand des engagements, non ?

– J'en sais rien. Parles-en à papa et maman.

Jay prend une grande inspiration et repose son deuxième hot dog avant de retirer la serviette qu'il a autour du cou.

– Je leur ai présenté Virginia, ils ne la trouvent pas assez bien pour moi.

– Évidemment, fais-je en me marrant. Désolé pour toi.

– C'est la femme la plus extraordinaire que je connaisse, Arlo. Mais elle a 44 ans et ne peut plus avoir d'enfant naturellement. On a décidé d'adopter et j'ai demandé des conseils aux parents… pour ne pas reproduire les mêmes erreurs.

À chaque nouvelle information, j'accuse le coup. Incapable de répondre. Le ventre noué et la gorge serrée, je ne peux plus rien manger. Jay continue d'une voix posée.

– Papa et maman sont incapables d'admettre qu'ils ont raté quelque chose. Qu'ils ne t'ont pas aimé comme ils auraient dû. Qu'ils n'ont pas su t'apprivoiser. Qu'ils ne t'ont jamais fait passer en premier.

En me mordant les joues, je ravale les larmes qui menacent d'affluer.

– Quand Virginia leur a annoncé qu'on adoptait, ils ont eu des réactions terribles.

– Vas-y, balance. Je ne suis plus à ça près.

– Papa a dit : « Mes pauvres ». Et maman a demandé : « Mais alors on n'aura jamais de vrai petit-enfant ? »

– Les raclures. Pourquoi ça ne m'étonne pas tant que ça ?

– Je suis désolé pour la violence de ces mots. Ça m'a ouvert les yeux sur eux.

Je plante les miens vers le ciel. Cette fois, les larmes coulent le long de mes tempes et je les laisse faire. Il faut que ça sorte.

– Ce sont eux le problème, Arlo. Ça n'a jamais été toi.

– Merci de me dire ça, chuchoté-je en m'essuyant les yeux du bras. Même si tu as quinze ans de retard…

– Je ne leur parle plus depuis qu'on a eu cette conversation-là. J'ai eu besoin de prendre mes distances. Mais avec toi, c'est le contraire que je veux. Je crois que tu as des choses à m'apprendre… L'enfant qui arrivera dans notre foyer, je veux l'aimer sans condition.

Mon frère passe son bras derrière moi et le contact de sa main dans mon dos me fait mal. Je ne suis pas prêt pour ça.

– Je vais y aller, Jay.

Je saute à nouveau du pick-up et je tente de mettre fin à ce dîner improvisé sur un parking.

– Merci pour les hot dogs.

– Y avait assez de moutarde ?

– Pas vraiment… mais tu ne pouvais pas savoir.

On se sourit maladroitement, Jay a l'air aussi gêné que moi. Il range les papiers gras, va les jeter à la poubelle non loin de là et se dirige vers sa voiture pendant que je replie mon coffre. Puis il se tourne vers moi et ajoute :

– Quand tu accepteras qu'on essaie d'être des frères à nouveau… tu voudras bien rencontrer Virginia ?

– Ouais, on verra, acquiescé-je.

– Tu pourras venir avec ta copine, si tu veux. Elle a l'air très spéciale, elle aussi.

Sous sa stupide coiffure blonde, Jay me sourit encore. Je sais qu'il parle de Colleen. Et moi, au milieu de tout ce chaos dans ma vie, je réussis encore à penser à Tillie.

Oui, elle est vraiment spéciale, elle aussi.

25

MERCI LA VIE

Tillie

J'ai joué le jeu pendant plusieurs jours par peur d'être rejetée par le garçon que j'aime, par peur de blesser ma sœur. J'ai prétendu que cette première fois était une erreur, un dérapage incontrôlé, et que j'étais prête à tourner la page.

Je mentais.

Je croyais l'avoir dans la peau, avant. Mais c'était *avant* de goûter à sa peau. De la toucher vraiment, de le sentir partout et de ne faire qu'un avec lui. Maintenant, je sais. Tout est décuplé. Plus rien n'a de sens, d'importance, sauf *lui*. Je n'imaginais pas à quel point on peut devenir accro à une voix, à un regard, à une bouche, à un corps tout entier.

Même quand c'est interdit.

Alors ce soir, je délaisse mes révisions d'histoire de l'art pour lui envoyer un message. Un seul. Pas trop long, pas trop larmoyant, juste quelques mots qui ont terriblement besoin de sortir de ma poitrine.

[Ta peau me manque beaucoup trop.
La mienne te réclame.]

Assise à mon bureau dans la pénombre, près de Martha qui parle dans son sommeil, je laisse passer presque une heure sans jamais voir apparaître la réponse tant espérée. Déçue, je tente de me faire une raison, mais mes doigts s'emparent subitement de mon téléphone et pianotent à nouveau sur le clavier.

[Je sais qu'on était d'accord…
Mais… Qui sait ?
Colleen pourrait comprendre ?
On pourrait peut-être
essayer, tous les deux ?
Ça n'a pas compté, pour toi ?]

Je clique sur « Envoyer » et regrette immédiatement ce message. Je n'aime pas cette Tillie qui s'accroche et semble égoïste, désespérée. Celle qui trahit sa sœur. C'est pourtant ce que je suis, ce que je fais depuis qu'Arlo m'a rayée de sa vie après lui avoir donné un sens, une nouvelle dimension, en choisissant ma sœur et leur amitié si particulière.

Mais Colleen va mieux et c'est tout ce qui compte pour lui. Tout ce qui devrait compter pour moi. Elle ne sèche presque plus les cours, passe régulièrement me voir après ses entraînements de soccer et on se colle souvent sur mon lit pour mater la nouvelle saison de *Sex Education*. On déjeune à la cafétéria, parfois, et on a même appelé Jonah ensemble, l'autre jour.

Ça me fait du bien de voir ma sœur comme ça. Elle semble plus légère, plus heureuse, presque plus vivante, elle ne se force plus à rire, ne s'interdit plus de ressentir. Et je me déteste un peu de mettre son nouvel équilibre en péril.

Parce que je sais que tout ça, c'est en grande partie grâce à *lui*. Son pilier. Son âme jumelle.

Arlo ne s'en vante jamais, il ne parle pas de tout ce qu'il fait pour elle, garde tout ça secret, mais tout le monde sait qu'il est là. Vraiment là. Pour elle.

***

Comme chaque année, le quatrième jeudi de novembre est synonyme de dinde, de tarte au potiron, de grande tablée et de discours interminable du type : « Je remercie la vie pour tous ceux qu'elle a mis sur mon chemin ».

Non, la vie. Je ne te remercie pas pour ce qui est arrivé à mon frère, pour les démons qui hantent ma sœur, pour l'enfance pourrie d'Arlo Sheridan.

Et je te remercie encore moins de me le mettre constamment sous le nez sans me donner le droit de l'aimer.

Les cours s'arrêtent à l'occasion de Thanksgiving et les quatre jours de break me permettent de rentrer à Queen Creek pour la première fois depuis mon entrée à la fac de San Diego. Je fais le trajet avec Colleen, dans sa vieille Honda qui pue le tabac froid et l'arbre magique.

– Qu'est-ce que t'as, toi ? me demande ma sœur.

– Rien, pourquoi ?

– Tu ne me demandes même pas de mettre un CD que je déteste…

Je hausse les épaules, regarde le paysage défiler par ma fenêtre.

– Il s'est passé quelque chose ? insiste Colleen.

– Non, arrête avec tes questions.

– Hé, oh, je transporte ton petit cul, tu pourrais au moins essayer d'être agréable !

– Je ne suis pas un robot. J'ai mes jours sans, moi aussi…

– OK… Tu ne veux pas me dire pourquoi ?

Tu préfères ne pas savoir, crois-moi…

Les cinq heures de route me paraissent une éternité. On parle un peu de Jojo qu'on a hâte de retrouver, de tout ce qu'on ne doit pas dire aux parents, du championnat de soccer, de dessin, d'examens… mais sans grand entrain. Puis ma sœur allume une clope en même temps que la radio et pendant les trois heures qu'il reste, elle conduit en silence tandis que je somnole à moitié.

Je m'en veux secrètement de lui cacher ce que j'ai fait.

Et je lui en veux secrètement d'être un obstacle entre Arlo et moi.

***

Queen Creek, *town of Arizona*, me paraît si minuscule, si isolée, désertique et éteinte comparée à San Diego. On traverse la petite ville aux commerces rares et aux maisons coquettes entourées de palmiers et de cactus géants pour atteindre finalement la nôtre.

Colleen se gare devant la façade moderne de notre maison à deux niveaux, je sors de sa voiture en m'étirant et respire l'air chaud et un peu collant de l'Arizona.

– Nos filles, nos filles !

Jonah, Pan ! et nos parents nous accueillent comme deux messies, avec force embrassades, sautillements, jappements et cris aigus. Colleen a droit au même accueil que moi mais parvient assez vite à s'échapper pour filer au premier étage. Personne n'insiste pour qu'elle reste : tout le monde sait que c'est le meilleur moyen de la faire fuir un peu plus loin. Ma mère et mon père en profitent pour me prendre en sandwich, Jonah filme la scène en se marrant et je ris avec eux, soudain heureuse de retrouver mon clan.

– Mes trois bébés réunis sous le même toit ! pleurniche un peu ma mère.

– Il faut les nourrir, chérie !

– Je crois qu'on est bien nourrie, déjà… commente mon frère en pinçant l'une de mes poignées d'amour.

Je lui claque l'arrière de la tête, puis lui colle un énorme bisou sur la joue.

– Tillie, Arlo arrive quand ? me demande soudain mon père.

J'écarquille les yeux, absolument pas au courant de cette information.

– Il… il doit venir ?

– Bien sûr, comme toujours ! confirme ma mère en retirant son tablier. Il n'était pas là l'année dernière à cause d'un match de foot, je crois… Oh que j'ai hâte de le serrer dans mes bras. Il est toujours aussi beau, n'est-ce pas ?

J'ignore sa question, de toute façon rhétorique, et je plonge dans mes pensées. Je m'étais imaginé que cette année encore, le garçon qui me fuit ferait l'impasse sur Thanksgiving et Queen Creek. Qu'il éviterait à tout prix de revenir dans ce patelin qu'il essaie d'oublier, de se retrouver autour de la même table que moi, entouré de toute ma famille.

– J'ai croisé ses parents, l'autre jour, nous apprend mon père. Ils n'ont pratiquement aucune nouvelle de lui et je crois que ça leur est complètement égal.

– C'est triste, soupire sa femme.

– C'est dégueulasse, oui... grommelé-je malgré moi.

Jonah me regarde en coin et je me sens rougir. Ce n'est pas mon genre de mal parler. Et il est le seul à connaître une petite partie de la vérité. Seulement le baiser. Seulement mon trouble pour Arlo. Mon frère n'a pas idée à quel point ce trouble a grandi. Ni que le meilleur ami de Colleen a été mon premier.

– Réunion dans mon bureau, illico !

Je le laisse me traîner à l'étage, le corgi dans les pattes.

Jojo a repeint sa chambre en gris, déplacé les meubles et recouvert tout un mur de décors et personnages de jeux vidéo. Son monde à lui.

– Nouvelle piaule ?

– Ouais. Mon univers devenait un peu trop petit.

Je lui souris tristement, consciente de tout ce qu'il rate en restant enfermé dans cette maison.

– Tu as réessayé de sortir ?

– Non. À quoi bon ? J'ai tout ce qu'il me faut, ici...

Sous sa tignasse trop longue et négligée, le brun écarte les bras en se forçant à sourire et j'ai un peu envie de pleurer. Je m'en veux de ce qui lui est arrivé. Sans moi, Jonah n'en serait pas là. Il vivrait une vie normale, ses premières amours, ses premières cuites, une vie d'ado qui se cherche, se découvre, défonce les murs et les barrières qui l'oppressent plutôt que de les bâtir autour de lui.

Mais Jonah vit depuis cinq ans avec ce stress post-traumatique qui le tient prisonnier. Loin de nous. Loin de tout.

– Allez, crache le morceau, Sinclair ! m'ordonne-t-il en s'asseyant à l'envers sur son fauteuil pivotant.

– Rien à raconter… inventé-je.

– Ouais, c'est ça, et moi je me tape Daenerys Targaryen et tous ses dragons ! J'ai vu ta tête quand tu as appris qu'Arlo allait se pointer…

– Il faut vraiment que tu arrêtes avec Emilia Clarke, Jojo. Ça devient limite obsessionnel. Et la nouvelle voisine, alors ? demandé-je, tentant de changer de sujet.

– La meuf, elle embrasse Arlo Sheridan et elle me fait la leçon… soupire l'insolent.

– Parle moins fort !

Je me laisse tomber sur son lit et suis rejointe par le renard-éléphanteau qui lui sert de chien.

– Ça fait drôle, de revenir ici… Tu m'as manqué, loseur.

– Moins qu'à moi, loseuse. Je te rappelle que mon monde se limite aux parents et à mes amis virtuels.

– Heureusement que tu as ce machin, fais-je en caressant le corgi sous son museau pointu.

La sonnette retentit à l'étage du dessous. Pan ! aboie, je me crispe d'un coup et entends déjà Colleen sortir de sa chambre pour dévaler les escaliers.

– Oups. Je crois que le mec de vos vies vient d'arriver… commente mon petit frère.

26

TU RÊVES

Tillie

Je descends au salon environ une demi-heure plus tard, le cœur battant, après avoir retrouvé ma chambre de gamine vert d'eau et m'être changée de la tête aux pieds. Colleen, Arlo et mon père sont affalés dans le grand canapé familial, leurs visages rivés à l'écran de la télé qui retransmet un match de la NFL.

Une bière à la main, un corgi ventru affalé sur les genoux, l'invité pose soudain ses yeux verts sur moi. Je me liquéfie à l'intérieur mais lui me sourit à peine, fait comme si de rien n'était et se détourne déjà. Je plante mes ongles dans mes cuisses à travers mon short beige pour me retenir de pleurer.

La dernière fois qu'on s'est vus, toi et moi, tu ne me regardais pas comme ça... Et je t'ai donné tout ce que j'avais.

Un cri me fait sursauter. Ma mère m'appelle au secours en cuisine, je la rejoins en ravalant ma peine et retrouve Jonah qui est en train de martyriser la pauvre dinde qu'il était simplement censé arroser.

– Je ne t'ai pas demandé de la piquer, Jo ! rigole Sylvia en essayant de lui prendre sa longue fourchette.

– Elle sera plus moelleuse !

– Rends-moi ça et file de là !

– J'ai vu ça sur YouTube ! insiste mon frère.

– Va regarder le match avec les autres et laisse-moi m'occuper de cette dinde ! Tillie, sors-le de cette cuisine, je t'en prie !

Je passe mon bras autour de ses épaules maigrichonnes et l'embarque de force. Je suis la seule, dans cette fratrie, à avoir des formes et à ne pas rentrer dans du XS. Ça a au moins un avantage : pouvoir maîtriser physiquement mes victimes.

– C'est pas juste, elle a pris du muscle ! Et du cul !

– Si tu me fous la honte devant Arlo, je te tue… grogné-je à son oreille.

Et je vois passer une lueur de joie dans son regard.

Petit con.

Juste avant le dîner, je sors le chien dans le jardin de derrière et découvre Colleen et Arlo assis sur le rebord de la piscine, leurs jambes plongées dans l'eau, en grande discussion. J'essaie de ne pas penser à la dernière fois que j'ai vu tant de peau nue chez lui. Je tends l'oreille et crois comprendre qu'ils parlent de Lauren et Hector. J'hésite un instant à disparaître mais compte jusqu'à quatre, puis reprends à zéro pour aller jusqu'à neuf, mes deux chiffres fétiches censés me donner du courage, et je me décide à les rejoindre.

– Ce débardeur noir est plutôt sexy, commente ma sœur en me voyant arriver. Tu me l'aurais pas piqué, par hasard ?

Je fais « non » de la tête en évitant le regard d'Arlo. Mais je tends la main vers la bouteille de bière qu'il tient, et il ne me la donne pas.

– Tu rêves, lâche-t-il seulement.

Nos yeux se rencontrent enfin. Se percutent, plus précisément.

– Quoi ?

– Tu n'as pas 21 ans, moi si.

Je le fusille du regard et malgré la gêne entre nous, ça semble presque l'amuser. Son regard vert, ses cheveux châtains presque bouclés, ses grains de beauté impossibles à ignorer, son petit sourire aussi insolent qu'irrésistible : pourquoi faut-il qu'il soit si attirant ? Si renversant ?

– Je sais ce que tu as fait il y a quelques jours, Till'.

La voix de ma sœur a fendu l'air et mon cœur s'est arrêté de battre. Des images de lui et moi me reviennent. Sa bouche sur ma peau. Sa langue en moi. Ses mains partout. La dureté et la chaleur de son sexe. Mon cri de jouissance dans l'intimité de la chambre 15.

– Tu… Quoi ? Je ne sais pas de quoi tu…

– Ta nuit de débauche, grogne Colleen.

– Pardon ?

Je jette un regard implorant à Arlo, persuadée que c'en est fini de nous et de notre secret. Mes muscles se tétanisent et mes larmes montent comme une vague.

– Toi, Kristan, Freya et compagnie à l'Eurêka… précise-t-il à voix basse.

– Ne sors plus avec mes copines, m'ordonne la brune en caressant son dernier tatouage.

Une lune noire logée dans son cou. Je vois flou. Mais je respire à nouveau.

– Ne bois plus comme tu l'as fait, ne touche jamais à la drogue, ne couche pas avec n'importe qui juste parce que tu crois en avoir envie. Si tu le fais, je te botte le cul. C'est compris ?

J'acquiesce. Ma bouche entrouverte cherche de l'air malgré la moiteur de novembre. Ma sœur ne sait pas pour Arlo et moi, notre corps-à-corps, notre trahison. Je devrais être soulagée mais c'est un sentiment de déception qui m'envahit tout à coup. Pendant un instant, j'ai presque cru qu'il lui avait tout avoué… en espérant nous donner une chance.

J'avais tout faux. En appui sur ses bras musclés étendus derrière lui, il fixe ses pieds nus qui forment des ronds dans l'eau en hochant la tête et en lui donnant raison. Je me sens soudain terriblement petite face à eux.

– Je dis ça parce que je t'aime, Till'. Et parce que la moitié des mecs de notre fac te veulent dans leur lit.

– N'importe quoi… soufflé-je, gênée.

– Elle a raison, lâche la voix grave de son double.

Ce son résonne en moi, sous mon crâne, dans mon cœur, entre mes cuisses. Cette foutue voix qui me trouble, quoi qu'elle dise.

– Ne te rends pas vulnérable, ne deviens pas une proie facile, c'est tout ce que je te demande, ajoute ma sœur aînée. J'ai vécu des trucs… pas terribles. Ne marche pas dans mes pas, OK ?

Sa voix a presque tremblé, sur la fin. Je pose mes yeux sur elle et la trouve changée. Moins pâle et moins sombre à la fois.

– Merci, Colleen, lui glissé-je.

– De quoi ?

– De t'inquiéter pour moi. Et je t'aime aussi.

C'est sincère. Ma sœur se marre un peu, quitte la piscine, fait quelques pas vers moi et, sans que je m'y attende, me prend dans ses bras. Ce genre de geste entre nous est plutôt rare et ça m'émeut. C'est bon. C'est chaud. Mais ça me brûle.

Parce qu'elle ne sait pas tout.

Et pour la première fois aujourd'hui, dans les beaux yeux plissés d'Arlo qui nous observent un peu à distance, je lis du tourment. Presque de la douleur.

– Je crève de faim ! râle finalement Colleen en s'arrachant à moi. Je vais voir ce qu'ils glandent en cuisine !

Elle trottine jusqu'à la porte vitrée et disparaît dans la maison. En me laissant le cœur en vrac, les idées en pagaille.

– Tu n'as jamais répondu à mes messages, murmuré-je d'une voix ténue.

– Je les ai effacés après les avoir lus. Pour ne pas être tenté.

Les yeux humides, je le contemple tandis qu'il me fixe sans détour. Je le trouve tellement beau que c'en est douloureux.

– Tu t'en fous complètement de moi, en fait ?

Arlo lâche un rire sombre, torturé en passant les mains sur son visage.

– Tu crois vraiment ce que tu dis, Tillie ?

Il penche la tête sur le côté.

– Je ne sais pas. Je ne sais rien. Et tu ne m'aides pas à comprendre…

– Arrête d'être si belle, si douce, si parfaite, putain ! gronde-t-il soudain en sautant sur ses pieds.

Il marche vers moi en foutant de l'eau partout et s'arrête tout près de mon visage :

– Tu ne vois pas que ça me tue, que toi et moi ce soit impossible ?!

Et sous mes yeux éberlués, tandis que mon cœur menace d'exploser, le garçon de mes rêves s'éloigne en emportant sa bière et ses murmures.

27

INEXPLICABLE

Arlo

J'ai serré les dents et j'ai tenu bon, pendant ces quatre jours à Queen Creek.

J'ai survécu à trois nuits chez mes parents en les croisant le moins possible. On s'est adressé un minimum de mots, ils n'ont pas changé leurs petites habitudes pour moi, j'ai pieuté dans mon grenier aménagé et fait ma petite vie sans rien attendre d'eux.

Et ce n'est pas comme s'ils avaient couru après ma présence, tant ils étaient obnubilés par l'absence de leur vrai fils.

Enfin, j'ai surtout survécu à un long dîner de Thanksgiving chez les Sinclair et au trio infernal Colleen-Tillie-et-moi réunis en même temps au même endroit. Exploit absolu : j'ai même réussi à affronter la fille que je veux les yeux dans les yeux – sans l'embrasser, lui sauter dessus ou pire.

Sans me trahir.

Rien n'est réglé mais je suis soulagé de revenir à San Diego et de pouvoir retrouver un semblant de liberté, reprendre ma vie étudiante, mes cours, mes entraînements, mes fuites en avant. Ici, je respire.

Le mois de décembre est celui des premiers exams mais aussi d'une grosse fête sur le campus, façon rave-party. Un bon prétexte pour se défouler avant l'échéance de la fin du premier semestre. Je ne sais pas qui organise cette année mais l'édition de ce soir s'annonce animée. Le lieu secret n'a été dévoilé qu'à la dernière minute pour éviter une descente de flics : une usine désaffectée non loin de la fac. Le *dress code :* tous en noir. Le thème de la soirée : « Cachés… Devenez vous-mêmes. »

– Qui a pondu un truc pareil ? râle Colleen. Ça n'a absolument aucun sens.

– Ça veut juste dire qu'il n'y aura pas d'électricité, qu'on ne va rien voir et qu'ils espèrent de la débauche dans tous les coins, commenté-je. Ça ne changera pas beaucoup de d'habitude.

– Sont cons, on a tous des portables qui font de la lumière, fait remarquer Todd.

– Qu'est-ce qu'il y a, blondinet, t'as peur du noir ? le provoque la seule fille de la coloc.

– Non, j'ai juste peur de tomber sur toi qui me dégueules dessus.

– Ce serait te faire beaucoup trop d'honneur, Todd « L'Ennui » Kennedy.

– Au moins, j'ai une dignité, Colleen « La Gerbe » Sinclair.

– C'est bon, vous avez fini ou on prend du pop-corn ? me marré-je. Je ne sais pas pourquoi tout le monde est fébrile, ce soir. Dans l'appart, ça sent la tension nerveuse et sexuelle à plein nez… Et je m'y connais.

– Non, continuez, ça m'exciterait presque, ajoute Hector en sortant sa langue dans tous les sens.

– Arrête, geint Colleen, ça me file la nausée, Hector « La Classe » Vargas.

Ma meilleure amie saute pour lui mettre une tape en haut du crâne. Ils font semblant de se battre dans le salon, puis les deux mecs décident de mettre leur plus belle chemise noire. Je vais dans ma chambre trouver un T-shirt noir et garde mon jean brut qui fera l'affaire. Quand je reviens, Colleen a enfilé un short un peu déchiré sur des collants genre résille et une sorte de col roulé à trous qui dévoilent ses épaules. Je la regarde, perplexe, en me demandant mentalement si Tillie portera sa petite robe noire qui la met si bien en valeur.

Et je suis soudain d'une humeur de chien. Je n'ai pas envie que d'autres mecs la matent.

– Quoi, un truc à dire sur ma tenue, Sheridan ?

– Rien, fais pas chier.

– C'est quoi ton problème ?

Je me reprends et dévie la conversation :

– C'est la première fête depuis que t'as repris le programme… Tu vas tenir le coup ? Pas d'alcool, pas de drogue, pas de fugue, pas de connerie… On est d'accord ?

– Oui, chaperon !

Elle a grogné cette réponse et je sais très bien ce qui se passe en elle en ce moment. Colleen a beau aller mieux et ne pas vouloir replonger, la débauche lui manque. Ce soir, elle va avoir envie de danser, de picoler, de s'évader, de jouer avec ses propres limites, de se sentir libre et de tout oublier. Elle ne sait pas comment s'amuser autrement.

À moi de lui prouver qu'on peut… et de ne pas la quitter d'une semelle.

Putain de programme.

***

L'usine est effectivement plongée dans le noir mais quelques stroboscopes pulsent au rythme d'une musique assourdissante. Pas vraiment mon genre d'ambiance, mais la brune qui m'accompagne trépigne déjà sur place.

– J'aime pas cette soirée, on se barre ? hurlé-je dans l'oreille de Colleen.

– Nan, j'ai envie de voir ce que la nuit nous réserve…

– OK, je vais nous chercher à boire, tu me suis ?

– Sans façon, on voit que dalle, je vais me faire mal. Je reste avec *Dumb and Dumber*, vas-y, toi.

Je fais un signe à Todd et Hector qui me répondent d'un geste du menton. Mais le premier est scotché à son écran pour avoir les résultats du foot et le deuxième cherche sans doute sa meuf du regard.

Je marche vers le bar et la première tête connue que je croise est celle de la coloc bizarre de Tillie : parmi la centaine d'étudiants présents, Martha est la seule à porter du beige des pieds à la tête. Elle danse un slow avec son mec au milieu de la piste de danse plongée dans l'obscurité, malgré la musique techno qui résonne à plein régime. Et forcément, je ne peux pas m'empêcher de chercher Tillie du regard, au cas où elles seraient arrivées ensemble.

Mais en tournant sur moi-même, je percute d'autres Première Année :

– Salut Arlo.

– Hey… Lauren, c'est ça ?

– Ouais.

– Hector est par là-bas.

– Justement… Je voulais te demander… Est-ce que tu peux dire à ton pote que c'est terminé ? Il est beau et il embrasse bien, mais j'en peux plus de ses blagues de cul.

– Dis-lui toi-même, je pense qu'il devrait encaisser, réponds-je en me marrant.

– Ça veut dire que je suis libre, si tu vois ce que je veux dire…

Je vois très bien où Lauren veut en venir, mais je fais semblant de ne pas entendre et la laisse là avec un sourire. Elle se replie vers sa copine à tresses et je les suis du regard uniquement pour voir si elles me mènent à Tillie. Mais toujours aucune trace de la petite bombe, de sa crinière ou de sa robe noire.

Arrivé devant le bar, je commande un rhum coca et un soda au type qui se fait du pognon sur le dos des étudiants et je repars en sens inverse avec les deux gobelets remplis à ras bord. Je me fais arrêter une première fois :

– C'est pour moi ? Merci, fallait pas !

Effie trempe ses lèvres dans mon verre et je lui reprends aussitôt.

– Désolé mais non. Ta copine Colleen va mourir de soif si je ne lui apporte pas ça tout de suite.

– OK, dommage… À plus tard, Arlo.

– Sans doute pas, marmonné-je pour moi-même.

La seconde fois, j'arrive à esquiver une fille de l'équipe de volley de la fac, dont j'ai oublié le prénom mais pas le corps nu assis sur moi dans les vestiaires, l'année dernière. Et debout sous la douche.

– On se parle plus tard ? je lui mens en continuant mon chemin dans l'obscurité.

C'est vraiment la pire idée de soirée qui soit. Quand je retrouve enfin l'endroit où j'ai laissé mes colocs, il n'en reste plus qu'un sur trois.

– Todd, t'es là ? fais-je en claquant des doigts devant ses yeux vides.

– Bah ouais, tu vois bien.

– Et les autres ?

– Euh… Hector vient de se faire larguer et il est allé participer à un concours de pompes : il fait boire un *shot* à son adversaire à chaque fois qu'il en fait dix.

– Je m'en fous, Todd, où est Colleen ?

– Ah… Elle a croisé la métisse qui s'engueulait avec sa meuf, là, la jolie blonde aux gros…

– C'est bon, passe-moi les détails. Je vais la chercher.

Je lui colle les deux gobelets sur le torse, en renverse la moitié et pars à la recherche de ma meilleure amie. Foule compacte, nuit noire, étudiants tous habillés pareil : je sens que je vais m'amuser. Après un tour de l'usine à bousculer des corps dansants, bondissants, ondulants ou collés deux par deux, en surchauffe, je commence à m'inquiéter pour Colleen. Elle n'a pas perdu de temps pour…

Elle est là.

Juste dehors.

Un peu à l'écart de la fête… Toujours là où on ne l'attend pas.

Mais pas Colleen.

L'autre.

C'est inexplicable, la petite sœur Sinclair me coupe le

souffle : elle porte une combinaison noire pas vraiment moulante mais assez courte, terriblement sexy. Décolletée juste ce qu'il faut pour me rendre fou. Ample à certains endroits mais épousant les courbes de ses hanches et de ses fesses. Ses jambes nues dans ses baskets blanches me font un drôle d'effet : comme si elle hésitait encore un peu entre rester Baby Tillie ou devenir définitivement la fille audacieuse que j'ai rencontrée dans son lit.

– Hey, bredouillé-je du bout des lèvres.

– Hey… répond-elle d'une voix à peine audible.

Sa poitrine se soulève comme si elle était essoufflée. Je crois que mon abruti de pouls s'énerve aussi, j'ai du mal à respirer. Malgré la pénombre, je distingue par intermittence ses yeux sombres et brillants qui me fixent intensément. Ses lèvres s'entrouvrent comme si elle cherchait quelque chose à dire… mais tout ce que je vois, c'est sa langue rose et humide qui m'appelle. Je suis incapable de résister à sa bouche pulpeuse. Je fais un pas en avant. Je crève de chaud. Je voudrais qu'elle me dise d'arrêter, mais elle avance aussi. Ses seins se rapprochent, ses courbes, son parfum, son regard dingue qui me veut tellement.

En une seconde, je suis sur elle.

Mes mains autour de sa taille, je la plaque contre moi. Elle gémit, je grogne. Je reste à quelques millimètres de sa bouche indécente, je résiste encore trois secondes à ce désir animal qui me tend et me fait presque mal. Sexy Tillie glisse le bout de sa langue entre mes lèvres et je la fais reculer pour la coller brusquement au mur de l'usine. Je l'embrasse comme un sauvage, je la touche, j'empoigne ses fesses, je glisse ma main sous sa crinière et je tire, elle mord dans ma lèvre en représailles et j'adore ça, je place ma jambe entre ses cuisses et c'est elle qui a l'air d'adorer ce que je lui fais.

Pendant peut-être une minute, j'oublie absolument tout : notre accord, l'interdit, la rave-party à l'intérieur de cette usine, la recherche de Colleen, mon devoir et toutes mes missions.

La seule chose que je sais, c'est que je la veux. Que je n'en peux plus de cette distance entre nous. Que j'ai cru crever de ne pas pouvoir l'embrasser, la toucher, l'avoir contre moi. Si je pouvais, je serais déjà en elle. Je la ferais crier. La pression de ses seins écrasés sur mon torse, de son bassin contre mon érection, de nos bouches l'une contre l'autre, ça me rend dingue. Littéralement.

Alors je m'écarte d'elle d'un grand pas et je fourre mes mains dans mes cheveux pour ne plus les avoir sur elle.

– Je ne vaux pas mieux qu'un putain de drogué, murmuré-je en la regardant droit dans les yeux.

– Moi aussi, souffle-t-elle, il me fallait ma dose.

– Je ne peux pas me passer de toi, Tillie… C'est plus fort que moi.

Je m'en veux immédiatement de cet aveu. Mais à sa bouche rougie encore entrouverte, à son regard fou rempli de désir, peut-être même d'autre chose, je sais qu'elle le veut autant que moi.

– Laisse-nous une chance, chuchote-t-elle en tendant sa main vers moi.

J'hésite… Je cogite…, puis je croise mes doigts avec les siens et je m'approche à nouveau.

– Peut-être qu'on pourrait essayer, fais-je à voix basse. En secret. Personne n'a besoin de savoir. Et peut-être qu'un jour, Colleen comprendra. Qu'on ne l'abandonne pas. Qu'on ne la trahit pas…

– Je n'ai pas envie de parler de ma sœur, Arlo… Juste de toi et moi.

Le cran de cette fille. La fougue de ses 18 ans. La sensualité de son corps, qu'elle ignore tellement. L'innocence de son visage qui a peur de tout mais apparemment pas de nous. Je glisse mes deux mains sur ses joues et l'embrasse à nouveau, en prenant mon temps, cette fois. En me demandant ce que Tillie m'a fait…

Déjà persuadé qu'elle peut faire ce qu'elle veut de moi.

– T'aimes bien cette soirée, finalement ! siffle la voix de Colleen dans mon dos.

C'est comme si je m'étais pris une balle. Je quitte la bouche de Tillie et je me retourne avec l'impression d'avoir encore un flingue entre les omoplates.

– Colleen…

– Ne parle pas !

– Je peux t'expliquer, essaie Tillie d'une voix tremblante. C'est moi qui…

– Ferme-la aussi.

L'aînée des sœurs Sinclair n'a même pas l'air hors d'elle. Elle réfléchit. Son regard sombre me semble indéchiffrable. Dans la nuit noire et le silence ponctué de boum boum venant de l'usine, le temps s'arrête. Je retiens mon souffle. Je jette un regard à Tillie qui semble terrorisée, perdue, laisse ses doigts contre sa bouche comme si ça pouvait effacer ce qu'on vient de faire. Ce que sa sœur a vu.

J'attends la réaction de Colleen mais elle ne vient toujours pas. Ça me fait craindre le pire… Je préfère quand elle explose.

À la place, elle chasse une larme qui s'échappe sur sa joue et sourit d'une façon bizarre.

– Si c'est vraiment ce que vous voulez... Je m'efface.

Puis elle se met à partir à reculons, à pas lents, en nous fixant l'un après l'autre.

– Colleen, attends... tenté-je de la retenir.

Mais son grand corps se retourne et ses longues jambes se mettent à courir à toute vitesse.

– Laisse-la partir, me souffle Tillie. Elle a besoin d'espace. Qu'on la laisse respirer. Déjà, petite, elle disparaissait des heures dès que quelque chose la révoltait... ou la blessait. Et déjà à l'époque, lui courir après ne servait à rien.

Je sais tout ça, mais Tillie a besoin de s'en convaincre. Et sa voix tremble, elle s'en veut autant que moi. Peut-être plus.

– Putain, qu'est-ce qu'on vient de faire ?

Je prononce cette phrase en regardant Colleen s'éloigner dans son short déchiré, ses collants résille et son étrange col roulé. Je sais que Tillie a raison, que sa sœur ne veut pas de moi maintenant, ni me parler, ni m'écouter. Ni même de mes bras pour pleurer. Mais en ne lui courant pas après, j'ai l'impression de l'abandonner.

Sa silhouette gracile disparaît à l'intérieur de l'usine.

Et j'ai la sensation inexplicable de ne plus avoir de meilleure amie.

28

JUSTE L'ENTENDRE

Tillie

Mi-décembre, les examens marquant la fin du premier semestre universitaire débutent : pendant une bonne semaine, l'ambiance change du tout au tout sur le campus.

Oubliées les soirées de débauche. Disparus les étudiants paresseux qui prennent le soleil sur les bancs, improvisent un pique-nique géant ou un match de football américain sur les pelouses. Terminées les journées passées à glander plutôt qu'à bosser.

Pour une fois, ça file presque droit à la San Diego State University.

Martha ne coud plus, ne dort que trois heures par nuit, mais trouve quand même le temps de prier. Et c'est à peine si elle tolère les visites éclair d'Austen entre deux révisions. Mon autre copine, Elle, délaisse ses romans et ne prend même plus la peine de tresser ses cheveux. Sa coloc Lauren va jusqu'à éteindre son portable pour éviter que les dizaines de textos désespérés d'Hector ne la déconcentrent. Chose rare : Freya et Kristan se mettent à fréquenter la bibliothèque – et ne passent même pas leur temps à s'y rouler des pelles. Et moi je révise jour et nuit, m'interrompant seulement pour aller gratter des feuilles blanches et étaler mes connaissances en espérant obtenir les meilleures notes possible.

Cette émulation, cette atmosphère tendue, ces corps stressés, en mouvement perpétuel, les bras chargés de bouquins et les crânes bien pleins, ça me permet presque d'oublier. D'oublier le feu qu'Arlo a allumé en moi. Ses lèvres chaudes, ses mains baladeuses. Et son silence depuis quatre jours : ni lui ni moi n'avons tenté de nous voir ou de nous reparler. J'imagine qu'il s'en veut autant que moi d'avoir bravé cet interdit. Et que c'est aussi douloureux pour lui de regarder la vérité en face.

J'essaie aussi d'oublier le visage interloqué de ma sœur, la lueur sombre qui a traversé ses yeux, son sourire amer, sûrement faux, ses muscles tendus quand elle nous a surpris en train de nous embrasser, son meilleur ami et moi.

Son cœur un peu brisé qu'elle a essayé de nous cacher.

– Colleen, murmuré-je en me rendant à mon exam de macroéconomie. Je suis désolée…

Je me le répète dix fois par jour, faute de pouvoir lui dire en face. Depuis cette fameuse soirée, mes SMS restent sans réponse, mes appels tombent sur sa messagerie, ma sœur qui a proposé de s'effacer reste aux abonnés absents. Et j'ai sérieusement peur qu'elle ne fasse une connerie.

Par ma faute.

Jojo. Puis elle. Perfec'Tillie est en fait la pire sœur au monde.

***

J'enchaîne sept examens, cette semaine-là, et le vendredi soir venu, je m'écroule sur mon lit dans mon sweat bordeaux pour dormir quinze heures d'affilée. À mon réveil, je me rends encore groggy à la cafétéria et tombe sur Arlo. C'est la première fois qu'on se revoit, lui et moi, depuis le baiser qui a tout fait basculer.

– Colleen n'est pas avec toi ? lui demandé-je en posant les yeux sur son T-shirt blanc au logo rouge des Aztecs.

– J'allais te poser la même question.

Nos regards se trouvent, je lis de l'inquiétude dans le sien. Et une certaine distance. Il s'éloigne pour m'entraîner un peu à l'écart.

– Elle te fait la gueule, à toi aussi ? soufflé-je.

– Ouais. Et elle n'est pas la seule…

– Quoi ?

– Tu ne m'as donné aucune nouvelle en neuf jours, Tillie, gronde sa voix rauque.

– Parce que tu l'as fait, toi ?

On se contemple férocement, lui et moi. Puis sa main glisse dans ses cheveux et les secoue énergiquement.

– On a sérieusement merdé, putain… marmonne l'athlète aux yeux verts.

– Tu sais si elle va bien ?

– Elle n'a pas passé ses examens.

– Aucun ? m'écrié-je.

Il secoue la tête et lâche entre ses dents :

– Je ne l'ai pas croisée une seule fois à la coloc depuis qu'elle nous a pris en flag. Elle y est passée puisque certaines de ses affaires ont disparu de sa chambre, mais j'imagine qu'elle a trouvé un autre endroit où pieuter…

– Chez qui ?

– Sûrement un mec, lâche-t-il vaguement. Ou sa bande de copines. J'ai parlé à Freya qui dit ne rien savoir, mais je doute qu'elle me lâcherait la vérité… Ce qui est sûr, c'est que Colleen ne veut pas qu'on la trouve.

– Et si elle était partie le faire, son tour du monde ? murmuré-je.

Arlo lâche un grognement rauque, puis inspire profondément. Il s'en veut, c'est évident, mais il n'est pas le seul coupable.

– Je suis vraiment désolée… avoué-je. Pour elle. Et pour votre amitié.

– Tillie, arrête ça.

– Non. Je n'aurais pas dû me laisser aller, j'aurais dû m'en tenir à notre plan !

– On était deux, contre ce mur. Et c'était tellement dément, ajoute-t-il tout bas. Il y a un truc chez toi… Un truc qui me fait perdre la tête. Tu le sais, ça ?

Les larmes aux yeux, le cœur tambourinant, je hausse les épaules en reniflant. Pas envie que toute la cafétéria me regarde craquer. Mais tous les étudiants sont occupés à autre chose. Tous, sauf celui que j'aime et qui me fixe tout au fond des yeux.

– J'ai envie de te prendre dans mes bras… murmure Arlo. Mais je ne peux pas.

– Ne le fais pas.

On se contemple longuement, en silence, on se dit les mots

qu'on n'a plus le droit de prononcer. Parce qu'à cause de nous, Colleen en a déjà assez bavé.

– Je voudrais juste l'entendre, soufflé-je.

– Ouais. Juste avoir la preuve qu'elle va bien.

– Elle finira par t'appeler au secours, tu ne crois pas ?

– Avec Colleen, rien n'est jamais sûr…

Martha et ses cernes de deux kilomètres débarquent à la cafétéria à leur tour et l'ex-mormone m'appelle pour que je vienne faire la queue avec elle. Arlo me fait signe d'y aller, on se quitte après un dernier regard plein d'amertume, de tristesse. Mais aussi de tendresse, je crois.

Je remplis mon plateau, mais je suis incapable d'avaler quoi que ce soit, ce jour-là.

***

Le lendemain matin, le visage préoccupé de Jojo apparaît à l'écran et sa voix, plus grave que d'ordinaire, me demande sans préambule :

– Tu l'as retrouvée ?

– Toujours pas…

Mon petit frère se met à frotter nerveusement sa tempe et à penser à haute voix :

– Là, ça commence à faire long. Trop long. Dix jours.

– Les vacances de Noël commencent demain…

– Tu crois qu'elle va sécher Noël à la maison ?

– Ce ne serait pas la première fois… lui rappelé-je.

– Ouais, c'est vrai. On va dire aux parents qu'elle participe à un stage de soccer, comme il y a deux ans, propose-t-il. Elle va réapparaître, ça ne sert à rien de les inquiéter pour rien. Ils ont déjà de quoi faire avec leur cas social de fils…

La douleur insidieuse revient et me broie la poitrine. Une larme m'échappe.

– Jojo ?

– Quoi ?

– C'est… C'est ma faute, tout ça.

– Pourquoi ?

– Elle nous a surpris en train de nous embrasser…

J'ai murmuré ces mots, honteuse, incapable de les avouer plus fort. Jonah fronce les sourcils en essayant de comprendre… puis les hausse lorsqu'il saisit.

– Arlo et toi ?!

Je baisse les yeux face à son regard plein de jugement.

– Tu lui as pris le seul être qui la rendait saine d'esprit, la seule personne qui n'aimait qu'elle, m'engueule Jonah. Arlo lui permettait de tenir, Tillie ! Comment tu as pu lui faire ça ?

Parce que Arlo.

Arlo Sheridan.

Il n'y a pas d'autre réponse.

Pas d'autre explication.

Juste lui.

Et mes larmes silencieuses.

29

REVIENS

Tillie

[Tu passes me voir au stade ?]

Je relis le message d'Arlo une seconde fois, puis balance une dernière fringue dans ma valise. Je prends le train dans un peu moins de deux heures, sauf si Colleen réapparaît par miracle et accepte qu'on fasse la route ensemble jusqu'à Queen Creek.

Peu probable.

[Je peux y être dans 5 min.]

[Tu as des nouvelles ?]

[Aucune. Toi ?]

[Rien de rien.]

Je me dépêche d'atteindre la grande pelouse où s'entraînent, entre autres, les deux équipes de soccer. Je repère rapidement le garçon qui fait battre mon cœur dans les gradins. Il est assis au quatrième rang, les coudes sur les genoux et la tête baissée entre les jambes. Il la relève en m'apercevant… et ses yeux verts me happent.

– Tu pars quand ? me demande simplement le meilleur ami de ma sœur en me regardant m'installer à côté de lui.

– Treize heures.

Il mate l'écran de sa montre, puis essuie son front légèrement transpirant d'un revers de bras. Quelque chose m'avertit, au fond de moi. Je sens que mes yeux ne vont pas rester secs longtemps et je voudrais que tout s'arrête. Que Colleen revienne. Qu'Arlo m'embrasse à nouveau. Qu'on soit libres de se vouloir, lui et moi, sans faire de mal à qui que ce soit.

– Elle va vraiment faire durer ce putain de supplice ? Vraiment nous faire ce coup-là encore longtemps ? enrage-t-il.

Je le contemple de profil, m'arrête sur son grain de beauté et l'émotion m'envahit. Je connais si peu de choses de lui… et pourtant, j'aime tout. Sa voix, son aura, son odeur, ses boucles folles, son corps immense, ses muscles puissants, ses gestes tendres. Et son regard, plus que tout.

Mais il y a Colleen entre nous.

– C'est tout ce qu'elle a trouvé pour nous punir, lâche encore Arlo.

– Sa façon de nous dire « Joyeux Noël, bande de traîtres ! »…

– Elle n'a pas tort.

Il fait craquer ses phalanges, fuit mon regard. La culpabilité l'étouffe. Je connais trop bien la sensation. Je soupire à mon tour, tire sur les cordons de mon sweat en observant les silhouettes qui courent un peu plus bas.

– Tu ne rentres pas chez toi pour les vacances ? fais-je doucement.

– Non. Je vais l'attendre ici. Et puis, ce n'est pas comme si j'avais une famille qui m'attendait, moi.

Je serre les dents en pensant à ce que j'ai fait subir à la mienne. Il y a cinq ans, puis maintenant. C'est à ce moment que la voix grave d'Arlo résonne et me percute :

– Il faut qu'on arrête tout, Tillie. Pour de bon, cette fois.

– Quoi ?

– Tu m'as entendu.

– Arlo !

– Il faut que je la retrouve, s'obstine-t-il. Que je puisse lui dire que c'est fini. Et que je prenne soin d'elle, comme je le faisais avant…

Les mots se faufilent entre mes lèvres :

– Avant moi…

Nos regards se happent, se fouillent, s'engueulent, je pose ma main sur la sienne, il se dégage. Je vois une vague de colère monter en lui et je sens soudain la mienne se faufiler sous ma peau, battre dans mes veines, noircir mon cœur.

– Toi et moi, ça prend trop de place, lâche durement Arlo. Je ne me reconnais plus…

– Elle nous prend en otage ! sifflé-je. Comme elle l'a toujours fait. C'est injuste.

– Elle ne sait pas faire autrement… Ses addictions, ses névroses, c'est une maladie, Tillie.

– Et les sentiments que j'ai pour toi, je ne les ai pas choisis non plus ! Si je pouvais les faire disparaître, je le ferais !

– Arrête ça. Tout de suite.

Les larmes me fendent les joues, le vent les glace mais je ne cherche pas à les essuyer. Je ne sens presque plus rien.

– Elle n'est même pas amoureuse de toi ! gémis-je. Elle est égoïste, irresponsable, malheureuse et elle refuse que les autres aient ce qu'elle n'a pas !

– Tu vois ? Notre histoire est en train de tout gâcher ! enrage-t-il. Oublie-moi.

Sa dernière phrase était sans appel. Un sanglot éclate dans ma gorge, ses yeux à lui deviennent humides, il fixe le sol et renifle un grand coup.

– Ne la laisse pas détruire ce qu'on a, Arlo, s'il te plaît…

– On n'a rien, Tillie. Toi et moi, c'est du vent.

– Tu mens, tu sais que c'est vrai ! Que c'est fort et que ça nous dépasse !

– C'est foutu, tu comprends ? Perdu d'avance. C'est comme s'accrocher à une branche trop fine : on va se casser la gueule et ça va faire très mal…

Je me lève, soudain hors de moi, et le secoue.

– Je sais que je devrais renoncer à toi ! Je sais que ma sœur est malade, qu'elle souffre et que t'aimer, c'est la trahir ! Mais c'est *là* !

Je me frappe la poitrine du doigt en pleurant de plus belle.

– C'est là et ça ne veut pas partir !

Je me cogne à nouveau du poing, plus fort, cette fois.

– Tu es le premier, Arlo. Le seul !

Arlo se redresse tout à coup, s'empare de mon poignet et m'empêche de frapper une troisième fois.

– Mon frère est détruit, ma sœur me hait et maintenant je te perds, toi ? sangloté-je.

– Tillie, tu vas m'oublier… Ne gâche pas tes larmes et ta vie pour moi. Je ne t'aime pas, je ne t'aimerai jamais.

– Non ! Tu mens, je le sais !

Je me rue sur ses lèvres, je l'embrasse tant qu'il me laisse faire, goûte à sa bouche chaude et sucrée, à sa langue qui m'avait tant manqué. Je gémis, il grogne, glisse ses mains dans mes cheveux pendant que mes doigts fourragent dans les siens. Il se colle un peu plus à moi et je ressens son désir dans tout mon être, mais en un instant, un seul, la magie s'efface et ses bras me repoussent brusquement.

– C'est fini, Tillie. Ne me suis pas. Ne viens plus me chercher. Passe à autre chose… Comme moi.

Sur ces mots qui brisent mes derniers rêves, le garçon que j'aime quitte les gradins à petites foulées, sans se retourner une seule fois en m'entendant l'implorer.

Le vide m'étreint. Je ne sais plus si je respire. Un trou se creuse dans mon cœur, je le sens physiquement, et c'est comme si toute mon âme s'en échappait sans que je puisse la retenir.

Toujours en pleurs, je m'empare de mon téléphone, trouve le numéro de ma sœur et écoute l'annonce de sa messagerie, suivie du long bip.

– Colleen, c'est moi. Tu as gagné…

J'ai du mal à reprendre mon souffle, encore plus à parler.

– Tu comptes plus que moi pour Arlo… Il t'a choisie.

Chaque mot est un supplice, chaque larme un nouveau déchirement.

– Tu peux revenir, maintenant. Reviens, Colleen…

Nouveau sanglot, puis cette dernière phrase que je hurle tellement fort qu'elle me déchire la gorge – et le cœur :

– Reviens ou je te tue !

30

LE PRÉCIPICE

Tillie

Queen Creek, trois mois et demi plus tard

Demain, on aurait dû retourner à la fac après ce *spring break* pas comme les autres.

Mais j'ai comme l'impression que la vie est en train de s'arrêter. Quand je vois le frère d'Arlo apparaître sur le perron de la maison familiale, je sais déjà que le pire est en train d'arriver. Je le sens. Il va l'annoncer. Son visage est le plus blanc que j'aie vu de ma vie, ses yeux bleus les plus désespérés. Je me rue sur Jay sans même savoir pourquoi, je voudrais lui mettre les mains sur la bouche, l'empêcher de parler, qu'il se taise à jamais. Qu'il ne brise pas notre famille encore une fois. Qu'il nous laisse juste quelques secondes de répit avant la déflagration.

À côté de moi, Arlo ne bouge pas. Il a compris aussi. Et je n'ose même pas croiser son regard olive que je devine noyé.

Je m'y noierais aussi si je l'apercevais.

C'est trop tard. Face à nous, Jay fait non de la tête une centaine de fois, au ralenti, comme pour nier l'évidence. Et sa voix se brise quand il parvient enfin à bredouiller :

– Je suis désolé…

J'ai l'impression de crever. Que le sol s'ouvre sous mes pieds, me happe violemment, me traîne comme une poupée de chiffon en secouant tout mon corps au passage. Je vois Arlo tomber à genoux, près de moi, et hurler de toutes ses forces, mais je ne l'entends déjà plus. Les sons, les cris sont devenus bruissements, puis ont disparu.

Même son visage, son corps deviennent flous. Les images se font la malle aussi. J'essaie de m'accrocher à lui mais le précipice m'aspire. J'ai tellement mal. Je ne peux tellement pas lutter. Je perds pied.

Mes mains, mes jambes, ma langue, les battements de mon cœur, je ne sens plus rien.

Ma douleur a tout pris.

Je vois le trou noir, et je m'y laisse glisser.

II

REVIENS OU JE TE TUE !

31

JAMAIS

Tillie

Vingt jours.

Vingt jours sans ses sourires flingueurs, sa voix moqueuse et un peu blasée, ses yeux noirs et souvent fâchés, sa main délicate mais capable d'étrangler le premier venu.

Vingt jours à me demander si ma sœur s'éclate à l'autre bout du monde, si elle est retombée dans la drogue ou si elle s'est jetée d'un pont.

Vingt jours à me dire que si elle est toujours vivante, elle doit me haïr. Et à me répéter que s'il lui arrive quoi que ce soit, je ne me le pardonnerai jamais.

32

JOYEUX RIEN DU TOUT

Tillie

Je suis rentrée de Queen Creek dans la journée après avoir passé une semaine éprouvante en famille, à prétendre que tout allait bien quand, en vérité, je savais que tout allait mal. Officiellement, Colleen termine son stage intensif de soccer et regrette presque de n'avoir pas pu fêter Noël avec nous. Officiellement, elle a tenté plusieurs fois d'appeler à la maison pour souhaiter un joyeux Noël aux parents, mais uniquement lorsqu'ils étaient absents.

On n'a pas trouvé mieux, Jojo et moi, pour justifier la chaise restée vide autour de la table pendant les fêtes, mais Sylvia et Douglas y ont cru. Nos parents ont l'habitude que leur fille aînée les tienne à distance. Ils préfèrent ça aux problèmes.

Et tout ça n'a été qu'un joyeux rien du tout.

– La situation est toujours sous contrôle, ici ! m'annonce Jonah à l'écran. Les parents ne se doutent de rien.

On s'est quittés le matin même, mais c'est pourtant la première chose que je fais en regagnant ma chambre sur le campus : appeler mon frère en FaceTime. Ce break de Noël nous a permis de mettre les choses à plat et de retrouver notre complicité d'avant. Je ne sais pas si Jojo comprend vraiment ce qui m'a poussée dans les bras d'Arlo, mais il n'a plus l'air de m'en vouloir pour ce que j'ai fait.

D'une façon générale, il semble moins inquiet que moi de la disparition de Colleen. Sûrement parce qu'il n'a rien à se reprocher, qu'il n'a pas à assumer cette culpabilité qui vous fait tout voir en noir, vous empêche de respirer. Peut-être aussi parce qu'il a plus de recul, de sagesse que moi. Peut-être parce qu'il a vécu un traumatisme tel, quelques années plus tôt, qu'il est suffisamment armé pour revivre ce genre de fracas.

Moi, je me noie.

– Vingt jours… répété-je comme un disque rayé. On va devoir tout leur dire si ça continue.

– Pas encore. Elle va revenir, Till'.

– Tu ne sais pas !

– Ce n'est pas la première fois qu'elle nous fait le coup.

– Je lui ai pris Arlo… soufflé-je. Elle n'a plus personne sur qui compter.

Par écrans interposés, Jonah et moi échangeons un long regard empreint de tristesse. Mes larmes ne coulent plus mais mes sentiments pèsent une tonne sur ma poitrine. La culpabilité est une garce.

Je suis une garce.

– Arrête de te torturer, Tillie. Je vais encore essayer de

pirater sa boîte mail ! décrète mon petit frère en dégageant son corgi de ses genoux.

– Tu m'as dit que c'était quasiment mission impossible…

– Je ne renoncerai pas ! Pour une fois qu'être un geek agoraphobe peut me servir à quelque chose !

Son sourire un peu honteux m'émeut et je réalise qu'on est tous prisonniers, à notre façon. Lui de ses angoisses. Colleen de ses addictions. Et moi de cet amour fou que je ressens pour le seul garçon auquel je n'ai pas droit.

– Elle a passé Noël toute seule à cause de moi… murmuré-je. Et Arlo aussi.

– Colleen déteste Noël. Et Arlo n'était probablement pas le seul étudiant à rester sur le campus jusqu'au dernier moment pour éviter un maximum ses parents.

Une bouffée de panique, de chagrin, de colère s'empare de moi lorsque je repense à lui. À Arlo. C'est physique, ça me fait mal, me ronge le cerveau et me grignote la peau. Je le revois me dire qu'il ne m'aime pas, qu'il ne m'aimera jamais et mille lames se plantent à nouveau dans tout mon corps.

Pas un jour n'est passé sans que je revive dix fois, cent fois, mille fois cette douleur sournoise, tapie dans l'ombre mais toujours prête à frapper. Ses mots mordants, assassins, qui ont mis fin à ce qu'on avait, à ce qu'on était.

Du vent ? Je n'arrive toujours pas à y croire…

Mais que je sois un courant d'air, une étoile filante ou une tornade dans sa vie, ça ne change rien. La fin de l'histoire, c'est que je n'ai pas le droit d'aimer Arlo Sheridan. Mes sentiments ont tout gâché. J'ai fait fuir Colleen, je l'ai mise en danger. Elle était déjà si fragile… et je lui ai porté le coup de grâce en touchant à ce qui lui était le plus précieux.

Son pilier. Son double. Son Arlo.

Je me lève d'un bond et me mets à brailler dans mon portable.

– Arrête de me défendre, Jonah ! Gueule-moi dessus ! C'est ma faute, tout ça !

– Pas seulement, me rappelle tristement Jojo. Et ça va servir à quoi qu'on se déchire, toi et moi ? Ça ne nous aidera pas à la retrouver…

Mon téléphone sonne pour m'annoncer un double appel. Je fixe l'écran et c'est le prénom d'Arlo qui s'affiche. Une flèche empoisonnée me transperce aussitôt le cœur, parce que c'est lui… parce que je n'ai pas entendu sa voix depuis qu'il m'a quittée… parce que j'attends ce coup de fil depuis plus d'une semaine, la mort dans l'âme, en espérant qu'il ait enfin des nouvelles de ma sœur disparue.

– Jojo, je te rappelle !

Raccrocher. Décrocher.

– Arlo ?

Ma voix a tremblé. La sienne est basse et rauque lorsqu'il me demande après un lourd silence :

– Tu es revenue à San Diego ?

– Oui, à l'instant. Tu as du nouveau ?

– Elle est passée à la coloc, m'apprend soudain le meilleur ami de ma sœur.

– Quoi ? Quand ? Tu l'as vue ?

– Je ne sais pas exactement quand. Elle a évidemment fait ça en douce, personne ne l'a croisée mais elle a pris de nouvelles affaires. Pas mal. Quelques-unes de ses fringues. Et son ordi.

J'enregistre ces informations au fur et à mesure, à la fois soulagée et perplexe. J'ai presque du mal à y croire.

– Alors, tu… tu ne l'as pas vue ? répété-je en sentant mes larmes pointer.

– Non.

– Tu sais ça depuis quand ?

– Presque une semaine.

– Et tu ne me le racontes que maintenant ?

– On n'a plus rien à se dire, Tillie.

Un sanglot m'échappe malgré mes dents serrées.

– Et j'espérais qu'elle revienne avant la reprise des cours, m'avoue sa voix sombre.

– Dis-moi qu'on va la retrouver, Arlo.

– On va la retrouver.

Il raccroche sans ajouter un mot et je me jette sur mon lit pour enfoncer ma tête dans un coussin. Je lâche tout. Je hurle jusqu'à manquer de souffle. Mon inquiétude, ma colère, ma douleur. Je crie le prénom de ma sœur et celui du garçon que j'aime. Ça ne sert à rien, ça ne résout rien, ça ne me fait aucun bien… mais ça sort.

Martha ne revient que demain de chez son petit copain : eux, ils ont eu le droit de passer les fêtes ensemble, en amoureux, comme si c'était la chose la plus simple et naturelle au monde.

Alors ce soir, j'ai la chambre pour moi toute seule.

Pour pleurer bruyamment sous l'affiche du *Silence des agneaux* et ses yeux aussi rouges que les miens.

Pour me détester autant que je le mérite.

33

TOUS CES NŒUDS

Tillie

Martha revient le lendemain, comme prévu, avec sa mine radieuse et son humeur extatique, tandis que je n'ai pas quitté mon lit et ma morosité depuis pas loin de vingt-quatre heures. Dans son survêtement rose pâle – cadeau de Noël d'un goût douteux de son Austen – elle tente de me remonter le moral mais je ne fais que pleurer, incapable de mettre des mots sur ce que je ressens.

Et que je ne peux pas vraiment lui expliquer.

Un mélange de peur et de désespoir pour ma sœur. De manque et de regrets pour Arlo. De pitié et de colère contre moi-même. Une spirale infernale qui me coupe les jambes et le souffle.

– Lève-toi, Tillie.

Il est presque dix-neuf heures quand j'accepte enfin

d'émerger de sous ma couette. Ma colocataire me tend une assiette de *meatloaf* que je décline en grommelant.

– Il faut que tu manges.

– Je ne sais pas si elle mange, elle…

– Dieu veille sur Colleen, Tillie.

– Ma sœur ne croit pas en Dieu ! rétorqué-je en me redressant. Qu'est-ce qu'il pourrait en avoir à foutre d'elle ?

– Tillie…

– Non, pas maintenant, Martha. Je n'ai pas envie de philosopher sur le Tout-Puissant, là. Ni de manger un repas équilibré.

L'ex-mormone garde ses jolis discours d'illuminée pour elle et me caresse doucement les cheveux.

– Je pourrais au moins te démêler tous ces nœuds…

Je redescends en pression, lui souris en me remettant à pleurer, acquiesce pour lui faire plaisir et la vois aller chercher sa brosse en bois à laquelle elle tient tant.

– Elle était à ma maman, me souffle-t-elle en s'asseyant derrière moi. Dieu me pardonnera mais je la lui ai volée en partant, pour avoir au moins un souvenir d'elle…

Dans ma poitrine qui cogne, sa peine à elle s'ajoute à la mienne et ça déborde. Il faut que ça s'arrête.

– Martha ?

– Oui ?

– Tu m'aides à arracher ce poster ?

– Je pensais que tu ne me le demanderais jamais, pouffe-t-elle en m'arrachant un éclat de rire.

***

Le premier lundi de janvier, je reprends le chemin des

cours en calculant que ma sœur s'est volatilisée depuis exactement vingt-deux jours. Je croise Elle au stand de café à emporter, elle siffle un expresso comme elle s'enfilerait un *shot* et je remarque qu'elle tient le dernier tome de la série *ACOTAR* sous le bras. La jolie Black n'a pas franchement l'air beaucoup plus fraîche que moi.

– Hey, Tillie ! J'ai déjà raté mon premier cours, impossible de m'arrêter, j'ai lu quasiment toute la nuit ! Tu sais, le fameux : « Juste un dernier chapitre » qui se transforme en : « Tiens, et si je faisais une nuit blanche pour savoir ce qui arrive à Feyre et Rhysand » ? Ce tome, c'est de la bombe atomique !

Elle tapote le coupable – son pavé de cinq cents pages – puis m'observe en plissant les yeux.

– Ça ne va pas ?

– Je dois y aller, désolée. On se voit à midi ?

– Tillie, qu'est-ce qui se passe ?

À part Arlo, ses colocs, Jojo, Martha et la bande de Freya, personne n'est au courant que Colleen s'est fait la malle. Mon amie ne sait rien et c'est mieux ainsi. Je lui fais un petit signe de la main, puis m'enfuis avant que le torrent de larmes se déchaîne à nouveau. J'ai bien assez pleuré comme ça.

Mais en me retournant trop vite, je rebondis contre un corps immense et chaud vêtu d'un maillot de foot noir et rouge. Deux grandes mains se plaquent sur mes épaules pour m'empêcher de voler à cinq mètres.

– Sinclair numéro deux ! s'écrie Hector Vargas en rigolant. Fais gaffe, je vais croire que tu me fais des avances…

Et il donne un petit coup de coude à son pote blond pour se donner une contenance.

– Ferme-la, Hector.

Je lève les yeux vers la voix qui vient de grogner ces mots et plonge dans le regard vert olive d'Arlo Sheridan.

Mon cœur implose.

L'intensité qu'il dégage me coupe le souffle. Je reste en apnée pendant de longues secondes, suspendue à ses lèvres qui se sont tues. Je crois que pendant tout ce temps, lui et moi, on oublie la vie qui continue. Le campus grouillant autour de nous, le bruit, l'agitation, les deux mecs qui nous observent tandis qu'on se bouffe du regard.

Malgré leur présence, Arlo et moi restons encore quelques instants seuls au monde. Soudés comme si rien d'autre n'existait. Unis par le même fardeau. La même culpabilité. La même attirance, aussi.

– Ça va ? me glisse-t-il tout bas.

J'acquiesce, le cœur battant.

– Tu mens très mal, sourit-il presque avant de recouvrer son visage grave.

Notre duel de regards reprend, mais quelqu'un tousse dans notre dos et celui qui m'est interdit se détourne en premier. Pourtant, je sens quelque chose entre nous. Cette petite flamme qui refuse de s'éteindre. Cette connexion qui refuse de disparaître. Il a beau le nier, je le ressens dans tout mon corps, toute mon âme : le garçon que j'aime n'a pas totalement tourné la page.

Entre nous, le vent souffle encore.

– Un problème ? lâche soudain Todd, le troisième coloc de ma sœur.

Arlo reprend ses esprits et lui répond rapidement par la négative, d'un simple signe de tête. Puis en haussant ses épaules carrées, il me balance un sourire faux. Faux, parce que je sais qu'il se sent aussi mal que moi, que Colleen lui manque, qu'il a peur pour elle. Faux, parce qu'il s'en veut de l'avoir blessée, de m'avoir embrassée, désirée, touchée.

J'imagine qu'il regrette tout ça quand moi, je n'y arrive pas. Pas totalement. Je m'en veux, mais cette vague qui m'emporte quand je suis en sa présence, je ne la contrôle pas.

Alors je baisse les yeux et les pose sur ses avant-bras bronzés aux veines saillantes.

Je n'arrive plus à le regarder en face.

– On y va, les mecs ? lance le blond. Le coach va nous faire courir si on est en retard…

– C'est parti, rétorque Arlo sur le ton le plus neutre possible.

Je les observe s'éloigner, me retiens de courir après le garçon que j'aime pour me creuser une petite place dans ses bras en béton armé. Je dois renoncer. Je dois l'oublier.

– Qu'est-ce qu'il fout, ton double féminin, Sheridan ? lâche Hector en frappant l'épaule d'Arlo. Sans Colleen, l'équipe des filles n'a aucune chance au championnat !

– Ouais, elle nous manquerait presque, cette emmerdeuse… renchérit Todd.

J'entends tout, je ne réponds rien. Mais mon cœur hurle.

Colleen… Si tu m'entends… Reviens !

***

Neuvième rang, quatrième siège. L'absence de ma sœur me rend encore plus superstitieuse qu'avant, comme si j'avais besoin plus que jamais de porte-bonheur, d'un coup de pouce de l'univers pour aligner mes planètes. Le cours d'histoire de l'architecture n'a pas encore démarré, l'amphi se remplit lentement dans un doux brouhaha, tandis que je relis mes dernières notes. Me plonger dans le travail m'aidera peut-être à alléger ce poids qui m'étouffe, alors je révise, je surligne les passages les plus importants, tente de les apprendre par cœur. De m'emplir d'autre chose que d'absence.

Jusqu'à ce qu'un visage inconnu, plutôt charmant, apparaisse face à moi.

Huitième rang, quatrième siège.

– Salut, je suis Shen.

J'écarquille les yeux et entrouvre la bouche sans savoir quoi répondre.

– Ton prénom ? sourit le brun aux yeux en amande.

– Tillie, pourquoi ?

– Ce n'était pas une question piège.

Le garçon asiatique assis devant moi rit doucement.

– Quoi, c'est un crime, de dire bonjour ?

– Non, c'est juste le mauvais jour. Et je suis un peu sauvage.

– OK, je comprends.

Il se retourne, attrape quelque chose par terre et me fait face à nouveau.

– Enchanté, Tillie. Je viens juste de changer de *major* et d'être transféré dans ce cours. Du coup, je ne connais personne.

– Et la première à qui tu parles est aussi agréable qu'une porte de prison… ironisé-je en me visant.

Je lui offre une esquisse de sourire – le mieux que je puisse faire, vraiment.

– Tiens, c'est tombé de ton sac… C'est pour ça que je venais te parler, à la base.

Shen me tend un petit paquet d'enveloppes. Je les récupère en le remerciant. J'ai pris mon courrier en partant en cours ce matin et n'ai pas encore eu le temps de le passer en revue. Mais alors que je range tout ça dans mon sac à dos, une carte postale s'échappe à nouveau. Je la ramasse et y découvre un splendide paysage du bush australien.

Au dos, gribouillé en lettres rondes et turquoise :

Je vais bien, Perfec'Tillie.

Colleen.

C'est Colleen.

Je relis ces quatre mots une bonne douzaine de fois.

Les larmes me montent aux yeux, mon cœur bat la chamade. Le soulagement que je ressens est… intersidéral. Et je pense que tout l'amphi peut entendre le sourire dans mon soupir.

Ça ressemble tellement à ma sœur de se contenter de cette phrase détachée après m'avoir fait mourir d'inquiétude pendant trois longues semaines.

Les nœuds se défont soudain, presque en direct, au creux de mon ventre. Je saute sur mes pieds, attrape le visage de mon nouveau meilleur ami devant moi et l'embrasse sur la joue. Puis je réunis mes affaires en catastrophe, pousse un cri de joie et quitte le cours à toute vitesse sans même penser à m'excuser. Une fois sur le campus, à l'air libre, je dégaine mon portable et envoie un SMS à Arlo.

[Elle m'a écrit ! Elle va bien !
Elle est toujours vivante !]

Les mains tremblantes, encore sonnée, je prends la carte

postale en photo et la lui balance dans le message suivant. J'envoie la même chose à Jojo, puis tape un dernier message que j'envoie aux deux garçons qui attendaient cette bonne nouvelle autant que moi.

[Elle en avait juste marre
de nos sales gueules !]

Excitée comme jamais, je me dirige vers la cafétéria sans cesser de contempler la carte postale qui vient de changer ma vie. Mon téléphone vibre une première fois.

[Je vais trouver d'où est partie
cette carte. La traque peut
commencer !]

Je renvoie un pouce levé à mon frère. Le vibreur remet ça, mais cette fois, c'est le prénom d'Arlo qui s'affiche.

[Merci, putain… MERCI !]

Et je pleure à nouveau, juste en lisant ces mots.

***

Plongée dans son bouquin, Elle enfourne trois bouts de poulet en poussant des petits cris indignés, tandis que Lauren compte les frites qu'elle s'autorise à avaler.

– Ce livre va me tuer !

– Non, ce gras va te tuer !

Des frites, j'en ai mangé plein. L'appétit est revenu en même temps que ma joie de vivre, mais ce n'est clairement pas le cas de tout le monde. Assise en face de moi, Martha fait rapidement un signe de croix en entendant les autres évoquer leur mort imminente, puis repousse son plateau-repas dans une moue dégoûtée.

– Pas faim ? lui demandé-je en croquant dans mon *donut*.

– Pas vraiment, non, gémit la blonde au chignon tressé.

– Tu ne te sens pas bien ? Tu veux que je t'emmène à l'infirmerie ?

– J'ai la nausée, Tillie.

– Quoi ?

– J'ai la nausée pour la *première fois* de ma vie…

Lauren et Elle cessent brusquement ce qu'elles sont en train de faire et fixent la sainte-nitouche qui n'en est plus une.

– Martha, murmuré-je. Ne me dis pas que…

– Tu es… continue Lauren.

– Enceinte ?! éructe Elle, comme si sa propre fille adolescente venait de lui annoncer cette nouvelle.

– T'as couché ? insiste la première.

– Jusqu'au bout ? précise la deuxième.

– Martha, tu peux tout nous dire, tu sais ? fais-je doucement.

– Je… J'ai… Juste avec la bouche… ça compte ?

Mes copines éclatent de rire pendant que l'ex-mormone se désintègre devant nos yeux, fond en larmes et plante son visage dans ses petits pois carottes.

Je lui tapote doucement le dos histoire de dénouer ses nœuds à elle.

34

L'ÉCHAPPÉE BELLE

Arlo

Elle est vivante, putain.

Colleen va bien.

Ça doit faire vingt fois que je relis les textos de Tillie et mon cerveau part dans tous les sens. Je dois lutter très fort pour ne pas courir sur le campus chercher la petite sœur pour fêter avec elle la fugue de la grande. Et la serrer dans mes bras comme un con. J'ai été dur avec elle... J'avais tellement peur. Mais revenir en arrière est une mauvaise idée. C'est déjà parce que Colleen m'a surpris collé à Tillie à cette soirée qu'elle s'est barrée. Je n'ai plus le droit de toucher la première ni de trahir la seconde.

Terminé.

Je me rends dans la chambre vide de ma meilleure amie et c'est la première fois que je souris un peu en redécouvrant son bordel. Je ramasse un maillot de foot aux couleurs des Aztecs et je m'assieds au bord de son lit défait en soupirant. Elle est juste partie. Pas morte, pas en train de faire une overdose dans un squat, pas kidnappée, pas suicidée, pas assassinée. Elle s'est cassée de son plein gré et a les idées assez claires pour donner de ses nouvelles.

Bien sûr que c'est de ma faute, bien sûr que je flippe de la savoir au bout du monde sans moi, sans personne qui s'occupe d'elle et la connaît comme je la connais. Personne qui lui fait suivre le programme et regarder les nuages quand ses angoisses débordent et que ses démons essaient de prendre toute la place.

Mais cette fuite, c'est son échappée belle. Peut-être même ce qui va la sauver. Ce voyage sans prévenir personne, ce départ en Australie sur un coup de tête, c'est ce qui pouvait arriver de mieux à ma meilleure amie. Je redoutais tellement pire depuis trois semaines. Mais Colleen a fait ce qu'elle voulait, enfin et comme toujours. Tout plaquer, partir seule, aller où elle veut sans avoir de plan, faire le tour du monde et se sentir libre. Elle rêvait de ça depuis des années. Elle en parlait sans cesse mais je me demandais toujours quel serait le déclic : le diplôme, une rencontre, un ras-le-bol, une énième cuite ou un nouveau *bad trip*. Jamais je n'aurais imaginé qu'elle se ferait la malle après ça, Tillie et moi.

Nous deux contre un mur, en pleine nuit, derrière une usine désaffectée au beau milieu d'une rave-party, ma langue dans sa bouche, son corps plaqué contre le mien, nos mains partout sur nous.

Il faut *juste* que j'arrête d'y penser.

Mais depuis que je sais que Colleen va assez bien pour envoyer une putain de carte postale à sa sœur, c'est à nouveau

Tillie que j'ai dans le crâne en permanence.

À moi, ma meilleure amie ne m'a rien écrit. Elle pense certainement que ce titre n'existe plus, mais peu importe. Tant pis pour moi, tant mieux pour elle. J'espère juste que cette échappée belle est à la hauteur de ce qu'elle espérait. J'imagine qu'elle est en train de m'insulter en marchant le long d'une route, qu'elle joue au soccer avec des inconnus sur une plage, qu'elle se fait tatouer des animaux exotiques et des porte-bonheur débiles, qu'elle rencontre des gens qui l'inspirent et font attention à elle, et surtout qu'elle fait des doigts d'honneur à des nuages plus beaux que ceux de San Diego.

– Merci de m'avoir fait mourir de peur, Sinclair… murmuré-je entre ses murs vides. Je le méritais.

Avec un petit sourire aux lèvres, je quitte son lit, jette son maillot de foot en boule là où il était et souffle encore plus bas :

– Je suis désolé pour Tillie.

C'était plus fort que moi.

Et je crois que ça l'est encore…

35

GARDER UN SECRET

Arlo

Depuis une semaine, je la cherche et je la fuis. Je vais traîner à la bibliothèque pour l'apercevoir en train de bosser avec sa mormone de copine… et je me tire dès que nos regards se croisent. Je passe au dortoir des Première Année pour faire semblant de donner des conseils de muscu à un jeune mec qui a intégré l'équipe de soccer et voudrait s'étoffer. Et j'observe Tillie de loin au milieu de ses copines, dans les parties communes où je n'ai rien à faire. Je suis même allé saluer mon frère à la fin d'un putain de cours de dessin parce que je savais qu'elle y serait… Jay n'a rien compris quand je me suis barré en courant après trois phrases cordiales mais sans intérêt parce que Tillie m'avait repéré du haut de l'amphi.

Oui, je joue au con.

Mais c'est pour une bonne raison.

Depuis une semaine, Baby T. traîne tout le temps avec un nouveau mec que je n'avais jamais vu jusque-là. Plutôt du genre sérieux, avec des traits asiatiques et un style de premier de la classe. Je me suis renseigné sur lui : Shen Hoover, moitié américain moitié chinois, parle trois langues, dessine des deux mains, cartonne en cours et n'a rien d'un connard ou d'un mec dangereux. Je ne peux même pas aller le prendre par le col pour le menacer de représailles s'il touche à un cheveu de la petite Sinclair. Si elle voulait, elle ne ferait qu'une bouchée de lui.

Mais je ne sais pas ce qu'elle veut. Et ça me rend fou.

Ce midi, elle s'est assise à côté de lui à la cafétéria et elle mange ses frites avec les doigts pendant que le mec appuie une feuille de papier sur son épaule à elle pour dessiner son profil en direct. Le putain d'artiste passe sa vie à prendre des mesures en plaçant son crayon gris sur la joue, sur la tempe, sur l'oreille, sur la mâchoire de Tillie. J'ai bien envie de lui déboîter la sienne. Mais la brune se laisse faire sans broncher et, pire, elle sourit.

On dirait deux étudiants modèles qui se tournent autour sans jamais oser s'avouer qu'ils aimeraient plus que de l'amitié, c'est assez insupportable à regarder. Lui doit déjà rêver au jour où il va l'épouser. Elle se dit peut-être qu'un mec gentil comme ça, patient, inoffensif, ce sera plus simple que moi.

Après tout, je lui ai dit qu'on devait s'arrêter là. Et j'ai fait passer le message très clairement.

– Tu mates qui comme ça, Sheridan ?

– T'as des vues sur la meuf à tresses, maintenant ?

– Ou c'est l'amish qui t'intéresse ?

Autour de la table, Hector, Todd et Stephen se marrent en m'envoyant des coups de coude et des tapes dans l'épaule. Je dois me retenir pour ne pas envoyer mon poing dans tous leurs sourires. Mais le coach n'apprécierait pas trop que j'abîme un quart de l'équipe à ce stade du championnat.

– C'est une ex-mormone, abruti. Et ça fait longtemps que j'ai arrêté de toucher aux Première Année, moi.

– T'as tort, ricane Hector.

– Tu t'es fait larguer par une meuf de 18 ans au bout d'un mois, Vargas. Je serais toi, je ne la ramènerais pas trop.

– T'es devenu chiant depuis que ta pote a disparu, grogne Todd.

– Lauren va revenir, je suis sûr que je lui manque trop, tente le premier.

– Alors que Colleen n'est pas près de réapparaître, et tant mieux ! ajoute le deuxième.

Mes colocs me fatiguent. Vraiment.

– Vous êtes incapables de supporter qu'une meuf ait plus de caractère que vous. Faites-vous pousser des couilles, les gars.

– Pourquoi tu ne te la tapes pas si elle est si parfaite ? me provoque Stephen.

– Ça s'appelle de l'amitié, mais ça aussi, ça a l'air d'être trop difficile à comprendre pour vos cerveaux à une case.

– Allez, avoue, ta meuf te manque, Sheridan !

– C'est toi qui t'es fait larguer par Colleen, en fait.

– Bah alors, Arlochou, on a un chagrin d'amour ?!

Mes coéquipiers se mettent à hausser la voix, à mimer des pleurs de bébé et à lâcher de gros rires débiles. Je les laisse faire sans rien répondre, ça ne me touche pas. Personne n'a jamais compris ma relation fusionnelle avec Colleen, ni même que ça ait pu rester platonique entre nous si longtemps. Et surtout, personne à cette table ni dans toute cette cafét' n'a la moindre idée du secret que je cache, de la meuf que je veux vraiment, de la Première Année que je passe mes journées à mater et de la loyauté que j'ai envoyée se faire foutre il y a bien longtemps.

Se faire foutre jusqu'en Australie…

Je me lève d'un bond en ramassant mon plateau sur la table.

– Je vous attends à l'entraînement. Vous avez intérêt à être aussi créatifs sur le terrain qu'ici, bande d'abrutis…

Les « Ouh ! » amusés de mes potes attirent encore l'attention sur nous. Je tombe sur le regard sombre et brillant de Tillie, ses yeux plissés de curiosité qui se demandent ce qui se passe, sa bouche pulpeuse qui s'entrouvre comme pour me demander quelque chose en silence, sa poitrine qui se soulève sous un T-shirt blanc à rayures rouges échancré et moulant. Je jurerais que cette fringue appartient à sa sœur. Et je déteste l'idée même que la plus jeune s'inquiète pour moi, comme si j'allais péter les plombs au milieu de la cafétéria.

Je soutiens son regard angoissé encore une seconde mais le nouveau meilleur ami de Tillie lui glisse une main sur l'épaule en lui demandant si tout va bien. Et ce simple contact me fait vriller. Je lâche bruyamment mon plateau sur la table, pousse ma chaise en arrière et quitte les lieux sans me retourner.

Je peux garder le secret de la fugue de Colleen pour moi sans aucun problème.

Mais l'autre est de plus en plus difficile à porter.

***

À l'entraînement de soccer, ce jour-là, je mange la pelouse deux fois. Je ne vois pas arriver un tacle d'Hector qui me fait voltiger, sans doute parce qu'il a des trucs à me prouver. Et je prends un bon uppercut de notre gardien, Lee, qui voulait dégager le ballon du poing. Il a presque une tête de plus que moi mais je me retrouve à le coller contre un de ses poteaux pour passer mes nerfs sur lui. Il a beau me répéter qu'il jouait le ballon, qu'il ne voulait pas me faire mal, je le tiens par le col de son maillot des Aztecs en fulminant et le coach est obligé de venir nous séparer. Il m'envoie faire dix tours de terrain pour me calmer et il ajoute cinquante pompes quand je tente de me rebeller.

Premier tour : je pense à Tillie moulée dans le T-shirt de sa sœur.

Deuxième tour : à Tillie sans T-shirt.

Troisième tour : au peu de fringues qu'a emportées Colleen en partant.

Quatrième tour : à ce que je vais bien pouvoir dire à leur père quand il finira par me demander des nouvelles de sa fille aînée.

Cinquième tour : Tillie revient sous mon crâne qui fume, sous ma peau qui chauffe, et je voudrais être dans un lit, parfaitement emboîté à son corps.

Sixième tour : la dernière fois que je l'ai eue entre les mains, contre ce mur, à cette fête, c'était il y a un mois.

Septième tour : je vais devenir dingue si ça dure encore.

Huitième tour : et si je me barrais de l'entraînement pour aller l'attendre dans sa chambre ?

Neuvième tour : et si je la trouvais au pieu avec ce Shen sûrement puceau, qui doit tenter de passer ses mains tremblantes sous un T-shirt blanc rayé ?

Dixième tour : est-ce que je serais capable de poignarder un pauvre mec sans défense avec un crayon à papier ?

La réponse est oui. Et seule Colleen serait capable d'entendre ça, de le comprendre. Mais je dois faire sans elle, maintenant. Et je l'ai bien cherché. On ne peut pas avoir les deux sœurs Sinclair, c'est comme ça, ça l'a toujours été. J'ai voulu celle qui m'était interdite, j'ai perdu celle qui m'était précieuse. Tant pis pour moi.

Je me tape un onzième et un douzième tour pour être sûr de me cramer les muscles et de ne plus rien ressentir. Puis, sans même repasser par les vestiaires, je me barre en voiture pour voir l'océan. Je roule jusqu'à la baie, monte jusqu'au petit parking sableux de Black's Beach et m'arrête tout au bord de la falaise.

J'ai l'habitude de la solitude.

Mais pas qu'elle me fasse mal comme ça.

À cet instant-là, je ne sais plus qui, de Tillie ou de Colleen, me manque le plus.

***

Le soir, je décline une invitation de mon frère à manger un hot dog à l'arrière de mon pick-up « au cas où j'aurais besoin de parler ». On s'est un peu rapprochés, Jay et moi, mais quand même pas à ce point-là. Je me contente de rester au téléphone avec lui trois minutes pour lui raconter brièvement que ma meilleure amie s'est tirée, qu'elle a décidé d'arrêter la fac et que je n'ai pas l'habitude d'être sans elle. Mais que ça va aller. Il me semble que mon frère ne me croit qu'à moitié.

Et au moment de raccrocher, j'hallucine en prenant conscience que je viens de me confier. À lui, mon rival, mon ennemi, mon faux frère. La dernière personne au monde à laquelle j'aurais pensé, avant.

En début de soirée, je décide d'arrêter d'avoir l'air aussi bizarre ou contrarié. Je partage trois pizzas et deux bières avec Todd et Hector et j'accepte même de les suivre avec d'autres gars jusqu'à un bar de San Diego, tout près du campus. Direction le Black Cat. Ils ont baptisé cette sortie « soirée meufs, bières et fléchettes », ça ne peut que me défouler.

– Vise les cibles, Vargas, pas les culs… lui explique mon coloc blond.

– Entre tes deux yeux, ça ira ? lui répond le Musclor brun.

Je me marre à leurs conneries, atteins le cœur de la cible sous les applaudissements de ma bande chargée de tise et de testostérone, vide les pintes qu'on me sert, joue le jeu, jusqu'à ce que je repère un quatuor installé sur deux banquettes autour d'une table jonchée de verres de sodas. Martha et son mec, Tillie et son… abruti.

Je bous. Ça ressemble salement à un *double date*.

Les quatre Première Année trinquent en riant et en félicitant je ne sais qui de ne pas être enceinte. Je surchauffe. L'ex-mormone attire son *boyfriend* vers un jeu de fléchettes et l'autre connard profite de cette demi-seconde d'intimité pour retenir Tillie sur la banquette. Sous mes yeux, Shen de mes deux se penche jusqu'à l'embrasser sur la joue. Je bouillonne sévère. La petite bombe se détourne en souriant, faussement gênée, jusqu'à ce que ses yeux tombent dans les miens.

Un regard vif, chaud, qui me happe et me défie. Elle semble d'humeur joueuse. D'un geste presque imperceptible, je fais non de la tête pour lui faire comprendre de ne pas rentrer dans ce petit jeu-là avec moi. Me rendre jaloux, ce n'est clairement pas une bonne idée.

Mais apparemment, lui dire ce qu'elle a à faire non plus.

– Putain… grogné-je sans la quitter des yeux. Toi, tu n'es pas une Sinclair pour rien.

On se défie du regard un bon moment, jusqu'à ce qu'elle décide de rompre ce contact. Une seconde plus tard, Tillie se tourne à nouveau vers le mec qui poireaute sur la même banquette, elle ramène ses longs cheveux ondulés d'un côté, approche ses seins affolants de lui et colle ses lèvres aux siennes.

Elle l'embrasse.

Elle l'embrasse sûrement pour me faire mal, pour me rappeler à quel point je l'ai dans la peau et pour me punir de l'avoir jetée comme je l'ai fait.

Et quelque chose se brise en moi, puis explose.

Hector et Todd reviennent à ce moment-là pour me tendre une bière et une poignée de fléchettes tout en commentant les fesses de la serveuse derrière le bar. Sans bouger d'où je suis, je vide la moitié de mon verre et le repose sur une table qui n'est pas à nous. Puis j'attrape les fléchettes et je les balance à l'autre bout du bar, de toutes mes forces, pendant que des étudiants se baissent ou se protègent pour éviter de se prendre cette pluie de projectiles dans la tête.

C'est complètement con. Primaire. Dangereux. Mais c'est tout ce que mon corps sous tension trouve à faire.

Un barman se pointe rapidement dans ma direction et je me barre en levant les mains avant qu'il me foute dehors. En poussant la porte battante avec mon dos, je croise le regard de Tillie à nouveau. Cette fois, elle ne joue plus. Elle a peur, même, peut-être. Et sa bouche pulpeuse qui vient d'embrasser un autre prononce silencieusement mon prénom. Mais je fais à nouveau non de la tête. Elle n'a pas le droit.

ON n'a pas le droit.

Et je quitte le bar à petites foulées, tête baissée, dans la nuit noire, avec mon secret qui me crame encore les poumons. Et ce foutu cœur qui bat comme un con.

36

RIEN DE PLUS, RIEN DE MOINS

Tillie

– Vous allez quand même bien ensemble, Shen et toi, lâche Martha en enfilant son éternel sweat trop grand pour elle.

Ma colocataire, soulagée de ne pas être enceinte par l'opération du Saint-Esprit et de pouvoir s'occuper de mes affaires plutôt que des siennes, me tanne à ce sujet depuis hier soir. Plus précisément depuis qu'on a quitté le Black Cat, quelques minutes après le pétage de plombs d'Arlo.

J'étais un peu sous le choc et je le suis toujours, ce matin. Je revois son regard fou, son corps immense et enragé, ces fléchettes qui volaient partout. J'ai eu peur. Pas de lui, non. *Pour* lui.

Peur d'être allée trop loin en embrassant bêtement le premier venu, juste pour bousculer, faire réagir le garçon que j'aime et qui me fuit. Je m'en suis voulu, j'ai regretté mon geste à la seconde où nos bouches se sont touchées.

En dix jours seulement, une belle amitié s'est forgée entre Shen et moi. Ce n'était pas prévu, c'est allé très vite mais on a pas mal de points communs et le courant passe bien. Après quelques cours, on s'est mis à réviser, dessiner, déjeuner, traîner ensemble spontanément. Rien d'ambigu, juste deux personnes de sexe opposé qui s'apprécient, rien de plus, rien de moins. Shen est drôle, naturel, plein d'esprit, attentionné, il me fait du bien, m'apaise et je dois admettre que j'ai sacrément merdé hier soir. Je l'ai utilisé sans lui demander son avis, et même si ce baiser l'a plutôt fait rire sur le coup, même s'il ne s'en est pas formalisé, je m'en veux toujours un peu.

Je ne sais pas vraiment s'il voit les choses comme moi, il faut dire que je ne suis pas experte en amitié fille-garçon. Mais Shen a l'intelligence de suivre le mouvement sans m'en demander plus. Je lui balance un nouveau texto pour m'excuser – le troisième depuis ce matin – parce que cette fille-là, égoïste et calculatrice, ce n'est pas moi. Il me répond d'un simple : « STOP ! » suivi d'un émoji mort de rire et j'en conclus qu'il n'y a pas de tension entre nous.

– Et ça roucoule, et ça s'envoie des petits messages... commente Martha en se marrant.

– Il faut que je te le dise en latin ? lui balancé-je en lui claquant la fesse. Il n'y a rien entre Shen et moi...

– Si c'est à ça que tu fais référence, la Bible a d'abord été écrite en hébreu. Et ce baiser, ce n'était pas rien.

– Je te dis que si !

– Et moi je crois que non. Tu es tout le temps dans la lune ou préoccupée, ces derniers temps. Tu penses forcément à quelqu'un...

À ma sœur, oui. À Arlo, aussi, tout le temps. Merci de me le rappeler.

Je n'ai plus envie de rire. Je lâche le dernier Brittainy C. Cherry dans lequel j'étais plongée, me retourne brusquement vers ma *roommate* qui brosse sa longue tignasse et lui lance :

– Je suis libre, Colleen ! Libre d'embrasser un garçon sur un coup de tête si ça me chante, libre de faire ce que je veux de mon corps et de…

– Tillie, je ne suis pas Colleen.

Sa voix embarrassée et son regard gêné me coupent dans mon élan.

– Quoi ?

– Tu m'as appelée Colleen, murmure la blonde.

– Je… je ne sais pas pourquoi.

– Elle va revenir, aie confiance, Tillie.

La tristesse évince soudain la colère.

– Tout le monde me dit ça, mais en réalité, vous n'en avez pas la moindre idée. Toi, c'est ton Dieu qui te l'a soufflé ?

– Non, je veux juste croire qu'on n'abandonne pas sa famille si facilement, dit-elle d'une voix triste.

On se sourit, elle et moi, conscientes que nos blessures sont à la fois si différentes et si semblables.

– Peut-être que je mérite d'être abandonnée… lâché-je tout bas.

– Qu'est-ce que tu racontes ?

Je secoue la tête et laisse échapper un rire sans joie.

– Des conneries…

– Tillie, tu peux tout me dire, tu sais ?

– Il n'y a rien à dire, fais-je en quittant mon lit. Je vais prendre l'air !

Je quitte notre chambre en glissant mon téléphone dans la poche de mon jean. Je croise Elle dans le grand couloir du dortoir, sa trousse de toilette à la main et un immense sourire aux lèvres.

– Il paraît que tu as un mec, toi !

– Désolée de te décevoir, mais c'est une *fake news*, rétorqué-je.

– Donc tu n'as pas roulé une pelle à Shen Hoover, hier soir ?

Ses belles dents blanches et ses tresses qui dansent ont l'air de jubiler de ces potins de campus. Les infos, même erronées, circulent vite ici.

– C'est juste un ami. Et c'était tout sauf une pelle…

– Tu embrasses tes amis, maintenant ?

– On est à la fac ! On est censés être jeunes, libres, fous ! Pourquoi vous en faites toute une histoire, tout à coup ?

– Ben… se marre la Black. C'est juste que ça ne te ressemble pas.

Je me rends compte que celle que je considère comme mon amie n'a pas la moindre idée de qui je suis. De ce que j'ai fait, vécu, ressenti avec celui qui m'est interdit. Alors je me force à répondre à cette attaque sur un ton *presque* léger.

– Arrêtez de me voir comme une pauvre petite chose innocente. J'ai le droit de me lâcher, non ? D'expérimenter, de tester mes limites, de m'amuser…

– Tillie, je ne disais pas ça pour…

– Pas grave. Mêlez-vous de vos culs, je m'occupe du mien !

Elle rit encore, je lui fais un petit signe de la main et reprends mon chemin. Je traverse la grande pièce commune qui bat au rythme du dernier titre de The Weeknd et quitte le bâtiment pour aller me perdre sur le campus. Comme une envie de changer d'air. De ne penser à rien.

Ni à mes erreurs.

Ni à ma sœur.

Ni au garçon que je n'ai pas le droit de vouloir.

Ni à tous les autres qui voudraient me faire rentrer dans une toute petite case.

37

TOUS CES TOURBILLONS

Tillie

J'en suis à mon deuxième *macchiato* vanille quand le visage de Jonah s'affiche sur mon écran. Assise sur un banc entouré de végétation, à l'écart du monde et de l'agitation, j'accepte la demande d'appel en FaceTime.

– Hey, loseur.

– Salut, loseuse.

On se sourit rapidement, tout en sachant qu'on n'a pas le cœur à plaisanter. Le regard un peu fuyant, pas de chien inerte sur les genoux, pas de blague prête à l'emploi : Jojo a l'air différent. Ça fait une semaine environ que je le trouve changé, plus tendu, moins souriant. Je remarque que l'une de ses paupières bat un peu trop souvent. Sûrement un ancien tic qui revient et contre lequel il ne peut pas lutter.

Le drame qu'il a vécu ne le quittera jamais vraiment. Tout

ça me donne envie de le serrer dans mes bras, mais je ne lui en parle pas.

– Rien de nouveau, j'imagine ? demandé-je doucement.

– Rien. Je n'ose plus compter les jours et je n'ai aucune idée de comment la retrouver ! Le FBI n'est pas près de me recruter, soupire mon frère.

– Elle va sûrement t'écrire, à toi aussi.

– Ou se décider à rentrer…

J'inspire profondément, observe le campus tranquille qui m'entoure en espérant qu'un jour, mes yeux se posent à nouveau sur sa silhouette délicate. Colleen reviendra sûrement comme elle est partie : sans prendre la peine de prévenir qui que ce soit. Elle aura sans doute quelques tatouages en plus, des tas de choses à raconter et d'autres à cacher, elle m'entourera de son énergie aussi bouillonnante que destructrice et me prendra dans ses bras en me chuchotant que tout est pardonné.

Dans mes rêves les plus fous, c'est ce qui se produit. Et dans ces rêves, je la serre très fort, elle aussi, pour ne plus jamais la lâcher.

– Je lui demande cent fois par jour de ramener ses fesses sur ce campus… avoué-je à mon frère.

– Comment tu fais ça ?

– Je lui parle dans ma tête.

– Ça n'a pas l'air très efficace… ironise-t-il. Et je crois que je ne suis pas le seul à avoir besoin d'un suivi psy !

On rigole tout bas, puis Jojo sursaute et s'empare soudain d'une enveloppe sur son bureau. Il me la montre à l'écran en criant : « Au fait ! »

– C'est quoi ?

– Une lettre de la fac !

– Ma fac ?

– Ouais. Colleen a raté tellement de cours et d'examens que l'administration a envoyé un joli petit avertissement. Je l'ai trouvée dans le courrier des parents ce matin, c'était moins une !

Sa paupière se met à battre à nouveau. Il tente de me le cacher en se frottant nerveusement le front.

– Jojo, tu me le dirais si ça n'allait pas ? lui soufflé-je soudain.

– Je pète la forme, Till'…

– Tu veux que je fasse l'aller-retour, ce week-end ?

– Non, il faut que tu l'attendes, s'obstine le plus jeune de nous trois. Il faut que tu sois sur place au cas où elle reviendrait…

Quand la conversation s'essouffle avant d'être arrivée à sa fin, quand Jonah n'a plus envie de parler, de blaguer, de râler, plus la force de sourire, c'est signe que l'angoisse reprend le dessus. Et je l'ai rarement vu raccrocher aussi vite qu'aujourd'hui.

– Je t'aime, petit frère, murmuré-je à mon écran noir. Et je suis désolée de te pourrir encore la vie…

***

Colleen évaporée, Jonah en souffrance, Arlo intouchable.

Les vingt-deux jours se sont transformés en cinq semaines et j'ai un mal de chien à faire face, à ne pas me tromper d'heure, d'amphi, à suivre religieusement mes cours, à prendre des notes comme je devrais, à rire aux blagues de ma coloc et de mes quelques amis, à appeler mes parents tous les dimanches, à supporter de vivre dans le mensonge et l'inconnu le plus total.

Je suis tellement perturbée par tous ces tourbillons dans ma vie que j'en oublie mes responsabilités d'assistante de professeur. Je me pointe au cours de Jay Shay sans matériel et surtout, sans avoir fait les cinquante-deux photocopies que j'étais censée distribuer. Par ma faute, le prof de dessin est obligé de débuter la séance avec plus de trente minutes de retard.

– Tout va bien ? s'inquiète Shen, assis à côté de moi, en me voyant penaude et sûrement rouge écarlate.

– Un peu débordée, en ce moment…

– Demande-moi, la prochaine fois. Quel que soit le problème, je peux aider.

– Merci.

Son sourire doux parvient presque à m'apaiser.

Pendant une heure et demie, il me prête tout le matériel dont j'ai besoin pour suivre cette leçon sur la perspective. J'ai du mal à me concentrer, je réponds à côté lorsque Jay m'interroge, je dessine comme un pied et compte les minutes qui me séparent de la fin du cours.

Chose qui ne m'était jamais arrivée.

Lorsque l'heure s'est enfin écoulée, une fois tous les autres étudiants partis, je passe voir le professeur pour m'excuser. Mais Jay Shay lève doucement sa main pour me faire taire.

– Arlo m'en a parlé…

– Pardon ?

– Je sais pour ta sœur, me glisse le grand blond en costume rayé. Je comprends votre inquiétude à tous les deux, donc ne t'en fais pas pour aujourd'hui.

– Merci…

– Elle vous a redonné des nouvelles depuis cette première carte postale ?

– Rien.

– Son silence est habituel… ou préoccupant ?

– Les deux.

Il semble sincèrement embêté. L'artiste perché que j'admire me paraît terriblement humain, tout à coup. Il soupire et ajoute d'une voix douce :

– Il faut qu'elle rentre, elle va foutre ses études en l'air… Et puis je crois qu'Arlo ne sait plus trop comment survivre sans elle.

– Vous vous faites vraiment du souci pour lui ?

Mon prof lâche un léger « Ouch ! » qui m'indique que ma question était quelque peu déplacée. Mais étrangement, il décide d'y répondre quand même.

– C'est un peu tard, tu me diras, mais oui, je m'inquiète pour mon petit frère. Il doit se sentir très seul sans celle qu'il a toujours considérée comme son âme jumelle. Colleen a fait beaucoup pour lui quand nous, les siens, n'en étions pas capables.

Il faut croire que je n'étais pas prête pour ce genre de confidences. Mes larmes jaillissent et inondent mes joues sans que je puisse les retenir. Alors je me cache derrière mes mains mais Jay s'en empare.

– Tillie, je suis désolé, je ne voulais pas te mettre dans cet état !

– Ce n'est rien, hoqueté-je. Je… Je suis juste contente que quelqu'un pense à lui…

Et dans le regard bleu profond de cet homme, je lis une compassion infinie. J'en pleure de plus belle mais ça me fait un bien fou, je crois que c'est ce dont j'avais besoin. Alors je ne retiens plus rien et, pendant de longues minutes, je laisse tout sortir face à un prof de dessin qui est bien plus que ça.

Lorsque je quitte le Arts Building bien après tout le monde, je m'attends à trouver Shen dans les parages, mais je tombe nez à nez avec Arlo, les mains dans les poches, le corps crispé sous son polo rouge et le regard noir sous ses boucles en bataille. Mon cœur s'arrête net, puis repart.

– Salut, lâche sa voix sombre.

– Qu'est-ce que tu fais là ? On n'avait pas plus rien à se dire ?

Je lui ai balancé ça par réflexe, sans vraie animosité, mais un peu quand même. Parce que j'ai beau l'aimer sans condition, j'ai beau m'inquiéter naturellement pour lui, la colère ne m'a pas quittée depuis ce jour, dans les gradins, où ses mots m'ont brisée.

Je sais l'effort que ça lui a demandé de venir jusqu'à moi, de faire ce premier pas, surtout après ce que j'ai manigancé sous ses yeux, l'autre soir. Mais je refuse de prétendre que tout va bien quand tout va mal, que tout est normal quand plus rien ne tourne rond.

Je reste sur mes gardes. Amoureuse, perdue, blessée, amère.

– Viens, il faut qu'on parle, insiste le garçon aux yeux verts.

– Tu as des nouvelles de Colleen ?

Il me fait signe que non.

– Alors qu'est-ce que tu me veux ?

– Arrête ça, soupire-t-il.

– Je t'écoute. Tu as une minute.

– Pas ici. Monte…

Il fait un signe de tête en direction de son pick-up garé un peu plus loin.

– Hors de question que je grimpe là-dedans.

– Tu veux qu'on nous voie ? grogne-t-il, agacé.

– Tu as peur de quoi, Arlo ? Toi et moi, c'est terminé. On n'a plus rien à cacher, si ?

Il soupire, frotte énergiquement sa tignasse bouclée, se mord la lèvre en faisant ressortir son foutu grain de beauté et fait un pas vers moi, réduisant la distance entre nous à pas grand-chose.

Ses lèvres humides et entrouvertes sont un appel au crime.

– Tu cherches à faire quoi, au juste, à part me torturer ? lui murmuré-je alors.

– Je voudrais que tu montes dans ma bagnole pour qu'on puisse parler au calme.

– Non.

– Tillie…

– Tu es sourd ? J'ai dit non !

Incontestablement, ma réponse ne lui convient pas.

– Bon, je vais devoir m'y prendre comme avec Colleen. Il n'y a que ça qui marche avec les rebelles dans votre genre. Mais sache que c'est pour ton bien…

Mes pieds quittent brusquement le sol, j'atterris sur son épaule et me mets à beugler comme une tarée.

– Repose-moi par terre, putain ! Tout de suite, ou je… je… !

– Tu quoi ?

– Je t'envoie en taule pour enlèvement prémédité avec coups et blessures ! Et violences psychologiques !

L'enfoiré se marre presque avant d'ouvrir la portière côté passager et de me balancer sur la banquette.

– Aïe, espèce de brute !

– Tu ne peux pas faire la révolution *et* jouer les princesses, me souffle l'insolent. Il faut choisir ton camp…

Tandis que je masse mon coude endolori, le sportif fait le tour de sa voiture en trottinant et grimpe à son tour.

– Qu'est-ce que tu veux, Arlo ?

– C'est qui, ce mec ?

– Quoi ?

– Ton petit copain à qui je rêve de refaire la face…

Shen Hoover. Un ami. Rien de plus, rien de moins.

– Je n'ai pas de petit copain, me contenté-je de répondre.

– Le mec que tu t'amuses à embrasser sous mon nez, alors… gronde-t-il.

– Ah, Shen…

– Ouais, Shen.

Son ton est meurtrier.

– Tu connaissais son prénom ?

– Tu me prends pour un con ? siffle le ténébreux. Tu croyais vraiment que je n'allais pas me renseigner sur ce connard ?

– C'est ma vie, Arlo…

– Ouais, je sais ! Et ça me rend taré !

Il frappe sèchement son volant du poing, puis inspire profondément.

– Tu me fais perdre la tête, putain…

– Tu m'as larguée, Arlo. Tu as dit que tu ne m'aimerais jamais. Tu veux quoi, à la fin ?

– Ta sœur s'est barrée à cause de nous, tu te souviens ? Elle est sûrement en train de mettre sa vie en danger…

– Je sais tout ça ! m'écrié-je soudain. Mais me trouver dans cette bagnole avec toi, c'est pire que tout ! Je ne peux pas être avec toi sans être *avec toi*, tu comprends ?!

Je m'apprête à ouvrir la portière pour sauter de cette voiture, mais Arlo est plus rapide que moi et plonge pour m'en empêcher. Son corps musculeux, tendu à l'extrême, s'immobilise à quelques centimètres du mien. Nos visages se touchent presque, je peux sentir son odeur s'insinuer en moi, son souffle chaud et mentholé qui balaie ma peau.

La tentation à l'état pur.

– Tu me manques et ça m'obsède, OK ? lâche-t-il à voix basse. J'ai beau me l'interdire, ça me bouffe ! C'est dans ma peau, sous mon crâne. C'est… partout.

Ses yeux verts se posent sur ma bouche. J'en frémis. Mon cœur menace d'exploser.

– C'est insupportable pour moi aussi, Arlo, avoué-je, tremblante.

– Tu es la première à me faire cet effet-là…

– J'ai eu trop mal, murmuré-je en sentant mes larmes monter.

– Je me déteste de t'infliger ça, mais je ne sais plus quoi faire…

Et lentement, nos visages se rapprochent. Irrépressiblement, nos bouches s'aimantent, nos lèvres s'entrouvrent, se frôlent, s'effleurent dans une danse timide et sensuelle. On s'embrasse comme si c'était la première fois et ce baiser me bouleverse. Me renverse. Puis, bien vite, la tension monte, le feu jaillit en nous, tout s'accélère. Arlo m'attire sur lui, je m'installe à califourchon sur son jean brut, je me cogne au passage, gémis, il m'embrasse sans délicatesse, avec la langue, me caresse les seins, agrippe mes hanches. C'est fort et bon à en gémir. À en défaillir.

Nos désirs se heurtent, se mélangent, je râle entre ses lèvres, commence à m'agiter contre lui.

Ça devient chaud. Sauvage. Indécent. Tellement inévitable. Presque vital.

– Tillie, on est en train de faire une connerie, gronde l'athlète à mon oreille.

– J'en veux encore…

– Tu peux tout arrêter.

– Tais-toi et embrasse-moi.

Son rire de sale gosse vole dans les airs et m'excite un peu plus. Il fait mille degrés dans cette voiture, je meurs d'envie de me débarrasser de toutes mes fringues qui me collent à la peau.

– J'ai envie de toi comme jamais, résonne sa voix rauque et essoufflée. C'est complètement dément, ce que tu me fais.

– Prends tout avant qu'on se l'interdise à nouveau, lui murmuré-je en mordant sa lèvre.

Arlo grogne de plaisir, plaque sa main sur ma nuque pour m'attirer plus près de lui encore, m'embrasser plus fort, mais un coup de Klaxon retentit soudain et lui arrache un juron.

– Putain de merde !

Sa casquette des Aztecs vissée sur la tête, dans sa bagnole électrique affichant le logo de la fac, le type de la sécurité nous klaxonne une seconde fois pour nous faire comprendre que la fête est finie. La mort dans l'âme, le cœur battant encore à mille à l'heure, je n'ai d'autre choix que de m'enfuir de cette voiture pour disparaître dans la nature.

Loin de lui.

Mon tourbillon.

38

S'EFFACER

Arlo

Je passe le premier cours du matin à dormir sur ma table, la tête dans mes bras. Je viens de me taper une nuit blanche à me rejouer la scène de mon pick-up, à tenter de comprendre ce qui s'est passé hier sur le parking, ce qui aurait pu arriver, ce qui n'aurait jamais dû.

Même pendant que je somnole en cours, j'ai Tillie au fond du crâne, derrière les paupières, dans les veines, sous les mains, comme si mon corps ne pouvait pas se défaire de son souvenir, de son empreinte, de son poison. Mon attirance pour elle grandit au lieu de s'éteindre. Et plus je la fuis, plus je la veux. Plus je décide d'arrêter, plus je me retrouve à la désirer.

Ce dilemme était déjà insupportable quand Colleen était là, mais son absence ne fait que renforcer mon impression de la blesser. On ne trahit pas sa meilleure amie, son double, sa putain de moitié dans son dos. On ne lui fait pas le pire coup du monde quand elle n'est même pas là pour se défendre. Pour vous gueuler dessus. Vous mordre jusqu'au sang. Vous pleurer dans les bras.

Mais Colleen a dit qu'elle s'effaçait, avec son sourire bizarre et son regard humide, ce soir-là, avant de partir en courant.

« Si c'est vraiment ce que vous voulez… Je m'efface. »

C'est la dernière phrase qu'elle a prononcée. Et j'ai beau me la repasser en boucle dans la tête, tenter de me rappeler son ton, son expression, je ne sais pas ce qu'elle a voulu dire. Comment l'interpréter, la décrypter ? Est-ce que Colleen nous donnait sa bénédiction ? Est-ce qu'elle nous annonçait son départ puisqu'elle n'avait plus sa place ? Avec elle, tout est possible.

Je pensais la connaître par cœur… mais c'est la première fois que je ne peux pas lire en elle. Et ce foutu doute m'empêche de dormir depuis des semaines.

Presque autant que Tillie Sinclair me hante la nuit. Son corps. Sa bouche. Ses reparties. Sa vision de la vie. Et tous les trucs étranges qu'elle fait naître en moi, chaque fois que je la croise, que je lui parle, que je la touche, que je la vois, que je ne la vois pas, chaque fois qu'elle me manque.

« Si c'est vraiment ce que vous voulez… Je m'efface. »

Ça ne veut pas dire que Colleen supportera de me voir en couple avec sa sœur au retour de son voyage. Ça ne signifie pas qu'elle accepte quoi que ce soit, qu'elle nous offre cette liberté qu'on attend plus que tout – mais sans vraiment se l'avouer, Tillie et moi.

Pendant que je grogne, la tête toujours enfouie entre mes bras, un souvenir d'enfance me remonte dans la gorge, une sensation très nette alors que je ne peux me rappeler ni la date ni le lieu : juste le sentiment de ne pas être le bienvenu chez moi, le rejet de mes parents qui me faisait si mal sans que je puisse me l'avouer, et ma meilleure amie qui m'a fait savoir que je comptais. Qui m'a dit : « Viens chez moi, y a une place autour de la table. Ma mère fait toujours trop à manger et mon père t'aime bien, il dit toujours de t'inviter. Viens, tu pourras dormir sur un matelas dans ma chambre. Ou dans le lit de ma petite sœur, on la virera pour la nuit, elle s'en fout, elle préfère Jojo de toute façon, tu peux prendre sa place. »

Je reste encore un moment les yeux enfoncés dans mon avant-bras pour écraser ces larmes qui voudraient tout ravager. Colleen m'a fait une place quand je n'en avais aucune. Et moi je l'ai poignardée dans le dos, des années plus tard, en la remplaçant par sa sœur. En l'oubliant un peu. En lui faisant croire qu'elle ne comptait pas, ou plus vraiment. Plus comme avant. En la laissant tomber quand elle avait besoin de moi. D'exister. De ne pas se sentir rejetée.

J'ai choisi Tillie, une nuit, parce qu'elle réveillait tous ces trucs dingues en moi, et Colleen s'est barrée.

– Mec, si tu dors, fais-le en silence, me chuchote Todd après un coup de coude dans mes côtes.

– Ouais, c'est quoi ces grognements de bête sauvage ? Tu ronfles ou tu jouis ? se marre Hector à voix basse.

Je relève la tête mais ignore leurs remarques pleines de finesse. Je me frotte les yeux des deux paumes, fais semblant d'écouter le cours cinq minutes, puis prends mon portable et le cache sur mes cuisses. Je voudrais juste parler à ma meilleure amie, savoir si elle va bien, si elle s'éclate, si elle a réussi à rester clean, quand elle va rentrer, si elle rentre un jour… Ou même juste si elle reçoit mes messages, si elle a changé de numéro, si elle a décidé de ne plus avoir de portable ni de lien avec moi. Avec les autres.

Je lui écris et lui envoie tout ça. Par texto, puis par mail. Si je pouvais, je lui enverrais aussi une lettre, mais elle n'a laissé aucune adresse sur sa carte postale.

– Sheridan, me lance soudain le prof. Si votre téléphone portable vous captive plus que le droit de la presse, je vous invite à quitter mon cours pour aller faire ça dehors.

– Désolé, professeur King.

– J'en ai assez de vos excuses, je vous invite à sortir.

– Putain…

Ça fait bien longtemps que je ne m'étais pas fait virer d'un cours. Je grommelle en ramassant mes affaires pendant que mes colocs se marrent.

– C'est de penser à Colleen qui te fait faire n'importe quoi ? ironise Todd.

– Ou à sa version miniature ? rajoute Hector. On a vu comment tu la matais, ces derniers temps…

Le défenseur mime une grosse paire de seins avec ses mains et je dois me retenir de lui péter les dix doigts.

– La ferme, sifflé-je. Vous ne savez pas de quoi vous parlez…

– Sheridan, dehors, je n'ai pas toute la journée !

Le prof s'impatiente et je quitte finalement son cours en glissant mon portable dans la poche arrière de mon jean.

Mon portable qui ne sonne plus, ne vibre plus, ne me donne plus de nouvelles de ma meilleure amie. Pas plus que de Tillie.

***

Après un passage par l'appart pour me changer, je décide d'aller courir jusqu'à l'océan. Il y a une bonne trotte du campus à la baie, mais c'est tout ce dont j'ai besoin. M'éloigner d'ici, me faire un peu mal. Une quinzaine de kilomètres aller, autant au retour, ça devrait me cramer assez pour que j'arrête de penser.

J'ai à peine fait deux bornes le long de College Avenue qu'une voiture me klaxonne et s'arrête à ma hauteur, vitre baissée.

– Désolé, mes parents ne m'ont rien appris mais je sais que je ne dois pas accepter les bonbons des étrangers, balancé-je à mon frère.

Il sourit et passe la main dans sa coupe blonde asymétrique. Foutu artiste.

– Vous n'êtes pas en cours, monsieur Sheridan ?

– Je devrais…

– C'est bien ce qui me semblait. Hot dog ?

– Pas envie de retourner sur le campus, là…

– Monte, je connais un *diner* mexicain qui ne paye pas de mine mais qui est devenu ma cantine quand je veux inviter ma femme à déjeuner. Meilleur cholestérol de tout San Diego.

– Ah ouais, tu me sors vraiment le grand jeu, ironisé-je. Je ne prends pas la place de Virginia, au moins ?

– Personne ne prend la place de Virginia. Jamais.

Je grimpe dans la voiture de Jay et ça me fait bizarre d'imaginer mon frère aîné, ce type si décalé, si original, froid et distant avec moi depuis des années, fou amoureux d'une fille qui l'a métamorphosé. Qui lui a fait croire qu'ensemble, ils pourraient tout affronter. Même la normalité. Qui lui a donné envie d'un enfant alors que jusque-là, il ne pensait qu'à lui. Qui lui a fait ouvrir les yeux sur ses propres parents. Se rebeller enfin et arrêter d'accepter leur petit manège possessif et malsain. Virginia doit vraiment être quelqu'un.

Et pendant ce court trajet dans les rues de San Diego, je

me demande si un jour, une fille comptera pour moi à ce point. M'aidera à faire la paix avec tout ce qui me ronge, me donnera le sentiment d'être plus fort à deux, capable de tout…

Et surtout, je me demande si cette fille pourrait être Tillie.

La voiture s'arrête, je chasse son prénom et son visage de mon esprit en me secouant sur le trottoir, puis je suis mon frère au fond du Lolita's Tacos. On commande des *burritos* et d'énormes barquettes de frites recouvertes d'une montagne de fromage fondu, de viande hachée, de guacamole et de crème fraîche. Une tuerie qui me donne la parfaite excuse pour écouter Jay parler en me contentant de hocher la tête.

– C'était étrange de se retrouver tous les quatre à Queen Creek pour Noël, hein ?

– Hmm… Je me demande encore ce qui m'a pris de me pointer à la maison juste pour toi, Jay.

Et juste parce que la solitude me bouffait.

– Les parents ont rarement aussi peu parlé.

– Ouais…

– Et autant fait semblant de ne pas trouver ça étrange qu'on se comporte comme des frères, toi et moi.

– Pourquoi t'es pas venu avec Virginia ? lui demandé-je, la bouche pleine.

– Pour ne pas lui infliger ça. Leur hypocrisie. Tous les malaises et les non-dits entre nous. Leurs faux sourires et leur façon de se trouver irréprochables.

– Ouais, ça me tue.

– Je sais, Arlo. Ils m'ont adulé et ils t'ont délaissé. Ils nous ont montés l'un contre l'autre parce qu'ils ne savaient pas comment nous aimer tous les deux. Et aujourd'hui, ils rejettent

Virginia parce qu'elle n'est pas assez bien pour moi, trop âgée, pas assez fertile…

Mon frère lâche un rire qui donne plutôt l'impression qu'il se retient de chialer.

– C'est dégueulasse, soufflé-je.

– Ils ne comprennent pas qu'ils vont finir seuls à force de n'aimer personne.

– Jay, quand vous aurez adopté, n'impose pas ces grands-parents toxiques à ton môme. Ils en ont assez fait comme ça.

Mon frère chasse cette idée d'un revers de main et s'essuie la bouche avant de jeter rageusement sa serviette roulée en boule dans sa barquette vide. Puis il change complètement de sujet :

– Au fait, tu n'es pas allé du tout chez les Sinclair ?

– Pas cette année, éludé-je.

– Je ne comprends pas qu'ils ne se soucient pas davantage d'avoir si peu de nouvelles de leur fille…

– Colleen ?

– Je n'aimerais pas savoir mon enfant partie loin, seule, sans argent ni…

– Elle a 21 ans, le coupé-je, ce n'est pas une gamine. Et elle a toujours été indépendante.

Il me balance un regard qui me fait comprendre qu'il n'est pas dupe, qu'il sait que je flippe pour ma meilleure amie. Mais je ne veux pas que Jay s'imagine qu'elle est en danger et qu'il ameute la terre entière. Il ignore tout de la raison de son départ et, même si je lui en suis secrètement reconnaissant, ça ne m'aide pas de le voir s'inquiéter pour elle.

– Ça a toujours été compliqué entre les deux sœurs Sinclair aussi, c'est ça ?

J'ignorais que mon frère avait ce genre d'intelligence

émotionnelle, cette capacité à comprendre et à deviner sans savoir, cette finesse d'esprit qui lui permet de sentir les choses pour Colleen et Tillie. Dommage qu'il n'ait pas montré autant d'intérêt et d'empathie au sujet de mes parents et moi, il y a tant d'années.

– Ouais… Tillie était la petite parfaite que les parents laissaient tranquille puisqu'elle rentrait dans le rang. Et Colleen le vilain petit canard qui posait des problèmes et faisait tache dans la famille. Comme moi dans la mienne. Elles ont mal vécu d'être traitées différemment, mais je crois qu'elles ont trouvé le moyen de s'aimer quand même. Enfin, sauf quand ça a fini par exploser…

– Pourquoi tu parles au passé ?

Sa question me frappe. Je me contente d'être peu bavard, d'habitude, et je viens de me rendre compte que je suis en train de justifier leurs conflits pour ne pas en être tenu responsable. Quelle connerie. Je fais marche arrière en m'adossant contre ma chaise, les bras croisés devant moi.

– Je ne suis pas au courant de tout. On ne sait jamais tout ce qui se passe dans les familles, une fois la porte refermée.

– Arlo, pourquoi tu ne cherches pas tes parents biologiques ?

Jay me refait le coup : il change brusquement de sujet et me fixe droit dans les yeux. C'est la première fois de notre vie qu'il évoque cette idée et c'est comme un deuxième coup de poing en pleine face.

– Je sais que tu as souffert de la famille dans laquelle tu es tombé… Et j'en suis désolé. Mais ce n'est peut-être pas trop tard pour retrouver ta première famille. Pour obtenir des réponses. Ça te permettrait peut-être de régler certaines choses et d'avancer dans ta vie. Si tu veux que je t'aide…

– Merci mais non, fais-je en me levant brusquement de ma chaise.

Je suis reconnaissant qu'il fasse ce pas vers moi, mais je n'ai pas la tête à ça. Et surtout, pas envie de craquer devant lui. À l'échelle de ma vie, j'ai l'impression d'avoir un frère depuis seulement hier.

Des années et des années d'indifférence, ça ne s'efface pas comme ça.

Alors je me racle la gorge et tente de soutenir le regard ému de Jay sans que le mien se trouble.

– Il n'y a pas un seul jour qui passe sans que je pense à mes vrais parents, lui avoué-je. Mais je ne sais pas si c'est le moment. Si je suis vraiment prêt à entendre toutes les réponses à mes questions.

– Je comprends, chuchote-t-il simplement.

– Merci pour les trois mille calories. Je vais aller éliminer ça.

Je quitte le Lolita's Tacos en courant, direction l'océan. C'étaient effectivement les meilleures frites de ma vie. Mais mon frère n'a pas besoin de savoir qu'il a toujours raison.

39

PAS DEUX COMME ELLE

Arlo

Après quinze kilomètres de *running* à me vider la tête, cinq minutes sur la plage à me remplir les poumons et quinze bornes dans l'autre sens à me faire mal à nouveau, je vais m'écrouler à l'appart au lieu d'arriver en retard à l'entraînement de l'après-midi. Je ne suis pas d'humeur à encaisser les remarques du coach sur mon comportement ces derniers temps, pas plus que les blagues salaces de mes coéquipiers sur les éventuelles meufs qui me grillent le cerveau en ce moment.

Je n'en ai que deux dans le crâne.

Tillie occupe toutes mes pensées sous la douche. Et je me demande si elle va me pardonner un jour de l'avoir traitée comme ça dans les gradins, de l'avoir larguée en lui disant qu'elle n'était rien, puis de l'avoir embrassée comme si toute ma vie en dépendait. Si j'étais elle, je me barrerais en courant pour aller voir ailleurs. Il faut croire que c'est l'effet que je produis sur les deux sœurs Sinclair. Les seules filles qui comptent vraiment pour moi.

Puis c'est Colleen qui revient me torturer l'esprit : je ne sais pas comment va ma meilleure amie. Dans quel état elle est partie. Pourquoi elle ne m'écrit pas, ne me raconte rien, ne me répond plus. C'est à elle et à personne d'autre que je voudrais parler de la petite brune qui me rend fou, incapable de penser, de dormir, de jouer au foot, de suivre en cours, de maîtriser ne serait-ce qu'un peu le cours de ma vie. C'est aussi avec Colleen que je voudrais décider de chercher ou non mes parents biologiques, au cas où l'histoire tournerait mal. Elle seule pourrait comprendre que parfois, il vaut mieux avoir mal un bon coup que de ne rien ressentir du tout.

J'enfile quelques fringues, frotte mes cheveux trempés de la douche en entrant dans le salon et envoie valser la serviette à l'autre bout de la pièce. Elle heurte une petite montagne de courrier entassé sur le comptoir de la cuisine qui se déverse un peu partout par terre en même temps qu'une cannette de Dr Pepper ouverte.

Tout en jurant, j'éponge et me mets à penser que le problème de cette colocation n'a jamais été Colleen Sinclair, mais les deux gamins bordéliques de sexe masculin qui me servent de colocs et accessoirement de meilleurs potes depuis trois ans. Je sauve le courrier qui peut l'être, jette les flyers trempés et récupère de justesse une carte rectangulaire avec une photo du Japon. Au dos, quelques mots écrits en travers dans de petites lettres majuscules toutes carrées :

Je m'éclate.
J'espère que toi pas trop.
Je te hais.
(Mais pas autant que tu le crois.)
Tu me manques.
Je t'aime.
(Mais pas tant que ça.)

La carte n'est pas signée mais je sais en un quart de seconde qu'elle provient de Colleen. Elle qui aime tant changer d'écriture quand elle laisse des mots sur le frigo ou des Post-it sur mon front. Elle qui aime tant brouiller les pistes entre ce qu'elle dit, ce qu'elle montre et ce qu'elle ressent. J'ai le cœur qui explose et mon coude heurte à nouveau la cannette de Dr Pepper que j'avais remontée sur le comptoir. Je la laisse goutter sur mes pieds nus pendant que je lis et relis ces quelques lignes qui m'arrachent à chaque fois un nouveau sourire.

Il n'y a décidément pas deux filles comme elle.

Son précédent courrier d'Australie envoyé à Tillie date d'une douzaine de jours. Colleen a donc eu le temps de changer de destination et cette fois, elle a pensé à m'écrire. Je ne sais pas ce qui me fait le plus plaisir : qu'elle aille bien, qu'elle poursuive son tour du monde comme elle en a toujours rêvé, qu'elle se débrouille assez bien pour se payer des billets d'avion, ou qu'elle ne m'ait pas complètement rayé de sa vie.

– Colleen Sinclair, tu m'étonneras toujours.

Je me marre tout seul, puis prends la carte postale en photo pour l'envoyer à Tillie sans hésiter une seconde. Elle doit probablement être en cours à cette heure-ci. Ou en train de réviser à la bibliothèque, de lire une dystopie quelque part sur le campus, de dessiner avec son connard de pseudo petit copain. Mais peu importe, je dois lui dire.

Et la petite sœur de ma meilleure amie me répond presque instantanément.

[C'est bien ce que je crois ?]

[Oui…]

[Ça vient d'où, cette fois ?]

[Japon.]

[Arlo, tu ne vas répondre qu'un seul mot à chaque fois ?]

[Je peux pousser jusqu'à six.]

[Mais c'est juste pour toi.]

[Tu m'énerves. Mais je suis tellement heureuse !]

[Elle va bien, Arlo !]

[Envie de hurler ! De sauter partout ! De faire n'importe quoi !]

[Moi aussi…]

[Prouve-le. ;)]

Elle aussi, elle arrive toujours à trouver la repartie qui peut me faire sourire. Et j'imagine d'ici sa bouche pulpeuse qui s'étire en se moquant de moi, son regard sombre et brillant qui me jauge et me provoque tout à la fois.

[Ne me cherche pas, Tillie…]

[Ou bien quoi ?]

[C'est comme ça que
tu ne me cherches pas ?]

[Je ne sais pas faire, je crois.]

J'inspire profondément, me mords la lèvre comme un con, en pensant aux siennes. Et je dévie la trajectoire de cette conversation qui devient dangereuse…

[Elle respire, putain.]

[Et t'as vu ? Elle ne nous
déteste pas.]

[Excuse, mais c'est à moi
qu'elle s'adresse. Toi,
on n'en sait rien du tout…]

Bon, je crois que je la cherche un peu aussi. Nos échanges

m'avaient manqué. Peut-être encore plus que je ne voulais me l'avouer.

[C'est cruel, ça…]

[Ouais. Et ça fait bien plus
que six mots.]

[Parfois, on dit des choses un peu
éloignées de la réalité, Tillie…]

[Par lâcheté ?]

[Pour se protéger.]

[Donc ce ne serait pas très raisonnable…
si je te disais que je suis seule dans
ma chambre, et que Martha ne rentre
pas dormir ce soir…]

[Arrête avec tes points
de suspension, putain.]

[C'est toi qui as commencé, Arlo.]

Tillie a toujours le dernier mot. Ça m'irrite autant que ça m'excite. Et comme à chaque fois que la pression redescend un peu, la tension entre nous remonte d'un cran. C'est impossible autrement.

[Tu ne lâches jamais rien, hein ?]

[Je suis une Sinclair…]
[Et Colleen va bien…]

[Nous deux, c'est moins sûr…]

Je vois que Tillie est en train d'écrire, j'attends pendant une plombe, mais rien n'arrive. Je devine qu'elle pianote, hésite, efface, tente à nouveau, se défile. Et mon cœur bat à tout rompre en imaginant ce qu'elle va bien finir par me dire.

La petite brune qui m'obsède trouve finalement le courage de m'envoyer un mot. Un seul.

[Viens.]

Je lâche un grognement et fixe mon écran sans relâche. Ces cinq lettres m'électrisent. Je l'imagine tremblante, impatiente, m'attendant assise sur le lit de sa petite chambre d'étudiante. Je l'imagine timide mais pas vraiment. Tactile, tendre et chaude. Fébrile mais sûre de ce qu'elle veut : moi.

Et c'est précisément pour ça que je ne dois pas y aller.

Parce qu'il n'y a pas deux filles comme Tillie Sinclair. Pas une seule autre capable de me faire cet effet, de me faire risquer de foutre toute ma vie en l'air.

[Non.]

40

LE DIEU ARLO

Tillie

Je commençais à croire qu'elle ne reviendrait jamais.

Et puis, comme je l'avais prédit, après cinquante-quatre jours de fugue, elle est revenue comme elle était partie. Sans rien demander à personne. Même pas la permission de venir squatter mon lit.

Au petit matin, en ouvrant les yeux, je sens immédiatement sa présence à mes côtés. Colleen ne s'est pas glissée sous mes draps, mais elle est là, bien là, vraiment là. Sur mon lit. Sa silhouette fine allongée de profil, sa peau bronzée, tatouée, qui laisse échapper ce subtil mélange de parfums de fruits exotiques sucrés et d'épices plus puissantes, sa respiration sereine et ses poings serrés.

Ma sœur. En chair, en os et en contradictions.

– Merci d'être revenue, Colleen…

Mon cœur bat fort, j'ai soudain envie de pleurer, de crier, de danser, de lui demander pardon un milliard de fois, puis de la frapper. Pas trop fort, pas pour qu'elle ait mal, mais suffisamment pour qu'elle s'en souvienne. Qu'elle ne me refasse plus jamais ce coup-là.

Comme si elle devinait mes intentions, ma sœur s'agite dans la pénombre en faisant couiner le matelas. Elle grogne tout bas lorsque je me colle un peu plus à elle pour l'entourer de mes bras. Je la serre fort. Très fort.

Je ne la laisserai plus me filer entre les doigts.

– Tillie, lâche-moi…

– Plus jamais.

– Lâche-moi !

– Tu es revenue…

– Tu m'étouffes !

Je me prends son coude dans le nez et tout devient flou.

La pièce se dérobe, je suis comme aspirée dans un tunnel, la luminosité varie, tout se met à tourner, je ne vois plus les rideaux aux yeux ambrés qui me fixaient jusqu'alors, David Bowie ne chante plus, les papillons de nuit ont disparu. Une terrible sensation m'étreint.

Tout ça n'était qu'un rêve.

– Tillie, réveille-toi !

J'ouvre les yeux et me retrouve face à une Martha échevelée et paniquée.

– T'es en train de faire un cauchemar !

Je sors de mon lit en sursaut et tombe à la renverse. Littéralement. Je laisse mon corps s'écrouler sur le sol et me mets à hoqueter inlassablement le prénom de ma sœur. Ma colocataire s'agenouille près de moi, tente de me relever mais les sanglots débarquent et me déchirent la poitrine. Je ne suis plus bonne à rien.

– J'ai cru… j'ai cru qu'elle était revenue…

– Chhh, me berce doucement Martha. Tout va bien, Tillie. Elle va bien, elle te l'a dit…

– Ce n'était qu'un rêve, gémis-je. Mais elle était là ! C'était tellement réel !

– Calme-toi, Tillie.

– Colleen ! Je veux qu'elle revienne… J'ai peur pour elle !

– Chhh…

Martha me tient contre elle pendant un long moment, elle ne me lâche pas, m'écoute sangloter et délirer avec une patience infinie et je finis par me rendormir, allongée à même le sol.

Dans mes songes, je distingue encore l'odeur de ma sœur.

***

J'ai mis plusieurs jours à me remettre de ce rêve terriblement cruel et du fait que mon cerveau, mes pensées, mon inconscient se retournaient contre moi. Je suis allée en cours comme un bon petit soldat, j'ai étudié, dessiné, lu, pris des nouvelles de Jojo, déjeuné avec Elle et Lauren, révisé avec Shen, tricoté avec Martha, mais le cœur n'y était pas.

Colleen a maintenant disparu depuis deux mois. Elle a donné des signes de vie depuis mais pas assez pour que je sois pleinement rassurée.

La nouvelle Tillie broie du noir un peu trop souvent, pleure pour un rien, ressasse exagérément et vit au ralenti. J'ai du mal à me reconnaître, ces derniers temps et, je dois l'admettre, je n'aime pas beaucoup cette version de moi.

Je ne devrais pas me laisser sombrer comme je le fais. Il est temps que je grandisse, que je m'endurcisse, que je me tourne vers l'avenir et que j'avance. Alors je me répète inlassablement que Colleen va bien. Qu'elle finira par rentrer. Que je dois me ressaisir.

Tout ce qu'elle me dirait sûrement en m'engueulant.

Et Martha approuve largement cette vision des choses. D'ailleurs, ce samedi matin, la blonde en jogging rose et chignon beige se plante au-dessus de mon lit et me fait les gros yeux.

– Qu'est-ce que je peux faire pour toi, Martha ? lui lancé-je en abandonnant les sœurs Brontë.

– Aujourd'hui, on a dit qu'on se bougeait !

– Demande à Austen de t'accompagner…

– Non, tu viens avec moi. Prépare-toi, on doit être parties dans vingt minutes !

– Où ça ? fais-je, méfiante.

– Tu verras…

– Si tu essaies de me traîner à l'intérieur d'une église ou d'un confessionnal…

– Dieu m'en préserve ! s'écrie-t-elle en se signant.

– Je vais bien aujourd'hui, lui dis-je en souriant. Je comptais juste passer ma journée à faire… ça.

Je pointe du doigt une pile de romans, un paquet de chips, des barres chocolatées et l'écran de mon ordinateur.

– Tillie Sinclair, quand je t'ai rencontrée, tu étais la joie et la positivité incarnées ! Tu étais plus intelligente que la moyenne mais légère, ambitieuse mais tournée vers les autres…

– Et je suis devenue un monstre de tristesse et d'égoïsme, c'est ça ? ris-je tout bas.

– Non, murmure ma coloc. Enfin, pas totalement…

– Tu peux le dire, Martha.

– Je sais que ta sœur te manque, que tu es inquiète, mais tu dois vivre. Elle t'a donné des nouvelles, tu sais plus ou moins où elle est, ce qu'elle fait, elle t'a dit qu'elle allait bien…

– Ce n'est pas assez ! J'ai besoin de plus que ça ! Colleen est… différente. Elle peut devenir un danger pour elle-même.

– Et elle reviendra quand elle l'aura décidé, Tillie, pas quand tu te seras rendue plus malheureuse que tu ne l'es déjà…

Elle n'a pas l'air prête à lâcher l'affaire. Alors pour une fois, je me laisse convaincre. Je sors de mon lit, vais prendre une douche en vitesse dans la salle de bains commune, enfile un legging, un débardeur long et une veste kaki, rassemble ma tignasse en une queue-de-cheval et me maquille à peine.

Quelques minutes plus tard, alors que je suis Martha sur le campus, elle m'enfonce une casquette noir et rouge sur la tête. Je l'interroge du regard, elle me révèle enfin notre destination.

– On va aller voir nos Aztecs éclater les… les… Mince, contre qui ils jouent, déjà ?

La blonde farfouille au fond de sa poche et en sort un flyer aux couleurs de l'université.

– Les Cardinals, voilà ! braille-t-elle. On va les briser !

Celle qui était jadis l'innocence même fait un peu psychopathe, comme ça, le poing serré brandi en l'air, la mâchoire crispée et les yeux exorbités.

– Martha ?

– Oui ?

– Depuis quand tu aimes le foot ?

– Depuis qu'Austen m'a convertie ! Tu savais qu'Arlo avait des chances de passer pro ?

– Non…

Je l'ignorais et je me sens coupable et froissée à la fois. Il y a tant de choses que je ne sais pas sur lui, tant de choses que j'aimerais entendre. Mais lui et moi, on ne se parle pas. Plus aucun mot échangé depuis son SMS.

En seulement trois petites lettres, le garçon que j'aime malgré moi a réussi à me remettre à ma place.

Juste avec un stupide *non*.

– Apparemment, on lui a proposé un aménagement des cours, mais il a refusé pour étudier plus ! Il veut devenir journaliste, reporter ou quelque chose comme ça…

– Comment tu sais tout ça ?

– Ils ont déjà sorti des tas d'articles sur lui dans le journal du campus ! Tu te rends compte qu'on fréquente une star locale !

– « On » ? répété-je.

– Tes amis sont mes amis, Tillie !

– Qui a décrété ça ? Le journal, aussi ?

– Moi !

La folle furieuse lâche un cri de supporter, les étudiants autour de nous l'imitent et j'ai l'impression de débarquer sur une autre planète. Je me mets un peu à l'écart des « *Go*, Aztecs, *go* ! » mais ma colocataire me tire par la manche pour que je rejoigne le mouvement.

– Dépêche, ils ne vont pas nous attendre !

– Je ne suis pas la seule à avoir mal tourné, marmonné-je dans ma barbe. Rendez-moi ma mormone coincée !

Les abords du stade sont bondés. Ça crie, ça rigole, ça chante, ça se trémousse, ça pousse des cris de bêtes et ça boit je ne sais quoi. J'ignorais que les trois quarts des étudiants de ce campus mettaient régulièrement leur vie en pause le week-end pour assister à un match de soccer. Pour venir encourager ou siffler des garçons en maillots brillants, pour admirer ces corps bourrés de testostérone qui courent après un ballon et se prennent pour des dieux vivants.

Je n'ai jamais compris la passion de Colleen pour ce sport, mais elle n'a jamais compris mon amour des livres. Et puis ça m'était bien égal d'ignorer ce que sont un hors-jeu ou un petit pont : ça ne m'empêchait pas de l'admirer pour sa motivation et sa combativité sur le terrain. Je pense l'avoir vue jouer trois fois dans toute ma vie, mais chaque occasion m'a marquée.

La voir si vivante, si investie, la sentir si « à sa place », ce n'était pas fréquent.

Si j'avais su, j'aurais assisté à plus de ses matchs. Ma sœur se serait peut-être rendu compte que j'étais contente pour elle et admirative de son talent. Il faudra que je le lui prouve quand elle reviendra.

– Tillie, c'est par là !

Je me faufile comme je peux en direction des gradins, entre les filles qui trépignent et les mecs qui font leurs pronostics. Et tandis que je croise des centaines de visages, un seul m'obsède.

Arlo Sheridan.

Je l'ai déjà vu en maillot de foot – sexy à souhait – mais jamais en action. Jamais sur le terrain. Jamais sous les yeux de toutes ces filles aux joues peinturlurées de noir et de rouge qui fantasment probablement sur lui.

Et quelque chose me dit que je vais *moyennement* aimer ça.

– Shen et Austen sont censés nous avoir gardé des places, il faut qu'on avance si on ne veut pas les perdre !

Devant moi, Martha se fait de plus en plus pressante. Je passe un groupe d'excités et m'apprête à gravir la première marche quand une main me retient en arrière.

Cinq doigts s'enroulent autour de mon bras, puis une voix grave me parvient :

– Depuis quand tu viens assister à mes matchs, Tillie ?

Je croise le regard plissé du garçon qui m'est interdit, tente de l'ignorer et d'avancer mais il n'en a pas décidé ainsi. Mon cœur bat à tout rompre. J'avais presque oublié l'effet qu'il était capable de me faire. Mais il est hors de question que je le laisse s'en rendre compte.

– On m'a obligée… finis-je par marmonner. Laisse-moi y aller.

– Tu es venue pour moi ?

Sa question ressemblait plutôt à une affirmation. Je pose mes yeux sur lui, sur son visage sérieux et tellement intense, sur son corps musculeux et légèrement transpirant. Il est beau à crever.

– Tu te donnes trop d'importance, Sheridan. Lâche-moi.

– C'est pour ton mec, alors ?

Ses yeux verts et assassins scannent les rangs et tombent finalement sur Martha qui nous fait de grands signes, puis sur Shen et Austen qui se marrent à ses côtés.

– Tu n'as pas le droit d'être jaloux… murmuré-je.

– S'il te touche, je lui refais la face.

– Tu ne veux pas de moi, Arlo.

Ses pupilles noires se plantent dans les miennes et un sourire glacial se dessine sur ses lèvres :

– Ne te méprends surtout pas, Tillie. Je te veux comme je n'ai *jamais* voulu personne.

La profondeur de sa voix me couvre de frissons. Mon cœur s'emballe. Je vérifie que personne ne nous écoute ou nous regarde.

– Mais on n'a pas le droit… ajoute-t-il un peu plus bas en se massant rageusement la nuque.

– Je suis au courant des règles, rétorqué-je.

Au milieu de l'agitation générale, on se jauge pendant de longues secondes, lui et moi. Ce duel silencieux est d'une intensité qui me coupe le souffle. Sa proximité, son odeur entêtante, sa peau luisante, son grain de beauté juste au-dessus de la lèvre qui me nargue et me rappelle nos étreintes passées… Je sens mes barrières sur le point de tomber.

– Je dois y aller, Arlo. Bon match.

– Ne t'assieds pas à côté de lui.

– Va te faire foutre.

– Répète ça ?

– Tu n'as aucun droit sur moi ! Garde tes ordres pour toi.

L'insolent sourcille, lâche un rire grave qui me fait des choses à l'intérieur, puis écarte doucement, du bout de son index, une mèche de cheveux qui me barrait les lèvres.

– Ne fais pas ça, le supplié-je presque. Ne joue pas avec moi.

– Tillie…

– Si tu me veux, viens me chercher. Sinon, laisse-moi vivre.

Ça gueule derrière lui, tout à coup. Je crois reconnaître la voix d'Hector Vargas, puis un type qui ressemble à un coach se pointe en tapant dans ses mains.

– Sheridan, laisse la demoiselle et ramène ton cul ou je te colle sur le banc !

Je ne lui laisse pas le temps d'hésiter : je gravis les marches à toute vitesse en le laissant derrière moi et vais m'asseoir à côté de Martha. Austen me fait un petit signe de la main, Shen me balance un grand sourire que je lui rends le plus naturellement possible.

Oui, je me suis assise sur la seule place restante.

Non, ça n'a rien à voir avec les exigences d'un certain attaquant aux yeux verts.

41

AU CENTRE DE TOUT

Tillie

Le ballon est à peine placé au centre du terrain que ça scande déjà « Aztecs ! » dans les gradins. Autour de moi, l'excitation est à son comble.

Je crois que c'est ça qu'aimait tant Colleen. L'adrénaline. La foule qui crie d'une seule voix. Le sentiment d'appartenir à une grande famille, qui vous pousse dans un même élan. Le cœur qui bat un peu plus fort, un peu plus vite.

– Austen parie pour 2-0 ! me glisse Martha.

Ça me fait sourire qu'elle soit si fan de son mec, mais son pronostic ne me fait ni chaud ni froid. Et ils ont beau être vingt-deux sur cette pelouse, je ne vois que *lui*.

Coup de sifflet de l'arbitre.

Au centre du terrain, Arlo donne un coup de pied dans le ballon et le match est lancé.

Le ballon vole, rebondit. Un joueur le suit, le poursuit, le pousse du pied, se le fait voler par un adversaire qui à son tour le mène vers les buts… Ça va très vite. Arlo récupère le précieux, tente une passe à son coloc blond qui lui rend la pareille. L'occasion est bonne, Arlo fonce et d'un coup de pied surpuissant, il envoie le ballon dans les buts.

La foule retient son souffle. Je suis en apnée.

Mais le moment de grâce n'arrive pas. Le gardien se jette sur le ballon, l'attrape in extremis et le renvoie vers un de ses coéquipiers. L'action reprend…

– Bien tenté, Sheridan ! braille Austen.

Et un chant à la gloire du numéro neuf s'élève dans les gradins.

Je réalise que c'est comme ça qu'on le distingue, sur ce terrain. Par le numéro rond et brillant qui barre son maillot. Ma sœur, c'était le numéro sept. Mes pensées se dirigent à nouveau vers elle et une question me taraude soudain : comment a-t-elle fait pour ne pas tomber amoureuse de lui, pendant toutes ces années ?

Comment est-ce humainement possible ?

Et si j'avais tort ?

Et si c'était justement ça qui l'avait fait fuir ?

Je tente de chasser cette idée pour me concentrer sur le moment présent. Ce jeu sous tension dure toute une mi-temps, pendant laquelle aucun but n'est marqué. Pourtant, Arlo est partout : il attaque, il défend, il tape dans le dos de ses coéquipiers, grimpe sur eux après une belle action, il motive son équipe, il tente de négocier avec l'arbitre quand un carton menace son camp. Ses mouvements sont fluides, son corps rapide puissant, il feinte, il ruse, il surprend et je ne suis clairement pas la seule à me délecter de sa performance.

Dans les rangées qui m'entourent, j'entends tout un tas de choses sur le garçon que j'aime et qui me fuit.

Et je me retiens d'agresser la terre entière.

– *Go*, Aztecs, *go* ! je m'entends crier.

J'en suis la première étonnée.

Durant la deuxième mi-temps, avec une habileté, une précision, une rapidité qui ressemblent à de l'acrobatie, avec une force qui dégénère parfois en brutalité – mais jamais longtemps –, avec son intelligence et son instinct, Arlo finit par marquer deux buts. Les seuls de ce match.

À deux reprises, le ballon s'enfonce dans les cages et le public se lève. Prise au jeu, le cœur battant à mille à l'heure, je saute moi aussi sur place en hurlant. Et quand, depuis le terrain, le meilleur ami de ma sœur parvient à me trouver dans toute cette foule mouvante et à me contempler pendant de longues secondes, je me sens plus vivante que jamais.

– Tillie, pourquoi Arlo te fixe comme ça ?

Je me tourne vers Martha, un peu déboussolée.

– Je ne sais pas... Je...

– Je sais ! lâche-t-elle soudain en se tapant le front. C'est pour Colleen ! Il lui dédie son but.

Je me prends cette claque en pleine tête mais tente d'éloigner le nuage. J'ai décidé d'avancer, de ne plus mal vivre chaque évocation de ma sœur disparue, de ne plus jalouser chaque chose qui la relie à Arlo.

Shen est peut-être doté d'un sixième sens puisqu'il semble percevoir ma lutte intérieure. Il se penche en avant et me demande si ça va. Je hoche la tête et lui souris. Je prétexte un mal de tête et quitte les gradins peu avant la fin du match.

Même en m'éloignant du stade, j'entends l'arbitre siffler la fin de la rencontre et toute la foule scander le nom d'Arlo Sheridan. Je ne sais pas pourquoi mais ça me fait mal.

Peut-être parce que je réalise à quel point il n'est pas à moi.

***

Dans une allée du campus, je croise Freya et sa clique en train de fumer sur un banc. Les filles se lèvent pour me claquer des bises sans me demander mon avis.

– Ta sœur a vraiment déserté les terrains, alors ? lâche la métisse aux yeux jaunes.

– Il faut croire. Mais vous êtes peut-être plus au courant que moi…

Je les regarde l'une après l'autre, assises à nouveau, mais elles se contentent toutes de hausser les épaules.

– Aucune nouvelle depuis décembre, me confie Kristan, l'air embêté.

– Cette lâcheuse… soupire Effie.

– Ouais, en plus elle m'a piqué un super top, ajoute Sarina.

Lunaire, voilà le premier mot qui me vient.

– On l'attend, en tout cas ! précise Freya. Elle me doit plus de cent dollars en *weed*, la garce !

La cheffe de bande rit comme si ça avait quoi que ce soit de comique, puis tape un *smack* à sa petite amie. En voyant ma mine renfrognée, la *dealeuse* se relève et vient tourner ma casquette pour la mettre à l'envers sur ma tête. Elle tente de jouer la complicité avec moi mais ça ne prend pas.

Ça m'écœure que ces filles qui étaient censées être ses amies ne s'inquiètent pas une seconde pour ma sœur.

– Si Colleen vous contacte, prévenez-moi… leur soufflé-je avant de prendre mes distances.

Je n'attends pas Martha, Shen et Austen. Je ne me demande pas ce qu'Arlo est en train de faire dans les vestiaires ni avec qui, je trace mon chemin, traverse le campus d'un pas rapide en direction de mon dortoir. Je suis presque arrivée à destination quand mon téléphone se met à vibrer.

Le prénom de mon frère apparaît à l'écran, j'ouvre son SMS.

[Vraiment désolé, pas pu faire
autrement…]

Les vibrations reprennent, mais cette fois, c'est « Maman » qui s'affiche. Je décroche, légèrement paniquée par la mise en garde de Jonah.

Je sens que notre secret est sur le point d'éclater au grand jour.

– Tillie, comment tu as pu nous cacher ça ?! hurle ma mère. Colleen a fugué à l'autre bout de la terre ? Elle est toute seule on ne sait où ? Depuis deux mois ? Elle fout en l'air son année ? Et tu ne nous dis *RIEN* ?

– Maman…

– Tu nous dis *TOUT*, tout de suite, ou je viens t'arracher les explications moi-même ! hurle à son tour mon père dans le combiné.

Pendant presque une heure, je tente d'apaiser mes parents, leurs angoisses, leur colère. Je leur assure que Colleen avait ce projet depuis longtemps, qu'ils ne doivent pas s'inquiéter, qu'elle va rentrer et reprendre ses études bientôt, juste à temps pour valider son diplôme, mais qu'elle a besoin d'être seule pour se recentrer. Ne pas replonger. Je m'entends raconter qu'elle me donne des nouvelles fréquemment, qu'Arlo aussi la surveille à distance, que rien n'a vraiment changé, que ça va aller.

Ils sont dépassés, comme toujours avec leur fille aînée.

Et ils me croient. Parce que je suis Tillie, leur fille fiable, raisonnable, honnête, celle en laquelle ils ont toujours eu confiance.

Sauf que je ne suis plus cette Tillie-là.

La réalité, c'est que je n'ai pas la certitude que Colleen va rentrer.

Et plus la moindre idée de qui je suis.

42

LE GRAND FRÈRE

Arlo

C'est fait.

Les Aztecs de San Diego ont mis deux buts aux Cardinals de Stanford. Nos rivaux de Californie viennent de reprendre leur bus et mes coéquipiers célèbrent bruyamment notre victoire dans les vestiaires. Le coach finit tout habillé sous la douche, j'ai à peine le temps d'enfiler un boxer qu'Hector et Lee me soulèvent pour me faire voler dans les airs. Puis je me fais frotter les cheveux, claquer le cul, frapper le torse, fouetter avec une serviette et cogner les épaules par des poings victorieux. J'ai l'habitude de ces scènes de ferveur et c'est tout ce que j'aime dans le sport universitaire, mais là, je n'y suis pas. Je me sens comme étranger face à la joie et à l'excitation de mes potes :

– Tu joues bien quand t'es vénère, Sheridan !

– Ouais, t'es moins marrant qu'avant, mais plus efficace devant le but.

– C'étaient des missiles, tes tirs ! Tu visais qui comme ça ?!

– Belle reprise de volée, pleine lucarne !

– Ton deuxième but est de loin le plus beau du championnat, jusque-là.

– Merci, les gars…

Je me force à avoir l'air au moins sympa. Mais c'est avec Colleen que je voudrais fêter ça. C'est elle que je voudrais voir surgir dans ce vestiaire en se foutant royalement qu'il soit réservé aux mecs, elle que je voudrais entendre me dire que j'ai juste eu de la chance, elle qui devrait me pincer un téton et me proposer de payer sa tournée en précisant quand même que je lui dois tout.

Elle me manque, bordel.

Sans oublier Tillie qui est partie avant la fin du match… et mon putain de cerveau qui se met en alerte et se dit qu'il y a forcément eu un problème.

Mais quand est-ce que les sœurs Sinclair vont arrêter de prendre toute la place dans ma tête, bordel de merde ?!

– Arlo, on va fêter ça au Black Cat !

– Ouais, t'as bien mérité ta troisième mi-temps.

– Et je crois que t'as intérêt à être là pour que ça ne parte pas trop en vrille !

– Allez-y sans moi, je vous rejoindrai peut-être après.

La plupart de mes coéquipiers euphoriques n'ont même pas entendu mais mes deux colocs me regardent de travers : ils savent très bien que je ne viendrai pas. C'est la première fois que je manque une soirée de l'équipe de soccer. Normalement, je ne suis pas le dernier pour aller faire la fête. Et j'ai beau ne pas être un saint, mes potes savent qu'ils peuvent aussi compter sur moi quand ils ont besoin d'un grand frère pour limiter les dégâts.

Là, Todd et Hector ne comprennent pas que je puisse les lâcher.

– Tu devrais arrêter de t'isoler comme ça, mec, vient me chuchoter le blond. Ce n'est pas ça qui fera revenir Colleen.

– T'inquiète pas pour moi, tenté-je d'esquiver.

– Si. On ne te reconnaît plus, avec les gars… bougonne le brun. Déconne pas, Arlo.

– J'ai juste des trucs à gérer de mon côté. Allez picoler et serrer des meufs pour moi, OK ?

Je leur envoie des petites tapes amicales sur la joue mais je vois bien que mes meilleurs potes ne sont pas dupes. Je m'habille en vitesse et quitte les vestiaires tant que la liesse générale bat son plein et que je peux m'esquiver sans trop me faire remarquer.

J'ai à peine atteint l'appart vide que je sens mon portable vibrer au fond de mon sac de foot. Je le fouille comme un taré – je ressens toujours ce stress de manquer un appel de Colleen ou un message de Tillie. Mais ce n'est pas le bon Sinclair que j'ai finalement au bout du fil.

– Arlo ? Ici Douglas, tu as un moment ?

C'était une question rhétorique. Le père de ma meilleure amie a sa voix des mauvais jours.

– Bonjour, monsieur Sinclair.

– Sylvia et moi venons de parler longuement à Tillie, on est très déçus, Arlo. Et très inquiets.

– Je comprends…

En réalité, je n'ai pas la moindre idée de ce qu'ils savent, de ce que leur fille cadette a bien voulu leur raconter et de comment tout ça a fuité. J'ai le cœur qui bat n'importe comment.

– Tu aurais dû nous prévenir de ce qui se passait sur ce campus, on te faisait confiance.

– Et j'ai toujours essayé d'être à la hauteur de ce que vous avez fait pour moi, monsieur Sinclair. Mais les choses étaient un peu compliquées par ici, ces derniers temps.

– Tu fais partie de la famille, Arlo. Tu es censé être un grand frère pour nos filles, les protéger…

– Croyez-moi, je prends mon rôle très au sérieux.

Je tente de m'en tenir à ces réponses les plus vagues possible, de garder une voix calme et de ne pas trahir mes nerfs, mais je déteste le malaise qui m'envahit : bien sûr que je me sens coupable. Bien sûr que j'ai foiré, et pas qu'un peu. Mais lui, leur père, il fait quoi pour ses filles ? C'est quand, la dernière fois qu'il a eu une vraie conversation avec Colleen pour savoir comment elle allait ? À quel moment il s'est décidé à sortir la tête de ses dossiers pour affronter les difficultés de sa famille ?

Pourquoi je suis responsable de tout et tout le monde dès que ça merde ?

Je trouve ça un peu facile de se réveiller quand la tempête est passée et de gueuler sur celui qui n'a pas pu empêcher les dégâts.

Même si, quand on y pense, les dégâts, c'est un peu moi qui les ai créés…

– Ne sois pas trop dur avec lui, Doug…

J'entends la voix de Mme Sinclair, un peu plus loin, suivie de petits reniflements rapprochés. C'est sans doute encore plus grave que je ne le crois.

Et s'ils savaient toute la vérité ?

Même pour Tillie et moi…

– Je suis vraiment désolé, murmuré-je un ton plus bas.

– Arlo, je veux que tu me tiennes au courant à la seconde

où tu as des nouvelles de Colleen, c'est compris ?

– Oui.

– Quand elle reviendra, arrange-toi pour lui confisquer son passeport.

– Pardon ?

– Et s'il te plaît, fais en sorte que Tillie ne suive pas les mêmes chemins tortueux que sa sœur.

– C'est le campus, vous savez ? Les tentations sont partout, ici…

– Et dire qu'on paie une fortune pour envoyer nos filles à la fac ! enrage-t-il. Il faut qu'elle revienne, et vite.

Sa voix se brise en fin de phrase, sa femme vient le réconforter en chuchotant et je devine tout leur tourment. La terrible impuissance qu'ils doivent ressentir, ce mur qu'ils ne parviennent pas à contourner, cette douleur sourde due au fait qu'ils ne savent pas et n'ont jamais su comment communiquer avec leur fille aînée.

Ils ont beau l'aimer, leurs liens se distendent un peu plus chaque jour. Jusqu'à risquer de la perdre.

Moi aussi, c'est une de mes plus grandes peurs.

– Je dois vous laisser, monsieur Sinclair, l'équipe de soccer m'attend. Mais je vais appeler Tillie tout de suite après avoir raccroché.

– Merci, Arlo. On compte sur toi.

– Je ferai de mon mieux… Mais je ne suis pas hyper calé en histoires familiales, vous savez ?

Je ne devrais sans doute pas ironiser dans un moment comme celui-là, mais je commence à bouillir sérieusement. C'est la mère des filles qui prend alors le téléphone et sa voix chevrotante remplace celle de son mari au bout du fil :

– Excuse-nous, Arlo. On se fait beaucoup de souci, c'est

ça qui rend Douglas furieux. Prends soin de toi, tu veux ? Et appelle-nous très vite.

– Je le ferai… soupiré-je.

Et je raccroche avant de craquer à mon tour. Je suis déjà en train de claquer la porte de mon appart et d'appeler Tillie pour savoir où elle est. Je la rejoins en courant dans son dortoir, sans rien lui expliquer d'autre. J'ai les muscles en feu, ce match m'a cramé, mais je pousse mes limites quand même. La hargne m'aide à tenir.

Et la vérité, dans tout ça, c'est que j'en ai ras le bol de devoir jouer les grands frères avec la terre entière.

43

NOS CONFIDENCES

Arlo

Quand Tillie vient m'ouvrir la porte de sa chambre, elle fixe mes cheveux encore mouillés de la douche, mes pectoraux essoufflés dans mon T-shirt blanc, puis mon regard sûrement pas très avenant.

– Martha, tu devais aller rejoindre Austen ? glisse-t-elle à sa *roommate* qui est en train de préparer son sac.

– Ouais, Jésus a appelé, il veut récupérer sa toge, fais-je en m'impatientant.

La coloc de Tillie observe sa longue robe beige et répond par un sourire à ma vanne pourtant un peu déplacée.

– Merci du compliment. Je vous laisse, tous les deux. Rappelez-vous simplement que Dieu n'est qu'amour et que les hommes n'ont qu'à suivre son…

– Ça va aller, Martha, on va se débrouiller ! réplique Tillie en la guidant doucement vers la porte.

Elle est à peine refermée que j'explose.

– Till', c'est quoi ces conneries ? Tes parents savent ? Tu leur as dit quoi ? Tu ne pouvais pas garder un putain de secret ?

– Si tu es venu passer tes nerfs sur moi, tu peux repartir d'où tu viens et aller t'exciter derrière un ballon.

Elle rouvre la porte en grand et m'indique la sortie du doigt. Mais tout ce que je vois, c'est sa bouche entrouverte, ses yeux noirs contrariés, sa poitrine qui monte et redescend sous un débardeur à boutons que j'ai envie de lui arracher.

Moi aussi, j'ai du mal à respirer.

Je reclaque la porte en la poussant du bout du pied et vais m'asseoir sur le lit de Tillie. Juste au bord. J'ai des flashs de notre nuit ensemble qui me vrillent les tempes. Je les chasse en secouant la tête.

– Bon, tu m'expliques ?

– Jonah a craqué, lâche-t-elle enfin. Il leur a juste dit que Colleen était partie après une soirée, avait loupé ses exams mais qu'elle allait revenir. J'ai confirmé en parlant de son projet de voyage. Je crois que ça a limité les dégâts.

– Ah ouais ? sifflé-je. C'est pour ça qu'ils m'accusent d'avoir trahi leur confiance et d'avoir laissé partir leur fille sur la lune...

– C'est normal, ils ont juste peur pour elle.

– Peut-être qu'on devrait avoir peur aussi ! je réponds sèchement, commençant à m'énerver.

Mais la brune explose avant moi :

– Tu crois que je n'ai pas peur ? J'ai peur tout le temps, je ne pense qu'à ça ! À ma sœur et à toi ! Je vais devenir folle si ça ne s'arrête pas !

Elle fait les cent pas en agitant les mains dans la chambre

numéro quinze et se heurte aux murs, au mobilier, lance un coup de pied dans une armoire jusqu'à ce que je me lève et que j'aille la contenir dans mes bras.

– Arlo, ne fais pas ça.

Elle se débat mais je la tiens.

– Je suis là…

– Lâche-moi !

– Seulement quand tu arrêteras tes conneries.

La petite bombe à retardement finit par capituler et pose son front sur mon torse. Je me tends mais je ne la repousse pas. Je peux sentir ses larmes mouiller mon T-shirt et tous ses muscles s'abandonner contre moi. Je laisse glisser mon nez dans ses cheveux qui sentent la noix de coco.

– Ça va aller…

– Tu n'en as aucune idée, renifle-t-elle.

– Tu veux qu'on prévienne les flics ?

– Oui… Non… J'en sais rien. On aurait peut-être dû le faire y a longtemps.

Je prends Tillie par les épaules et l'éloigne un peu de moi pour la regarder dans les yeux. Elle est perdue. Je dois l'aider.

– Ce n'est pas ce que Colleen voudrait, tu sais ?

– Mais si elle est en danger ? On va tellement s'en vouloir si…

– Ce n'est pas la peine d'imaginer le pire. C'est la fille la plus débrouillarde qu'on connaisse, elle n'a peur de rien ni personne, elle.

Tillie inspire profondément.

– Et elle est majeure, soufflé-je. Elle a le droit de disparaître de la circulation, la police ne va pas partir à sa recherche comme ça.

– Elle a des antécédents…

– Oui. Colleen a déjà fugué plusieurs fois quand on était ados, parfois deux jours, parfois plus, mais elle est toujours revenue. Elle avait besoin de changer d'air, elle le disait depuis longtemps.

– Tu dois avoir raison…

– Et avant de partir, elle a dit qu'elle « s'effaçait ». C'est bien une annonce de départ volontaire, ça, non ? C'est exactement ce qu'elle voulait, Till'.

Ses jolis yeux sombres se lèvent vers moi et me contemplent un bon moment. Il suffirait que je me penche pour atteindre ses lèvres pulpeuses. Pour que je l'embrasse, tendrement d'abord, puis avec la langue, les mains, contre le mur, sur son lit, à même le sol. J'en crève d'envie, tout mon corps la réclame depuis des semaines mais je me contrôle comme je peux.

Penser à Colleen, seule à l'autre bout du monde, ça aide.

– Ce qu'on veut éviter à tout prix, c'est de lui attirer des ennuis, murmuré-je. Il faut veiller sur elle de loin et prendre sur nous en attendant qu'elle revienne d'elle-même, on n'a pas le choix.

Tillie acquiesce tout doucement. J'essaie par tous les moyens de la rassurer pour tarir ses larmes mais la vérité, c'est que je n'ai aucune idée d'où est Colleen, de ce qu'elle fait, si elle va bien. Je pense régulièrement au pire, moi aussi. Mais à cet instant, une seule chose me fait plus mal encore que l'absence de ma meilleure amie : la souffrance de sa petite sœur.

– Je ne sais pas comment vous aider toutes les deux, lâché-je comme un aveu.

Et je délaisse les épaules de Tillie pour fourrer mes mains dans mes cheveux et m'éloigner d'elle. Je recule jusqu'au mur, m'y adosse et croise les bras.

– Tu m'aides plus que tu ne crois… répond-elle doucement.

Je la fixe un moment pendant qu'elle essuie ses joues et

réunit ses longs cheveux ondulés d'un côté. Tout à coup, ça me frappe à nouveau : ce bébé devenu une femme, la beauté sauvage de son visage, la sensualité de ses courbes, sa façon de se mouvoir simplement, sans faire de chichis, ce petit corps affolant qui pourtant ne joue pas, ne triche pas, ne minaude pas. C'est ça qui me plaît tant chez elle. Quoi qu'elle fasse ou dise, chaque fois qu'elle sourit, pleure, parle ou juste bouge, c'est simple, ça me percute. Elle est dans le vrai. Et Tillie n'a pas la moindre idée de l'effet qu'elle me fait.

En revanche, elle perçoit mon regard et je dois détourner les yeux pour ne pas me trahir.

– Tu veux qu'on la cherche ? proposé-je. On pourrait passer en revue tous ses contacts sur les réseaux sociaux, envoyer des messages pour savoir qui a des nouvelles, chercher dans ses dernières photos s'il y a des têtes qu'on ne connaît pas.

– Heureusement que t'es intelligent pour compenser toute cette mocheté, me provoque la brune en me dévisageant de la tête aux pieds.

Je souris malgré moi. Et je dois à nouveau lutter très fort pour ne pas me ruer sur elle et l'embrasser. Mais elle va s'asseoir à son bureau, allume son ordinateur et ouvre le profil Facebook de sa sœur. Depuis mon portable, j'accède à son compte Instagram. Je vais me hisser pour m'asseoir sur un coin du bureau, suffisamment loin pour que rien chez moi ne touche quelque chose chez elle.

Mais assez près quand même.

– Tu te souviens de ce Noël ? me demande Tillie avec un petit sourire.

La photo date d'il y a trois ou quatre ans. Les Sinclair avaient tous décidé de porter un pull moche avec des rennes, des flocons et des bonshommes de neige. Même Jonah souriait, malgré le drame qui venait de le bousiller. Le corgi, qui n'était qu'un chiot, avait aussi eu droit à sa tenue ridicule et même à son serre-tête boules de Noël. Comme j'étais venu habillé normalement, Colleen avait décidé qu'on rentrerait à deux dans son grand pull affreux. Sur la photo, on pose tous comme des idiots face au retardateur, ma meilleure amie s'impatiente et fait la moue, le chien vient de tomber inerte au sol, Jojo est mort de rire, les parents râlent parce que les enfants bougent et Tillie, sur le côté, me regarde du coin de l'œil en souriant.

De la façon dont elle me regarde parfois, maintenant.

– Je ne me souvenais pas de tous les détails… marmonné-je en fixant mes pieds qui se balancent dans le vide.

– J'aimais bien quand tu passais Noël avec nous.

– Moi aussi.

– Mes parents attendent beaucoup de toi, Arlo, mais je crois qu'ils t'aiment vraiment comme un fils. C'est pour ça qu'ils réagissent de cette manière.

– Je sais… Je ne leur en veux pas. Ils comptent aussi beaucoup pour moi.

Je n'ai rien oublié. Douglas qui venait assister à mes matchs ou me chercher en pleine nuit, quand je décidais de dormir dans ma caisse pourrie plutôt que sous le toit de gens pour qui je n'existais pas. Sylvia qui était la seule à trouver les mots quand, après une énième dispute avec Jay et mes parents, j'avais un peu envie de disparaître. Je me souviens de tout le mal qu'ils se sont donné pour m'offrir l'impression d'exister.

Personne n'est parfait, mais ils ont la décence d'essayer.

Tillie et moi échangeons enfin un regard, entre tristesse,

nostalgie et tendresse. Je prends une grande inspiration.

– Après ce qui vous est arrivé, à Jojo et à toi, vous mériteriez tous d'avoir un peu la paix.

– J'ai peur qu'on soit tous foutus, Colleen, Jonah et moi.

– Non, parce que vous êtes soudés. Les Sinclair, c'est pas n'importe quelle famille !

Tillie sourit dans le vide. Je crois que ça lui fait du bien d'entendre ça. Puis elle cherche à nouveau mes yeux avant de me demander d'une voix douce :

– Ça va mieux avec ton frère ? Tes parents ?

– Je me suis un peu rapproché de Jay, ouais… Pour les autres, je crois qu'il n'y a rien à espérer.

– Je suis désolée, Arlo.

Elle glisse lentement sa main sur la mienne qui est agrippée au rebord du bureau. Ce contact m'électrise mais je ne bouge pas. Et je m'entends répondre sans même y penser :

– Je pense que je vais rechercher mes parents biologiques.

Sa bouche pulpeuse forme un O que je ne peux m'empêcher de fixer, puis s'étire dans un sourire qui m'atteint au cœur, d'une autre façon.

– Je pense que c'est une excellente idée.

J'ai du mal à soutenir son regard qui semble sincèrement heureux pour moi. Et sa paume douce et chaude caresse toujours ma main posée à plat. Je repense à l'embrasser. À passer mes doigts sous ses cheveux. Dans son cou. Sur sa joue. À l'attirer contre moi pour sentir sa noix de coco à nouveau. Tout chez Tillie m'attire. M'apaise et m'attise à la fois.

Et je prends conscience que c'est la première fois qu'on se confie l'un à l'autre comme ça. Qu'on ne se saute pas dessus en se faisant autant de mal que de bien. Après un trop long silence, la brune retire sa main et va fixer à nouveau son écran.

– Je craquais déjà pour toi, cette année-là, avoue-t-elle soudain.

Ça s'emballe sévère, dans ma poitrine.

– Je n'en avais aucune idée.

– Je sais. Tu me prenais pour un bébé.

– Je ne t'ai pas reconnue, à la rentrée, quand tu as débarqué à la fac… confessé-je à mon tour.

– Vraiment ?

– Ouais, Baby Tillie était métamorphosée… fais-je en souriant.

– Je déteste ce surnom.

Et sa petite grimace craquante me donne encore plus envie d'elle.

– Puisqu'on en est aux confidences… Je fantasme sur toi depuis que j'ai 13 ans. Je ne pensais pas qu'un *crush* pouvait durer aussi longtemps.

– Tu m'idéalisais parce que j'étais plus vieux, moins sage, intouchable…

– Non, je te voulais, c'est tout.

Sa franchise me percute à nouveau de plein fouet. Ses mots, son audace, son regard plongé dans le mien me donnent des tas d'idées. Je saute du bureau pour me planter sur mes pieds. Il faut que je bouge, que je m'empêche de la toucher, de la regarder.

– On ne doit pas se vouloir, Tillie, dis-je à voix très basse.

– Je sais, chuchote-t-elle.

Je me glisse derrière sa chaise de bureau, frôle son dos de mon ventre, puis me penche en avant et pose mon menton sur son crâne. Elle sent bon. Je fixe le reflet de son visage dans l'écran de son ordinateur qui se met en veille. Elle respire fort. La nuit est tombée sur le campus mais personne n'a songé à allumer la lumière dans cette chambre. Je devrais reculer mais je fais tout le contraire. Je passe mes bras en avant pour appuyer mes mains sur le bureau, de chaque côté de son corps. Tillie glisse ses doigts le long de mes avant-bras. C'est moi qui ne respire plus.

Entre le contact de nos peaux, la pénombre, le désir et l'interdit, j'ai l'impression d'imploser.

Sous moi, la brune penche la tête en arrière jusqu'à se casser le cou. Son visage, sa crinière sauvage, ses yeux brillants, sa bouche démente m'appellent. Là encore, il suffirait que je me penche pour l'embrasser. Et cette fois, c'est exactement ce que je fais. Mes lèvres trouvent les siennes, humides, douces, chaudes. Ma langue s'invite dans sa bouche, à l'envers. Et ce simple baiser me rend dingue.

La seconde suivante, je fais pivoter la chaise de Tillie et je l'attire à moi en la relevant brusquement. Je glisse mes mains dans ses cheveux, sur sa nuque, autour de sa taille, sur ses fesses, je la presse contre moi en l'embrassant passionnément.

Elle me touche, me caresse, gémit contre ma bouche, passe ses doigts sous mon T-shirt et me donne chaud, très chaud. Je soulève son débardeur pour avoir accès à sa peau, empoigne ses seins dessous et m'attaque aux agrafes de son soutien-gorge quand mon portable vibre bruyamment sur le bureau.

– Putain… grondé-je en reculant d'un mètre.

– Je… désolée, murmure-t-elle en passant la main sur ses lèvres.

– Moi aussi.

– On a juste craqué, ça arrive, fait-elle doucement. On avait besoin de réconfort.

– C'est ce que je suis, pour toi ?

Nos yeux, nos souffles, nos cœurs battants se parlent en silence.

– Je ne sais pas ce que tu es, Arlo. Je sais juste que tu prends beaucoup de place, là-haut…

Tillie se tapote le front, puis rajuste ses fringues, se recoiffe et va allumer une petite lampe près de son lit.

– Je vais y aller, annoncé-je en glissant mes mains dans mes poches.

– Reste. Je promets d'être sage.

– Je ne crois pas que ce soit une bonne idée.

– Je n'ai pas envie de dormir seule, Arlo. Martha ne va pas rentrer avant demain matin. Je n'en peux plus de cette solitude, ça me tue…

Son regard sombre me happe. Je ressens exactement la même chose sans jamais l'avoir dit à qui que ce soit.

– Je comprends. Je vais dormir par terre…

– Non, s'il te plaît, je suis épuisée, je voudrais juste tes bras.

La brune se glisse dans son lit tout habillée, se recroqueville dans un coin et m'ouvre sa couette. J'hésite encore une seconde, je ne sais pas si je suis capable d'être aussi raisonnable qu'elle.

– Juste dormir. Arrêter de me sentir si seule. J'ai besoin de toi, Arlo…

Ses yeux se ferment déjà. Je retire mes baskets et me faufile dans son lit en me demandant ce qui m'arrive. Ce que je ressens. Tillie se tourne alors vers le mur et se blottit contre moi, son dos plaqué à mon torse, puis elle attrape mon bras pour que je l'entoure. Je la laisse faire.

Une vague de chaleur m'envahit mais je ne crois pas que

ce soit du désir, pour une fois. Je me sens bien ici, avec elle. Bien comme je ne l'ai pas été depuis très longtemps. Je la respire, la serre un peu plus fort. Je refuse de penser à mes sentiments pour elle, je lâche prise.

– Parle-moi de Colleen, murmure Tillie dans mes bras. Raconte-moi vos souvenirs d'enfance… et des histoires avec moi.

***

On a dû s'endormir tous les deux au milieu de la nuit. Entre une anecdote, un éclat de rire et un soupir. On est tombés comme des masses après ces heures à discuter pour chasser l'angoisse. Et je n'ai pas la moindre idée de l'heure qu'il est quand j'entends taper à la porte. Cinq fois. Dix fois. Vingt fois.

Je finis par m'extirper du lit en essayant de ne pas réveiller Tillie.

– Putain, Martha, tu n'as pas une clé ? grogné-je en allant ouvrir.

Mais sur le seuil de la porte se tiennent… mes parents. Jane et Scott Sheridan. Je me frotte les yeux sans pouvoir y croire.

– Ton ami Ted nous a dit qu'on te trouverait peut-être ici.

– C'est Todd, maman. Mais qu'est-ce que vous faites là ?

– Il faut qu'on parle.

Un mauvais pressentiment me poignarde dans le bide.

En vingt et un ans – et dix-sept passés chez eux –, je n'ai jamais entendu cette phrase dans la bouche de mes parents.

44

TOURNER LA CLÉ

Tillie

Je perçois des voix vaguement familières et me réveille sans trop comprendre où je suis, ni avec qui. Mon cerveau embrumé finit par reconnaître ma chambre, je plisse les yeux face à la lumière du jour qui traverse la grande fenêtre et tente de tendre l'oreille pour discerner ce qui se passe juste à côté.

– On a des choses à se dire, Arlo.

– Jay nous a demandé de…

– Ce n'est pas vraiment le moment, là.

Cette voix rauque et profonde creuse un petit trou dans mon ventre. Tout me revient brusquement. Arlo dans ma chambre. Arlo et ses confidences. Arlo dans mon lit.

– Arlo et ses parents ? lâché-je, incrédule.

Je me lève d'un bond, me rapproche de la porte entrouverte et du garçon qui se tient de dos et ne me voit pas. Je tente de m'attacher les cheveux pour ne plus ressembler que partiellement à une folle ou à une sauvageonne, retourne en arrière pour attraper mon sweat bordeaux, puis me pointe à l'entrée de la chambre en enfilant ce dernier.

– Ce n'est pas ce que vous croyez ! m'écrié-je en bousculant Arlo.

– Tillie Sinclair ?

Jane Sheridan ouvre grand ses yeux écartés avant de les passer sur mon pull tout de travers et mon legging remonté. Elle est évidemment irréprochable de la tête aux pieds. Puis son mari en costard – dont j'ignore le prénom – me lance un petit sourire entendu… qui me met parfaitement mal à l'aise.

– On est juste amis, Arlo et moi ! Il est simplement passé me voir ce matin pour… pour réviser !

– C'est bon, Tillie, pas la peine de te fatiguer, ça ne les intéresse pas, me souffle leur fils.

Ses beaux yeux verts n'ont pas l'air inquiets le moins du monde et son sourire moqueur m'invite à me détendre.

– Je ne veux juste pas qu'on s'imagine des choses, c'est tout… bougonné-je.

La blonde qui se tient sur le pas de ma porte se racle la gorge et m'observe me mordiller nerveusement les lèvres. On dirait presque que mon malaise la divertit.

– C'est étonnant, commente alors son mari. On s'imaginait que c'était avec Colleen que ça finirait comme ça…

– D'ailleurs, comment va-t-elle ? s'enquiert Jane sans chercher à cacher son mépris.

Une flèche me traverse le cœur. Je suis la première à me montrer critique envers ma sœur, mais je ne supporte pas que quiconque s'en prenne à elle. En particulier depuis qu'elle s'est volatilisée.

– Je vais vous laisser discuter, leur lancé-je en m'apprêtant à aller me doucher.

– Hors de question, gronde Arlo.

Il me retient doucement par la main, je l'interroge du regard et lis dans le sien qu'il a *besoin* que je reste.

– C'est chez toi, ici, précise-t-il. C'est à eux de s'en aller, surtout s'ils ne sont pas capables de se montrer agréables…

– Pardon ? s'offusque sa mère, tandis que son mari lève les yeux au ciel.

– Qu'est-ce que vous faites là ? C'est la première fois en quatre ans que vous venez me voir sur ce campus.

Je sens la colère monter en lui.

– On est venus t'aider, affirme sèchement son père.

– M'aider ? Quelle drôle d'idée… ironise le rebelle.

– Arlo, laisse-nous t'expliquer.

– Donc ça a un rapport avec Jay ?

– Tu vas nous laisser en placer une, oui ? grogne le sale type.

En moins de trois minutes, M. Sheridan a réussi à m'être totalement antipathique. Arlo inspire longuement, croise les bras sur son torse et acquiesce en attendant de voir venir.

– Donc, je disais… On est d'accord pour t'aider à retrouver tes parents biologiques.

Silence de mort. L'ambiance n'a jamais été aussi pesante, dans ce dortoir.

– Mais qui vous a demandé ça ? se marre soudain leur fils. Certainement pas moi.

– C'est Jay, avoue la blonde au brushing impeccable. Il nous a menacés de couper les ponts…

– Apparemment, on n'a pas été les « meilleurs parents du monde » avec toi, l'interrompt son mari. Mais personne n'est parfait, il me semble, et on voudrait vivre en paix…

– La paix, vous l'avez déjà, grogne Arlo. Je ne vous demande absolument *rien*.

– Jay a insisté.

Arlo bout, désormais. Il se retient d'exploser, je le vois à la manière dont il triture ses cheveux bouclés tout en battant de la jambe.

– Votre fils adoré vous fait la gueule et vous cherchez un moyen de vous racheter, c'est ça ?

– Arlo…

– Juste une idée, comme ça : commencez par accepter la femme qu'il aime !

– Ne te mêle pas de ce qui ne te…

– Cassez-vous !

– Pardon ?

– Je n'ai pas besoin de vous ! Mes parents biologiques, c'est mon affaire ! Mon histoire ! Ça m'appartient. Je suis majeur maintenant, vous n'avez plus à faire semblant.

– Tu vois comment il est, Jane ?

– Ouais, je suis comme ça ! Parce que vous ne m'avez jamais traité comme l'un des vôtres, jamais soutenu, jamais aimé ! C'est trop tard pour toutes ces conneries !

– Baisse d'un ton, jeune homme…

Tremblante, je glisse ma main dans celle du garçon que j'aime. Ça me fait mal de penser qu'Arlo a grandi avec des gens comme eux.

– Je n'ai jamais été votre fils, insiste-t-il, plus calmement. Vous avez eu l'impression de faire un acte de charité en m'adoptant mais c'est loupé. Vous auriez dû laisser la place à quelqu'un d'autre.

– Tu n'as jamais été reconnaissant, souffle Jane d'une voix crispée.

– Tu ne sais que te plaindre… enchérit son mari.

– Votre avis ne compte plus. Je n'ai plus de parents. Je n'en ai jamais eu.

Vous verriez une photo de famille, vous penseriez probablement que tout va bien. Que Jane et Connard Sheridan ont eu deux beaux garçons : un artiste talentueux et un sportif émérite. Sauf que, si tout va bien à l'extérieur, on n'imagine pas les tumultes et fracas intérieurs.

Ces gens sont durs et froids comme de la pierre.

Ces gens n'ont pas su ouvrir leur cœur à un petit garçon aux yeux verts et à l'âme si douce, qui ne demandait qu'à être aimé.

Ces gens à qui j'ordonne soudain de partir… et au nez desquels je referme ma porte avant de tourner la clé.

– Merci, au revoir !

– Tu viens vraiment de faire ce que je crois, Perfec'Tillie ?

– Ils ne savent pas qui tu es, Arlo. Moi, je te vois. Je te vois vraiment. Et si on me demandait ce qu'il faut changer chez toi, je répondrais : « Absolument rien ».

– Je ne veux pas de ta pitié…

– Ça tombe bien, ce n'est pas ce que je ressens.

– Ne me dis pas ce que tu ressens, s'il te plaît, souffle-t-il tout bas.

J'obéis parce que je devine que sa souffrance est un fardeau suffisamment lourd à porter. Je ne vais pas en rajouter maintenant avec cet amour impossible qui nous tiraille.

Arlo se tourne lentement vers moi, fixe un instant le

plafond en inspirant, puis plante ses yeux couleur tristesse dans les miens.

– Toi et Colleen. C'est vous, ma famille. Mon espoir. Mon oxygène. Il n'y avait qu'elle… et puis tu es arrivée.

Ça tambourine dans mon cœur… puis à la porte. Le souffle coupé, les jambes en coton, je m'y rends pour aller ouvrir, déterminée à en découdre avec les Sheridan s'il le faut. À chasser ces oiseaux de mauvais augure pour protéger le garçon de ma vie.

La Tillie d'avant n'aurait jamais été capable d'une telle chose : envoyer promener des adultes, dire tout haut ce qu'elle pense sans trembler, rester sourde à l'autorité.

Mais pour *lui*, je crois que je serais prête à tout.

Sauf que c'est Martha qui se tient derrière la porte, son baluchon sur l'épaule. Et qui nous fixe, Arlo et moi, d'un air suspicieux.

– Il est un peu tôt pour recevoir de la visite, non ?

– Je dois y aller, lâche Arlo d'une voix bourrue.

Je ne tente pas de le retenir, je lui balance un dernier sourire qui se veut réconfortant… et plein de l'amour que j'essaie de contenir.

45

SE RESSEMBLER POUR S'AIMER

Arlo

[Merci pour le sale coup, Jay,
les parents ont débarqué ce matin.
J'avais pas besoin de ça.]

[Il est temps que cette famille
apprenne à se parler. Si tu ne
changes rien, rien ne pourra changer.]

[Garde tes proverbes et tes initiatives
pour toi, putain.]

[Je vais déjeuner avec Virginia
chez Lolita's Tacos, tu es le bienvenu
si tu veux te comporter en adulte

et rivaliser avec le taux de
cholestérol de ton frère aîné.
Elle a hâte de te rencontrer.]

Cet enfoiré arrive à m'arracher un sourire. J'hésite pendant tout le cours magistral du matin et je finis par sauter dans mon pick-up pour rejoindre le petit *diner* mexicain à la sortie de San Diego.

En chemise violette à pois blancs, mon artiste de frère est attablé face à une femme rousse plutôt pulpeuse aux cheveux très courts. C'est à peu près sa seule originalité puisqu'elle porte un jean, un pull noir et pas le moindre bijou ni accessoire. Je crois qu'elle n'est même pas maquillée. La simplicité incarnée. Bizarrement, je m'attendais à une fille au moins aussi excentrique que lui et, tout à coup, je ne sais plus me comporter normalement.

– Bonjour… Je suis Arlo. Je viens pour les frites, fais-je en me plantant près de leur table.

– Virginia, je te présente mon frère, dit Jay qui lève les yeux au ciel.

La rousse me sourit et se lève pour me donner une brève accolade.

– Ravie, j'ai beaucoup entendu parler de toi.

– Moi aussi… hésité-je.

– Je sais, on s'attend à plus de folie quand on imagine la compagne de « Jay Shay », je commence à être habituée à lire cette déception dans le regard des gens.

Malgré sa franchise, sa voix est douce et son visage toujours aussi avenant. Je me détends aussitôt, j'aime bien les gens authentiques.

– Oh, tu sais, ça fait dix-sept ans que je remplis le rôle du fils décevant face à lui, je m'y connais en regards déçus. Ce n'est pas du tout ce que tu m'inspires.

– Merci. Je veux bien te croire.

– Et puis, on n'est pas obligés de se ressembler pour… s'aimer, si ?

Je les contemple l'un après l'autre et leur complicité crève les yeux. Jay regarde Virginia comme la huitième merveille du monde et elle passe sa vie à lui toucher le bras, la cuisse, la main, les cheveux.

– Je l'aime déjà, chuchote-t-elle à mon frère en sachant très bien que je l'entends.

Après avoir commandé la moitié de la carte, Jay remet rapidement les pieds dans le plat.

– Je crois que les parents ont compris des choses, hier, après notre engueulade.

– Merci d'essayer de les rendre un peu humains, mais c'est inutile. Je n'attends plus rien d'eux. Je ne veux pas qu'ils m'aident, je ne veux pas que vous vous en mêliez, je ne veux pas que vous essayiez de nous rapprocher, c'est trop tard.

– C'est faux, Arlo, soupire mon frère.

– Et c'est vraiment dommage… ajoute la rousse.

Nos tacos et *quesadillas* dégoulinant de fromage, de viande, de poivrons, d'oignons et de sauce salsa arrivent sur la table. Mais personne ne songe à y toucher.

– Écoutez, je suis désolé qu'ils se montrent aussi bornés avec vous aussi. Qu'ils te rejettent pour ton âge ou je ne sais quelle raison débile, qu'ils soient incapables d'imaginer que vous allez aimer le gosse que vous allez adopter comme si c'était le vôtre, mais…

– Ce *sera* le nôtre, précise Virginia. Les Sheridan ne peuvent pas l'entendre, mais il n'y a aucune différence.

– Je sais, soufflé-je. Vous saurez faire ce qu'ils ont raté. Mais peut-être que j'ai aussi ma part de responsabilité…

– Pourquoi tu dis ça ?

– C'est la vérité, grommelé-je. Quand tu passes ta vie à imaginer tes autres parents, les « vrais », c'est difficile de donner une chance aux autres, ceux qui sont arrivés après. Les miens n'étaient pas à la hauteur et ça m'a hanté longtemps d'avoir été abandonné une première fois, puis rejeté ensuite. Ça fait beaucoup pour un seul môme. Alors peut-être que j'aurais dû chercher ma famille biologique plus tôt, pour faire la paix avec ça…

– J'aurais dû t'aider, être là pour toi, me répond Jay avec un regard triste.

– Pas la peine d'avoir des regrets, murmuré-je en sentant mes yeux se mouiller. Je me suis trouvé une autre famille avec les Sinclair.

– Et j'espère qu'on sera à nouveau la tienne, désormais, tente Virginia de sa voix douce.

– On peut essayer… fais-je en souriant. Mais je vais chercher mes vrais parents, c'est décidé. Et je vais le faire seul, comme tout ce que j'ai toujours fait jusque-là.

Après avoir vidé mon sac, je me remplis de gras en mangeant avec les doigts. Et c'est bien la bouffe la plus réconfortante que j'aie mangée depuis longtemps. On peut enfin passer aux choses sérieuses, Virginia et moi : parler des goûts vestimentaires et capillaires du mec avec qui la pauvre a choisi de faire sa vie.

Je n'imaginais pas que le courant passerait si bien entre une femme de 44 ans et moi. Elle a quelque chose d'apaisant.

Et tout d'une future bonne mère. Je les quitte après avoir glissé à mon frère qu'il a une chance de cocu. Et je rejoins le campus juste à l'heure pour l'entraînement de soccer de l'après-midi.

***

À la sortie des vestiaires, je croise une partie de l'équipe féminine qui me demande quand leur numéro sept compte revenir. Sans Colleen, les filles sont en train de perdre tous leurs matchs et de précieuses places au classement.

C'est la première fois depuis que j'ai intégré la San Diego State University que je me fous à ce point des résultats du championnat. Tout ce que je voudrais, c'est des nouvelles de ma meilleure amie. Deux mois sans elle, ça commence à faire long. Alors je tente à nouveau le coup, un appel, un mail, une rafale de SMS au cas où elle aurait réactivé son téléphone ou accès à une connexion, au beau milieu de son foutu tour du monde.

[Colleen, essaie de me rappeler stp.]

[Tes parents s'inquiètent vraiment.]

[Ta sœur ne va pas très bien…]

[Et j'ai besoin de toi, moi aussi.]

[Reviens, on oubliera tout ça…]

[Si tu as replongé, si tu as des soucis

d'argent, si tu sais pas comment rentrer,
si tu as besoin de quoi que ce soit,
ou juste de parler, je suis là.]

[Je n'ai pas été assez là pour toi…]

[Mais je serai toujours là.]

Je m'arrête en pensant à ce qui nous lie depuis dix ans. Notre amitié fusionnelle ne peut pas avoir pris fin comme ça, sans au revoir, sans engueulade, sans promesse de se retrouver. Ça ne nous ressemble pas, ni à elle ni à moi.

Et je réfléchis à ce que j'ai dit tout à l'heure à Jay et Virginia : « On n'est pas obligés de se ressembler pour s'aimer ». Peut-être que Colleen et moi, on se ressemblait trop pour s'aimer comme il faut.

Alors qu'avec Tillie, on est le jour et la nuit. Et plus ça va et moins j'arrive à retenir ce que je ressens pour elle.

Pour la première fois de ma vie.

46

PAS COMME LES AUTRES

Arlo

Quelques jours plus tard, on fête les 22 ans de Todd à la colocation. J'avais dit non pour que ça se fasse chez nous mais Hector et lui avaient déjà invité toute l'équipe de soccer et des tas de Première Année trop contents de venir fureter de ce côté-là du campus réservé aux *Senior Year*.

Résultat des courses : il n'y a plus un centimètre carré de libre dans mon appart, autant de gobelets vides que de pleins sur toutes les surfaces qui peuvent en accueillir, des couples qui s'embrassent partout le long des murs et j'ai déjà dû virer deux filles et un mec éméchés qui n'ont pas trouvé de meilleur endroit que la chambre de Colleen pour leur plan à trois.

Le type chargé de la sécurité sur le campus passe une première fois vers une heure du matin pour dire que la musique est trop forte. Il paraît qu'il n'y aura pas de deuxième avertissement. Je vais baisser la sono en pensant que ma meilleure amie me traiterait de rabat-joie, mais je n'ai pas envie de m'attirer plus d'ennuis que je n'en ai déjà.

Au salon, je croise Freya en pleine engueulade avec sa meuf, Kristan, parce qu'elle aurait dansé avec une autre.

– Allez faire vos jalouses ailleurs, leur suggéré-je, le campus est grand.

– Mêle-toi de ton petit cul d'hétéro, Sheridan, réplique la métisse énervée.

J'acquiesce et passe mon chemin. Dans la cuisine, je tombe sur Hector et Todd torse nu, en plein concours de pompes, avec des filles hilares assises à califourchon sur eux pour corser l'affaire. La fameuse Effie me propose de rejoindre la compétition et d'être ma cavalière si je veux bien faire la monture. Je décline rapidement en apercevant l'ex-mormone qui renifle des tas de gobelets pour trouver quelque chose à boire.

– Plutôt ça, fais-je en lui tendant une bouteille de Coca. Où est ton mec collant ?

Je me fous totalement de cette information mais c'est le reste de la bande qui m'intéresse : là où sont Martha et son prince charmant se trouvent normalement la fille à tresses qui lit tout le temps et la petite bombe brune qui me hante tout le temps… sans oublier le mec chiant à mourir qui la suit partout. Je n'ai aperçu Tillie qu'une seule fois en tout début de soirée, dans une sorte de combinaison noire sexy qui m'a tapé dans l'œil.

Et depuis, je me fais violence pour ne pas lui courir après.

– Mes amis se sont tous réfugiés dans la salle de bains, il y a trop de monde et trop de bruit ici.

– Vous n'étiez pas obligés de venir, soupiré-je en commençant à m'éloigner.

– C'est Tillie qui a insisté.

Je reviens sur mes pas.

– Ah bon ? Pourquoi ?

– Sans doute parce qu'elle n'est pas du tout intéressée par toi… me sourit l'ex-mormone pas si naïve que ça. Et c'est sûrement aussi pour ça qu'elle a passé une heure à essayer toutes ses fringues pour finir par emprunter une tenue à Elle. Et qu'elle m'a demandé de lui faire un chignon qui avait l'air « négligé mais pas craignos, mignon mais pas mormon ».

Je souris pendant qu'elle mime des guillemets avec ses doigts.

– Ne fais pas ça, ça énerve tout le monde. Et tu n'es pas non plus censée me répéter vos petits secrets, Martha.

– Je ne comprends décidément rien à ce monde. Tillie dit que je dois tout dire à Austen, ce que je veux, ce que je ressens, ce que je désire et ce qui me fait peur.

– Tillie n'est pas comme les autres, réponds-je à voix basse.

Je me dirige vers la salle de bains, Martha sur mes talons, et je tape deux coups à la porte avant d'entrer. Elle et Lauren sont en train de se remaquiller devant le miroir au-dessus du lavabo, les deux mecs jouent à je ne sais quel jeu de cartes assis par terre et Tillie est en train de fouiller dans un placard contenant probablement des affaires de sa sœur.

– Pourquoi vous venez aux soirées si c'est pour rester enfermés ? demandé-je à la cantonade.

L'Asiatique gringalet et le mec de Martha se lèvent d'un bond comme si j'étais un flic venu les arrêter. Et Tillie referme vivement la porte du placard en prenant un air coupable. Nos regards se croisent une première fois, puis se fuient. La tension monte d'un cran.

– Viens, on va voir si Hector et Todd ont fini leur concours de muscles, lance Lauren en tirant Elle par la main.

– Viens, Martha, on va danser un slow sur de la musique qui fait boum boum, propose son mec bizarre en lui donnant le bras.

Bientôt, il ne reste plus que Tillie, Shen et moi dans la salle de bains où l'air se fait rare. Le Première Année doit avoir des trucs à prouver puisqu'il se rapproche de la brune et glisse son bras autour de sa taille. Ça me rend complètement dingue qu'il pose ses mains sur elle et cette combi décidément bien choisie. Mes yeux s'attardent une seconde sur leur contact physique et les courbes de la meuf que je veux.

Sa taille fine, ses hanches rondes, ses seins affolants.

– Tu viens, Tillie, on va boire un verre ?

– Je te rejoins, Shen, laisse-moi juste une minute, lui dit-elle doucement.

– T'es sûre, je… ?

– Je crois qu'elle vient de te demander de partir, le coupé-je d'une voix grave.

Tillie plonge à nouveau ses yeux sombres dans les miens. Quand elle me regarde comme ça, je ne réponds plus de rien. Je ne suis pas très loin de la plaquer contre un mur pour mettre ma langue dans sa bouche et mes mains partout sur elle.

Son prétendant de mes deux perçoit clairement l'électricité entre nous et j'ignore ce qui lui fait prendre la pire décision de sa vie, à ce moment-là, mais il murmure : « À tout à l'heure » et se penche pour embrasser la brune sur la bouche.

Ma bouche préférée au monde.

Pendant les quelques dixièmes de seconde que dure ce baiser improbable, Tillie ne lâche jamais mon regard. Et il ne m'en faut pas plus pour aller choper l'abruti par le col et le décoller d'elle :

– Tu fous quoi, là ?

– Je lui disais juste au revoir, bredouille le mec en perdant ses moyens.

– Ça ne va pas être possible. Elle est déjà prise.

Je le regarde droit dans les yeux et ça achève de le convaincre de dégager de ma salle de bains. Shen trébuche au passage et Tillie réprime un sourire en se pinçant les lèvres.

– T'es pas obligé de jouer les gros machos avec moi, Sheridan…

J'observe cette fille unique en son genre, ses cheveux relevés, cette combinaison noire qui épouse certaines de ses formes et en cache d'autres, je la regarde jubiler parce que je viens de me débarrasser de mon pseudo-rival en m'asseyant sur ma fierté, et elle y trouve encore quelque chose à redire.

– Tu m'as bien dit que si je te voulais, je devais venir te chercher, non ?

Je fais un pas vers elle et attrape une mèche échappée de son chignon. Elle avance aussi de quelques centimètres et glisse ses mains sur ma taille. Tous mes muscles se tendent. Tout mon corps la réclame. Nos yeux se jaugent pendant un petit moment, on se sourit comme des cons, coincés entre ce défi permanent entre nous et cette évidence qui nous aimante l'un à l'autre.

Tout à coup, la musique tapageuse s'arrête net. Comme si on venait de débrancher violemment la sono. Depuis la salle de bains, j'entends des rires gênés, des cris déçus et les voix de mes colocs qui résonnent :

– Arlo, y a les flics !

Je soupire et abandonne Tillie pour rejoindre Todd et Hector. Le type de la sécurité a tenu sa promesse et est revenu avec deux policiers du poste le plus proche pour mettre fin au tapage nocturne.

Je crois bien que la fête est finie.

Je m'excuse auprès des uniformes pour le dérangement, mets tout le monde dehors, fais disparaître l'alcool et promets que ça n'arrivera plus.

On ne s'en sort pas trop mal.

La moitié des invités décide d'aller poursuivre la soirée dans un bar de San Diego. Les autres étudiants se dispersent sur le campus et Todd insiste pour que je les rejoigne à l'Eurêka ! ou au Black Cat. Il paraît qu'il a une touche avec la fille aux tresses, qu'elle lui plaît vraiment, qu'il n'a jamais lu un bouquin et qu'il a besoin de moi pour ne pas tout faire foirer.

– Elle s'appelle Elle, lui rappelé-je.

– Hein ?

– Commence par l'appeler par son prénom. Et sois toi-même, tu n'as pas besoin de lui ressembler…

– C'est quoi ces conseils à la con, Arlo ?

– Il a raison, souffle Tillie dans mon dos. Elle passe sa vie à lire de la fiction mais dans la vie, elle préfère les mecs vrais.

Todd se met à courir pour rattraper la bande partie à pied et je me retourne pour faire face à mon salon vide de gens mais rempli de bordel : Tillie Sinclair se tient au milieu du chaos. Dans un silence étrange, je m'approche lentement d'elle :

– Toi non plus, tu n'as pas besoin de faire semblant, murmuré-je près de son visage.

Je défais lentement le chignon qui retient ses longs cheveux prisonniers. Sa crinière ondulée dégringole sur ses épaules et je la trouve belle à crever.

– Tu me plais beaucoup, Tillie. Tu me plais beaucoup trop.

– Arlo…

– Et c'est parce que tu n'es pas comme les autres.

La petite bombe brune se hisse sur la pointe des pieds, passe ses bras autour de mon cou et m'embrasse pour toute réponse. À la seconde où sa langue touche ma langue, c'est comme si un poison brûlant se répandait à toute allure dans mon corps, passait sous ma peau, dans toutes mes veines, pour faire bouillir mon sang et frémir mes muscles.

Je la veux tellement.

– Viens…

Je la prends par la main, passe devant et l'invite dans ma chambre pour la première fois. C'est Tillie qui referme la porte derrière nous. C'est moi qui tourne le verrou. Elle qui me contemple de cet air timide et insolent à la fois, qui me donne envie de la bouffer toute crue. Et je me rue sur elle pour la plaquer contre la porte.

Cette fois, rien ne m'arrêtera.

Mes mains dans ses cheveux, ma bouche sur sa bouche, mon corps pressé contre le sien, je ne veux plus laisser un millimètre d'espace entre nous. Je ne peux plus. Je ne crois pas avoir déjà désiré une autre fille si fort.

Je veux Tillie Sinclair pour moi tout seul. Tout entière.

Tout en l'embrassant comme un sauvage, je fais descendre mes mains le long de ses seins, de ses flancs, de ses hanches, j'empoigne ses fesses sans douceur, puis vais glisser mes doigts entre ses cuisses. J'y plaque ma paume et Tillie gémit. Même à travers sa combi, je sens sa chaleur, son humidité, et cette simple idée me fait vriller.

Qu'elle me veuille aussi.

Aussi fort.

Je voudrais lui arracher ses fringues et faire disparaître les miennes. Je voudrais entrer en elle et ne plus jamais en sortir. Je voudrais la prendre debout contre cette porte, lui faire du bien, me faire du bien, nous faire un peu de mal après tout ce qu'il s'est passé. J'ai des envies de sexe passionné, bestial. Libérateur.

Mais cette fille rend tout différent.

Tillie mordille ma lèvre inférieure et fourrage dans mes cheveux. Elle relève une jambe et la frotte contre moi. Elle me fait une petite place contre elle, encore plus près, et je presse mon érection sur son intimité jusqu'à en grogner. Elle arrête de m'embrasser et vient me sucer le lobe de l'oreille.

– Je crois que… je voudrais que tu te déshabilles en premier, me glisse-t-elle à voix basse.

La seconde d'après, mon T-shirt passe par-dessus ma tête et je me débarrasse de mes baskets en les faisant voler.

– Je n'ai jamais autant aimé recevoir d'ordre, lui murmuré-je dans un sourire.

– Alors, continue. Le bas…

La brune désigne mon jean devenu trop serré. Ses doigts un peu fébriles vont défaire mon bouton mais elle s'arrête là pour me laisser finir. Je recule d'un pas pour retirer mon fute, mes chaussettes, mais pas encore mon boxer. J'adore sa façon de me regarder.

Elle ne minaude pas.

Elle ne joue pas les intrépides, les prudes, les chaudasses.

– Dis-moi ce que tu aimes, Arlo…

Sa voix est douce. Ses yeux fiévreux. Sa bouche pulpeuse qui reste entrouverte me donne des idées démentes. Mais je me contente de prendre doucement sa main pour la guider sur ma queue. Par-dessus mon boxer, je lui montre comment me caresser. Mais Tillie en veut plus, c'est elle qui passe sous l'élastique.

– Je veux ta peau. Toute ta peau…

Ses mots, ses désirs, sa franchise, tout chez elle me transcende. Je descends mon boxer jusqu'à mes chevilles, m'en débarrasse d'un coup de pied et laisse Tillie me regarder. Elle penche la tête, sourit et me fait sourire.

– Ce que tu vois te convient ?

– Mieux que ça, confirme-t-elle avant de se mordre la lèvre.

Et je m'approche à nouveau d'elle, dans la pénombre de ma chambre, sans réellement comprendre comment j'arrive à être aussi patient. Tillie glisse à nouveau ses mains chaudes sur moi et j'adore ce qu'elle me fait, quoi qu'elle fasse. Mon désir grimpe à nouveau en flèche et je ne supporte plus tout ce tissu entre elle et moi.

Je m'avance vers sa bouche, fais mine de l'embrasser, recule, tente de la rendre folle pour ne pas être le seul à perdre pied. Puis je lui glisse à l'oreille :

– Je voudrais te déshabiller…

Cette fois, c'est elle qui attrape mes mains et les guide jusqu'au bouton de sa combinaison. Je les défais un à un, lentement, dévoilant un peu plus de son décolleté à chaque étape. Je suis vraiment fou de ses seins. Pendant que je la déboutonne jusqu'au nombril, Tillie passe ses ongles sur mes épaules, le long de mes bras, dans mon dos, au creux de mes reins. Ça me colle des frissons. Je ne savais même pas que j'aimais ça.

– J'attends de te voir nue depuis des mois… lui avoué-je dans un souffle.

– Il n'y a pas un jour qui soit passé sans que je rêve de me déshabiller pour toi.

Son aveu à elle, prononcé d'une toute petite voix, me met K.-O. Et Tillie retire elle-même le haut de sa combi jusqu'à sa taille. Je découvre ses seins ronds dans un soutien-gorge bordeaux sans fioritures. J'y plonge mon visage et j'embrasse sa poitrine qui me fait tant d'effet. J'agace ses tétons de ma langue à travers le tissu tout en faisant glisser sa combinaison le long de ses hanches. Toujours collée à cette porte, Tillie gémit sous ma bouche, sous mes mains et j'ai un peu plus envie d'elle à chaque seconde.

Quand elle se retrouve en sous-vêtements face à moi, je sens la gêne la gagner à nouveau. Je descends les yeux sur sa culotte bleu ciel et je devine.

– J'en ai rien à foutre que ce ne soit pas assorti, Tillie…

– Si j'avais su…

– J'adore l'idée que tu ne calcules rien.

Je lui souris, croise les doigts derrière ses reins et colle mon front au sien.

– Tu n'as pas la moindre idée à quel point je te trouve sexy.

Elle respire un peu plus fort, laisse longtemps ses yeux sombres dans les miens et finit par murmurer :

– Tu as intérêt à avoir un préservatif dans cette table de nuit, Arlo Sheridan.

J'adore quand elle me menace. Alors je la soulève sous les cuisses, la cale à califourchon sur moi et l'entraîne vers mon lit où je nous fais plonger tous les deux. Je m'allonge sur elle tandis qu'elle éclate de rire. Je dégrafe son soutien-gorge et mords dans son sein pendant qu'elle couine de plaisir. Je suce son téton et glisse un doigt dans sa culotte alors qu'elle se tortille en gémissant. Je la déshabille complètement, vais coller ma bouche entre ses cuisses et sens qu'elle retient son souffle.

J'adore son goût. J'adore la voir frémir à chaque coup de langue sur son clitoris. J'adore ses mains qui s'affolent dans mes cheveux. J'adore les miennes qui pétrissent ses seins pendant que je la fais jouir. J'adore son corps qui se cabre sous ma bouche, ses cuisses qui tremblent autour de moi, ses doigts qui agrippent mon drap, sa bouche qui cherche de l'air et sa tête qui se renverse en arrière. Je ne la lâche pas.

Je crois que je n'ai jamais pris autant de plaisir au plaisir de quelqu'un d'autre. Et je crois que je vais bientôt imploser si je continue à bander si fort. Je remonte m'allonger près d'elle pendant qu'elle reprend son souffle mais Tillie roule déjà sur moi.

Son corps nu, chaud, bandant et allongé sur le mien, elle pose ses mains sur mes pectoraux et son menton sur ses doigts. Elle a les joues roses, les yeux humides, les cheveux en désordre et la bouche très rouge. Mais surtout, ce petit air mutin qui me prouve qu'elle a envie d'en découdre.

– Combien de filles sont venues ici avant moi ?

– Aucune.

– Arlo…

– C'est la vérité. J'ai emménagé dans cet appart à la rentrée. Il n'y a eu personne d'autre que toi.

– Et ailleurs qu'ici… ?

– Non plus. C'est une nuit torride ou un interrogatoire de police ?

– Je te prenais pour un collectionneur, Sheridan…

– Il faut croire que les gens changent, Baby Tillie.

Nos regards s'accrochent et se défient à nouveau.

– J'ai envie de toi… souffle la fille dans mon lit.

Celle qui n'a plus rien d'un bébé, qui remonte jusqu'à m'embrasser et glisse à nouveau ses doigts autour de mon sexe dressé. En quelques caresses à peine, elle me fait redevenir dingue. Je roule sur elle à mon tour, écarte ses cuisses de mon genou, glisse un doigt en elle et la découvre trempée. Je perds la tête. Mon deuxième doigt la fait gémir, soupirer et me murmurer les mots que j'attends.

– Viens, Arlo…

– Tu veux quoi ?

– Toi.

– Moi ?

– Tout toi !

– Sûre ?

– Arrête de faire ça !

– Faire ça quoi ?

– Ça, me rendre folle.

Je lui souris et arrête de la caresser.

– Non ! Pas ça, n'arrête jamais de faire ça !

Ses petites supplications m'arrachent un éclat de rire. Tillie me pince un téton pour me faire râler, je la touche à nouveau et ne l'entends plus se rebeller.

– Encore quelque chose à dire… ? la provoqué-je.

– Je t'attends, Arlo. Toute ma vie, je n'ai fait que t'attendre. Je peux t'attendre très longtemps…

Sa voix soupirée me fait un effet dément. Je ne tiens plus. Je vais fouiller dans le tiroir de ma table de nuit, sors une capote de la boîte et déchire l'emballage avec mes dents. Je m'équipe avant de revenir entre les cuisses de Tillie qui m'attend toujours.

– C'est pas trop tôt, chuchote l'insolente en glissant ses mains sur mon cul.

Si elle savait ce que j'ai envie de lui faire. Je me tiens à une main pour m'approcher de son intimité, toujours trempée, et je reste juste à l'entrée. Pour m'assurer qu'elle est prête, mais aussi pour savourer ce moment que j'attends depuis tellement longtemps, moi aussi.

J'approche mon visage du sien, frôle ses lèvres et Tillie glisse sa langue dans ma bouche pour m'aguicher. Il ne faut pas un signal de plus pour que j'entre en elle, lentement, sans jamais la quitter des yeux. Sa chaleur m'envahit. Je grogne sans pouvoir m'en empêcher. Le plaisir me submerge et je recommence un peu plus fort, un peu plus loin. Elle s'accroche à mes épaules en entrouvrant les lèvres, je la saisis par les hanches pour marquer le rythme, je la sens s'ouvrir à moi, l'embrasse dans le cou, tente de rester doux malgré mon désir qui monte en même temps que ses cris. C'est tellement bon que je pourrais jouir sur-le-champ.

Mais je l'attends encore un peu, je la regarde prendre son pied, je caresse ses seins, lui répète à quel point je la trouve belle, sexy, unique. Ce ne sont même pas des paroles en l'air. Même pas une technique de baratineur pour être sûr de me garder un plan cul sous le coude.

Cette fille pas comme les autres, je l'ai dans la peau. Et il n'y a rien que j'aime plus au monde qu'être dans sa peau.

Après un millier de nouveaux coups de reins déments, Tillie plante ses ongles dans mon dos et je me fige en elle, mes yeux rivés aux siens. Mon orgasme me fait lâcher un grognement bestial, puis un long soupir tout près de sa bouche. On respire le même air, pendant quelques secondes. Je tiens son corps tremblant et brûlant dans mes bras. Et cette fille qui ne me ressemble pas murmure, dans le secret de ma chambre :

– Je t'aime, Arlo.

Mon connard de cœur s'emballe, toute ma peau brûle et ma bouche va l'embrasser pour ne surtout pas répondre : « Moi aussi, Tillie ».

47

ENVIE SOUDAINE

Tillie

– Je l'ai fait, Tillie.

– Fait quoi ?

– Je pensais attendre le mariage…

– Martha… Tu es en train de me dire que…

– Oui. Le week-end dernier.

– Tu…

– C'était… Austen était… C'est moi qui me suis jetée sur lui, voilà ! Je suis une catin, Tillie !

Dans les rayons du magasin où je l'ai traînée, ma colocataire rouge écrevisse tente de se cacher derrière les fringues moches qu'elle est sur le point d'acheter.

– C'est ton corps, Martha. Tu en fais ce que tu veux, tu es une femme du XXIe siècle !

– J'ai grandi en entendant que c'était le mal…

– Ils t'ont chassée, ils t'ont jetée à la rue sans se préoccuper de ton sort ! Tu crois vraiment qu'ils sont si parfaits que ça, ces gens qui t'ont bourré le crâne avec leurs idées d'un autre temps ?

– Tu es dure avec eux… souffle-t-elle.

– Non, je suis réaliste. Désolée si ça te blesse.

Je lui caresse doucement l'épaule. Elle me sourit bravement.

– Quand on n'a connu que ça, on ne peut pas penser autrement. Moi, je commence juste à évoluer. Tu comprends ?

J'acquiesce et lui arrache des mains un pantalon en polaire.

– Bienvenue dans la vraie vie, Martha ! Elle t'appartient enfin. Tu as le droit de penser par toi-même, de faire tes propres choix. Tu es libre, tu es…

– Je ne suis plus pure, lance-t-elle tout bas avant d'en rire.

– C'était bien ? lui demandé-je.

– La troisième fois, oui.

– La quoi ?!

C'est officiel. L'ex-mormone, la sainte-nitouche, ma colocataire en toge a désormais autant, voire plus d'expérience que moi sur ce plan-là.

– Tu l'as fait, toi ? m'interroge-t-elle soudain.

J'hésite un instant à lui mentir, je ne m'attendais pas à avoir un jour cette conversation avec elle. Elle qui, il n'y a pas si longtemps, était encore la reine des prudes.

– C'était avec qui ? insiste-t-elle. Au lycée ? Ici, sur le campus ?

– Pourquoi tu veux savoir ça ?

– Parce que je crois que j'ai deviné depuis longtemps, Tillie… et que tu gardes un secret bien trop lourd à porter.

Et mes pensées divaguent à nouveau vers le garçon aux yeux verts qui a embrasé tout mon corps quelques jours plus tôt. À qui j'ai enfin lâché ces trois mots : « Je t'aime ». Sans les entendre en retour, même si je ne les ai pas dits pour ça. Arlo n'a peut-être pas prononcé la formule magique, mais ses yeux ne mentaient pas.

Je me mets à penser à ses lèvres, à ses mains, à sa peau, à son odeur. À nos corps imbriqués, à nos sens en fusion, au contrôle qui m'échappait, à son souffle, son regard ardent, à mon corps qui s'agitait sous lui pour mieux accompagner ses coups de reins.

Je suis accro. Je voudrais qu'il me touche encore. Chaque jour. Chaque instant.

– C'est Arlo, c'est ça ? lâche Martha.

Je hoche la tête, un peu honteuse. Je ne comprends pas comment elle a pu deviner. Mais Martha est juste une amie attentive. Mon amie, pas celle de Colleen, et j'aurais dû savoir qu'elle ne chercherait pas une seconde à me juger. D'ailleurs, sur le campus, personne n'a l'air d'en parler. Je craignais que la nouvelle se répande comme une traînée de poudre, mais le fait qu'Arlo m'ait arrachée aux bras de Shen à cette soirée a l'air d'être passé plutôt inaperçu.

Et que je sois restée dormir chez lui aussi, jusqu'à me glisser hors de son lit au petit matin, sans le réveiller.

Même Shen ne m'en a pas reparlé. J'ai bien essayé d'aborder le sujet, de m'excuser en réalisant que j'avais pu lui donner de fausses idées, mais il m'a fait comprendre que c'était oublié. Lui et moi, on s'est contentés de reprendre notre amitié là où on l'avait laissée, juste un peu plus tièdement.

– Je ne connaissais que l'amour de Dieu jusque-là, me souffle Martha. Mais je crois qu'aimer un garçon n'est pas une mauvaise chose. Qu'on peut aimer les deux sans trahir ni l'un ni l'autre et sans se trahir soi-même.

– Sauf que moi, je n'aime que lui, murmuré-je sans qu'elle m'entende.

Et je n'ai aucune nouvelle depuis…

Je m'éloigne dans le rayon, la blonde au chignon tressé trottine dans mon dos pour me sortir cette énormité :

– Au fait, j'ai cru que ça ne rentrerait jamais…

Dans l'heure qui suit, alors qu'elle me bassine avec les moindres détails de ses premières fois, je lui choisis un jean, quelques tops colorés, une jolie robe noire – qui ne lui descend même pas jusqu'aux chevilles –, tout en l'empêchant d'attraper un sweat marronnasse informe et une espèce de toile de tente qui prétend être une jupe.

Un smoothie vitaminé à la main, on passe devant un magasin de bijoux quand une lubie lui prend soudain :

– Mes oreilles !

– Qu'est-ce que…

– J'ai toujours rêvé de me les faire percer ! Quand j'étais petite, j'ai caché un magazine sous mon matelas pendant des semaines, juste pour…

– OK, OK. Respire, Martha.

Résultat des courses, elle repart avec trois trous dans les oreilles… et moi avec un petit anneau argenté à la lèvre.

L'envie est venue sans prévenir, ça m'a fait un mal de chien, mais j'ai eu envie de m'offrir cette petite folie. Mes parents vont probablement hurler et penser que je suis en train de mal tourner. Tout le campus va sûrement chuchoter que j'essaie de copier ma sœur ou de me dévergonder.

Mais je n'ai plus besoin de l'assentiment des autres pour vivre ma vie. Après tout, je suis une nouvelle Tillie. Il paraîtrait même que je suis belle, sexy, pas comme les autres…

***

Dans les jours qui suivent, le campus se prépare à se vider pour le *spring break*. Comme chaque fin de mois, j'espérais que Colleen réapparaîtrait avant le suivant, mais mars arrive et toujours pas de signe d'elle. J'ignore si elle est toujours au Japon ou si son périple l'a menée en Thaïlande, à Bali, en Chine ou même en Inde, qu'elle rêvait de visiter.

– Palm Springs !

– Laguna Beach !

De l'autre côté de la table, Lauren et Elle se disputent encore pour décider où elles passeront leurs vacances. Shen s'envole pour le Canada, j'ai entendu Freya parler de Miami dans la queue de la cafétéria, tandis qu'Hector Vargas et ses potes ont déjà prévenu tout le campus qu'ils se préparaient à envahir le Mexique.

– J'ai essayé d'appeler ma mère, nous confie alors Martha qui boude son repas équilibré.

– Comment ? s'étonne Lauren. Je croyais qu'ils n'avaient aucun lien avec le monde extérieur.

– Ils ont un téléphone fixe qui date d'avant Jésus-Christ.

Martha lutte contre les larmes et je devine que rien ne s'est passé comme elle l'espérait.

– Tu n'as pas pu lui parler ? murmuré-je.

– Non. Elle a raccroché en reconnaissant ma voix.

– Tu as réessayé ?

– Douze fois.

Je la prends dans mes bras, Lauren lui propose une frite, Elle un cookie, mais la tristesse de notre amie se transforme rapidement en colère.

– Pour me venger, j'ai décidé de tourner une *sextape !* nous apprend-elle.

– Elle… elle a vraiment dit ce que je viens d'entendre ? me balance Elle en avalant de travers.

– Je vais leur envoyer, ils vont voir ce qu'ils ont raté !

– Martha, dis-je en riant doucement. Pas sûre que ce soit une bonne idée. Et ils n'auront probablement pas d'écran pour la regarder…

– Mince, je n'y avais pas pensé.

– On peut peut-être se cotiser pour leur offrir un iPhone ? propose Lauren.

Sous nos yeux, Martha passe du rire aux larmes, et c'est finalement en sanglots que je la ramène dans notre chambre.

– Je n'ai plus personne, moi. Toi, tu as tes parents, ton frère, ta sœur, Arlo…

– Tu m'as, moi. Et le garçon de la *sextape* !

Elle glousse doucement, puis se jette sur son lit.

– Dans mes rêves, ma mère me dit qu'elle m'aime encore. Alors je vais dormir un peu, d'accord ?

Saloperies de rêves.

Saloperies de familles qui fabriquent des enfants brisés.

***

La veille du fameux break de printemps, je prends la décision de rentrer au bercail. J'ai proposé à Martha de m'accompagner à Queen Creek, mais elle n'a pas voulu s'imposer et a préféré suivre Austen je ne sais où.

J'hésitais à retourner en Arizona, je pensais ne pas bouger pour attendre Colleen, mais l'état de Jonah m'a convaincue de rentrer. Les crises d'angoisse sont revenues, les tocs aussi. Je ne suis pas magicienne, je ne vais sûrement rien arranger, mais je dois essayer. Ma présence pourrait au moins l'apaiser un peu.

Après tout, c'est à cause de moi qu'il souffre à ce point depuis des années.

Après les cours, j'annule ma séance de révisions avec Shen, qui est de toute façon de plus en plus distant et, sur un coup de tête, me rends jusqu'au stade où s'entraînent les Aztecs. Depuis le terrain, Arlo me repère assez vite, assise sur mon banc, et va toucher deux mots à son coach avant de me rejoindre à petites foulées dans les gradins.

Je me mords les joues en le voyant s'approcher. Le stress, l'impatience, le doute, l'excitation, tout se mélange. Dans ma poitrine, des papillons aux yeux ambrés s'en donnent à cœur joie.

Ce garçon a le don de me mettre dans tous mes états.

Ça siffle dans son dos, je vois quelques joueurs se marrer mais je choisis de les ignorer. C'est exactement ce que fait le numéro neuf.

– Tillie, bordel… C'est quoi, ça ?

Décoiffé, transpirant, essoufflé et beau à crever, Arlo contemple l'anneau qui décore ma lèvre inférieure.

– Une envie soudaine…

– Encore une ? lâche sa voix grave.

Debout face à moi, il se marre un instant, se frotte la nuque, puis soupire un grand coup.

– Je suis complètement paumé, putain. Et ce piercing n'arrange rien.

– Pourquoi ?

– Parce que tu étais déjà suffisamment sexy comme ça !

Arlo pose son pied droit sur le banc, puis il se penche en avant afin de me scruter plus intensément encore.

– Tu veux me rendre fou, c'est ça ?

– Non. Je veux que tu rentres avec moi à Queen Creek.

L'athlète sourcille, étonné par mon invitation.

– Viens à la maison, mes parents et Jojo seront contents que tu sois là.

– Je doute que Jonah soit ravi de me voir…

– Il sait tout, ou presque. Il ne nous en veut pas. Viens et on pourra faire tout ce que tu veux, toi et moi.

J'ai chuchoté cette dernière phrase en réunissant tout mon courage.

– Qui es-tu ? sourit Arlo.

– La fille qui t'a dit qu'elle t'aimait et à qui tu n'as jamais répondu… Et que tu n'as jamais rappelée depuis qu'elle a quitté ton lit…

Il rigole tout bas à nouveau, probablement gêné, décontenancé. Je n'attends pas de réponse de sa part, je m'amuse juste à le torturer.

Ce qu'il ressent pour moi, je le *sens*. Et ça me suffit, pour l'instant.

– Rentre avec moi, tenté-je à nouveau.

– J'ai déjà des plans.

– Annule-les.

– Le Mexique, ça ne se refuse pas.

Je le fixe droit dans les yeux, j'essaie de le convaincre en silence, juste avec mon cœur et mes tripes. Mais je lâche rapidement l'affaire face à son regard déterminé. Déçue, une petite fissure dans le cœur, je me lève pour l'embrasser sur la joue, je lui souhaite un bon break et quitte les gradins.

Qu'est-ce que j'imaginais ?

Qu'Arlo Sheridan me suivrait les yeux fermés ?

48

SUR LA ROUTE

Tillie

Le lendemain matin, alors que je m'apprête à aller prendre mon train, un certain pick-up m'attend devant le bâtiment A. Sous ma peau, un feu d'artifice. Je lâche ma valise, saute littéralement sur place et me jette sur la voiture de celui qui est venu me chercher.

Au volant, habillé tout en noir, un sourire de sale gosse planté sur les lèvres, Arlo me dévisage. J'ouvre la portière côté passager en poussant un petit cri de joie. Lui me grogne seulement :

– Une condition, Sinclair. Pour ta survie et la mienne.

– Laquelle ?

– *Je* conduis.

***

Depuis trente minutes, d'une seule main posée sur son volant, le garçon aux avant-bras nus et musclés conduit vite et parvient à gagner du temps sur le GPS, mais sans prendre de risque inutile. J'admire une fois de plus cette aisance presque insolente qui le caractérise si bien.

Arlo Sheridan a peut-être un côté sombre, mais il sait aussi briller comme personne.

– Tu sais quoi ? me glisse-t-il en s'arrêtant à une pompe à essence.

– Tu vas me faire payer le plein ?

– Pas con, j'aurais dû y penser. Mais non.

– Tu vas m'abandonner ici, au milieu de nulle part ?

– Plutôt crever.

Je ris sur mon siège en voyant son air outré.

– Alors quoi ?

– Je me demande un truc, depuis hier, murmure-t-il. Ça me tue de ne pas savoir…

– Quoi ?

– Ce que ça fait d'embrasser cette lèvre percée.

Il détache sa ceinture et soudain, son grand corps se penche sur moi en faisant craquer le cuir de son siège. Sa main se glisse sur ma joue, sa bouche atteint la mienne, y dépose un baiser étonnamment doux, patient, puis revient titiller ma lèvre encore sensible.

– Ça te fait mal ? souffle-t-il entre deux baisers.

– Non, Arlo. Encore. J'en veux encore.

Je l'attrape par le T-shirt et le ramène à moi pour le goûter *vraiment*. Ses mains commencent à se promener sur mon corps en feu, nos respirations deviennent haletantes, mais on est en plein jour, au beau milieu des voitures et des passants… alors on se sépare dans un soupir.

Arlo va remplir le réservoir, je file nous acheter à boire et à grignoter, puis j'appelle rapidement mes parents pour les prévenir que j'arriverai plus tôt que prévu. Je n'ai pas encore demandé à Arlo s'il comptait habiter chez nous ou chez lui, alors je n'annonce rien à ce sujet.

Je ne veux rien forcer.

Le moteur redémarre, on retrouve la nationale, puis l'Interstate 8 qui suit de très près la frontière mexicaine.

– Merci d'avoir renoncé à ta virée entre mecs, lui glissé-je alors.

– J'en peux plus d'entendre Hector et tous les autres brailler. Leur programme, c'est de se bourrer la gueule et d'enchaîner les meufs pendant une semaine… Un peu de calme, ça va pas me faire de mal.

Je ne sais pas s'il me dit la vérité ou non, mais je me contente de cette réponse.

– Tu comptes dormir où ? lui demandé-je.

– Je ne suis plus invité chez les Sinclair ?

– Si, bien sûr ! Je ne veux juste pas t'obliger à…

– Personne ne m'oblige jamais à faire quoi que ce soit, Tillie.

Son regard m'indique qu'il est très sérieux.

– J'avais remarqué… lâché-je en me concentrant sur le paysage.

– Je vais dormir chez mon ancien coach. Il a ouvert un bar à Phoenix il y a quelques années, j'y bosserai tous les soirs des vacances pour me faire un peu de fric.

– Un bar ?

– Ouais, un bar.

– Tu es barman ?

– À mes heures perdues, oui.

– Alors on ne se verra pas ?

– Pas beaucoup, non. Tu penses survivre pendant cinq jours sans moi, Tillie Sinclair ?

Il se marre tout bas, je lui balance un bon coup dans l'épaule qui ne l'ébranle pas une seconde. On roule en silence pendant quelques kilomètres, puis une curieuse émotion me traverse.

– Je sais tellement peu de choses sur toi, Arlo…

– Qu'est-ce que tu veux savoir ?

– Couleur préférée ? lancé-je au hasard.

– Rouge.

– Sucré ou salé ?

– Les deux.

– Blonde ou brune ?

– Ce n'est pas évident ?

Il me sourit en coin, tout en se concentrant sur la route.

– Tu as déjà été amoureux ?

– Moi ?

– On n'est que deux, dans cette voiture…

– Joker, se marre-t-il. Et si je te retournais chaque question ? Facile.

– Les couleurs automnales. Le sucre. Les bruns aux yeux verts. Et oui, mais une seule fois dans ma vie. Du même garçon. Depuis une éternité.

Arlo lâche un petit soupir, fait craquer son cou et s'apprête à répondre… quand mon téléphone se met à vibrer.

Le prénom de Shen s'affiche à l'écran, le garçon à ma gauche s'en rend compte et s'empare de mon portable pour le balancer à l'arrière.

– Hey, ça va pas ?!

– Je ne partage pas, lâche-t-il.

– Pardon ?

– Tu m'as entendu.

– Je ne suis pas un bout de viande, Arlo.

– Non, tu es la fille qui me plaît.

Je sens mon cœur jouer des maracas sous mon T-shirt *E. T.* Lui, l'air fermé, n'ajoute plus un mot. Et quand j'essaie à nouveau de le faire parler, je me prends une jolie veste.

– Il faut qu'on arrête ça, Tillie.

Il appuie sur un bouton sur son volant et la radio retentit.

– *Ça* ? Toi et moi ?

L'insolent soupire et fixe à nouveau la route. On roule deux bonnes heures comme ça, dans un silence chargé de tensions et, vers midi, on s'arrête dans un *diner* de bord de route pour avaler un burger. Arlo ne lâche quasiment pas un mot du repas et mate l'écran derrière moi qui diffuse un match de basket. Son assiette vide, il tente de se servir dans mes frites mais je l'en empêche d'un coup de fourchette.

– Ouch ! *Tillie pas partager son manger* ?

– C'est la blague préférée de Colleen, ça. Et Joey Tribbiani n'aurait pas passé tout le déjeuner à m'ignorer, lui.

Arlo accuse le coup, se laisse aller en arrière contre la banquette, écarte ses bras et me sourit en coin.

– Je suis difficile à suivre, hein ?

– Ce n'est pas parce que tu es beau à crever qu'on va tout te pardonner, tu sais ? grommelé-je.

– Désolé… J'ai découvert *Friends* avec elle, me confie-t-il en changeant de sujet.

– Moi aussi. Je lui ai offert le coffret intégral il y a trois ou quatre ans. Elle déteste Monica, moi je l'adore.

– Elle est contre le mariage mais elle veut épouser Chandler, se marre son meilleur ami.

– Je lui laisse. Tillie Bing, ça sonne vraiment moche.

Et pendant tout le reste de ce déjeuner, Colleen se pointe à nouveau, entre nous. Ou avec nous, je ne sais plus vraiment.

– Ça fait un moment qu'elle n'a plus écrit à personne…

– Plus d'un mois, confirme-t-il.

– Tu crois qu'elle va bien ?

– J'en ai marre de me torturer en me posant cette question, Tillie.

– Moi aussi.

***

Queen Creek nous accueille en début d'après-midi. On roule dans les rues pas tout à fait désertes mais pas loin, on passe devant les jolies façades des jolies maisons de cette banlieue sans histoire. Il ne fait que vingt degrés, mais l'air est lourd comme si le thermomètre en indiquait dix de plus.

– Bienvenue chez toi… me murmure mon chauffeur, l'air un peu dépité.

– C'est où, chez toi, Arlo ?

– Partout sauf ici.

Je le vois sourire de profil, mais je sais pertinemment que cette ville fait remonter des choses sombres en lui. Surtout depuis que Colleen n'est plus là pour rendre cet endroit plus supportable. Soudain, je m'en veux de l'avoir attiré dans ce « trou » qu'il déteste, comme il dit.

– Je suis désolée, Arlo…

– Pourquoi ?

– Tu pourrais dormir avec moi au moins ce soir, lui proposé-je doucement.

– Tillie, tu te rends compte de ce que tu me demandes ?

– Je ne vois pas ce qui…

– Chez toi, c'est aussi chez Colleen ! s'emporte-t-il. Je me sens déjà suffisamment mal comme ça !

Ses mots me restent en travers de la gorge. Je ne m'attendais pas à ce qu'il réagisse si fort.

– Tourne à droite, ça va plus vite par là.

– Je pensais te laisser au coin de la rue… m'avoue-t-il.

– Pour ne pas être vu ?

Il hoche la tête, je soupire. Tous ces efforts pour maintenir ce maudit secret me pèsent.

– Je reviens te chercher dans cinq jours. Tu vas me manquer, Baby Tillie.

Sans réfléchir, je me détache et grimpe à califourchon sur lui. Et je lui roule la pelle de sa vie – ou en tout cas de la mienne. Je l'embrasse à pleine bouche, fourrage mes mains dans sa tignasse bouclée, prends la sienne pour la poser sur mes fesses. Il râle entre mes lèvres, se raidit de partout, joue avec ma langue, mon anneau… et grogne lorsque je recule.

– C'était juste pour te rappeler que je ne suis plus un bébé, lui susurré-je.

– Putain… souffle-t-il après ce baiser. J'ai cinq jours pour te trouver un nouveau surnom.

– Si tu reviens un jour…

– Quoi ?

– Tu ne sais jamais ce que tu veux, Arlo Sheridan. Mais ce que tu sais encore moins, c'est ce que tu perds en me fuyant si souvent.

– Espèce d'allumeuse… grommelle le mauvais garçon.

– Espèce de lâche, lui renvoyé-je dans les dents.

49

NOTHING CREEK

Tillie

Je comprends un peu mieux pourquoi ma sœur surnomme cette ville *Nothing Creek* depuis quinze ans. Quand on débarque du campus de San Diego, on se rend vite compte qu'il n'y a pas grand-chose à faire dans ce trou paumé.

Dès mon arrivée, mes parents ont été aux petits soins pour moi – et, miracle, n'ont pas dit un seul mot sur mon piercing à la lèvre – Jojo s'est forcé à sourire et même le chien-renard a semblé heureux de me retrouver. Depuis trois jours, le programme reste inchangé. On mange, on fait des jeux de société, on regarde la télé, on promène le chien, on parle de Colleen comme si tout allait bien et on recommence.

Ce matin, j'ai tout de même droit à une variante en descendant prendre mon petit déjeuner. En bas des escaliers, je retrouve mes parents en pleine danse de la joie. Je *déteste* quand Douglas et Sylvia se donnent en spectacle comme ça.

– Notre aventurière est en Sibérie !

– Elle est en pleine forme !

– Votre... Elle... Quoi ?

Jonah, qui a mauvaise mine et boit tranquillement son jus d'orange, me fait un signe de la main, puis me tend une carte postale.

– C'est arrivé il y a trois minutes.

– De Sibérie ?

Quelque chose me tracasse et mon frère le perçoit.

– Qu'est-ce qu'elle fout là-bas ? Elle déteste le froid... chuchoté-je pour que les deux excités ne m'entendent pas.

Je retourne la carte qui représente un paysage enneigé et lis le petit mot écrit par ma sœur.

Bisous glacés de la toundra
où tout va bien pour moi !
Mon voyage initiatique se poursuit,
mais j'ai hâte de vous retrouver.
Coco

– Coco ? répété-je.

– Elle détestait quand je l'appelais comme ça... se souvient mon père avec émotion.

– Elle a voulu te faire plaisir, s'émeut ma mère.

Jojo n'a pas l'air convaincu, lui non plus. On se replie dans sa chambre en emportant des bols de céréales et la fameuse carte postale.

– Soit elle a changé de personnalité, soit on a un gros problème.

Je lutte contre le vent de panique qui tente de s'incruster sous ma boîte crânienne.

– Elle est peut-être avec quelqu'un, réfléchit Jonah. Un Russe qui voulait lui présenter sa mère patrie ?

– Et comment elle fait pour aller dans tous ces pays sans argent ?

– Elle doit bosser…

– Elle change à chaque fois d'écriture, fais-je en sentant l'inquiétude monter.

– Elle l'a toujours fait.

– Les bisous, les histoires de « voyage initiatique », ce n'est pas elle.

– Elle a peut-être eu une révélation…

– Tu arrêtes de trouver des réponses à tout, oui ?!

– Tillie, j'essaie de toutes mes forces de ne pas flipper…

Je contemple le visage de mon petit frère et je me prends une claque. Sa paupière bat à nouveau, il est si pâle, son regard semble vide.

– Jojo, je suis désolée… Pour tout…

Il frotte la longue cicatrice blanche qui barre sa tempe, comme à chaque fois que l'angoisse le submerge.

– Il faut qu'elle aille bien, Till'. Cette famille ne survivra pas à un drame de plus. Ma vie est finie, mais la vôtre ne fait que commencer…

– Ne dis pas ça.

– C'est la vérité.

Puis mon frère s'allonge sur son lit, la tête en direction du mur, comme toutes les fois où il ne se sent plus capable de parler. Je m'installe contre lui et pendant de longues minutes, je lui caresse les cheveux en espérant l'aider à trouver le sommeil.

Lorsqu'un léger ronflement me parvient, je me relève et quitte sa chambre sur la pointe des pieds. Le corgi rentre à ce moment-là et va prendre ma place sur le lit, là où il sait qu'il peut se rendre utile. Les animaux ont cet incroyable pouvoir, je crois.

Une fois dans le couloir, je dégaine mon téléphone et pianote à toute vitesse.

[Arlo, on peut se voir ?
C'est important.]

Mes mains tremblent.

[Je suis au Target,
près du Del Taco.]

Je fais rapidement le calcul. En courant, je pense y arriver en moins de dix minutes.

[J'arrive, ne bouge pas.]

[C'est grave ?]

[Oui, je crois…]

50

PAS ICI, PAS MAINTENANT

Arlo

Tillie n'a rien voulu me dire de plus. Elle ne répond plus à mes textos depuis dix minutes et j'ai l'impression de l'attendre depuis une heure dans ce supermarché étouffant.

[Je suis au rayon glaces.
Grouille-toi, le suspense va me tuer !]

Il fait chaud pour un mois de mars, mais c'est l'Arizona, il fait toujours une chaleur à crever à Queen Creek.

Depuis trois jours, je passe mes soirées à bosser au Yes Soccer, le bar qu'a ouvert mon ancien coach, mes matinées à dormir sur son canapé et mes après-midi à courir, à penser à Tillie, à maudire un peu Colleen, à jouer au foot avec des potes d'enfance ou des gamins du quartier, à réfléchir encore et encore à la proposition de passer pro, à laisser tomber, à chercher un premier stage de journaliste sportif pour la fin de mes études…

Mais je n'arrive pas à me projeter.

Pas sans savoir quand ma meilleure amie va rentrer. Si Tillie et moi, on a une chance d'exister. Tout me semble irréel, de plus en plus incertain.

Je n'ai jamais passé un *spring break* pareil, dans un tel état de flottement, à réfléchir au futur au lieu de profiter de l'instant présent. Sur les réseaux sociaux, Todd, Hector et les autres sont en maillot de bain et muscles luisants, des gobelets à la main, des filles sous les bras, des sourires de connards aux lèvres.

Honnêtement ? Ça ne me fait ni chaud ni froid.

– Rayon glaces, hein ? demande une voix féminine dans mon dos.

Essoufflée, Tillie se tient la taille et me balance un petit sourire triste. Il y a une étincelle étrange dans ses yeux sombres. Comme si mille émotions s'y entrechoquaient. J'ai une terrible envie de la prendre dans mes bras.

– Tillie ? Ça va ?

– Je ne crois pas, soupire-t-elle.

Elle me raconte à toute vitesse la dernière carte postale de Colleen envoyée à ses parents, la Sibérie, les bisous, le « Coco » en signature, l'écriture changeante et tous les doutes qui les rongent, Jonah et elle. J'écoute mais tout se mélange. Je la regarde, son visage doux, son expression grave, son anneau à la lèvre : Baby Tillie a définitivement disparu.

Sa sœur aînée aussi.

Je n'étais pas tranquille jusque-là, mais rien à voir avec le mur que je me prends à pleine vitesse. Toutes ces nouvelles informations me paralysent.

– C'est quoi, ce bordel ? Putain, je n'arrive pas à réfléchir, sifflé-je en ouvrant un congélateur.

Je m'empare d'un pot de glace et me le colle sur la tempe. Tillie se rapproche doucement derrière moi, glisse ses bras autour de ma taille et son front contre mon dos.

Ça me fait un bien fou. Et si mal à la fois.

– Pas ici, pas maintenant… soufflé-je. On pourrait nous voir.

– Je m'en fous, Arlo. J'ai peur pour elle…

Mais un vigile s'approche de nous au pas de course et on se sépare comme si on venait de se faire prendre en flagrant délit. De quoi ? Aucune idée. Se faire du bien alors que tout va mal.

Je crois surtout que je vais me faire engueuler parce que je joue avec les surgelés.

– Vous deux, s'écrie tout bas le grand baraqué, allongez-vous par terre et ne bougez pas d'ici !

– Quoi ?

– Hein ?

J'ai à peine le temps de croiser le regard paniqué de Tillie qu'un cri de femme retentit., puis une voix d'homme braille en direction des caisses :

– Personne ne bouge ! À plat ventre, tout le monde ! Ouvre la caisse, toi. Bouge-toi ! Toi aussi ! Pas la peine de jouer les héros, je prends tout et je me tire !

Ça gueule déjà dans tous les sens.

J'ai une vue directe sur le braqueur et les gens qu'il menace. On doit être à une trentaine de mètres à tout casser du chaos et je distingue l'énorme flingue noir comme s'il était collé entre mes yeux.

Je bondis devant Tillie et la plie en deux pour qu'elle se couche. Mais la petite brune reste tétanisée, les muscles tremblants, raide et figée, à l'exception des larmes qui dévalent ses joues comme des torrents de boue.

– Tillie, qu'est-ce que tu fous ? Allonge-toi !

– Je n'y arrive pas.

– Tillie, je sais que tu as peur…

– Ça recommence…

– Tillie, regarde-moi.

– Je ne peux plus respirer, même plus bouger, Arlo… Je te promets, je ne contrôle plus rien… Aide-moi.

Je n'ai jamais lu tant de peur dans deux yeux noirs trempés. Jamais vu la fille que j'aime si blême, si fragile, si ébranlée. Tout son corps est secoué de sanglots et de tremblements. Je l'entoure de mes bras pour tenter de l'apaiser mais elle respire de plus en plus vite, de plus en plus fort, sans jamais pouvoir reprendre son souffle.

L'impuissance est le pire des sentiments. Je ne sais pas quoi faire pour l'aider, j'ai le cœur qui frappe dans mon torse, j'essaie de garder un œil sur elle en même temps que vers les caisses où le malade commence à s'exciter.

– À plat ventre, j'ai dit !

– Écoute-moi, Tillie. Tu es en train de faire une crise de panique, ça va passer. Je veux juste que tu me laisses te soulever pour t'allonger par terre, OK ?

Elle fait oui de la tête, livide. À toute vitesse, elle cherche ma main de la sienne en claquant des dents, son mascara coule partout sur son visage défait, ça me fait mal qu'elle ait si mal.

Parce que je sais l'horreur qu'elle est en train de revivre en ce moment.

– Par terre, putain ! gueule le mec au flingue.

Et ce fou furieux fait une dizaine de pas en courant dans

notre direction avant de tirer en l'air. Le cri de Tillie lui déchire la voix. Et me transperce les tempes. Cette fois, je la ceinture et la plaque au sol en m'enroulant autour d'elle.

– Pas encore ! geint-elle. Pas nous… S'il vous plaît…

Sous moi, elle répète ça en gémissant, les paupières fermées très fort, la tête qui se balance d'avant en arrière sans jamais s'arrêter. Je pose mon crâne contre le sien pour qu'elle arrête de bouger, mon front brûlant contre sa tempe trempée de larmes. Si ce malade nous tire dessus, il me touchera moi. Pas elle.

– Tu ne vas pas mourir ici et maintenant, Tillie. Je te le promets. Ça n'arrivera pas. Je ne laisserai rien t'arriver, OK ?

– Non, ne me protège pas ! s'écrie-t-elle soudain en se débattant. Jojo l'a fait et regarde ce qui s'est passé. Arlo, lâche-moi, je ne veux pas que tu…

– La ferme !

Le mec au flingue nous hurle dessus. Il se dirige à nouveau vers nous, me braque, je place mon bras sur la tête de Tillie et une autre main entre lui et nous. Il fait les cent pas, retourne vers les caisses, pointe son arme sur la caissière, les autres clients, moi à nouveau. Il commence à péter les plombs. Et je ne sais plus vraiment si je respire.

– Pourquoi ça prend autant de temps ? Vous essayez de me faire un sale coup ? C'est quoi, le plan ? Qui a prévenu les flics ? Toi ? C'est elle ? Pourquoi elle gueule encore ?! Mais fais-la taire, putain !

Les sirènes de police commencent à se faire entendre dehors, mais ne suffisent pas à couvrir les sanglots et les cris de rage de Tillie. Je finis par glisser ma main sur sa bouche et je lui chuchote à l'oreille :

– Chhht… S'il te plaît… Ça va aller. Il va prendre son fric

et se barrer. Il ne va pas tirer, Till'. J'ai besoin que tu restes tranquille. Je suis là. Ce n'est pas comme la dernière fois… Ça va bientôt s'arrêter. On va s'en sortir, personne ne va mourir, personne ne sera blessé. Chhht…

Le poids de son corps dans mes bras commence à peser, sa poitrine se soulève un peu moins vite, je sens qu'elle se détend enfin un peu, comme si toutes ses forces l'avaient quittée. Je crois que je n'ai pas peur. Je n'y pense pas. Je ne pense qu'à elle. Je voudrais seulement que ça s'arrête. Qu'on se tire d'ici, elle et moi.

Il règne un drôle de silence dans ce supermarché, pendant un trop long moment qui ne dure peut-être que quelques secondes. J'ai juste le temps de relever la tête, un peu le buste pour voir ce qui se passe quand un échange de coups de feu me fait sursauter.

Je plonge à nouveau sur Tillie, le type au flingue court dans notre direction, à reculons, en tirant n'importe où. Il disparaît dans un rayon et un groupe de flics en gilets pare-balles se lancent à sa poursuite. L'un d'eux s'arrête à notre hauteur, une femme blonde au visage émacié qui me tape sur l'épaule :

– Suivez-moi, je vais vous mettre à l'abri.

Sans la moindre hésitation, je soulève Tillie qui s'accroche à mon cou et je suis la policière jusqu'au cordon de sécurité installé dehors. Ça court dans tous les sens, les sirènes gueulent, j'ai du mal à réaliser ce à quoi on vient d'échapper.

Malgré la chaleur, on nous entoure de couvertures de survie. Toujours sous le choc, ma protégée tient à peine debout mais je la serre contre moi sans plus la lâcher.

Quelques minutes plus tard, le type au flingue ressort désarmé et menotté, escorté par quatre flics. Il n'y a aucun blessé.

Juste quelques nouveaux traumatisés par cette merde sans nom que sont les armes à feu.

Contre moi, Tillie a le visage toujours aussi pâle, couvert de traces noires, et le regard hagard. Je lui caresse le dos, les cheveux, j'essaie de lui transmettre un peu de ma chaleur, de lui prendre un peu de sa terreur, mais je crois qu'elle ne me voit même pas. Elle revoit défiler sa vie, sans doute. Alors je recule un peu, je la laisse dans sa bulle, je lui donne l'air et l'espace dont elle a besoin.

La flic blonde revient à notre hauteur et me pose une main sur l'épaule.

– Bravo pour le sang-froid, jeune homme. En cette époque qui rend les hommes complètement stupides, ça fait du bien de voir un garçon faire preuve de courage et d'abnégation. Et vous, jeune fille… Bon choix de petit ami. Ne changez rien, tous les deux.

Après ce laïus que je capte à peine, elle nous sourit et repart faire son travail. J'ai le cœur qui me remonte dans la gorge et les nerfs qui lâchent pour la première fois. Je laisse tomber cette couverture dorée à mes pieds, puis lâche un profond soupir en regardant le ciel.

C'est à ce moment-là que Tillie se jette contre moi pour se blottir dans mon cou.

– J'ai perdu pied, je suis désolée…

Je soupire encore plus fort, soulagé qu'elle soit à nouveau là. Vraiment là.

– Tu m'as sauvée… Je ne pourrai jamais te remercier assez, Arlo.

– Tu n'as ni à t'excuser ni à me remercier.

– Si.

La brune prend mon visage entre ses mains et me force à la regarder. Ses larmes coulent toujours, ses tremblements n'ont pas cessé mais la lumière qui brille dans ses yeux est bien présente, vivace, farouche, pleine de colère, de peine et d'amour mélangés.

– Tu n'as rien d'un lâche, Arlo Sheridan. Tu es l'homme le plus incroyable que je connaisse, le plus intense, le plus courageux, le plus entier, le plus protecteur, le plus rassurant, le plus…

– Arrête, Tillie… fais-je en souriant.

– Et je sais très bien pourquoi je t'attends depuis toutes ces années, pourquoi il n'y a que toi…

Je laisse passer quelques secondes, mes yeux plantés dans les siens.

– Peut-être que je t'attendais aussi, Tillie Sinclair.

Et je ne sais pas ce qui me pousse à faire ça, en public, au grand jour, au milieu d'une foule de curieux habitant à Queen Creek, mais je glisse mes mains autour de sa taille, attire cette fille à moi et l'embrasse langoureusement.

Vivant. Elle me fait me sentir vivant.

Et me fait décidément faire n'importe quoi.

– Viens, on se tire de là. J'ai des trucs à te raconter…

***

On laisse le supermarché derrière nous sans avoir fait notre déposition attendue par les flics, et on se met à marcher, d'abord en silence, en direction de la maison des Sinclair, épaule contre épaule, comme pour se soutenir secrètement. C'est très étrange de parcourir les rues de mon enfance avec elle. C'est avec Colleen, normalement, que je traîne par ici pour tuer l'ennui.

– On a failli mourir, souffle Tillie.

– Ouais, c'est pas passé loin.

– Qu'est-ce que tu voulais me dire, Arlo ?

– Deux choses… J'ai contacté l'agence d'adoption qui s'est occupée de mon cas, à l'époque. Je ne sais pas si ça donnera quelque chose… mais c'est déjà un premier pas.

Elle me sourit avec cette douceur qui serait capable d'anesthésier n'importe quelle blessure.

– Je suis sûre qu'il y a une paire d'yeux verts, quelque part aux États-Unis, qui n'attend que ça, de te retrouver.

– Je sais pas… Je veux surtout des réponses à mes questions.

– Je suis contente pour toi, Arlo.

– On verra.

– Et l'autre chose, c'est quoi ?

Je me racle la gorge et fourre les mains dans mes poches de jean. On n'a encore jamais reparlé du drame, elle et moi. Et aujourd'hui, après ce qu'on vient de vivre, je crois qu'il faut que ça sorte.

– Après ce qui vous est arrivé, à Jojo et toi… Colleen m'a fait promettre de prendre soin de « Baby Tillie ».

La brune soupire et prend un peu ses distances. Je l'en empêche en venant recoller mon épaule à la sienne.

– Elle savait Jonah en sécurité chez vous mais elle avait peur pour toi, au lycée, à la fac, continué-je. Elle disait que t'étais une perle rare, que t'allais te faire bouffer par la vie. Et elle ne se sentait pas à la hauteur pour te protéger.

– Elle t'a dit ça… ?

– Je lui ai promis, Tillie. C'est pour ça que j'avais tant l'impression de la trahir en me rapprochant de toi dans son dos. Je suis censé être ton grand frère, ton garde du corps. Pas ton… « petit ami ».

Je lâche un petit rire grave tellement ça me semble surréaliste.

– Juste cinq minutes, alors… souffle Tillie en plantant ses yeux humides dans les miens.

Puis elle glisse sa main dans ma main, croise nos doigts et se remet à marcher, sa tête appuyée contre mon bras. Je ne l'en empêche pas. Après tout, on est loin du campus.

On est ici et maintenant.

Et je me suis rarement senti aussi bien de ma vie.

– Raconte-moi la fusillade, lui murmuré-je. Si tu as envie… Comment tu l'as vécue, toi.

– Pourquoi tu veux savoir tout ça ?

– Jay et Virginia m'ont dit que pour avancer, il fallait parler. Exorciser. Je fais juste mes exercices, ce n'est pas du tout que je m'intéresse à toi.

Elle perçoit mon ironie et, tout en marchant, m'envoie un petit coup de pied retourné sur le cul.

– C'est presque une histoire banale, se met-elle à raconter. Un élève dérangé s'introduit dans un collège avec un fusil de chasse et un 9 mm. C'est la pause déjeuner, il entre dans la cafétéria et il tire dans le tas.

– Et Tillie, elle faisait quoi ce jour-là ?

– Moi, je déjeunais avec Jonah. Mon génie de petit frère a tout compris très vite, il s'est jeté devant moi sans penser à lui et il s'est mangé deux balles. Une dans le ventre qui l'a envoyé au sol. Une autre qui a frôlé son crâne, tout le long de sa tempe. Le mec a essayé de l'achever alors qu'il était déjà à terre.

Sa voix tremble de colère.

– Qui peut faire un truc pareil ? Si ce fou furieux avait su viser, mon frère serait mort sur le coup. Il n'avait aucune chance…

– Mais il est toujours là, fais-je en serrant sa main un peu plus fort dans la mienne.

– Oui… Mais à quel prix ? Tu as vu la vie qu'il mène ? Enfermé à la maison à longueur de journée. Il voit des tas de psy, suit des thérapies, prend des traitements lourds mais rien ne suffit.

– Je sais, Colleen m'a dit qu'il avait des périodes plus ou moins sombres, des tics et des angoisses qui s'en vont et reviennent plus fort.

Elle renifle et essuie une larme qui brille au coin de son œil.

– Je ne sais pas s'il s'en remettra un jour, il a tellement peur de vivre. De sortir, de la foule, du moindre bruit. C'était il y a cinq ans, Arlo. Ses deux meilleurs amis sont toujours son ordi et son foutu corgi qui fait le mort à tout bout de champ.

– Pan ! me marré-je doucement. C'est vraiment le meilleur nom de chien de la terre.

– Ouais, pour un survivant de fusillade, je ne sais pas.

Je passe mon bras autour de son épaule alors qu'on arrive presque chez elle.

– Jonah n'est pas mort à l'intérieur. Il est drôle, malin, attentif aux autres… C'est un mec bien.

– Je sais, souffle Tillie en souriant.

– Il faut juste qu'il se trouve une meuf aussi unique que lui… Qui réussira à lui faire voir la vie autrement. Qui débarquera un jour et changera tout son monde.

– Ah oui… ?

La petite bombe s'arrête et me fixe en plissant les yeux.

Elle sait pertinemment que je parle d'elle. Et que je suis bien trop fier pour le reconnaître.

Alors, avec le sourire le plus innocent, je passe mon pouce sur son anneau argenté, plante un *smack* sur ses lèvres et la plante sur le trottoir pour repartir en arrière. Je m'assure juste qu'elle rentre bien chez elle. Et quand je me retourne pour vérifier une dernière fois, elle se retourne aussi. Et me sourit.

Un sourire qui me flingue.

Et brise ma carapace : en moi, ça craque, ça cède, ça claque, ça dégringole, ça saute, ça tourne à une vitesse folle.

Et parce que c'est ici et maintenant, pas demain, pas plus tard, pas quand on sera morts… Parce que Tillie et moi, c'est urgent…

Je fais demi-tour en courant jusque chez elle.

51

DÉCLIC

Tillie

Je le ressens, le *déclic*.

Arlo revient en courant et me fixe étrangement depuis le trottoir. Je m'apprêtais à glisser ma clé dans la serrure, mais je suspends mon geste. Plus de cinq mètres – peut-être sept – nous séparent et pourtant, c'est comme s'il était là, à portée de main, de doigts, de cœur. Comme si je pouvais le toucher, le humer, percevoir et goûter sa chaleur, son odeur, toute cette force, cette lumière qui émanent de lui.

Mon cœur se met à battre comme un fou lorsque le garçon que j'aime se lance dans ma direction.

Quelque chose a changé, je le sais.

– Ne rentre pas ! s'écrie-t-il en courant jusqu'à moi.

– Je ne bouge pas.

– Reste avec moi !

– Je suis là, Arlo…

Nos corps se percutent en douceur. Ses mains s'enroulent autour de ma taille et me plaquent entre lui et la porte de la maison.

– Je suis en train de tomber amoureux de toi, putain. Si ce n'est pas déjà fait…

J'ai du mal à réaliser ce que j'entends, mais je le crois. Rien ne ment, chez lui. Son regard, ses gestes, sa voix, tout est criant de vérité. Et ses lèvres qui s'abattent sur les miennes me prouvent un peu plus encore que je ne suis pas en train de rêver.

– Je n'ai jamais aimé personne avant toi, Tillie. Pas comme ça. Pas au point de penser que je pourrais crever, sans toi.

Sa voix souffle ces mots contre mes lèvres. Mon cœur manque un battement, puis s'emballe n'importe comment.

– Alors, je ne sais pas trop faire, tu vois ? Mais je veux essayer. Je veux nous donner une chance. Dis-moi que tu le veux aussi !

– Oui ! m'écrié-je.

Je retiens mes larmes, enfonce mes doigts dans ses boucles brunes. Il m'embrasse à nouveau, avec la langue, cette fois. Mon dos cogne contre la porte, on se serre, on s'étreint, on se consume comme si c'était la première ou la dernière fois.

Comme si on devait mourir demain.

– Ce que je ressens quand je te touche, c'est dément, unique au monde, gronde sa voix rauque. Ce qu'on a toi et moi, ça ne s'explique pas, Tillie. Et j'ai lutté. Bordel, j'ai lutté… Mais je n'en peux plus de tous ces mensonges, de ces secrets qui nous étouffent ! Et puis merde, à quoi bon se battre contre l'évidence ?

– Arrêtons de nous battre, Arlo… lui soufflé-je dans un sourire.

– Mon évidence c'est toi, Tillie Sinclair.

Ces mots, je les attends depuis près de dix ans. Ils sonnent la fin d'un amour à sens unique, la fin d'un espoir vain. Le début d'une nouvelle ère.

– Je voudrais que ce moment dure toujours, murmuré-je. Que tu me cries ton amour en pleine rue, que tu m'embrasses toute la vie en me plaquant contre la porte de mes parents. Je voudrais te dire tellement de choses, mais une seule compte, à cet instant : je t'aime pour de vrai, pour de bon, Arlo Sheridan. Pas comme une gamine qui fantasme en cachette sur le bad boy du quartier, qui se trouve aussi être le meilleur ami de sa sœur. Je t'aime comme une fille qui a l'impression de devenir une femme à tes côtés. Parce que tu as beau vouloir m'échapper, je te vois, je te sens, je lis en toi. Pas tout, mais l'essentiel. Et je suis à peu près sûre que je t'aimerai jusqu'à mon dernier souffle, même si certains lèveraient les yeux au ciel en entendant ça. Mais…

L'athlète aux muscles bandés lève un sourcil, puis répète en se mordant la lèvre :

– Mais ?

– Ma sœur…

Il soupire, baisse la tête. J'en profite pour m'enivrer de son odeur.

– Colleen, on va la retrouver, affirme-t-il en se redressant. On ne va pas lui mentir, on va tout lui raconter. Et elle ne pourra que nous croire, que comprendre, elle ne pourra pas nier que ce qui nous lie, toi et moi, c'est *là*. Et c'est même devenu vital pour un mec incasable comme moi…

Le cœur battant, la peau parcourue de mille et un frissons, je me hisse sur la pointe des pieds et colle ma bouche à la sienne. On s'embrasse tendrement, patiemment, comme si le temps s'était arrêté et que plus rien d'autre ne pressait.

Jusqu'à ce que la porte s'entrouvre brusquement dans mon dos.

Et que mon père se mette à bredouiller comme jamais.

– Vous… vous êtes là ? Qu'est-ce que vous…

– Peu importe, Doug ! Tillie, rentre vite ! Arlo aussi ! Vous avez entendu ce qu'il s'est passé à Target ?

La voix de ma mère tremble, mais pas ses mains lorsqu'elle m'agrippe pour me forcer à rentrer. Je vois ses yeux paniqués se poser sur mon maquillage qui a coulé.

– Vous étiez en train de… Juste là, avant que j'ouvre la porte, vous…

– Oui, ils s'embrassaient, Doug, on a compris ! Tillie, ma chérie, tu as pleuré ?

– On y était, leur révèle Arlo, une fois dans l'entrée, et la porte fermée derrière nous. On était au supermarché, mais on va bien. Tillie va bien.

Ma mère se décompose, mon père vacille. Je me jette dans leurs bras pour les soutenir, leur prouver que je suis bien là, bien entière, mais je ne peux combattre leurs sanglots.

– C'est quoi, ce boucan ? râle Jonah depuis l'étage.

– Tout va bien, mec, le rassure Arlo.

– Pourquoi on entend toutes ces sirènes dans les rues ?

– Ce n'est rien, mon chéri, se force à lui répondre ma mère.

– Maman, tu pleures ? panique soudain mon petit frère. C'est Colleen ?!

Tandis que Jojo dévale les escaliers, le garçon aux yeux verts et moi échangeons un long regard. En silence, on décide qu'il est temps de tout dire.

Garder ce secret plus longtemps n'aidera pas Colleen à revenir. En un déclic, je prends brutalement conscience que pendant tout ce temps, notre silence n'a servi qu'à la mettre un peu plus en danger.

Où es-tu, ma Colleen ?

Qui te fait du mal ?

Qu'est-ce qui t'empêche de rentrer ?

– Maman, papa, il faut qu'on parle. Je crois que je n'ai pas su ni l'aimer, ni la protéger comme il fallait… gémis-je soudain, avant de tomber dans les bras d'Arlo. Et je crois qu'elle ne va pas bien du tout.

52

TOUT DEPUIS LE DÉBUT

Tillie

Alors que je m'effondre et que mes parents me torpillent de questions, Arlo tente de calmer le jeu et nous mène jusqu'aux canapés du salon. J'essaie de contenir mon angoisse, mais dans cette pièce d'ordinaire joyeuse, l'ambiance est tellement pesante que l'air me semble à peine respirable.

Sous ma poitrine, ça martèle.

Ma mère agite la jambe comme une junkie en manque. Mon père fixe ses paumes, puis les passe sur ses joues mal rasées. Et Jonah, assis entre eux, reste prostré, les bras croisés et le regard vide.

– Tu veux que je commence ? me glisse Arlo, assis à côté de moi. Je peux…

– Tillie, on t'écoute, l'interrompt ma mère.

Je me force à lever les yeux vers elle et à affronter son

regard dur. D'habitude, c'est mon père qui joue les coriaces. Mais une mère inquiète pour l'un de ses petits, je ne connais pas grand-chose de plus redoutable.

– Maman, je suis désolée…

– Raconte-nous ce que tu sais, Tillie, insiste mon père.

J'inspire profondément, attrape mes mains pour calmer mes tremblements et me lance :

– J'ai cru la protéger en gardant ses secrets. J'ai eu tellement tort…

– Moi aussi, murmure Arlo en collant sa jambe à la mienne, en signe de soutien.

– On a merdé tous les trois, regrette Jojo.

Mes parents se tournent brusquement vers lui et s'écrient d'une même voix :

– Tu savais ?!

Il acquiesce, se frotte la tempe et me fait signe de continuer.

Je lâche tout. Je vide mon sac. Avec l'aide d'Arlo qui intervient parfois, je raconte ma sœur. Sa vie à la fac – ou du moins, ce qu'on en sait. Les bons jours, mais surtout les mauvais. L'alcool, la drogue, le programme qu'elle ne suit pas, ses rechutes, ses copines, leur mauvaise influence, Arlo et moi, notre relation secrète, puis le baiser qui a tout fait vriller.

Colleen qui nous balance : « Je m'efface » et qui ne réapparaît plus jamais.

Puis les cartes postales et l'illusion rassurante qu'elle va bien, qu'elle a juste besoin d'air, qu'elle reviendra bientôt.

– C'était juste plus facile d'y croire… avoué-je. Avec le recul, je me rends compte qu'on n'a pas agi comme on aurait dû.

– Mais cette fugue, ça lui ressemblait… précise Jonah.

– Jusqu'à cette dernière carte, on imaginait qu'elle vivait son rêve. Mais ces mots, ce n'est pas elle, conclut péniblement Arlo.

Sa voix grave se brise, pourtant il se force à fixer mes parents dans les yeux et leur demande pardon de la manière la plus déchirante qui soit. Mais Sylvia et Douglas sont déjà ailleurs. Dans l'action. En balayant les larmes de son visage, ma mère dégaine son téléphone et compose le 911, tandis que son mari me demande de réunir les trois cartes postales.

Je vais les chercher là où je les ai précieusement rangées, dans la poche avant de mon sac à dos.

À chaque instant, une question tourne en boucle dans mon esprit.

Si ce n'est pas Colleen, qui nous a envoyé ces trois cartes… et pourquoi ?

***

Une enquête est aussitôt ouverte et les investigations démarrent sans attendre. C'est un soulagement de voir que les choses bougent enfin mais toute notre vie s'en trouve chamboulée. Voilà trois mois que plus personne n'a vu Colleen vivante et les policiers qui débarquent chez nous ont du mal à concevoir qu'on ait tant tardé à prévenir les autorités de cette disparition très inquiétante.

Un peu plus et on était tous suspectés.

Moi, je n'ai jamais eu autant de mal à respirer. Et à me regarder dans la glace. Arlo se sent terriblement coupable, lui aussi, il a l'air d'un lion en cage dans cette maison, mais mes parents lui ont demandé de rester et de dormir dans la chambre d'amis le temps que tout se mette en place.

Après tout, il est le meilleur ami de Colleen, il la connaît mieux que personne.

– On va tout reprendre depuis le début, Tille, me balance l'homme en uniforme assis à la table de ma salle à manger.

– Encore ?

– Oui, encore.

L'agent Bowen tourne les pages de son petit calepin griffonné de notes illisibles, mâche un vieux chewing-gum, tire sur sa chemise bleu marine bien trop serrée pour sa bedaine. C'est un type normal, pas très impressionnant, qui ressemble à tout sauf à un héros, et pourtant, lui et ses semblables représentent notre seul espoir.

Pendant des heures, des jours, je réponds aux dizaines, aux centaines de questions qu'on me pose inlassablement. Certaines me semblent répétitives, inutiles, d'autres indiscrètes, mais je joue le jeu en priant pour que les informations que je donne aident à remonter la piste de ma sœur disparue. Colleen a beau être majeure, coutumière des fugues et ce qu'ils considèrent comme une « addict », les forces de l'ordre prennent l'affaire très au sérieux.

Apparemment, tous les signaux sont au rouge. C'est en tout cas ce qu'a beuglé le type qui interrogeait Arlo dans la pièce d'à côté, le premier jour.

– Ça veut dire quoi, ça ? ai-je demandé au policier face à moi.

– Ça veut dire qu'on va demander au FBI de nous filer un coup de main… parce que cette affaire concerne plusieurs États, et même plusieurs pays ! Votre sœur a l'air de s'être mise dans un sacré pétrin.

Des agents en costards noirs débarquent. Colleen passe désormais à la télévision. Sur notre petite chaîne locale, pendant deux jours, puis aux infos de CNN, Fox News et toutes les autres. À chaque fois, le ou la journaliste mentionne une disparition « très préoccupante ».

Moi, je me dis souvent qu'elle adorerait savoir qu'elle crée un chaos pareil. Et je supplie quiconque est là-haut de nous la rendre pour qu'elle voie ces images un jour et puisse se vanter de nous avoir fait la peur de notre vie.

Des gros bras fouillent la maison de fond en comble à Queen Creek, et une autre équipe est immédiatement envoyée sur le campus de San Diego. La colocation, les dortoirs, les salles de cours, les vestiaires du stade : partout où Colleen a mis les pieds, on sort l'artillerie lourde pour chercher le moindre indice qui pourrait ouvrir une nouvelle piste. Le *spring break* prend fin, le campus se remplit à nouveau, les enquêteurs en profitent pour interroger ses amis, ses ennemis, ses professeurs, mais rien n'en ressort.

Nous, on reste ici. Je ne m'imagine pas une seconde laisser ma famille et reprendre les cours. En Arizona, mes parents sont à l'agonie, Jonah ne sort plus de sa chambre et Arlo et moi ressemblons à des zombies.

Même le chien ne sourit plus. Et ne fait plus le mort quand on l'appelle Pan !

Un jour, le quatrième depuis le début des recherches, on nous apprend qu'on a découvert l'ordinateur portable de Colleen dans un casier abandonné du bâtiment des sciences naturelles. Arlo et moi nous regardons droit dans les yeux, au moment de cette annonce, et je crois qu'on tremble à l'unisson.

– Son ordi n'a rien à foutre là… murmure le garçon que j'aime.

Les flics se démènent ici et là-bas, Martha est de retour à la fac et me raconte qu'ils retournent tout le campus, Shen m'envoie des messages d'affection, puis des GIF débiles en espérant me faire sourire, Freya met la main sur mon numéro et me propose son aide par texto.

Moi, je flotte sur un nuage sans bien réaliser ce qui arrive. Un nuage sombre et lugubre qui semble s'étendre à l'infini.

Ce qu'on apprend, après presque une semaine d'enquête, c'est que le téléphone de ma sœur n'est plus actif depuis un long moment et n'a borné nulle part ailleurs qu'à San Diego depuis sa disparition. Colleen n'a jamais foutu les pieds ni en Australie, ni au Japon, et encore moins en Sibérie. Elle n'a jamais emprunté ces vols, son passeport n'a jamais traversé ces frontières.

Toutes les cartes postales mentaient.

Mais tous les frissons qui s'invitent sous ma peau, eux, ne mentent pas.

53

LE SEUL REMÈDE

Arlo

Les cours ont repris à la San Diego State University… sans moi. Et d'après mes potes, le prénom de Colleen est partout. Tout le monde ne parle que d'elle aussi sur les réseaux sociaux. C'est « la disparue du campus », « la joueuse de foot évaporée », « la copine de Sheridan introuvable », « la brune tatouée qui aimait se faire remarquer et qu'on ne remarque plus… ».

Apparemment, les étudiants abrutis par les excès du *spring break* s'amusent à faire des blagues de mauvais goût, racontent que deux sœurs Sinclair, c'était une de trop, ou que si les flics cherchent Colleen, c'est surtout pour la coller en prison. J'ai régulièrement envie de fracasser mon portable contre le mur le plus proche. Je déteste qu'on salisse son nom sans savoir une once de la vérité. Je passe mes journées à envoyer le même type de messages à tous ceux qui s'improvisent comiques ou journalistes d'investigation :

« Si t'as rien de mieux à dire, ferme-la. Si t'as des infos, je t'écoute. »

Je me sens tellement inutile, à Queen Creek.

Mais laisser Tillie derrière moi, je ne l'imagine même pas.

Elle et moi, on se soutient discrètement, en faisant en sorte d'attirer le moins possible l'attention sur nous. On se frôle en douce, on se prend dans les bras quand personne ne nous voit, on se murmure les mots qu'on a terriblement besoin d'entendre, on s'embrasse dans le cou, on se quitte en catastrophe au moindre bruit. Et quand le sommeil se joue de nous, on s'envoie des messages pendant une bonne partie de la nuit.

Je surprends parfois les regards de Sylvia et Douglas sur moi, je ressens leur déception, leur colère. Et les partage.

Je n'ai pas su protéger Colleen.

Dans la maison des Sinclair, c'est toujours le branle-bas de combat. Jonah passe sa vie sur son ordinateur à essayer de cracker les mots de passe de Colleen pour avoir accès à sa messagerie privée – que les flics et les féds ont déjà dû éplucher, sans rien vouloir nous en dire.

Le père de famille discute avec les enquêteurs tous les jours et tente de les secouer pour mettre plus de moyens en œuvre pour chercher sa fille. J'ai rarement vu Douglas si investi et si présent dans la vie de ses enfants. Tillie et sa mère, elles, ont décidé de faire des T-shirts et des affiches qu'elles vont distribuer partout ici : « Aidez-nous à retrouver Colleen ». Sa photo et son avis de recherche sont bientôt placardés sur chaque arbre, chaque poteau, chaque devanture de Queen Creek.

Depuis l'Arizona, j'ai missionné Jay pour en faire autant à San Diego. Mon frère, aidé de Virginia, de mes potes et des amies de Tillie, porte les mêmes T-shirts que nous et agrafe les mêmes affiches un peu partout sur le campus et dans les lieux que Colleen a fréquentés en dernier : bars, *diners*, salles de sport, salons de tatouage, réunions d'addicts anonymes. Il me tient régulièrement au courant de ce qui se passe à la fac… et bizarrement, je ne rate plus un seul de ses appels.

– Arlo ?

– Quoi de neuf, Jay ?

– Les flics sont repassés à votre appart pour fouiller la chambre de Colleen. Ils ont tout retourné… Tu me diras si vous préférez qu'on range ou qu'on ne touche à rien.

– Ils ne peuvent pas interroger les étudiants qui l'ont vue en dernier au lieu de chercher de la drogue sous son lit ? m'agacé-je.

Tillie me rejoint et se glisse dans mon dos, comme chaque fois qu'elle me sent tendu, prêt à exploser. Son front posé entre mes omoplates, ses mains croisées autour de ma taille, c'est le seul remède capable de m'apaiser un peu.

– Il faut les laisser faire leur boulot, tous les indices sont bons à prendre, tente de me rassurer mon frère.

– Je sais. Todd et Hector n'ont plus le droit d'habiter là, ils se sont trouvé une piaule ailleurs, l'appart est sous scellés.

– C'est pour le mieux, Arlo…

– Mais personne n'appelle le numéro qu'on a mis sur les avis de recherche. Personne ne sait rien ou pire, personne ne veut parler. Ça me rend fou !

– Il faut que tu sois patient. Je sais que vous êtes morts d'inquiétude, mais…

– Non, nous on est inquiets mais bien vivants. Elle, on n'en sait rien, grogné-je de rage.

Tillie fait me tourne autour et me prend doucement le téléphone des mains. Elle active le haut-parleur, puis s'adresse directement à mon frère :

– Merci pour tout ce que vous faites avec Virginia. Je ne peux pas laisser Jojo et mes parents ici, ils ont besoin de moi. Mais vous êtes nos yeux et nos oreilles là-bas…

– La famille, c'est fait pour ça, Tillie. Vous pouvez compter sur nous… Si on peut faire quoi que ce soit d'autre, n'hésitez pas.

Ils s'échangent quelques autres banalités avant de raccrocher. Et je pense au sens que prend le mot « famille » dans la bouche de ce frère aîné que je considérais comme un étranger, il y a encore quelques mois.

À Baby Tillie, qui n'était rien d'autre que la petite sœur transparente de ma meilleure amie. Aux parents Sinclair qui étaient un peu les miens jusque-là, mais pas tout à fait. À mes parents à moi qui n'ont même pas passé un coup de fil depuis qu'ils ont eu vent de l'histoire. Ni aux Sinclair, ni à Jay, ni à moi. Si j'avais le temps et l'envie de penser à ça, je leur décernerais la médaille de l'égoïsme et de l'indifférence.

Mais j'ai bien mieux à faire.

– Viens, il faut qu'on continue notre travail de fourmis, me glisse Tillie à l'oreille.

Et elle me tire par la main pour me ramener vers le canapé du salon où je m'affale. Souvent collés l'un à l'autre, on a entrepris de contacter toutes les copines de Colleen une par une pour tenter de retracer la fin de la soirée où elle a disparu. Juste après nous avoir vus nous embrasser et être partie en courant. C'est la dernière fois qu'on l'a vue, tous les deux. Mais quelqu'un d'autre, après nous, a forcément dû lui parler, la voir aller quelque part, boire ou consommer quelque chose, rentrer ou pas à l'appart, faire son sac, quitter le campus ou rien de tout ça.

Quelqu'un sait forcément des trucs qu'on ignore.

Et on *doit* découvrir ce qu'il s'est passé dans les secondes et les minutes qui ont suivi les derniers mots qu'elle nous a crachés en souriant bizarrement :

– Si c'est vraiment ce que vous voulez… Je m'efface.

OK, mais où ? Quand ? Comment ? Avec qui ?

– Freya ? C'est Tillie Sinclair.

La brune me frappe le bras plusieurs fois pour m'indiquer qu'elle est enfin en ligne avec la copine de Colleen.

– Tu as une minute ?

– Ouais, comment je peux aider, Tillie ?

– On a besoin de savoir si tu as vu Colleen le soir de la rave-party, dans l'usine désaffectée. Vous passiez souvent vos soirées ensemble, et on se disait que…

– Je suis désolée, lâche Freya en éclatant en sanglots.

C'est bien la première fois que j'entends pleurer cette cheffe de bande à la réputation de *badass*.

– Désolée pour quoi ?

– J'étais vraiment persuadée que ma pote un peu allumée s'éclatait à l'autre bout du monde. Je ne sais rien de plus. Et quand je pense que j'ai parlé à tout le monde de la *weed* qu'elle me devait… Quelle conne !

Je soupire en entendant ces conneries. Cette meuf, cette bande, leur mauvaise influence m'ont toujours agacé. Je me penche pour me rapprocher du téléphone et tenter le coup.

– C'est Arlo… On a besoin que tu fasses un petit effort de mémoire, Freya. Si tu te souviens d'un truc inhabituel que Colleen a dit ou fait ce soir-là. Si elle a pris de la drogue ou n'était pas dans son état normal.

– Les flics m'ont déjà interrogée… C'est pas à toi que je vais apprendre ça, Sheridan, la loi du campus, c'est de ne pas balancer ses potes. Il n'y a que les traîtres à qui il arrive des problèmes.

J'échange un regard lourd de sens avec Tillie qui grimace.

– Mais j'ai fait une exception pour Colleen, ajoute Freya, la voix voilée. Parce que je veux vraiment qu'on la retrouve. J'ai déjà dit tout ce que je savais aux flics. Elle a pris des trucs, ce soir-là, mais rien de fou. Et oui, je l'ai croisée en début de soirée, mais après ça, *nada*, plus une seule fois. Je pense qu'elle est partie tôt.

– Seule ?

– Aucune idée. Si seulement je savais, je péterais toutes les dents de la personne qui sait et qui ne dit rien.

– OK, merci Freya… Garde l'œil ouvert à la fac, si tu entends parler de quoi que ce soit…

– Je vous appelle sur-le-champ. Courage à vous, j'imagine comme ça doit être dur. Mais on va la retrouver, c'est sûr. Et on fera une grosse soirée pour fêter ça.

Je m'abstiens de lui répondre qu'elle en a déjà assez fait comme ça pour les addictions de Colleen. Je laisse Tillie raccrocher en la remerciant à nouveau et je m'enfonce un peu plus dans ce canapé qui commence à ressembler à une prison.

– On sort ? proposé-je à la brune, sur un coup de tête.

***

Queen Frozen Yogurt est sur le point de fermer, mais Tillie arrive à se faufiler à l'intérieur juste avant que le serveur au tablier rouge retourne la pancarte *Open/Close*.

– Dépêchez-vous, je dois rentrer pour sortir mon chien,

râle le type alors qu'on se jette sur les distributeurs de glace. Il n'est plus tout jeune, il a du mal à se retenir et je crains que ma moquette…

– Je crois qu'on a compris, Al.

Al tique, il s'étonne que je connaisse son prénom, puis il se souvient soudain qu'il est écrit noir sur blanc sur l'étiquette épinglée à une bretelle de son tablier.

– C'est vrai que je suis connu, dans le coin, se vante alors le pauvre bougre. Enfin, pas autant que cette pauvre gamine qui s'est volatilisée. De la mauvaise graine, si vous voulez mon avis…

– C'est ma sœur, murmure la brune qui m'accompagne, en jetant nerveusement des pétales de chocolat au-dessus de son yaourt glacé.

Je plante un baiser dans ses cheveux brillants, le cœur un peu serré, puis on paie rapidement. Je laisse un bon pourboire à Al avant d'ajouter :

– Gardez tout pour shampooiner la moquette. Bonjour à votre mauvaise graine de clébard.

Il hausse les épaules et on sort de là pour aller s'asseoir dans le parc le plus proche, à l'entrée du très distingué Golf Club.

– C'est une force de la nature, Till'…

– Mon mélange est une tuerie, fait-elle en suçant sa cuillère. Nature, pistache et framboise…

– Elle est un peu timbrée, elle adore se mettre dans la merde, mais elle s'en sort toujours, continué-je en fixant le lac artificiel, à quelques mètres de nous.

– J'aurais dû rajouter plus de *topping*. Tu crois que le mec est déjà parti ?

– Colleen va rentrer, ce n'est pas possible autrement.

Sa petite sœur se retourne vers moi brusquement, les larmes

aux yeux, le visage défait. Je me souviens soudain que celle qui sert de remède à tous mes maux manque d'air autant que moi, si ce n'est plus. Que l'incertitude doit être une véritable torture pour elle, la culpabilité la pire des punitions et que là, tout de suite, la fille que j'aime a besoin d'autre chose.

Qu'on vive pour nous, juste pendant une heure. Que je sois son remède à elle.

Alors je l'entoure de mon bras comme un *boyfriend* digne de ce nom le ferait, je l'embrasse tendrement, puis je la renverse sur l'herbe à ma façon. Depuis une semaine, depuis que l'enquête a démarré, on a rarement eu le temps ou la liberté de se toucher.

Et on se sentait trop coupables pour le faire.

– Je t'aime, petite bombe atomique.

– Tu es sûr ?

Je me recule de quelques centimètres pour mieux distinguer l'expression de son visage. Ses yeux fuient immédiatement mon regard. Elle semble si fragile, rongée par la culpabilité et l'angoisse.

– J'ai l'air de douter ? lui glissé-je.

– Tu promets ?

– Je ne vais pas te le promettre, Tillie.

– Non ?

– Non, je vais te le prouver.

Et je l'embrasse.

Je l'embrasse de tout mon souffle.

Je l'embrasse comme un garçon fou d'une fille.

Tendrement. Sauvagement. Entièrement.

Et, si j'en crois mon cœur qui cogne, rugit, s'excite, s'enflamme… pour de bon.

54

LA DÉFLAGRATION

Tillie

– Prête pour demain ? me demande Arlo en apparaissant soudain.

Les mains posées tout en haut du cadre de ma porte, ses bras musclés entourant son beau visage, il observe ma valise encore vide mais ouverte sur mon lit, puis me fixe droit dans les yeux de cette manière qui creuse un petit trou dans mon ventre.

Je ne suis pas prête à retourner à San Diego, non. Encore moins à quitter cette maison qui abrite les cœurs brisés de mes parents et de mon petit frère.

Mais il le faut. Parce que l'enquête n'avance pas d'un pouce. Parce que mes parents ne veulent pas qu'on manque davantage de cours. Et parce que, malgré tout, la vie doit continuer.

– Joker, soufflé-je. Toi ?

– Pas le choix. Et il est temps qu'on quitte cet endroit, je crois.

– Avant de devenir fous, c'est ça ?

– Plus qu'on ne l'est déjà… confirme-t-il dans un sourire triste.

Un mauvais pressentiment ne me quitte pas, depuis mon réveil. Une fois dans la cuisine, j'en parle à Jojo devant notre bol de Golden Oreo, mais il se contente de bâiller et de retourner au lit. Ses anxiolytiques le mettent K.-O.

Je passe une bonne heure à plier et ranger mes fringues par couleurs, j'appelle Martha et prie avec elle au téléphone, fais semblant de cuisiner avec ma mère – personne n'a vraiment le cœur à manger –, vais coller des affichettes dans les villes voisines avec Arlo. Puis mes parents partent au poste en début d'après-midi, convoqués par les flics habituels.

Si seulement aujourd'hui était *le jour*.

Le jour où on la retrouve saine et sauve.

Quand la sonnette retentit, en fin de journée, je m'attends à découvrir mon père derrière la porte – Doug Sinclair, alias le roi du monde quand il s'agit d'avoir la flemme de chercher ses clés.

Mais c'est un autre visage qui se présente.

Et quand je vois le frère d'Arlo apparaître sur le perron de la maison familiale, débarqué tout droit de San Diego, je sais déjà que le pire est en train d'arriver. Je le sens. Il va l'annoncer. Son visage est le plus blanc que j'aie vu de ma vie, ses yeux bleus les plus désespérés.

Quelque chose en moi se met à hurler.

Je me rue sur Jay sans même savoir pourquoi, je voudrais lui mettre les mains sur la bouche, l'empêcher de parler, qu'il se taise à jamais. Qu'il ne brise pas notre famille encore une fois. Qu'il nous laisse juste quelques secondes de répit avant la déflagration.

Tout en tremblant, je pense à mes parents, toujours au poste.

Ils n'ont sans doute pas eu droit à un énième interrogatoire, comme je le pensais. Je comprends à ce moment-là que ce n'était probablement pas la raison. Que ce sont les flics qui doivent être en train de leur parler, à l'heure qu'il est. De les préparer au pire. De les détruire.

À côté de moi, Arlo ne bouge pas. Il a compris aussi. Et je n'ose même pas croiser son regard olive que je devine noyé. Je m'y noierais aussi si je l'apercevais.

C'est trop tard. Face à nous, Jay fait non de la tête une centaine de fois, au ralenti, comme pour nier l'évidence. Et sa voix se brise quand il parvient enfin à bredouiller :

– Je suis désolé…

J'ai l'impression de crever. Que le sol s'ouvre sous mes pieds, me happe violemment, me traîne comme une poupée de chiffon en secouant tout mon corps au passage. Je vois Arlo tomber à genoux, près de moi, et hurler de toutes ses forces, mais je ne l'entends déjà plus. Les sons, les cris sont devenus bruissements, puis ont disparu.

Même son visage, son corps deviennent flous. Les images se font la malle aussi. J'essaie de m'accrocher à lui mais le précipice m'aspire. J'ai tellement mal. Je ne peux tellement pas lutter. Je perds pied.

Mes mains, mes jambes, ma langue, les battements de mon cœur, je ne sens plus rien.

Ma douleur a tout pris.

Je vois le trou noir, je m'y laisse glisser.

Je ne sais pas combien de minutes se passent entre ma perte de connaissance et le moment où je découvre à nouveau leur visage : Arlo et Jay me surplombent en me parlant tout doucement. Le premier caresse ma joue, le second place un nouveau coussin sous mes pieds, sur le canapé du salon. On me tend un verre d'eau, on me cajole, mais on ne me parle pas. Sur le canapé d'en face, Jonah forme une boule qui se balance d'avant en arrière, tenant ses jambes repliées contre lui. Quand je croise son regard vide, il enfouit tout son visage entre ses genoux.

– Arrêtez tous ! Parlez-moi, je veux savoir.

Ma voix enrouée a brisé le silence de ma maison comme un pétard mouillé qui fuse mais n'éclate jamais.

Arlo vient s'asseoir à côté de moi et m'entourer de ses bras. Je me débats. Il me retient. Mon cœur et tout mon corps me font mal à nouveau. Il pose finalement sa joue contre ma tempe et glisse à mon oreille :

– Il faut que tu sois forte, Tillie. Il est arrivé quelque chose de terrible…

Le garçon que j'aime plus que tout est en train de me briser le cœur. J'ai toujours su que ça arriverait, mais jamais de cette façon-là. Arlo attrape doucement mon visage entre ses mains et plonge dans mon regard ses yeux verts noyés de larmes.

– Colleen…

III

VIVRE MALGRÉ TOUT

55

PUISSANCE MILLE

Tillie

Arlo.

Le vert de ses yeux qui me happent.

La chaleur de ses mains.

Le frémissement de sa peau.

Les tremblements de sa voix.

Les gémissements de mon petit frère, prostré sur le canapé d'en face.

Le regard fuyant de Jay.

Une mouche aux ailes bleutées qui vole.

L'air chargé d'électricité.

Les murs de ce salon qui se referment sur moi.

Mon cœur qui bat dans ma gorge.

Je ressens *tout* puissance mille.

Face au garçon qui s'apprête à m'annoncer le pire, je suis

plongée dans un état second, dans un brouillard terrifiant.

J'ai du mal à respirer. À faire taire mes pensées qui hurlent à la mort.

Ma sœur. Je veux ma sœur. Elle et uniquement elle. Personne d'autre.

– Colleen…

– Tais-toi, Arlo !

Je change brusquement d'avis. Je ne suis pas prête. Je ne serai jamais prête.

Mais le garçon au visage dévasté, aux yeux verts et vertigineux, ne me lâche pas. Ses mains qui entourent mon visage m'empêchent de fuir, d'aller cogner ma tête contre un mur. Je le repousse, tente de me libérer mais il ne bouge pas d'un millimètre.

– Tu as besoin de l'entendre…

– Ne le dis pas !

– Colleen… reprend sa voix profonde.

– Non, s'il te plaît, Arlo…

En sanglots, je m'accroche à ses avant-bras et plante mes ongles dans sa peau. J'ai soudain envie qu'il ait mal. Parce que je suis coupable, et lui aussi. J'ai besoin que tout s'arrête. Que cette réalité n'existe pas.

– Son corps a été retrouvé, Tillie.

Je hurle en silence. J'ai le souffle coupé. Arlo vient à la fois de murmurer ces mots glaçants et de planter un pieu brûlant dans mon cœur.

J'ai tellement mal que je ne ressens plus rien.

Puissance mille.

***

Il n'est pas encore sept heures du matin. Mon père a la mine grise, le regard éteint, ma mère les yeux rouges et gonflés. Elle me fait signe d'aller m'asseoir près du hublot, tandis que Jojo s'installe entre nous deux dans l'avion qui s'apprête à s'envoler pour San Diego.

Avec l'aide d'un impressionnant cocktail d'anxiolytiques, mon frère est sorti de la maison pour la première fois depuis la fusillade. Lui aussi tenait à aller voir Colleen une dernière fois.

Aller « voir » une morte : étrange et sordide concept.

– De nous tous, c'était la seule à ne pas avoir peur en avion, souffle soudain mon père dans l'allée d'à côté.

Et ma mère se transforme en fontaine. Jojo en boule de nerfs. Moi en un mélange des deux.

– On aurait dû lui dire plus souvent qu'on l'admirait… murmuré-je.

Et je m'en veux immédiatement d'avoir prononcé ces mots qui ressemblent à des reproches. Si l'un de nous est coupable, ici, c'est bien moi, et moi seule.

– Elle savait qu'on l'aimait et c'est tout ce qui compte, lâche mon frère, d'une voix faiblarde, en serrant la main de ma mère.

La douleur ne s'est évidemment pas apaisée en un jour. On a appris la mort de Colleen hier seulement. Et depuis, la peine qui nous ronge est indescriptible.

Il y a douze heures à peine, mes parents sont rentrés anéantis du poste de police de Queen Creek, Arlo a pris ses affaires, son cœur à vif, son regard plein de colère et d'amour mêlés, et il s'est éclipsé discrètement avec son frère, nous laissant tous les quatre à notre immense chagrin.

On était cinq Sinclair.

Et puis Colleen a disparu. Et son corps a été retrouvé.

***

En milieu de matinée, le fourgon noir du FBI nous transporte jusqu'à l'usine désaffectée où a eu lieu la rave-party, presque quatre mois plus tôt. J'apprends à ce moment-là que c'est ici que se trouvait le corps de ma sœur.

Ici qu'elle est morte.

Cette nuit-là.

Et ma mère doit me gifler les joues, mon père m'asperger d'eau fraîche pour que je ne m'évanouisse pas sur la banquette en cuir.

– Ce soir-là, j'ai embrassé Arlo, soufflé-je en luttant contre la vague qui essaie de m'engloutir. Et Colleen nous a vus…

Ma mère se détourne pour regarder par la fenêtre, mon père serre les dents et Jojo me fait signe de me taire. Clairement, mes confessions n'arrivent pas au bon moment. Elles n'aident personne. Et je dois probablement passer pour une égoïste qui a besoin de vider son sac pour se donner bonne conscience.

Alors je me tais.

Et on continue tous, en silence, à se poser la plus terrible question qui soit, celle qui nous obsède depuis hier : Colleen a-t-elle eu un accident, croisé le chemin d'un assassin… ou mis fin à ses jours ?

Je repense à elle tout le long du chemin, à son rire puissant qui vous explosait au visage, à ses yeux sombres mais pleins de malice, à ses longues jambes toujours pleines d'impatience, à ses mains douces qui se posaient sur moi, parfois. Et je lutte contre les sanglots, enfermée dans ma douleur.

J'ai le sentiment de l'avoir tuée.

Mais je garde ça pour moi.

Au bout de quelques minutes qui me paraissent une éternité, le véhicule s'arrête. Une grande femme noire au visage dur fait brusquement coulisser la portière et nous invite à descendre avant de se présenter :

– Je suis l'agent Higgins. Vous avez demandé à voir l'endroit où on l'a retrouvée, c'est ça ?

Sa voix se veut calme et posée, mais ses mots font mal.

– Je veux voir l'endroit où ma fille a rendu son dernier souffle, oui, lâche mon père en me collant des frissons.

– Je… je ne sais pas si j'en suis capable… murmure ma mère.

Elle tremble de tout son corps, porte ses doigts fins à sa bouche, ferme ses yeux remplis de larmes.

– Je vais rester avec toi, maman, lui glisse Jonah en posant sa tête sur son épaule.

– Allez-y, Douglas et Tillie. Je suis sûre que Colleen aurait voulu qu'on sache… qu'on voie… là où elle était. C'est un peu comme aller la chercher.

Un nouveau sanglot la terrasse et je ne peux pas le supporter. Je me détourne, suis l'agent en tailleur jusqu'à l'intérieur de l'usine, talonnée par mon père. Tandis que je me force à avancer aussi vite que la femme aux grandes jambes, mon père vient glisser sa main dans la mienne. Je lève les yeux vers lui, surprise par ce geste.

– J'espère qu'elle n'a pas eu mal, pas eu peur, lâche sa voix brisée. Tu crois qu'elle savait suffisamment que sa famille était là pour elle ?

Je ne lui réponds pas mais on se serre dans les bras, lui et moi, jusqu'à ce que l'agent Higgins nous fasse comprendre d'un raclement de gorge qu'elle n'a pas toute la journée.

Alors on la suit à l'autre bout de l'usine et je me surprends à penser qu'avec ses jambes athlétiques, ses cheveux coupés très court, son allure classe et son regard déterminé, cette femme aurait beaucoup plu à Colleen. Derrière mon père, je monte un vieil escalier en métal et on découvre ensemble, le souffle court, le petit coin cerné de murs gris où est morte ma sœur.

Seule.

Abandonnée.

Et on pleure de plus belle en se demandant pourquoi elle, et pas nous. Parce qu'à cet instant, face au sol vide et crasseux où son cadavre a passé quatre mois avant d'être retrouvé par les enquêteurs qui fouillaient le campus et ses environs, je crois qu'on se dit tous les deux qu'on aurait préféré mourir à sa place.

– L'autopsie en cours va pouvoir parler, nous lance doucement Higgins en fixant ses mocassins noirs. On va savoir ce qui lui est arrivé.

***

En attendant d'en apprendre plus, on va tous s'installer dans un motel près de la fac. Chambre dix pour mes parents, douze pour mon frère et moi. À peine arrivé, Jojo s'affale sur son lit à la couverture fleurie et s'endort en moins d'une minute. Je m'installe dans un fauteuil et observe la rue calme depuis la fenêtre. Je ne bouge plus pendant plusieurs heures, les images du sol et des murs gris envahissant mon esprit.

Le visage d'Arlo s'affiche sur mon téléphone. Je ne décroche pas.

Il m'envoie un SMS, je ne l'ouvre pas.

– Colleen, qu'est-ce qu'on t'a fait ? murmuré-je en posant mon front sur mes genoux repliés contre moi.

En milieu d'après-midi, on frappe à notre porte. Mon père a réalisé qu'il était temps d'aller déjeuner et nous emmène au *diner* d'à côté. Ma mère ne commande rien, si ce n'est six tasses de café noir. Jonah et moi touchons à peine à nos assiettes, tandis que notre paternel noie son chagrin sous une montagne de bacon, de frites et de ketchup.

– Elle adorait ça, renifle l'affamé en vidant un peu plus le flacon rouge sur ses *french fries*.

On le regarde manger en essayant de sourire, mais les larmes s'invitent au menu, et on quitte rapidement notre table. On regagne le motel, et, tous dans la même chambre, on s'installe sur le lit, et on allume la télé. Jojo zappe pendant une éternité jusqu'à tomber sur un épisode de *Friends*, et mon cœur se serre à nouveau.

Mon père, qui n'avait pas fermé l'œil depuis l'annonce de la mort de sa fille aînée, s'endort bouche ouverte, et se met à ronfler plus fort que la télé. Ma mère lui caresse la joue, mon frère siffle en se marrant – quelques secondes seulement –, et je vais me caler contre le dos de mon père en espérant y trouver le sommeil et un peu de chaleur.

Quelques heures plus tard, la sonnerie de son téléphone nous réveille tous en sursaut. Ma mère décroche et se met à répéter inlassablement : « D'accord ». Mon père s'impatiente, elle active le haut-parleur et on comprend enfin que le médecin légiste est à l'autre bout du fil.

– Je vais démarrer les premiers examens et l'agent Higgins m'a demandé personnellement de vous tenir au courant.

– Merci, souffle mon père avant de lâcher un râle sinistre.

Imaginer qu'un inconnu s'apprête à découper le corps de Colleen pour déterminer les causes de son décès, c'est inhumain.

– Vous allez pouvoir nous dire ce qu'il s'est passé ? intervient ma mère d'une voix tremblante.

– Je vais utiliser toutes les techniques scientifiques à ma disposition, madame Sinclair.

– Son corps… murmuré-je.

– Pardon ?

– Son corps est… en bon état ?

Tous les regards se tournent vers moi, puis convergent à nouveau vers le téléphone.

– Il est suffisamment bien conservé pour que j'arrive à vous apporter des réponses, affirme l'expert. Mais je ne peux rien vous dire de plus à ce stade.

J'ai fait mes recherches, la nuit dernière. La première étape de décomposition d'un corps démarre deux jours après la mort. La seconde est l'étape des premiers « vrais » signes de décomposition : ventre creusé, yeux blancs, peau grise… La troisième, l'étape cadavérique, implique que la peau commence à disparaître tandis que les os apparaissent. Elle intervient environ trois ou quatre mois *post mortem*.

C'est à ce stade que se trouve Colleen. Et cette vision me glace le sang.

Ma mère raccroche enfin et me fixe étrangement, comme si elle devinait les images de corps décharnés qui défilent sous mon crâne. J'ai la désagréable impression d'avoir été prise en flagrant délit de pensées morbides.

– Je suis désolée… soufflé-je.

– Désolée pour quoi ?

Je vois la colère monter en elle, elle a du mal à la contenir. Ma mère ne me lâche plus du regard, je me sens acculée, prisonnière, mon cœur bat frénétiquement.

Je me retrouve soudain sur le banc des accusés. Prise à partie par ma propre mère.

– Désolée pour quoi ? répète-t-elle sur un ton plus grave.

– Vous savez pourquoi…

Elle me défie d'aller plus loin.

– Pourquoi, Tillie ?

– Je… je l'ai trahie…

– Et alors ? On fait tous des conneries, ça ne fait pas de toi une meurtrière ! s'écrie soudain Jonah.

Ma mère le fixe durement à son tour.

– Sylvia, c'est ta douleur qui parle… lui glisse mon père.

– Je ne veux plus que tu le voies.

Elle plante à nouveau son regard sévère dans le mien.

– Pardon ?

– Arlo, insiste-t-elle. C'est terminé entre vous.

– Maman !

– Colleen vous a vus… On ne sait pas si… Peut-être que c'est ça qui…

– Je suis d'accord avec ta mère, intervient mon père en posant sa main sur celle de sa femme.

Sa voix à lui est neutre, dénuée de colère ou de reproche. Mais lui aussi, à sa manière, érige soudain une barrière invisible entre le garçon que j'aime et moi.

– Il n'a pas joué son rôle de grand frère, ajoute-t-il.

– Non ! s'acharne ma mère, en pleurs. Il devait veiller sur mes filles, les protéger, nous prévenir si quelque chose arrivait…

Les sanglots lui soulèvent la poitrine, la peine lui déforme le visage. Son mari la prend dans ses bras et nous fait doucement signe, à Jojo et moi, de quitter leur chambre.

– Ils ont besoin d'en vouloir à quelqu'un, Till'… me chuchote mon frère dans le couloir du motel. Arlo est le coupable idéal.

– C'est à moi qu'ils devraient s'en prendre, pas à lui.

Et, sans réfléchir, je fais demi-tour. Je m'éloigne de cette chambre numéro douze, file jusqu'à la sortie, fuis ce motel, ses fleurs sinistres et ses habitants en pleurs. Je fixe le soleil d'avril qui s'apprête à se coucher, j'inspire un grand coup et repars.

Tout en courant en direction du campus, je pense à lui. À son regard, à sa voix, à sa bouche, à ses bras.

Je les veux autour de moi.

Son corps contre moi.

Son amour tout contre moi.

Pour lutter contre cette mort qui rôde et qui empoisonne.

Pour me sentir vivante, à nouveau.

Puissance mille.

56

RESPIRER

Tillie

Depuis que je sais qu'elle est morte, je vois Colleen partout.

Alors que je marche seule face au soleil couchant, je crois d'abord la reconnaître à un arrêt de bus, sur le trottoir d'en face. Je presse mes doigts sur mes paupières, tandis qu'une légère brise balaie mon visage et cette vision.

Deux minutes plus tard, c'est en suspension sur un vélo rouillé qu'une fille androgyne me dépasse et me renvoie à mes souvenirs. Je revois ma sœur à 9 ans, quand j'en avais 6, en train de m'encourager à me lancer pour la première fois sans roulettes. Puis rire comme une hyène lorsque j'atterris la tête la première dans un buisson d'orties.

Je reprends ma route le cœur lourd, et, quelques rues plus loin, un autre sosie de Colleen se jette dans les bras d'un mec aux biceps intégralement tatoués. Et je prends conscience que je ne savais presque rien de sa vie amoureuse, que ma sœur, pourtant grande gueule et décomplexée sur tant de choses, ne se dévoilait pas à ce sujet. Ce type lui aurait peut-être plu. Ou peut-être pas, je n'en sais rien. Et je ne le saurai jamais.

Plus tard, j'en croise une autre qui porte son parfum et je me dis que toutes les filles brunes au carré court et à la silhouette fine de San Diego se sont passé le mot pour me torturer, ce soir.

« Et si on remuait un peu plus le couteau déjà planté dans le cœur de cette garce ? »

« Vous savez, celle qui a trahi sa sœur et causé sa perte… »

Le pire, c'est que ça marche. J'avance en pleurant, je me perds dans ces rues qui se ressemblent, je renifle comme un bébé, m'essuie les yeux sur la manche de mon sweat à capuche bordeaux dans lequel je meurs de chaud, rentre à moitié dans un type qui m'engueule, puis traverse au rouge en me faisant klaxonner.

Je suis pathétique.

Finalement, au bout d'une vingtaine de minutes, j'atteins la grande allée de palmiers qui borde le campus. J'envoie un SMS à Arlo, en réalisant que je ne l'ai toujours pas prévenu.

[Je suis là, cachée derrière
le kiosque à café. Tu viens ?]

Impossible pour moi de le rejoindre à l'appartement où habitait ma sœur, mis sous scellés depuis longtemps par les flics. Plus personne ne peut y habiter. Ni de me rendre dans ma chambre du dortoir, où Martha m'attend probablement en fixant la porte et en priant. Ma coloc m'a envoyé des tas de messages, a tenté de me joindre plusieurs fois, tout comme Shen, Elle, Lauren et même Freya. Mais je fais le vide autour de moi.

Je me sens incapable de regarder tous les gens que je connais ici dans les yeux, incapable de soutenir leurs regards, d'y lire la gêne, la tristesse, la pitié… peut-être même des reproches.

Alors, de retour sur ce campus, je fais profil bas, je fixe le sol pour n'avoir à parler à personne. J'ignore combien de minutes s'écoulent avant que celui que j'attendais apparaisse. En short de foot rouge et T-shirt noir, le visage grave mais le regard lumineux, Arlo arrive en courant à petites foulées.

Le garçon que j'aime m'ouvre les bras, je m'y réfugie les yeux fermés et le cœur battant.

Nos corps se percutent, nos chaleurs se mélangent, mes mains se nouent autour de son large buste, son visage plonge dans mes cheveux. C'est indescriptible, ces sensations qu'il me procure. Il sent si bon, il me semble si solide, si viril, si présent que je voudrais disparaître en lui.

Que tout s'arrête, que plus rien n'existe, si ce n'est *nous deux*.

Il ne me reste plus que ça.

Nos baisers volés. Notre désir brûlant. Nos actes manqués. Notre attirance surhumaine. Notre amour interdit.

Tout ce qui nous a perdus… et tout ce qui compte à mes yeux aujourd'hui.

– Tillie, putain… J'ai cru que tu ne reviendrais jamais, que je ne pourrais plus jamais te voir, te sentir, te toucher.

Sa voix grave n'est plus qu'un souffle en fin de phrase, son grand corps frémit contre le mien. Je l'embrasse dans le cou, il me serre un peu plus fort, comme s'il espérait que nos peaux fusionnent.

J'en rêve aussi.

On s'entoure, on se protège, on se barricade en silence pendant une petite éternité, sans parler, juste en se retenant, en se respirant. Mais la réalité reprend le dessus. Petit à petit, les images de ce matin me reviennent.

Le sol gris. Les murs gris. Là où la vie de Colleen s'est arrêtée.

– J'ai vu l'endroit où on l'a retrouvée, dis-je en gémissant dans les bras d'Arlo.

Je sens tous ses muscles se tendre, tout à coup.

– Elle est morte à l'usine, sûrement la nuit de la rave-party… continué-je.

– Je sais. Des agents sont venus me parler.

– Ce soir-là, ajouté-je avec difficulté. Ce soir-là, elle venait de nous surprendre.

– Je sais.

– On lui a fait ça, Arlo.

Un sanglot explose dans ma gorge.

– Respire, chuchote-t-il doucement.

– Comment est-ce qu'on va vivre avec ça ?

– Respire, Tillie.

J'essaie, mais j'ai beau happer l'air, l'oxygène ne parvient pas jusqu'à mes poumons. Je panique, à bout de souffle, en pleine crise d'angoisse. Tout se met à tourner, mais les grandes mains d'Arlo se posent soudain sur mon visage et son regard plonge dans le mien.

– Doucement… Voilà… Reste avec moi. Inspire plus longtemps… et relâche. Comme ça, oui. Je suis là, Tillie. Tu n'es pas seule. Tu ne seras jamais seule.

Les larmes inondent mes joues, mais ma respiration revient peu à peu à la normale.

– Tes parents sont à l'hôtel ? me glisse le brun aux yeux verts. Je vais te ramener, dis-moi juste où…

– Non, je ne peux pas. Je… je veux rester avec toi.

– Alors viens, il n'y a personne à l'appart. On nous en a filé un autre en attendant la fin de l'enquête.

– Tu vis à nouveau avec Hector et Todd ? Ils pourraient rentrer n'importe quand…

– Ils ne viendront pas dans ma chambre. Viens, il faut que tu te reposes, me murmure-t-il en glissant une mèche rebelle derrière mon oreille.

– Je voudrais juste dormir dans tes bras, soufflé-je, soudain à bout de forces.

– Tillie, depuis combien de temps tu n'as rien avalé ?

– Je ne veux rien, Arlo. Juste toi…

Le garçon sans qui plus rien n'a de sens me guide jusqu'au bâtiment des Quatrième Année, tandis que j'ignore les quelques regards qui se posent sur moi. Puis il me hisse sur son dos pour monter les trois étages qui mènent jusqu'à la porte de son nouvel appartement. Je pénètre dans l'entrée déserte, puis le suis jusqu'à sa chambre aux murs affreusement blancs. Il n'a rien décoré : pas eu le temps – et j'imagine pas le cœur non plus. Je me laisse tomber sur son lit, il retire mes baskets et m'annonce doucement qu'il va me chercher à boire.

Lorsque Arlo réapparaît, je suis quasiment endormie, roulée en boule sur son matelas. Je sens son corps chaud venir se souder au mien, puis plus rien. Le sommeil m'emporte loin de tout.

Mais jamais trop loin de lui.

***

– Tillie…

Sa voix grave et suave me réveille quelques heures plus

tard. J'ouvre les yeux et m'étire comme un chat dans cette chambre plongée dans le noir. La lune se reflète dans les yeux du garçon qui m'observe. Ses grains de beauté, ses lèvres pleines, son torse nu, sa peau ambrée, les lignes de ses muscles : à cet instant, je le trouve si beau que je me remets à pleurer.

– Tu m'as tellement manqué, Arlo.

Il me sourit tristement, se penche pour déposer un baiser grisant sur mes lèvres et frôler mon piercing de la langue. Un baiser humide, pas du tout sage, qui m'électrise. Mais l'insolent s'interrompt là.

– Encore, grogné-je. J'en veux encore.

– Attends… Tu devrais rentrer avant que tes parents pensent que tu as fugué.

– J'ai besoin de toi, Arlo. Besoin d'oublier…

Il sera mon remède pendant toute cette épreuve, j'en ai la certitude. Ma bouffée d'air. Mon échappatoire. Mon souffle de vie. Arlo est le seul à pouvoir me comprendre. À connaître ce vide, cette peine immense mêlée à cette culpabilité qui me noie. Ce mélange tordu d'émotions qui me ronge à l'intérieur, qui noircit mon cœur, qui me fait tellement mal que je suis prête à tout pour quelques minutes, même quelques secondes de répit.

On se jauge du regard, en silence, assez longtemps, puis je passe mes mains derrière sa nuque et tente de le ramener à moi, mais le farouche m'échappe.

– Tu ne veux pas oublier avec moi ?

– J'en rêve, Tillie, souffle-t-il. Mais Jonah t'a envoyé des tonnes de textos, tu devrais lui répondre…

Je pose mon regard sur le téléphone qui se trouve sur l'oreiller d'à côté, puis m'en empare. En trois heures, mon petit frère a tenté de m'appeler six fois et m'a écrit quatre messages.

[Je t'ai couverte. Papa est passé
nous voir dans la chambre, je lui
ai dit que tu étais juste allée
acheter de quoi grignoter…]

[Tillie, tu rentres dormir, ou pas ?]

[Si tu passes la nuit avec Arlo,
juste un conseil : fais en sorte
d'être revenue demain matin avant
que les parents se réveillent…]

Une vague de culpabilité m'étreint. Je l'ai laissé seul alors qu'il est si fragile, qu'il se gave de cachetons et lutte en permanence contre ses propres démons. Son dernier texto remonte à quelques minutes seulement, et contient des émoticônes qui illustrent bien… sa colère.

[Tillie, réponds ! Dis-moi au moins
que tu vas bien ! Bonhomme furieux.
Éclair. Crotte. Doigt d'honneur.]

Je me mets à taper à toute vitesse :

[Je suis désolée Jojo.
Et la pire des grandes sœurs…
Je n'aurais pas dû te laisser,
je vais rentrer. J'arrive
dès que possible.]

[Non, reste. Je voulais juste
vérifier que l'une de mes sœurs
était encore vivante.]

Ses sarcasmes me font froid dans le dos, parfois.

[Je pars tout de suite !]

[Non, reste où tu es, je te dis !
Je dors mieux sans toi. Tu ronfles
encore plus fort que papa,
c'est monstrueux.]

Dans mon dos, Arlo lâche un petit rire discret qui ne me dit rien qui vaille.

– Quoi ?

– Il a raison, me balance le brun, un sourcil levé.

– Je ronfle ?

– Si on peut appeler ça ronfler, ouais…

Et le mec le plus sexy de cette planète se met à m'imiter, en produisant des sons qui ne devraient même pas exister. Je tente de le faire taire d'un coup d'oreiller, il l'intercepte, le fait voler à l'autre bout de la pièce et me grimpe dessus à califourchon.

– Tu crois vraiment que tu fais le poids, Sinclair ?

– Descends de là, Sheridan. Je vais te mettre la raclée de ta vie !

– J'aimerais bien voir ça…

– Ne me tente pas.

– Vas-y, je regarde.

– Tu m'écrases, comment je fais pour bouger ?!

Son rire guttural et irrésistible fend l'air. J'en profite pour le faire basculer sur le matelas et m'allonger brutalement sur lui.

– C'est ça, ta raclée ? gronde sa voix qui m'émoustille. J'appelle ça des préliminaires, moi.

Je plaque mes mains sur sa bouche pour qu'il la ferme, il me retourne comme une crêpe une fois encore, sans le moindre effort. Je m'apprête à lui voler un baiser quand mes yeux survolent un cadre photo posé sur sa table de nuit.

Colleen et Arlo sur un terrain de foot, bras dessus, bras dessous.

Mes larmes jaillissent en geyser.

– Tillie ? s'inquiète celui que j'aime.

– Elle… elle est morte… vraiment morte.

Et je m'effondre en me prenant une nouvelle claque magistrale. Un uppercut en plein ventre. Un rouleau compresseur d'une violence indescriptible qui me broie sur place. À chaque fois que j'oublie, que mon esprit parvient à s'évader juste quelques instants, la rechute est d'une cruauté sans nom.

La réalité me rattrape sans aucune pitié. Ma sœur ne reviendra pas. Et je ne suis peut-être pas étrangère à sa mort.

– Viens contre moi…

Arlo m'entoure de son bras et on s'allonge côte à côte pour fixer le plafond.

– On va trouver qui lui a fait ça, lâche sa voix sombre. Et je vais le *détruire* jusqu'à ce qu'il n'en reste plus rien.

J'observe son profil anguleux, sa pommette saillante, sa mâchoire contractée, ses dents serrées.

– Arlo ?

– Hmm ?

– Et si c'était… un suicide ? Ou une overdose ?

– Impossible.

Il se contracte un peu plus contre moi, je sens la colère bouillir en lui.

– Elle nous a vus nous embrasser, continué-je, penaude. Elle a peut-être pris des saloperies pour se venger, se vider la tête, s'évader. Elle nous a bien dit : « Je m'efface », non ?

– Alors qui a fait disparaître ses affaires ensuite ? Qui nous a envoyé ces putains de cartes postales ? Ouvre les yeux : quelqu'un a envoyé ces mots pour qu'on ne la cherche pas ! Quelqu'un l'a tuée, Tillie !

J'y ai pensé aussi, évidemment. J'ai imaginé tous les scénarios. Mais je connais ma sœur…

– Elle est capable d'avoir manigancé tout ça, Arlo…

– Quoi ?

– Les cartes postales… Elle a pu demander à quelqu'un de faire ça pour elle avant de se foutre en l'air.

Les mots sortent difficilement, mais je me force à aller jusqu'au bout de mon idée.

– Dans ses périodes les plus sombres, Colleen aimait ce genre de trucs macabres. Les fugues sans laisser d'explication. Les petits mots énigmatiques avec d'autres écritures que la sienne. Une fois, à une fête d'Halloween, elle a même dit à tout le monde qu'elle voulait simuler sa mort pour pouvoir assister à son propre enterrement. Tu t'en souviens, non ?

– C'étaient des conneries, tout ça ! soupire son meilleur ami.

– Je ne sais pas, soufflé-je. L'idée des cartes postales, toute cette mise en scène pour brouiller les pistes et nous faire penser qu'elle est vivante, ça l'aurait fait marrer je crois. Mais elle aurait eu besoin d'un complice… Alors qui ?

Arlo se tourne vers moi et, le regard noir, lâche entre ses dents :

– Pas son complice, Tillie. Son assassin !

Le ténébreux passe la main dans ses cheveux bouclés, il se frotte nerveusement le front, son souffle devient court et cette fois, c'est moi qui lui chuchote :

– Arlo, respire…

Cette nuit-là, avant de nous endormir épuisés, vidés, serrés l'un contre l'autre, on se fait une promesse.

Celle de faire honneur à Colleen à notre manière, en découvrant ce qui lui est vraiment arrivé. En refusant la théorie bidon que vont sûrement nous sortir les enquêteurs – après tout, c'est plus facile de justifier la mort d'une junkie que celle d'une sainte, ils ne vont probablement pas trop se fatiguer.

Pour elle, on ira chercher la vérité.

Et peut-être, un peu, aussi, pour se faire pardonner…

57

SON ABSENCE

Arlo

Revenir à la San Diego State University a eu un goût de trahison.

Ça fait huit longs jours que j'essaie de me mettre ça dans le crâne : Colleen ne foulera plus jamais le terrain de foot, les allées bordées d'arbres, les pelouses où on s'allongeait pour regarder les nuages, ces couloirs qui l'oppressaient, ces salles de cours qui la privaient de sa précieuse liberté et de ses envies d'ailleurs.

L'ailleurs, pour elle, c'est désormais nulle part. Et pour toujours.

Je serre les dents, ravale mes larmes en rejoignant mes colocs au bâtiment des Quatrième Année. Je m'interdis de pleurer, de craquer, de me lamenter. Ma meilleure amie mérite mieux.

Depuis une semaine, on habite un grand appartement témoin avec Todd et Hector, sans aucune déco et avec peu de meubles. Sans vie, en gros. Mais on fait avec : notre ancien appart est toujours sous scellés et gardé par un type de la sécurité vingt-quatre heures sur vingt-quatre.

– Ils font chier, j'ai plein d'affaires à récupérer, râle le blond.

– Moi aussi, je vois pas ce que ma console de jeux va leur apprendre sur la mort de Sinclair, grogne le brun.

– Elle vivait ici, avec nous, ils pourraient encore y trouver des indices. Arrêtez un peu de penser à vos petites gueules, sifflé-je au milieu de la chambre.

J'étouffe, ici. Je ne supporte plus de les entendre se plaindre pour des trucs insignifiants. Des cours ennuyeux, des entraînements fatigants, des meufs qui ne répondent pas à leurs textos ou leur filent de faux numéros, de Colleen, comme si elle était un élément gênant.

– Désolé, mec, on sait que c'est compliqué pour toi, me chuchote Vargas.

Le défenseur me colle son énorme main sur l'épaule et j'ai une furieuse envie de lui retourner les doigts jusqu'à ce que ses os cèdent.

Ce n'est pas « compliqué », non, abruti.

C'est la sensation la plus atroce de ma vie. La perte la plus impensable. La douleur la plus insupportable. La mort de ma meilleure amie ne quitte pas mes pensées et ça me déchire la poitrine à chaque seconde. Ça m'empêche de respirer, ça me donne envie de hurler et de tout casser. La culpabilité, le manque, les questions, les rumeurs : tout me ramène à elle. Et surtout à son absence.

– Je vais courir, annoncé-je en me tirant sans me retourner.

Je refuse de m'écrouler devant eux. J'ai repris les cours, le soccer, pas vraiment le choix. Mais si je suis encore là, c'est pour Colleen. Je dois me servir de ma douleur, de ma colère et de ma présence ici pour venger sa mémoire, laver sa réputation, trouver la vérité. Je ne quitterai pas cette fac sans savoir ce qui lui est arrivé. Et sans gueuler à tous ceux qui croient tout savoir qu'ils ne comprennent rien, qu'ils ne la connaissent pas, qu'elle n'aurait jamais fait ça.

Même Tillie doute d'elle.

Moi, je ne peux pas.

Depuis que j'ai remis les pieds sur le campus, toutes les voix sur mon passage ne prononcent que son prénom et des putains de spéculations. J'entends des murmures odieux tous les jours : « sûrement un suicide », « la pauvre », « pas supporté la pression », « forcément une overdose », « cette fille trop instable », « ça ne pouvait que mal finir, cette histoire ».

Je suis apparemment le seul à ne pas y croire. Pour tous les joueurs de foot, les étudiants du cursus de journalisme sportif, les filles de la bande de Freya et tous les inconnus qui ont l'air mieux renseignés que moi, l'aînée des Sinclair a choisi d'en finir. La fêtarde, la tatouée, la rebelle, la droguée, la grande gueule au sale caractère et aux excès en tout genre a précipité sa propre mort parce que la vie était trop dure pour elle.

Mais personne ne sait à quel point Colleen était forte. Et loyale. Et incapable de faire du mal.

Non, elle n'aurait pas fait ça. Elle n'aurait pas abandonné sa sœur et son frère dans ce monde impitoyable, elle n'aurait pas brisé le cœur de ses parents malgré tout ce qu'elle leur reprochait, elle ne m'aurait pas lâché, moi, malgré ce que je lui ai fait.

Notre amitié fusionnelle comptait plus que tout pour elle. Je l'ai peut-être trahie en me rapprochant de Tillie, mais il y avait un pacte silencieux entre nous, bien plus fort que ça, indestructible. Je prenais soin d'elle, elle était là pour moi. On s'engueulait fort, on se pardonnait tout. On s'éloignait parfois, on se retrouvait toujours. Colleen n'a pas pu se foutre en l'air sans un mot, un adieu, un appel au secours, une main tendue vers moi.

Est-ce qu'il se peut que je n'aie pas vu, pas entendu ?

Est-ce que Tillie Sinclair a pu prendre une telle place que sa sœur n'existait plus ?

Je fais des tours de stade jusqu'à ce que les questions disparaissent et que les certitudes reviennent. Que la déchirure dans ma poitrine se mue en vraie douleur physique, l'air qui manque, le cœur qui s'enflamme, les poumons qui crament. Quelqu'un a tué Colleen et je dois savoir qui. Si c'est un accident ou un meurtre. Si elle a souffert ou pas.

Et qui je vais faire souffrir en retour.

– Arlo, arrête-toi, tu forces trop.

Je reconnais la voix de mon frère quand je l'ai dépassé depuis longtemps. Je finis par décélérer et je reviens sur mes pas en marchant à reculons. Une fois à la hauteur de Jay, je m'effondre sur la piste d'athlétisme, à bout de souffle, le torse qui se soulève à toute vitesse et les côtes qui se creusent. Quand je réussis enfin à m'asseoir et à le regarder en face, il est accroupi face à moi dans un costard bleu à fines rayures aussi jaunes que ses cheveux coupés n'importe comment.

– Qu'est-ce que tu fous là, Jay ?

– Tes coéquipiers m'ont prévenu que tu étais ici depuis trop longtemps.

– Hein, qui ?

– Hector Vargas et Todd Kennedy, apparemment ils savent

enfin que je suis ton frère… Ils sont venus me chercher jusqu'à ma salle. Ils s'inquiètent pour toi, Arlo.

– Ils ne pigent rien.

– Il y a peu de jeunes gens de 21 ans qui ont déjà été confrontés à la mort d'un être cher.

– Je n'ai pas envie de parler d'elle, grommelé-je en fixant mes baskets.

Tout me fait mal à nouveau.

– Les absents prennent parfois toute la place, qu'on le veuille ou non. Mais tu ne dois pas t'oublier.

– S'il te plaît, ne fais pas ton Jay, pas maintenant. Je n'ai pas besoin d'un putain de psy…

– Je suis ton frère aîné et je vais jouer ce rôle-là. Celui que je n'ai pas rempli, toutes ces années. Parle-moi de ce que tu ressens, ce qui te fait peur, ce que tu attends…

– Sans façon, merci.

– C'est encore plus dur ici ? Au stade où vous passiez tant de temps tous les deux…

– Arrête ça, Jay.

Mais mon frère tire sur les jambes de son costume et s'assied à côté de moi en tailleur. Quand son épaule touche la mienne, je m'affale en arrière, en appui sur les mains. J'ai du mal avec les contacts physiques, les regards de pitié, toute forme de proximité. Je me plante le nez au ciel et je ravale les larmes qui affluent en même temps que les nuages lourds passent au-dessus de ma tête.

– Quelle merde, soupiré-je. Ça fait une semaine que je sais mais j'ai l'impression qu'elle est partie depuis des années.

– Et en même temps… ? m'aide Jay à voix basse.

– Je m'attends à la voir apparaître à tout moment, sur ce

terrain, dans les vestiaires, en cours, comme si elle n'avait jamais disparu. À la voir sourire, m'engueuler, me vanner de me mettre dans cet état. J'oublie qu'elle est morte, parfois.

– Parce que ton esprit refuse de l'admettre. Et parce que tu n'as pas pu lui faire tes adieux, ni de vive voix quand elle était là, ni par une cérémonie qui rendra sa mort réelle.

– Je ne sais même pas quand ce sera.

Ma voix s'étrangle en prononçant cette phrase. Et je pense à Tillie. Depuis cette nuit où elle a dormi contre moi avant de s'éclipser au petit matin, je ne l'ai revue qu'une fois, en coup de vent. Elle est surveillée par ses parents, par les flics, par la terre entière. Même nos communications au téléphone ou par textos sont réduites au strict minimum, au cas où on serait sur écoute. C'est l'enfer. Je m'allonge à nouveau sur la piste et je replie mon bras sur mon visage.

– Les Sinclair ne te tiennent pas au courant ? interroge mon frère.

– Je ne sais rien. Je ne fais pas partie de la famille, Jay.

– C'est normal qu'ils se replient sur eux dans un moment pareil.

– Ses parents ne veulent même plus que j'approche Tillie.

– Et depuis quand Arlo Sheridan et Tillie Sinclair suivent les consignes et le droit chemin, hein ?

Sa chaussure de ville vient cogner dans ma basket pour me secouer. Je me redresse sur les coudes et son petit sourire triste réussit à m'en arracher un.

Il y a une semaine, en quittant Queen Creek, j'ai raconté à mon frère tout ce qui s'était passé entre Tillie et moi. Ce qui se passait encore, malgré tout. C'est lui qui a proposé de me ramener à San Diego et dans cette bagnole, il m'a écouté sans me juger, il m'a questionné sans me brusquer, il n'a pas changé d'attitude ni de regard, il n'a pas dévié de son soutien pour moi d'un iota.

Qui aurait cru qu'un jour, Jay Sheridan, cet étranger, ce frère adoptif si différent de moi, serait devenu un de mes piliers ?

Pas moi.

58

MAIS ENSEMBLE

Arlo

Ce soir-là, je reçois un texto de Tillie qui dit seulement :

[H8, 10 min ?]

Je réponds « OK » et je sors le plan de la fac plié en douze que je garde maintenant tout le temps dans la poche arrière de mon jean. Ce n'est pas hyper pointu et je pense que n'importe quel flic ou type du FBI déchiffrerait notre code en dix secondes, mais on n'a rien trouvé de mieux, cette semaine, pour se donner rendez-vous dans des coins déserts de la fac et éviter d'être vus ensemble en plein jour. Pas question de se retrouver près de son motel, dans un *diner* de San Diego ou à proximité des lieux fréquentés par nos potes : dortoirs, cafét', stade, bibliothèque, *fraternity houses*.

Je ne sais même pas de qui on fuit le regard et le jugement : ses parents, mes coéquipiers, ses copines, les profs qui nous connaissent ou les enquêteurs qui continuent à arpenter le campus à la recherche d'indices et de comportements suspects. Peut-être un peu tout le monde, comme si on se sentait déjà soupçonnés et automatiquement coupables. Mais on se cache, juste pour avoir le droit d'exister quelques minutes, comme des étudiants lambda, un mec de 21 ans et une fille de 18 en train de vivre un drame qui changera leur vie à jamais… mais de le traverser ensemble.

C'est tout ce qu'on demande.

Le point choisi par Tillie sur la carte me mène à l'angle de trois buildings : la librairie de la fac, la maison des vétérans et l'association des fiertés LGBT. Tous sont fermés à cette heure-ci et seul un réverbère éclaire ce coin sombre à vingt-deux heures passées. J'arrive avant elle et je fais les cent pas sur un tout petit périmètre pour ne pas risquer de la manquer. Ses longs cheveux ondulés flottent derrière elle tellement elle marche vite et en se retournant tout le temps.

– T'as l'impression d'être suivie ?

– Non, juste parano.

– Je sais, soupiré-je. Moi aussi.

Sans un mot de plus, la brune se blottit contre moi, ses bras croisés contre elle et sa tête dans mon cou. Elle me respire pendant que je la serre, petite boule de nerfs et de larmes prêtes à sortir dès qu'elle s'y autorisera. Je ne sais pas combien de temps on reste comme ça, l'un contre l'autre, en silence, sans rien faire d'autre que se donner du courage, de la chaleur, juste un peu d'insouciance, de liberté, de paix au milieu de tout ce chaos. Mais rapidement, je sens Tillie qui tremble entre mes bras.

– Parle-moi, soufflé-je dans ses cheveux.

– Les premiers résultats de l'autopsie sont tombés.

Sa voix est voilée, hésitante. Je crève d'envie de savoir mais j'essaie de ne pas la brusquer. Je caresse lentement son dos le temps qu'elle arrive à trouver les mots.

– Le corps de Colleen a des traces de lutte… Des griffures, des hématomes laissés par des coups et de la peau sous les ongles.

– Ça veut dire qu'elle s'est défendue, pensé-je tout haut.

Tillie acquiesce et je recule pour prendre son visage entre mes mains.

– Ça veut dire qu'elle ne s'est pas fait ça toute seule, continué-je un peu plus fort.

– Chhht…

– Ça veut dire que c'est un meurtre, Tillie, pas un suicide, pas une overdose. Je te l'avais dit !

– C'est bon, tu es content d'avoir raison ?

Sa voix avait quelque chose d'amer. Ses grands yeux sombres et intenses s'emplissent de larmes et je la prends à nouveau dans mes bras, mon menton sur son crâne.

– Je suis désolé… Je ne suis qu'un con.

– Ça t'arrive, oui.

Elle redresse la tête et me sourit. C'est le plus triste sourire que j'aie vu de ma vie… Et pourtant, ma meilleure amie s'y connaissait en tristesse, en désespoir, en moues qui disaient le contraire de ce qu'elle ressentait. Je n'ai qu'à fermer les yeux pour revoir son regard noir et perdu, son front plissé par la contrariété, sa bouche fine remplie de hargne et d'insultes parce qu'elle préférait attaquer que se laisser déstabiliser. Rire un peu trop fort plutôt que risquer de pleurer.

– Tu penses à elle ? me demande Tillie en chuchotant.

– Oui. Je veux juste trouver celui qui a fait ça.

– Je sais. Ça me rend folle que quelqu'un ait pu lui faire du mal.

– Je crois que je la pensais invincible, avoué-je à voix basse.

– Moi aussi. Colleen avait une telle force de caractère…

– Tu n'es pas obligée d'être forte, Tillie. Tu n'es pas obligée d'être aussi forte qu'elle… juste parce que tu es la grande sœur, maintenant.

Je la tiens par les épaules mais la brune quitte le refuge de mes bras et recule de quelques centimètres. Elle se mord la lèvre du bas et me fixe droit dans les yeux, comme si elle se défiait elle-même de ne pas craquer. Mais son menton tremble, son regard se remet à briller et de lourdes larmes dévalent ses joues à toute vitesse jusque dans son cou. Elle ne les essuie même pas. Elle pense mériter la douleur qu'elle ressent en ce moment.

Je sais trop bien ce que ça fait.

– Arrête ça, Till'. Ne te punis pas.

– Je ne sais même pas si je suis soulagée ou tout le contraire. Si c'est moins pire d'imaginer Colleen se jeter d'un pont, avaler un flacon de somnifères pour en finir ou croiser par hasard la route d'un tueur.

– Je ne crois pas qu'il y ait de pire ou de « moins pire », mais…

– Quoi ?

– Égoïstement, je préfère me dire que je n'ai pas raté son appel au secours. Qu'il n'y a rien que j'aurais pu faire pour empêcher sa… mort.

J'ai du mal à prononcer ce mot mais j'ai l'impression que mes aveux font du bien à la fille que j'aime. Elle prend une grande inspiration, se rapproche à nouveau de moi et se met à jouer avec la couture du bas de mon T-shirt.

– Et moi… bredouille-t-elle sans oser me regarder.

– Quoi ? Tu peux tout me dire, Tillie.

– Je me dis juste qu'au moins, ma sœur ne s'est pas suicidée de chagrin. Si elle a été tuée, c'est un peu moins ma faute, tu vois ?

Ses sanglots la secouent de nouveau et je glisse mes mains sur son visage trempé, essuie ses joues de mes pouces, embrasse son front, ses paupières, puis ses lèvres pulpeuses que je découvre brûlantes.

– Jamais ça n'a été ta faute, jamais, tu m'entends ?

– Bien sûr que si.

– J'aurais dû te dire non, résister. C'est moi qui étais chargé de veiller sur vous deux. S'il y a un seul responsable, c'est…

– Embrasse-moi encore, Arlo.

La brune pose ses doigts à plat sur ma bouche et me regarde tout au fond des yeux, avec l'intensité dont elle seule est capable.

La seconde suivante, je fonce sur ses lèvres et, tout en l'embrassant, je la fais reculer jusqu'à un arbre bordant l'allée. Là, le réverbère ne nous éclabousse plus de sa lumière. Là, je peux laisser libre cours à mon désir pour elle. Je n'étais pas certain que c'était aussi ce dont elle avait envie, besoin. Mais ses doigts s'enfouissent dans mes cheveux, sa langue joue avec la mienne, ses seins se pressent contre mon torse et je laisse glisser mes mains sur ses hanches, ses fesses, pour la plaquer contre moi un peu plus fort. J'aime la sentir si près. J'aime la savoir à moi. Même si c'est pour quelques secondes seulement.

– Tu me manques, murmure-t-elle tout près de ma bouche.

– Toi aussi, si tu savais.

Je laisse aller mon front sur le sien, puis je recule d'un bond en entendant un groupe d'étudiants éméchés débouler en titubant d'une allée. Tillie se planque derrière l'arbre le temps qu'ils nous dépassent. Et je retourne à sa hauteur avec une idée qui vient de me traverser le crâne comme une flèche.

– Attends, si Colleen avait de la peau sous les ongles… Il suffit de prélever l'A.D.N. de tous les étudiants du campus… Et de comparer jusqu'à ce que ça matche !

– C'est aussi ce qu'a hurlé Jojo, mais l'agent du FBI dit que ce n'est pas si simple. Qu'on est beaucoup trop nombreux, que ça prendrait beaucoup trop de temps et qu'on a aucune certitude que le tueur fasse partie des étudiants. Il y a aussi tout le personnel de la fac. Tous les visiteurs d'un jour. Et surtout, n'importe qui aurait pu s'introduire à cette fête clandestine.

– Putain, mais il faut bien commencer quelque part ! pesté-je, commençant à m'énerver.

– Pour l'instant, l'enquête privilégie la piste de la mauvaise rencontre.

– Pour l'instant, surtout, l'enquête n'avance pas ! enragé-je avant de shooter du pied dans un caillou.

Tillie marche jusqu'à moi et glisse sa main chaude sur mon bras. Ce contact m'apaise presque instantanément.

– En attendant, chuchote la brune, on va pouvoir enterrer ma sœur.

Sa voix se coince dans sa gorge et je passe derrière elle pour entourer ses épaules de mes bras. Coller ma joue à la sienne. La soutenir comme je peux.

– Ce sera quand ?

– Dans trois jours, samedi après-midi, à Queen Creek.

– Tu penses que… que tes parents me laisseront venir ?

– Je crois, oui, tant que tu gardes tes distances avec moi. Ils ont dit qu'ils espéraient tous les amis de Colleen autour d'elle.

– Alors je vais faire passer le message, murmuré-je. Crois-moi, ils seront tous là.

– Merci, Arlo.

Tillie se retourne dans mes bras et me fait face à nouveau. Elle pleure. Je pleure. Et on ne sait plus lequel des deux réconforte l'autre. Mais on est ensemble pour quelques minutes encore. Et je ne pensais pas un jour me trouver à ce point dépendant d'une autre présence.

– Il faut que j'y aille avant que mes parents réalisent que j'ai quitté ma chambre d'hôtel.

– Je comprends. Je te raccompagne jusqu'au prochain croisement.

Quelques secondes encore.

Mon petit doigt frôle le sien pendant qu'on marche en silence dans les allées du campus. Plus vraiment libres, plus jamais insouciants, plus jamais en paix.

Mais ensemble.

59

TOUS EN NOIR

Tillie

– Tu es prête ?

– Allez-y.

L'aiguille mord dans ma chair et grésille jusque dans mes poumons.

Ça fait mal… Et ça me fait du bien.

– Tu as perdu ta sœur, c'est ça ? La fille du campus qui a été retrouvée morte il y a peu ?

Le tatoueur n'a clairement aucun tact, mais ça aussi, ça me fait du bien. Je n'en peux plus qu'on me contemple avec pitié, qu'on me parle comme à une attardée, sous prétexte que je vis un deuil. Il continue à graver le mot *sisters* dans ma peau, à l'intérieur de mon coude, et je me contente de penser à la mienne en silence.

Si je me fais tatouer, c'est pour Colleen. Parce qu'elle aimait tant ça, dessiner ses émotions et ses démons sur son corps. Et parce que, bêtement, j'ai besoin de la garder près de moi et de lui prouver que je l'aimerai toujours, même si elle n'est plus là.

Martha fixe d'un sale œil le mec qui me troue la peau – à ma demande – mais elle se retient de lui balancer des psaumes ou des évangiles à la tête. Je ne lui ai rien demandé mais elle a tenu à m'accompagner ici avant de prendre l'avion pour Queen Creek avec ma famille et moi.

– Dans six heures, j'enterre ma sœur.

C'est sorti de ma bouche comme si elle ne m'appartenait plus. Comme si mon esprit flottait en dehors de mon corps.

– Elle est en paix, Tillie, me chuchote la blonde au chignon tressé. Là où elle se trouve, plus personne ne peut lui faire de mal.

– Tu as touché deux mots à ton bonhomme, là-haut ?

– Je suis fâchée contre lui, m'avoue-t-elle tristement. Mais oui, je lui ai demandé de mieux veiller sur elle dans le ciel que sur cette terre…

Je souris à mon amie en sentant mes larmes monter. J'ai mal à la peau… et jusqu'à l'intérieur de mon cœur.

***

Je suis là, en première ligne, mais pas vraiment. Dans ce cimetière, face à ce trou creusé dans le sol, face à ce cercueil qui renferme son corps, je plane un peu, entourée de tous ces gens qui pleurent ma sœur.

Ils se sont tous habillés en noir, mais pas moi. Pas intégralement. Je porte la petite robe noire courte et décolletée que Colleen m'a offerte pour mes 18 ans en me disant que je la remercierais un jour de ne pas finir vieille fille. Comme ma mère trouvait ma tenue inappropriée, j'ai ajouté par-dessus le long maillot de foot rouge qui appartenait à ma sœur, noué sur le côté. Je ne dois pas ressembler à grand-chose mais je me fous des regards qui se posent sur moi, sur mes cheveux de sauvageonne, sur mon bras fraîchement tatoué, sur mon piercing de *fille pas tout à fait comme il faut*.

Perfect'Tillie a définitivement disparu en même temps que la brune de 21 ans qu'on enterre aujourd'hui.

Je suis une nouvelle Tillie. Une Tillie qui n'a plus peur. Qui assume. Qui balance sa douleur, sa colère, sa solitude à la gueule des gens. Et tant pis pour ceux que ça dérange. Je n'ai jamais autant ressemblé à ma sœur que maintenant, un psy aurait sans doute des tas de choses à dire là-dessus mais, même si ça déplaît, même si ça inquiète mes parents, même si Arlo me fixe étrangement, à distance, j'en suis fière.

Je voudrais juste qu'elle puisse vivre encore un peu, un tout petit peu, à travers moi. Qu'elle sente l'odeur des roses en pagaille, les graviers qui crissent sous mes baskets, l'air chaud qui soulève mes cheveux, mon cœur qui bat pour elle.

– Reviens… soufflé-je en direction du ciel, comme s'il allait me la rendre.

Jonah me donne un petit coup d'épaule en fixant ses pieds, luttant contre les larmes. « Glory Box » de Portishead s'élève dans les airs. Colleen adorait cette chanson. Une rose blanche à la main, on fixe sa tombe en silence, tous les deux, les mains entrelacées, les larmes aux yeux, les dents serrées. Mon père râle de douleur, un peu plus loin, et ma mère reste assise, ou plutôt prostrée, l'air hagard, incapable de tenir debout.

J'imagine que c'est vertigineux, de voir partir son enfant avant soi.

C'est maintenant « Umbrella » d'Ember Island qui accompagne notre recueillement. Martha s'est avancée en renfort. Je suis rangée entre elle et Jojo et je leur serre une main chacun. J'aurais voulu m'appuyer contre l'épaule d'Arlo, partager cette épreuve avec celui qui aimait ma sœur à en crever, mais aujourd'hui, tout ne tourne pas autour de moi. De lui. De nous.

Aujourd'hui, il n'y a qu'elle.

– Il n'y a que toi, Colleen…

Les discours commencent. Je les écoute d'une oreille seulement, laissant les mots couler sur moi. Les entendre vraiment ferait trop mal. Dans cette petite foule triste à mourir, je repère Shen, Elle et Lauren qui ont fait le chemin sans me prévenir. Non loin d'eux, Freya et Kristan qui n'ont jamais eu l'air aussi sages et discrètes.

Arlo reste à distance, mais fixe le cercueil de son double au féminin avec une douleur infinie dans le regard. Mon cœur se délite un peu plus. Si je m'écoutais, je le rejoindrais sur-le-champ pour le ramener avec moi au premier rang, là où est sa place, mais je ne peux pas faire ça à mes parents. Comme lui, Todd, Hector et Stephen ont enfilé un costume noir pour l'occasion. Je les trouve beaux, dignes, tous les quatre en ligne, les mains croisées et baissées devant eux.

Colleen les aurait probablement sifflés, puis leur aurait envoyé des trucs bien sentis sur leur balai dans le cul et leur allure de croque-mort. J'en souris presque.

Mais à leurs côtés, je découvre l'équipe féminine de soccer venue au grand complet… Les joueuses portent toutes le maillot numéro sept floqué au nom de ma sœur. Ce détail m'arrache un sanglot déchirant et Martha doit me soutenir pour ne pas que je m'écroule. Je me reprends et le coach s'avance pour faire le dernier discours à la gloire de Colleen Sinclair.

Hier, mon père m'a demandé si je souhaitais en faire un, moi aussi, mais je n'ai pas réussi à écrire une seule ligne. Alors la nuit dernière, je l'ai dessinée. J'ai passé des heures à croquer le beau visage de ma sœur, sa silhouette délicate, ses tatouages et son regard qui tue. Pour fixer mes souvenirs. Pour lui rendre hommage de la seule façon que je puisse le faire.

On s'approche chacun à notre tour du cercueil. Les gens déposent leur rose et les mots qui leur restent, moi j'y laisse tomber mon dessin roulé et noué d'un ruban rouge. Et je prononce son prénom encore une fois, comme si elle allait l'entendre. Me dire qu'elle me pardonne. Qu'elle m'aime, malgré tout. Et pour toujours.

Mais ma sœur ne dit rien et son silence me déchire le cœur.

Sa chanson préférée au monde démarre : « Feeling Good » de Muse. Avec Jojo, on a créé cette playlist pour elle, sans se demander si les titres étaient convenables ou non. Colleen n'était pas quelqu'un de convenable. Elle était sauvage, complexe, brillante, sombre, entière, brisée et imprévisible. Et entendre ce morceau au beau milieu de son enterrement, ça me fait sourire au milieu des larmes.

Parce que ça lui ressemble.

« *It's a new dawn,*
It's a new day,
It's a new life,
For me… »

(« C'est une nouvelle aube,
C'est un nouveau jour,
C'est une nouvelle vie,
Pour moi... »)

Sur ces mots insensés, son cercueil descend lentement dans la fosse.

– Non ! Colleen ! Non !

Paniquée, ma mère se jette en avant dans un élan de désespoir pour retenir sa fille. Le cœur broyé, je me rue vers elle en même temps que mon père, pour la rattraper et la serrer contre moi. Derrière nous, j'entends des voix se mettre à chanter en chœur le morceau préféré de ma sœur. Je me retourne, croise le regard d'Arlo quatre ou cinq rangs plus loin. Il est en larmes, sombre et torturé comme jamais, beau à crever.

Il ne chante pas : il essaie de me dire en silence que ça va aller.

Je ne le crois pas.

Il n'y croit pas non plus.

Colleen nous quitte pour de bon. Elle retrouve la terre. Et je sais à cet instant que je ne serai plus jamais la même.

Plus jamais entière.

60

LA DERNIÈRE FOIS

Tillie

J'ai presque atteint le parking du cimetière quand Freya me fait un petit signe de la main, adossée à sa voiture de location. Je n'ai plus de force, plus de voix, plus de larmes en moi, mais je m'avance vers la belle métisse comme un bon petit soldat.

Mes parents et Jojo sont déjà partis, épuisés, vidés par l'épreuve qu'ils viennent d'affronter.

– Tu es sûre que tu veux lui parler ? me glisse Martha qui me suit comme mon ombre.

– Elle sait peut-être quelque chose…

Je fais signe à mon ange gardien en chignon de rester là, tandis que je rejoins l'ancienne amie de ma sœur.

– Je… je suis vraiment désolée, murmure-t-elle en retenant ses larmes. Pour tout.

– Merci.

Ma voix est froide, sans relief. Je n'aime pas cette fille, sa tristesse est sans doute bien réelle mais je ne ressens aucune compassion pour elle.

– Freya, aide-moi à trouver qui lui a fait ça.

Ses yeux jaunes se ferment un instant pour revenir se planter dans les miens.

– Elle dealait…

– Quoi ?

– Colleen dealait, parfois. Pour moi ou pour d'autres. Et ce soir-là, elle avait de la came sur elle. Des trucs costauds, pas juste de la *weed*. C'est tout ce que je sais !

– Et tu ne l'as pas dit aux flics ?

– C'est trop dangereux pour moi, Tillie. Ils me pensent clean, tu comprends ? Elle est morte, je ne peux pas la sauver, à quoi bon plonger pour rien ?

Ses mots me font l'effet de mille lames tranchantes qui me transpercent l'estomac.

– Freya, qu'est-ce que tu fous ?

Kristan l'interpelle en venant nous rejoindre et fusille sa petite amie du regard.

– Je ne dirai rien, détends-toi, balancé-je sèchement à la blonde. Vous pouvez retourner à vos petites vies tranquillement. Continuez à faire circuler toute cette merde, à faire sombrer les plus fragiles, ne changez rien, surtout.

– Tillie… tremble la voix de Kristan.

– Laisse-la partir, Kris. On ne peut pas l'aider… souffle celle, assurée, de Freya.

Dans mon dos, j'entends leurs portières claquer, leur moteur démarrer et les deux fausses amies de ma sœur sortent de ma vie. Martha est au téléphone, un peu plus loin, probablement avec Austen qui n'a pas pu être du voyage.

Et puis je le vois, *lui*, à l'autre bout du parking. Contre le capot de son pick-up, dans son costard noir ouvert, la tête penchée en avant, ses pieds balayant la poussière du sol.

Arlo Sheridan. Le garçon de ma vie.

Je cours jusqu'à lui. Il me sent venir, se redresse et nos regards s'accrochent. Cette alchimie, cette évidence, ça ne s'invente pas.

Je ne connaîtrai jamais rien d'aussi fort.

Il m'ouvre les bras, je m'y réfugie, je me noie dans son odeur, sa chaleur, tout ce qui est à lui et m'est devenu vital à moi. Je dépose un baiser dans son cou, sur sa joue, ses lèvres. Je gémis, il râle et on s'embrasse comme deux fous furieux… jusqu'à ce que j'en aie le tournis. Jusqu'à ce que mon cœur explose.

En larmes, je recule. Il tente de me ramener à lui. Je résiste.

– C'est la dernière fois qu'on se voit, Arlo, soufflé-je dans un misérable filet de voix.

– Tu… tu déconnes, là. Qu'est-ce que tu racontes ?

– C'est fini.

C'est sorti tout seul. Ça me frappe, à cet instant, c'est l'unique chose à faire, l'évidence même. Je lui ai dit adieu à elle, je dois lui dire au revoir à lui. Et je le fais autant pour elle que pour lui.

Son regard vert me happe, à nouveau, puis ses mains se posent sur mes bras, me retiennent. Je m'échappe encore.

– Ce tatouage… remarque-t-il.

– Je voulais garder un peu d'elle.

Chaque fois qu'il fait un pas en avant, j'en fais deux en arrière.

– Arrête de me fuir, s'il te plaît. Ça me rend dingue.

– Ça fait trop mal… J'ai mal tout le temps, Arlo.

Je me frappe la poitrine en espérant que le poids qui étouffe mon cœur s'en aille.

– Je ferais tout pour qu'elle revienne… sangloté-je.

– Tillie…

– On l'a tuée, Arlo.

– Ne me fais pas ça, putain !

Un sanglot retenu déforme sa voix et la douleur que je ressens au contact de la sienne est inimaginable. C'est parce qu'il m'est vital que je dois me passer de lui. Colleen ne vit plus, elle. Je n'ai plus droit au garçon de ma vie.

– Ne me lâche pas, Tillie. Je… j'ai perdu Colleen ! Mais pas toi ! Pas toi, bordel !

Ses larmes inondent son beau visage, ses gestes sont nerveux, saccadés. Il empoigne ses cheveux, crie sa colère, sa frustration.

– Je fais comment pour vivre sans vous, moi ? hurle-t-il soudain. Je vais crever !

– Non, tu vas vivre, au contraire, fais-je entre deux sanglots. Tu vas avancer, Arlo.

– Mais tu ne comprends pas ? Sans toi je ne respire plus, Tillie !

– Oublie-moi. Oublie Colleen. Oublie tout. Vis pour toi, maintenant…

– Tillie…

– Prends soin de toi.

– Tillie !

– Je suis désolée…

– TILLIE !

Et je coupe le son. Je fais volte-face, cours jusqu'à la vieille Honda de ma sœur où Martha m'attend et je démarre en trombe.

En gardant cette dernière image de lui.

Arlo, sur le parking du cimetière de Queen Creek, à genoux, en train de hurler mon prénom à la mort.

61

UN SIGNE

Tillie
Jour 88

Presque trois mois qu'on t'a enterrée et que j'ai retrouvé ma chambre de Queen Creek. C'est long, trois mois, mais pas tant que ça. Tu es toujours au creux de mon coude et dans nos pensées. Tout le temps. Difficile de faire autrement : ta sale trogne est partout. Tes photos jonchent les murs de toute la maison et mes carnets à dessins sont aussi remplis de toi. Je suis nulle en portraits… mais je me suis mise à dessiner à l'infini l'usine où ta vie s'est arrêtée. Le vieux bâtiment désaffecté, les plans de l'intérieur, l'étage et le coin sombre où on t'a retrouvée. Je ne peux plus dessiner que ça. Je voudrais comprendre ce qui t'a menée là. J'ai arrêté mes études d'architecture, mais ça, te chercher, je n'arrêterai jamais.

Ici, la vie reprend peu à peu. On pleure tous les jours, évidemment, mais on se surprend à rire aussi, parfois. Pas tout à fait comme avant, on reste lucides : rien ne sera jamais comme avant.

Tu serais heureuse de savoir que Jojo sort à nouveau de la maison. Jamais loin, jamais longtemps, mais il le fait. Enfin. Il n'y a que toi qui pouvais lui donner ce déclic-là. Hier, il est même allé sonner chez les voisines. Il a prétexté manquer d'œufs pour faire des pancakes et la fille de ses rêves lui en a donné une boîte entière. Il est revenu tout fier… et un peu déçu. Le 90B n'était qu'une illusion… En pyjama, ce n'était plus là.

De mon côté, je songe à laisser tomber le piercing à la lèvre, je ne sais pas si c'était vraiment moi. Je crois que maman en pleurerait de joie. Papa, lui, s'est mis au régime. Il ne faut plus lui parler de bacon ni de ketchup. Et il ne supporte plus de regarder le foot. Je ne le reconnais pas vraiment non plus.

Je sais que tu aurais du mal à y croire, mais j'ai l'impression que de nous tous, c'est lui qui a le plus de mal avec ton absence.

Moi, je vis au jour le jour, essayant d'être reconnaissante. Je suis vivante. J'ai perdu l'appétit, je ne dors presque plus la nuit, je rêve de zombies aux cœurs brisés et de méchants virus que je transmets à tous ceux que j'aime juste en les approchant et qui les tuent sur le coup… Mais je respire encore.

Je n'ai aucune nouvelle d'Arlo. J'ai fait jurer à Martha de ne pas m'en donner. Je dois lui manquer un peu, mais toi plus encore. J'espère qu'il se défonce sur le terrain et qu'il apprend à aimer la vie sans toi.

Aujourd'hui tu aurais eu 22 ans.

Qui t'a tuée, Colleen ?

Qui t'a volé ta vie en nous condamnant à l'enfer ?

Envoie-moi un signe.

62

OUBLIER

Arlo
Quatre mois plus tard

Les sœurs Sinclair auront eu ma peau.

Je ne voulais faire de mal ni à l'une ni à l'autre, et au final, je les ai perdues toutes les deux. Je ne leur en veux pas. Pas plus qu'à moi-même. Je me trouve juste complètement con d'avoir cru que l'amitié et l'amour pouvaient durer.

Quatre mois et des poussières qu'on a enterré Colleen à Queen Creek et que j'ai dû lui faire mes adieux silencieux, alors que j'avais envie de hurler ma rage aux nuages. Quatre mois aussi que sa petite sœur a décidé de me larguer pour que je puisse « vivre et avancer », et que je me suis ridiculisé sur un parking à beugler comme un chien abandonné.

Et malgré le temps qui passe, le manque de Tillie me ronge à l'intérieur.

Depuis, j'ai arrêté le soccer, incapable de jouer. J'ai manqué toute la fin du championnat, Hector s'est blessé et les Aztecs ont fini la saison en bas du tableau. J'ai aussi réussi l'exploit de foirer mes exams de fin d'année à force de dormir le jour et de sortir la nuit, de picoler et de me battre avec n'importe qui comme le dernier des abrutis. Ce qui explique pourquoi je me retrouve coincé à la fac tout l'été à prendre des cours de rattrapage pour tenter de valider mon putain de *bachelor degree* d'ici la fin août.

De toute façon, il n'était pas question de rentrer à Queen Creek ou de partir en vacances comme tous mes potes. J'ai dit que je ne quitterais pas la fac tant que je ne saurais pas ce qui est arrivé à ma meilleure amie. Je tiens toujours mes promesses, même aux morts.

Allongé sur mon canapé, j'attrape en grognant mon téléphone qui vibre par terre depuis dix minutes.

– Allô, putain…

– Moi, c'est Jay, mais tu peux me donner le surnom affectueux que tu souhaites…

– Pas la peine de tenter l'humour, Jay, ça ne te va pas.

– Toujours aussi charmant, ce petit frère.

– Je décroche seulement pour que tu arrêtes de me harceler… T'en as pas marre d'être toujours sur mon dos ? Ça non plus, ça ne te ressemble pas.

– Désolé mais je suis avec Virginia derrière ta porte et on a six hot dogs en train de refroidir. Tu nous ouvres ou pas ?

Je regarde rapidement mon appart qui ressemble à un champ de ruines : fringues éparpillées, cadavres de bouteilles, haltères abandonnés au milieu du salon, vaisselle sale un peu partout et même une lampe brisée par terre, vestige de la dernière fois où mon pied a voulu passer ses nerfs sans trouver de ballon dans lequel shooter. Il faudrait que je songe à ramasser les bouts de verre, quand j'en aurai quelque chose à faire.

Mon frère m'entend hésiter au bout du fil.

– On peut aussi aller manger quelque part sur le campus, propose-t-il. Disons à l'arrière de ton pick-up, sur le parking, ça nous rappellera des souvenirs.

– T'es chiant, Jay.

– Non, ça s'appelle persévérant. Et Virginia dit qu'on a ça en commun, toi et moi.

J'ai eu la stupidité de me confier à elle quelques fois, en quatre mois, quand ça débordait un peu trop et que je n'arrivais pas à parler à mon frère aîné de mon putain de chagrin d'amour. Il se trouve que la meuf qu'il a choisie pour partager sa vie sait très bien écouter. Et vous tirer les vers du nez même quand vous avez décidé d'enfermer à double tour ce que vous ressentez.

Et voilà que je me sens redevable, maintenant, alors que je voudrais juste qu'on me foute la paix.

J'enfile un gilet à capuche sur mon T-shirt, des baskets sans mettre de chaussettes ni songer à faire les lacets, et je retrouve le couple aussi soudé que mal assorti. Le blond maigrichon me sourit, la rousse pulpeuse me glisse une main dans le dos et c'est presque comme s'ils m'escortaient jusqu'au parking au cas où j'aurais l'idée de m'enfuir.

Une fois assis sur le rebord du coffre, je mords sans envie dans un hot dog, juste pour qu'ils ne me demandent pas si je pense à manger, en ce moment.

– Et sinon, tu te fais un peu à manger, en ce moment ?

– Jay…

– OK, OK.

Il lève les mains en signe de reddition et vient s'asseoir à côté de moi à l'arrière du pick-up. Mes jambes qui se balancent frénétiquement dans le vide font trembler les deux hot dogs qu'il vient d'installer soigneusement sur une serviette dépliée sur ses cuisses.

– Sérieusement, comment on peut avoir un quelconque lien de parenté ? ironisé-je.

– Aucune idée, me répond-il, la bouche pleine.

Puis ce con s'essuie une pointe de ketchup à la commissure des lèvres en levant exagérément le petit doigt. L'éclat de rire de sa meuf m'arrache un sourire.

– Il y a du nouveau sur l'enquête ? me demande la voix douce de Virginia.

– Tu parles, je suis sûr qu'ils ont arrêté les investigations même s'ils ne disent pas que l'affaire est close. Ça fait bien longtemps que le FBI a déserté le campus. Les flics ont classé Colleen dans la catégorie « dealeuse et fouteuse de merde », ils ne vont pas se fatiguer à trouver son meurtrier.

– Ceux qui m'ont interrogé avaient l'air sérieux… commente mon frère.

– C'était il y a des mois. Ils n'ont même pas fait de prélèvement A.D.N. systématique parmi les étudiants proches de Colleen. Ou ceux qui étaient présents à la soirée. Je leur ai filé une liste longue comme le bras de toutes les têtes que je me souviens avoir croisées. J'ai recoupé mes infos avec celles de Todd et Hector, de Freya et ses copines, même de la mormone.

Je me tais à la seconde où je pense à Tillie.

Je ne lui ai pas demandé de participer à cette liste. Pas plus que je n'ai cherché à la contacter depuis qu'elle a pris sa décision. Je ne l'ai pas acceptée, pas comprise, mais je la respecte. Je ne suis pas du genre à supplier.

Ni à oublier.

« Oublie-moi. Oublie Colleen. Oublie tout. Vis pour toi, maintenant… Prends soin de toi… Je suis désolée. »

Je me souviens de ces derniers mots par cœur, comme des lames de rasoir dans le mien. Tout comme ceux de sa sœur résonnent encore :

« Si c'est vraiment ce que vous voulez… Je m'efface. »

Rien de tout ça ne ressemble de près ou de loin à ce que je voulais. La disparition de Colleen est une blessure indélébile. Mais l'absence de Tillie une plaie encore à vif. C'est incomparable. Le manque, le vide, tout ce gâchis. C'est devenu difficile de respirer. De me lever le matin, de trouver un sens à ce que je fais.

Je survis, juste parce que je ne peux pas m'abandonner moi-même.

Sinon, je l'aurais fait depuis longtemps.

– Tes révisions, ça va ? me demande Jay pour changer de sujet.

– Autre question ?

– Et la recherche de tes parents biologiques, ça avance un peu ? s'enquiert Virginia.

– J'ai laissé tomber. Ça faisait un peu beaucoup de fantômes à chasser.

Je repose mon hot dog à peine entamé et saute sur mes pieds. C'est le maximum de ce que je peux donner ce soir.

– Je vais y aller. Merci d'être passés.

– On est là pour toi, Arlo, tu sais ?

– On est en plein milieu du mois d'août, t'es en vacances, Jay. Tu n'es pas obligé de me baby-sitter.

– Les hot dogs de la fac me manquaient, c'est tout.

Mon frère descend aussi de mon pick-up pour me laisser partir. Je sais qu'il essaie de prendre soin de moi, de me tirer vers le haut pour que je ne sombre pas. Mais Virginia et lui ont l'intelligence de ne jamais me forcer à quoi que ce soit. De ne pas aller contre ma volonté.

– Bonne nuit, Arlo, me glisse la rousse avant de m'embrasser sur la joue.

– Salut, frangin.

Je ne réponds ni à sa tape amicale sur l'épaule ni à leurs sourires tristes mais affectueux. Je n'y arrive pas. Je ne sais plus faire semblant.

Et, très sincèrement, j'en ai plein le cul de lutter en permanence contre les larmes.

Je regagne mon appart, ne ramasse pas la lampe cassée mais vais me chercher une bière fraîche dans le frigo. Sans même allumer la lumière, je me remets torse nu, balance mes baskets et retrouve ma place enfoncée dans le canapé. J'allume mon téléphone et ouvre mes messages pour aller faire ce qui m'occupe souvent le soir, désormais : remonter le fil de mes textos échangés avec Colleen, comme si la vérité sur sa mort pouvait se cacher entre les lignes.

Une fois que j'ai fini – et absolument rien trouvé pour relancer ma propre enquête –, je passe aux messages de Tillie. Et ceux-là, les vicieux, me piquent toujours les yeux. Je remonte au tout début de notre *histoire*, au mois de novembre, vide la moitié de ma bouteille de bière pour me donner du courage et relis le texto que je lui avais envoyé juste après notre première fois. *Sa* première fois. Je flippais tellement d'avoir fait du mal à « Baby Tillie ».

[Tu vas bien ?]

[J'en sais rien… Et toi ?]

[Je ne regrette pas ce qui s'est passé,
Tillie. Mais je sais aussi que ça ne
doit plus arriver.]

[Tu as détesté ? :)]

C'était il y a neuf mois. J'ai l'impression que c'était dans une autre vie. Mais déjà, Tillie Sinclair savait me surprendre et m'arracher des sourires, jouer avec moi comme une grande alors que je la pensais fragile et immature. En réalité, c'est elle qui menait la danse.

Plusieurs jours après, alors que j'essayais de me tenir à distance d'elle, elle avait le cran de revenir me chercher.

[Ta peau me manque beaucoup trop.
La mienne te réclame.]

Et ses mots me rendaient toujours fou. Fou de désir pour elle, fasciné par son naturel, sa spontanéité, sa façon de vivre vraiment, sans se cacher, intensément.

Je redescends encore jusqu'au mois de janvier. Colleen avait déjà disparu, on la pensait partie voyager, libre de tout, de nous, mais elle était déjà morte, gisant à l'étage de cette usine désaffectée. Sauf qu'on venait de recevoir une nouvelle carte postale d'elle et que l'euphorie avait relancé Tillie.

Ma petite bombe brune savait toujours comment me

provoquer, même quand on était séparés – et je n'avais vraiment pas été tendre au moment de la quitter.

[Ne me cherche pas, Tillie…]

[Ou bien quoi ?]

[C'est comme ça que
tu ne me cherches pas ?]

[Je ne sais pas faire, je crois.]

Et quelques secondes interminables plus tard, elle tentait :

[Donc ce ne serait pas très raisonnable…
si je te disais que je suis seule dans
ma chambre, et que Martha ne rentre
pas dormir ce soir…]

[Arrête avec tes points
de suspension, putain.]

[C'est toi qui as commencé, Arlo.]

[Tu ne lâches jamais rien, hein ?]

[Je suis une Sinclair…]

Oui, et c'est bien son seul défaut. Ce soir-là, je lui ai résisté. Parce que j'étais trop fier, trop buté. Ou parce que j'avais peur de son effet sur moi, de la force de ce que je ressentais pour elle, déjà. Si j'avais su que nos moments ensemble étaient comptés, j'aurais couru la retrouver.

Je lui aurais fait toutes ces choses qui me hantent et m'empêchent de dormir, toutes ces choses que je suis incapable de faire à une autre qu'elle, même après quatre mois de manque.

Je ne peux pas le nier, j'ai toujours cette fille dans la peau. Je n'avais aucune idée de ce que ça faisait d'être quitté, jusque-là. De ne pas pouvoir simplement passer à la meuf suivante pour se consoler. De continuer à penser, tous les jours pendant des mois et des mois, à la même peau, la même bouche, la même voix, le même regard qui voyait si loin en moi.

Un soir de faiblesse, il n'y a pas si longtemps, j'ai avoué à Virginia que j'aimais encore Tillie. Et que je la détestais aussi, d'avoir renoncé à nous, d'avoir rompu sa promesse, d'avoir osé me demander de l'oublier.

Comment je pourrais ?

Tout est toujours vrai. Je l'aime. Je la déteste. Je ne l'oublierai jamais.

63

DANS LES YEUX

Arlo

Il est vingt-trois heures quand je me décide à m'habiller pour rejoindre le bar le plus proche. Et une heure du matin quand je reviens en titubant jusqu'à mon appart. Au mois d'août, les bars proches du campus se sont vidés de leurs étudiants. Il n'y a plus que les poivrots de San Diego et quelques touristes solitaires à la recherche d'une rencontre pour la nuit.

Moi, je cherche juste l'oubli. L'ivresse pour rendre flous les contours de Tillie, les souvenirs de Tillie, l'odeur de noix de coco de Tillie, la texture de ses cheveux ondulés et sauvages qui finissaient toujours emmêlés sous mes doigts, la folie de ses courbes sous mes mains, ses seins ronds qui m'excitaient tellement, ses fesses bombées qui remplissaient largement mes paumes, ses hanches et ses cuisses affolantes, la douceur de sa peau avant qu'elle devienne moite contre la mienne.

Quand je réussis finalement à grimper les trois étages jusqu'à la porte de mon appart, je suis rempli d'elle. L'alcool ne suffit pas à l'effacer. Mais au moins, il brouille assez la réalité pour que j'aie l'impression de l'avoir encore un peu sous les yeux, sous le nez, sous le corps…

– Tillie, qu'est-ce que tu fous là ?

– Je t'attends depuis une heure.

Sa voix me percute mais je ne réalise toujours pas.

– Tu es… vraiment là ?

Bordel.

La brune est adossée au mur dans un mini short en jean clair effiloché sur ses jambes nues, dans des baskets blanches montantes dont je me souviens vaguement, dans un débardeur noir ample partout sauf sur son décolleté. Il me semble qu'elle a perdu du poids. Que sa crinière est encore plus longue, plus folle qu'avant. Sa bouche encore plus pulpeuse, plus invitante.

– Tu peux me regarder dans les yeux, s'il te plaît ?

Je m'exécute en sentant mon ventre se tordre sous ce ton plein d'assurance et ce regard brillant rempli de mille émotions. Elle est tellement belle que ça me paralyse. Tellement elle et tellement différente à la fois. Je crois que sa simple présence ici réussit à m'essouffler.

Je passe ma main dans mes cheveux, puis sur ma nuque qui transpire.

– Tu es bourré, comprend-elle.

– Comme à peu près chaque soir depuis que t'es partie, ouais…

Ma voix trahit sûrement ma colère. Mais je ne suis pas en état de jouer à être un autre que moi.

– Tes colocs sont là ?

– Non, partis en vacances.

– Laisse-moi entrer.

– Non, t'es partie, toi aussi. On ne revient pas comme ça.

– Arlo.

– Tillie…

Nos yeux s'accrochent et se défient. J'ai le cœur qui bat comme un con dans mes tempes, sous mon torse, mon bas-ventre.

J'attrape la clé de chez moi dans ma poche et elle se jette dessus dans la seconde. Je ne suis pas assez rapide pour esquiver et le contact de ses doigts sur les miens m'envoie une décharge. Elle me tourne le dos, ouvre ma porte pendant que je la mate et essaie de reprendre mes esprits. Ça ne marche pas du tout.

– Qu'est-ce que tu me veux ? grondé-je.

Je me suis approchée pour souffler ça dans sa nuque. Je la vois se figer et réprimer un frisson, puis prendre ses distances en pénétrant chez moi. Elle s'arrête net en découvrant le bordel qu'elle a laissé dans ma vie. Elle redresse la lampe tombée et pétée, enjambe des trucs et va jusqu'à la cuisine. Je la regarde évoluer chez moi, dans la pénombre, comme si c'était un mirage. Tillie Sinclair, de nouveau dans mon monde, c'est difficile à croire. Elle revient avec une bouteille d'eau fraîche attrapée dans le frigo et une barre de céréales trouvée dans mes placards.

– Avale ça, me glisse-t-elle doucement.

– Sans façon.

– T'es toujours aussi buté, Arlo Sheridan.

– Il y a des choses et des gens qui ne changent pas… Ça arrive.

Elle me fusille du regard en devinant mon reproche à peine dissimulé. Puis elle ouvre le bouchon de la bouteille d'eau et me la verse directement sur la tête.

– C'est froid, putain !

– Tu avais besoin qu'on te rafraîchisse les idées, je crois.

– Tu n'es pas la meilleure pour ça…

Je m'essuie d'un revers de bras, passablement énervé. Puis elle déchire l'emballage de ma barre de céréales avec les dents, le jette par terre et me la fourre dans la bouche.

– Et j'ai besoin que tu la fermes, aussi.

Son petit sourire de peste m'envoie une nouvelle décharge électrique au mauvais endroit. Puis Tillie me prend par la main et m'entraîne jusqu'à ma chambre. Elle se souvient du chemin.

La brune allume ma lampe de chevet, dégage de la main ce qui encombre mon lit, me pousse et me force à m'asseoir sur le matelas. Elle se penche pour me retirer mes baskets, puis remonte et m'enlève mon T-shirt trempé. Elle fait non de la tête, lentement, indéfiniment. Mais je ne sais pas si c'est parce qu'elle désapprouve ce que je fais ou parce qu'elle doit lutter contre son envie de continuer à me déshabiller.

Heureusement que je suis trop ivre pour la retourner brutalement et l'allonger sur ce lit. Mais sa tendresse, son silence, son parfum, la délicatesse de ses gestes… tout chez elle réussit quand même à me faire de l'effet.

– Je n'ai pas besoin que tu prennes soin de moi, Tillie, je mens en attrapant son poignet.

J'aperçois le mot *sisters* tatoué à l'intérieur de son avant-bras, tout près du coude. Ça me fait quelque chose. Je vais frôler l'écriture noire du bout des doigts mais la brune se dégage et ses larmes montent. Elle fait un pas en arrière, regarde ailleurs pour s'empêcher de pleurer.

– Pourquoi tu es là ? lui demandé-je dans un murmure.

Elle prend une grande inspiration et son soupir vole jusqu'à moi. Elle me fixe à nouveau droit dans les yeux… et je laisse couler mes propres larmes, retenues depuis bien trop longtemps, en entendant sa réponse :

– Pour elle, pour tenir ma promesse. Et pour toi.

64

VIVANTE

Tillie

Le déclic est venu sans crier gare. Silencieux, masqué, presque imperceptible… et tellement évident.

Il y a environ un mois, j'ai pris la décision de revenir sur ce campus, sous prétexte de recommencer ma première année inachevée. Une petite voix me soufflait qu'il fallait que j'y retourne, ce n'était pas discutable.

Alors, en plein mois de juillet, j'ai contacté l'administration de la fac, j'ai fait jouer la carte du « décès familial », j'ai tenu bon face à mes parents inquiets, furieux et pour le moins récalcitrants, puis j'ai profité de mon petit frère autant que possible cet été en lui promettant de mener ma mission à bien.

La vraie raison de mon retour.

Élucider moi-même le meurtre de notre sœur.

Hier, le jour du grand départ est arrivé. Ma mère a pleuré

un peu, mon père, rouspété beaucoup, Pan ! a refusé de faire le mort et Jojo s'est forcé à sourire. J'ai eu l'impression de me glisser dans les chaussures de ma sœur aînée qu'on ne comprenait jamais, qui devait penser qu'elle décevait tout le monde, sans cesse, juste pour faire ce qu'elle pensait être juste, le mieux pour elle, aller au bout de ses envies bizarres et de ses intimes convictions.

Je réalise à quel point c'est difficile, éprouvant, d'être aussi libre qu'elle, aussi droite, aussi forte.

Alors j'ai quitté Queen Creek au volant de la vieille Honda de Colleen, en faisant gueuler « Feeling Good » sur quatre cents kilomètres. Ça me faisait mal de les laisser derrière moi, mais deux choses m'empêchaient de faire demi-tour, de renoncer, de retourner me réfugier dans les bras de mes parents. Deux visages. Deux cœurs, dont l'un qui ne bat plus.

Elle.

Et lui.

Arlo Sheridan. Celui qui a fait basculer ma vie après lui avoir donné un sens. Celui qui reste, qui est gravé en moi, celui qui n'a jamais quitté mon esprit, celui que mon cœur refuse de laisser partir. Malgré les cataclysmes vécus ensemble, tous les marasmes traversés, les pires épreuves et les plus grandes douleurs, il est toujours là.

Hier soir, je suis allée frapper à sa porte, sans prévenir. Ce matin, je me réveille dans son lit, son souffle chaud dans ma nuque, sa peau tiède collée contre mon dos. Quelques heures plus tôt, Arlo s'est endormi torse nu et je me suis glissée contre lui tout habillée. Pas par pudeur, encore moins par manque d'envie de lui, mais parce que je ne me faisais pas confiance.

Après cette interminable séparation, j'avais envie de ses baisers, de ses mains, de sa peau, mais Arlo était en trop sale état. L'ombre de lui-même. Et, alors qu'un nouveau jour commence, je m'en veux de l'avoir abandonné pendant tous ces mois.

– Je voulais que tu revives, pas que tu te laisses dépérir… murmuré-je en me retournant vers lui.

J'approche mon visage tout près du sien. Dans le silence de cet appartement d'étudiant lui aussi laissé à l'abandon, j'observe amoureusement ce grain de beauté qui m'a tant manqué, cette bouche à se damner, ce nez droit et fier, ces pommettes saillantes, ces longs cils bruns. Il n'y a pas une seule chose que je changerais chez ce garçon. Rien de rien.

Arlo Sheridan a été dessiné par les dieux, quels qu'ils soient, juste pour moi.

Il bouge un peu, inspire profondément, s'étire dans son sommeil, puis ouvre un œil. Un seul. Et je plonge à nouveau dans ce vert abyssal.

– Comment j'ai cru pouvoir survivre sans ce regard ? chuchoté-je.

– Alors tu es vraiment là…

Sa voix est rauque, chargée de colère et d'espoir mêlés. Arlo tend un bras, attrape une bouteille de soda qui traînait par terre, se redresse pour en vider la moitié avant de la balancer et de s'affaler à nouveau sur son matelas. Ses gestes sont impatients. Il est sauvage. En colère. Beau à crever.

– Je suis revenue pour plein de raisons, fais-je en soutenant son regard.

– Pour de bon ?

J'acquiesce, promène mes doigts dans ses boucles brunes tandis que ses yeux tourmentés me passent encore et encore en revue.

– Il faut qu'on trouve qui a fait ça à Colleen, toi et moi.

– J'ai l'impression de rêver, grogne-t-il. Ça m'est arrivé tellement souvent…

– Je ne vais nulle part, Arlo.

– Ça n'a aucun sens, soupire-t-il. Ta sœur… Après ce qui lui est arrivé, tu devrais fuir cette fac de malheur…

– C'est ce que pensent aussi mes parents, avoué-je. Mais il fallait que je revienne. Pour elle. Et pour toi.

– Ça veut dire quoi, au juste ?

Il me fixe sans détour, histoire de bien me faire comprendre : *« Tu ne me la feras pas à l'envers, cette fois »*.

– Je manquais d'air, sans toi, avoué-je. J'ai besoin que tu me rappelles comment on fait pour respirer.

– Je ne sais plus faire, moi non plus…

– Ensemble, on devrait y arriver, non ?

Ses yeux vertigineux se posent sur ma bouche, son visage sombre se rapproche, lentement, sans se précipiter. Dans mon cœur, ça cogne. Je suis prête. Ce baiser, j'en rêve depuis des mois.

J'entrouvre déjà les lèvres, ça s'allume au creux de mes reins, ça s'affole sous ma peau, mais Arlo s'arrête à un centimètre de ma bouche. Un seul minuscule et cruel centimètre.

– Si tu crois que c'est déjà gagné pour toi, tu rêves, Sinclair, me souffle-t-il.

– Arlo, à quoi tu joues ?

– Tu croyais que tu pouvais te barrer et revenir comme si de rien n'était ? Oublie ton conte de fées, Tillie. Je n'ai rien de charmant. Et tu vas galérer un peu, pour changer.

– Je ne crois pas aux contes de fées.

– Ah non ?

– Non. Je te veux, toi, c'est tout.

Il lâche un rire froid, sans âme, s'apprête à se lever et à quitter son lit, mais je le retiens. Il est blessé, je le comprends, mais je refuse qu'il m'échappe. On a déjà perdu tant de temps, lui et moi.

– Je suis désolée d'être partie comme je l'ai fait…

– Épargne-moi ton bla-bla, Tillie, je ne suis pas d'humeur.

– Laisse-moi une chance.

– J'ai besoin de boire un litre de café.

Il libère son bras d'un geste sec, je bondis et m'accroche à son dos comme un animal sauvage et paniqué.

– Écoute-moi jusqu'au bout…

– Alors dis ce que tu as à dire. Vite.

J'inspire, le visage noyé dans ses boucles en bataille.

– Plus rien n'a de goût, plus rien n'a de sens sans toi. J'ai essayé de ne plus t'aimer Arlo, mais tu es resté. Tu es là, sous ma peau, chaque fois que mon cœur bat. Tu ne veux pas t'en aller…

Ma voix se brise, ses larges épaules se contractent. Il se tourne lentement vers moi et le regard vert que je croise me chavire.

– On est deux putains de fracassés, hein ?

– Peut-être qu'ensemble, on peut se réparer ? tenté-je en gémissant.

– Je ne suis plus un gentil garçon, Tillie…

– Non, tu es tellement plus que ça, soufflé-je contre sa bouche.

– Embrasse-moi avant que je change d'avis…

Après un long regard échangé avec celui qui me secoue, qui me renverse, qui me tente, qui me bouleverse, qui m'abîme, qui m'excite, je cède. Je me penche, effleure ses lèvres timidement. Soudain, sa main se plaque dans ma nuque et me ramène à lui. Arlo force ma bouche, je lâche un petit couinement de surprise et de désir tandis que sa langue s'enroule autour de la mienne.

Ça n'a rien de doux, rien de romantique et c'est exactement ce qu'il me faut.

Depuis la mort de Colleen, on me prend systématiquement avec des pincettes, on me traite comme une pauvre petite chose sur le point d'exploser ou de disparaître dans les airs. Même ma mère a cessé de m'en vouloir depuis des mois et me couve comme une *pouve* – contraction de « poule » et de « louve » inventée par Jojo.

Cette brutalité, cette hargne qu'Arlo insuffle en moi en m'embrassant comme un mauvais garçon et en me plaquant sauvagement sur son lit, ça me rend vivante.

– Fais ce que tu veux de moi… lui susurré-je à l'oreille.

Il lèche mon cou, mordille mon menton, puis se redresse pour planter ses yeux brillants de désir dans les miens.

– Déshabille-toi, Tillie.

Un peu tremblante, je défais le bouton de mon short en le fixant droit dans les yeux.

– Et ensuite ?

– Ensuite, je vais te faire payer ces quatre mois d'absence… et tu vas aimer ça autant que moi.

Et le farouche tient sa promesse. Cinq fois, ce jour-là. Je frémis, je gémis, je jouis sous lui, sur lui, dans toutes les positions, dans son lit, sous la douche, sur le canapé du salon, contre un mur, sur le carrelage de la cuisine.

Pendant presque une semaine, on ne fait que ça. On vit dans une bulle, on mélange nos corps, nos folies, nos manques, nos chaleurs, nos peaux rougies, nos plaisirs à la noirceur de nos vies. J'essaie de lui faire oublier mon abandon, il réapprend à me faire confiance.

On s'aime en cachette, on parle un peu, on se consume beaucoup. On fête nos anniversaires en retard, en se racontant comment on a passé nos 22 et nos 19 ans l'un sans l'autre. Et sans avoir la tête ni le cœur vraiment à ça. Alors on se saute dessus, maintenant qu'on se sent à nouveau presque entiers, on se dévore, on s'épuise jour et nuit, pour conjurer le sort, pour guérir, panser nos plaies, rafistoler nos cœurs brisés.

Mais sans jamais oublier celle qu'on a perdue.

Le sixième ou septième matin – je n'ai plus vraiment de repères –, je rejoins Arlo dans la cuisine alors que, dos à moi, il se fait couler un café noir.

– Il y a une chose dont on n'a pas parlé, murmuré-je en l'entourant de mes bras.

– Tu veux un café, petite bombe ?

– Oui, mais d'abord, je veux savoir où tu en es dans la recherche de tes parents biologiques…

Arlo se crispe, se retourne lentement pour me faire face, ses deux mains plaquées sur le plan de travail, de chaque côté de son large corps. Il est tellement… alléchant. Indécent. Affolant. Je dois me forcer à détourner les yeux de ses avant-bras aux veines saillantes, de ses biceps contractés, de tout son corps qui irradie tout ce dont j'ai envie.

Oui, encore.

Non, je ne suis jamais repue de lui.

– Parle-moi, beau brun… lui dis-je timidement, en souriant.

– J'ai laissé tomber, lâche-t-il d'une voix rauque. Et non, je ne veux pas vider mon sac, ni chialer dans tes bras.

– Je crois que…

– J'ai dit non !

– Mais…

– Tais-toi, gronde-t-il en plaquant une main sur ma bouche, un sourire insolent aux lèvres.

Je le mords, il recule en criant « putain » et en riant tout bas.

– Je crois que Colleen aurait voulu que tu le fasses, murmuré-je. Et je crois que toi et moi, on a suffisamment de regrets comme ça…

– Tu sais quoi, Tillie ?

Je le fixe droit dans les yeux, sans savoir ce que le farouche va me murmurer.

– Commençons par mettre la main sur l'enfoiré de psychopathe qui l'a butée.

65

SI JE MEURS

Tillie

Lui et moi, on ne fait plus qu'un corps. Plus qu'un souffle haletant, brûlant.

Mais cette parenthèse salvatrice ne pouvait pas durer. Il fallait bien qu'un jour ou l'autre, la vie reprenne sur le campus. Début septembre, les cours sont sur le point de démarrer et les étudiants reviennent de vacances en un flot discontinu.

Todd, qui a décidé de changer de major pour s'offrir une année de plus en tant qu'étudiant, se pointe à l'appartement pour entamer sa dernière année à la fac. Un énorme sac de sport sur chaque épaule, il tente de dissimuler sa surprise en me trouvant en débardeur et caleçon au milieu de son salon.

– Mec… Je croyais que tu avais compris la leçon, chuchote-t-il à l'oreille de son pote, en se pensant discret.

– Elle a un truc magique en elle, je n'ai pas pu lutter, se contente de sourire Arlo.

– Et si tu pouvais garder ça pour toi… précisé-je.

– Vous faites ce que vous voulez, les amants maudits, je m'en cogne. Je ne ferai quasiment que des stages, cette année, de toute façon, je ne serai pas souvent dans les parages. Rien ne sortira de cette bouche ! Y a des bières au frigo ?

C'est aussi ce jour-là que Martha réapparaît. Enfin, que nos chemins se croisent à nouveau, dans le grand hall du bâtiment A où je me rends pour découvrir ma nouvelle chambre et la colocataire qui l'occupe peut-être déjà.

– Martha, qu'est-ce que tu fais ici, chez les Première Année ? Et… tes… tes cheveux ?

– Tillie ?

Elle et moi, on ne s'est plus donné de nouvelles depuis presque deux mois. J'imagine que tous ses messages laissés sans réponse ont fini par la dissuader. J'avais besoin de faire le vide autour de moi, de me couper du monde, mais je le regrette aujourd'hui en découvrant sa mine triste à mourir.

– Tu m'expliques ?

– Austen s'est tapé sa prof de philo, il m'a larguée, tu ne répondais plus, j'ai foiré mes examens et je redouble. Et toi ?

– Je recommence ma première année. Mais Martha, tes cheveux…

– Ah, ça… J'ai essayé de renouer avec ma mère pendant l'été, mais elle m'a rejetée. Encore. Alors j'ai fait quelque chose de radical.

– Et tous tes frères ?

– Quels frères ? sourit-elle tristement. Je n'ai pas de famille, pas de mec, pas de dieu, mais j'ai ça !

Elle pointe son doigt sur sa nouvelle coupe de cheveux – un carré court et plongeant avec frange – et sa nouvelle couleur…

– Pourquoi bleu ? murmuré-je.

– Et pourquoi pas ?

– Martha, je suis désolée. Je ne savais pas que tu vivais tout ça dans ton coin…

– Tu as perdu Colleen, Tillie. On a chacune notre croix à porter.

Évidemment, deux minutes plus tard, on découvre sur la longue liste placardée dans la salle commune qu'on partage à nouveau la chambre quinze, elle et moi. On s'y rend avec nos bagages et on se jette sur nos lits respectifs en gloussant comme deux idiotes.

– Tu ne pries pas pour remercier ton Seigneur ? lui balancé-je en fixant le plafond fissuré.

– Je ne prie plus, Tillie.

– Du tout ?

– Tu veux vraiment que je te fasse le résumé de ces six derniers mois ?!

Je lui fais signe que non, repense douloureusement à ma sœur qui me guidait à travers ce campus, un an plus tôt. Qui m'accompagnait dans cette chambre, squattait mon lit, critiquait tout et veillait sur moi, à sa manière.

– Au fait, j'ai couché avec Shen.

– Quoi ? m'écrié-je.

– Pas transcendant… commente-t-elle. On avait trop bu, tu lui manquais, Austen me manquait, alors on s'est mis tout nus et on a essayé de vous oublier.

***

Arlo passe ses doigts le long de mon tatouage, comme il le fait si souvent ces derniers temps. À l'abri des regards, immergés dans notre bulle, cachés sous sa couette, nus et essoufflés, on se bouffe du regard.

– Tu veux toujours devenir architecte, Tillie Sinclair ?

– Je crois, oui… Et Arlo Sheridan, il veut faire quoi quand il sera grand ?

Il soupire, enfonce son visage dans son oreiller et lâche un cri de bête qui me fait rire. Je caresse ses cheveux ondulés, il me contemple à nouveau.

– Journaliste sportif, ça me tentait bien… Mais sans elle, je ne sais plus.

– Fais-le pour elle, alors.

La tristesse envahit ses yeux plissés.

– On n'a même pas trouvé qui lui a fait ça… soupire-t-il. Même pas vraiment cherché.

– Je dois parler à la capitaine de l'équipe de soccer, cet après-midi. Les flics n'ont jamais creusé cette piste.

– Tu crois vraiment que l'une des joueuses aurait pu la tuer ? Elles l'admiraient toutes, Colleen était une star sur le terrain.

– On ne sait pas, Arlo. On croit connaître les gens, et puis…

– Ouais. Et puis…

Je pose mes lèvres sur les siennes, je colle mon corps à son corps et je ferme les yeux en espérant chasser les images de ma sœur. Arlo me serre dans ses bras, roule sur moi et me mordille le cou en me pelotant les fesses. Je sens qu'il devient chaud…

– Je dois aller en cours, homme des cavernes !

– On s'en fout…

– Pas n'importe quel cours, précisé-je.

Il s'interrompt et grogne à mon oreille :

– Jay Shay ?

J'acquiesce et ris doucement tandis qu'il se laisse tomber à côté de moi, dépité. On se quitte pour mieux se retrouver en cachette, à la nuit tombée. Todd est rarement là, et pour l'instant, la troisième chambre reste inoccupée. Hector Vargas a eu son diplôme par je ne sais quel miracle et est devenu l'un des assistants du coach des Aztecs en attendant de trouver un boulot de commentateur sportif. Arlo continue à le voir mais ne lui a rien dit pour nous : Vargas ne sait pas fermer sa bouche.

Et pourtant, malgré toutes nos précautions, au bout de dix jours seulement, une rumeur circule déjà sur le campus. Un peu après midi, alors que je remplis mon plateau à la cafétéria, j'entends que ça murmure derrière moi.

– Tu sais qu'elle se tape à nouveau Sheridan ?

– En fait, ça les arrange bien qu'elle soit morte, l'autre…

– Ouais, les triangles amoureux, ça finit toujours mal.

La peine et la colère qui s'engouffrent en moi sont indescriptibles. J'ai la sensation qu'on vient de me piétiner, de me lacérer le cœur, de me l'arracher de la poitrine en le laissant déchiré, à vif.

Je cesse de respirer, serre les dents en fixant mon cheeseburger, résiste à l'envie de le balancer à la tête des deux connasses qui refont l'histoire dans mon dos. Et plutôt que de nier, mentir ou me défendre, je fuis les lieux comme une vulgaire criminelle, la tête baissée et les yeux pleins de larmes.

En regagnant ma chambre, je me jette sur le placard où je range tout ce qui m'est précieux. Tout ce qui concerne Colleen. J'enfile son maillot de foot trop grand, me noie dans son odeur qui n'est pas loin d'avoir disparu, ouvre un album photos, tourne les pages en sanglotant, écoute son CD de

Muse, fouille et touche tout ce qu'il me reste d'elle.

Et au fond d'un sac qui lui appartenait, une horreur en cuir clouté que j'ai gardée uniquement parce que c'est le dernier qu'elle utilisait, je mets la main sur un bout de papier enroulé.

Entre deux ratures et autres gribouillis, une phrase écrite de sa main, à la va-vite, me coupe le souffle :

Si je meurs, c'est du côté d'Arlo
qu'il faudra chercher…

66

FAITES VOTRE BOULOT

Arlo

– Monsieur Sheridan, veuillez nous suivre, s'il vous plaît.

Mon pote sursaute à côté de moi, mais je ne suis pas surpris. Les deux flics en civil nous suivent depuis un petit moment sur le campus. Je les trouvais trop vieux pour être encore étudiants, trop musclés pour faire partie des profs de la fac et trop propres sur eux pour me vouloir des emmerdes, me vendre de la drogue ou me régler mon compte.

– Ça y est, vos vacances sont finies, l'enquête peut reprendre ? leur lancé-je sans pouvoir me retenir.

– On vous conseille de changer de ton avec nous et de coopérer.

Je soupire et jette un œil à Todd qui commence à paniquer et se ronge l'ongle du pouce.

– Ça va aller pour moi, mec, t'inquiète pas. Dis juste à Tillie où je vais, OK ? lui chuchoté-je.

Puis j'ajoute à voix haute et claire :

– Je serai de retour dans une heure ou deux.

– Plutôt neuf ou dix, précise le flic le plus coriace.

– J'ai déjà répondu à toutes les questions du FBI, je n'ai rien à dire de plus. C'est à vous de faire votre boulot, maintenant.

Agacé par mes réponses, le cow-boy aux gros biceps s'approche doucement de moi pour me parler tout près du visage. On fait pile la même taille et c'est censé m'impressionner. Son haleine poisseuse sent le café, la clope et le vieux chewing-gum au réglisse, mais je ne recule pas d'un millimètre.

– Écoute-moi bien, Sheridan : tu étais présent le soir du meurtre, on a vu ta belle gueule tout le temps pendant les recherches, tu as passé l'été à nous harceler pour faire avancer l'enquête et on sait que tu mènes tes petites investigations de ton côté. Si on ajoute à ça le fait que tu te tapes en cachette la sœur de la victime, je serais toi, je ferais pas trop le malin.

– Donc je suis officiellement soupçonné ?

J'ai essayé de garder ma voix la plus calme possible, mais ça tourne à toute allure dans mon cerveau. Je pensais que Tillie et moi, on réussissait à se faire discrets. Il est possible que ces types nous aient suivis ou que nos téléphones soient sur écoute. Ça ne me rassure pas. Je commence à avoir chaud.

Je glisse ma main dans ma poche, éteins mon portable du bout des doigts, puis suis les flics jusqu'au fourgon noir, sur le parking. À l'intérieur, j'y retrouve l'agent Higgins, la nana du FBI responsable de l'enquête jusque-là. Elle me salue d'un geste du menton que je lui rends. J'ai de l'estime pour elle, elle m'a toujours traité avec respect et prend l'affaire au sérieux. Mais ça m'étonne que FBI et police bossent à nouveau ensemble et reprennent les interrogatoires.

Il y a peut-être une nouvelle piste.

Et j'espère que ce n'est pas... moi.

***

L'inspecteur Banks, c'est son nom, pose ses grosses paluches sur la table en inox, et se penche en avant jusqu'à se trouver à hauteur de mon visage. Je peux sentir son souffle tiède, le nouveau mauvais café qu'il vient d'avaler en vitesse, et, en un seul et bref regard puant, je devine que je vais passer un sale quart d'heure. Voire une sale journée.

J'ai clairement affaire au *bad cop* de la bande.

Son collègue en civil et l'agent Higgins, en tailleur et escarpins, restent gentiment en retrait, un dossier ou une bouteille d'eau à la main.

– Tu ne vas pas nous prendre pour des cons longtemps, mon garçon.

– Je ne me permettrais pas, grommelé-je en me balançant en arrière sur ma chaise.

– Tiens-toi correctement, Sheridan.

Les quatre pieds rejoignent le sol. Je n'ai pas peur de ce type – cette conversation est filmée, il ne devrait théoriquement rien m'arriver – mais qui sait ce qui pourrait se passer s'il décidait de couper la caméra pour me montrer ce qu'il croit avoir dans le froc ? On a déjà vu ces interrogatoires dégénérer. Alors non, je ne vais pas jouer au plus malin avec Banks et ses copains.

Je ne tiens pas à m'éterniser dans cette pièce sinistre où de *vrais* criminels sont probablement passés aux aveux avant moi.

– Je n'ai rien à me reprocher, inspecteur.

– Allez, ne nous fais pas perdre notre temps ! Tu vas nous faire croire que tout ça n'est qu'un heureux hasard ?

– Heureux ? répété-je sur un ton amer.

– Elle savait des trucs sur toi, c'est ça ?

– Elle était devenue gênante ?

– Comment tu l'as achevée, Sheridan ? Où est l'arme du crime ?

– Tu y as pris du plaisir, avoue…

Comme excités par l'odeur du sang, les deux vautours déplient leurs ailes lugubres pour déployer leur ombre au-dessus de ma tête. La nana du FBI ne bronche pas, je pensais pourtant qu'elle désapprouvait ce genre de méthodes.

L'air commence à me manquer. Leurs mots m'ont asséné les pires coups qui soient.

– Je ne vois pas de quoi vous parlez, souffle ma voix enrouée.

– Arrête un peu ton char, Sheridan. Tillie Sinclair et ses parents ont parlé. Même la victime t'a dénoncé ! On a tout un tas de preuves contre toi.

– Suffisamment pour t'inculper…

Je sens une goutte de sueur glaciale dégouliner sur ma peau brûlante, le long de ma colonne vertébrale. Et le piège se refermer sur moi.

– Dénoncé ? répété-je. Vous avez le droit d'inventer ce genre de conneries ?

– Figure-toi qu'on vient de découvrir qu'elle a laissé traîner des petits mots qui t'incriminent…

– Je veux un avocat.

Pendant les deux ou trois heures qui suivent, ce sera la seule et unique phrase que je répéterai, en regardant loin devant moi.

Puis ils me montrent enfin les trois bouts de papier qui leur ont été envoyés anonymement, ce matin, et dans lesquels Colleen m'accuse.

Meilleur ami ou assassin ?
Un nom de famille : Sheridan.
Il a les yeux verts et bientôt
du sang sur les mains…

Ça m'écœure de lire ces atrocités. Mais je ne rentre pas dans leur jeu.

– Vous voyez bien que le type des cartes postales a remis ça ! Ou c'est une blague de mauvais goût d'un autre taré !

Je ne veux pas perdre mon sang-froid. Je ne veux pas faire à des questions biaisées des réponses qui pourraient être retenues contre moi. Je ne veux pas me justifier, m'énerver, crier mon innocence dans le vent, défendre l'honneur de ma meilleure amie ou douter de la fille que j'aime alors qu'ils cherchent juste à me déstabiliser.

– Je veux un avocat, m'obstiné-je. Je connais mes droits.

Apparemment, ce n'est pas pour tout de suite. On me laisse mariner seul dans cette pièce un long moment, avec un unique gobelet d'eau posé sur la table en Inox devant moi. J'ai le temps de réfléchir, de bouillir, de repenser à Colleen, à ce qu'elle a subi : je n'aurais jamais pu toucher à un seul de ses cheveux.

Savoir qu'on lui a fait du mal me rend encore fou de colère, neuf mois après sa mort.

Comment on peut seulement envisager que ce soit moi ?

Alors je pense aux parents Sinclair qui me détestent, ne m'adressent plus la parole alors que j'ai si longtemps fait partie de leur famille. Bien sûr que leur douleur et leur chagrin ont dû les faire vriller, leur faire imaginer le pire. Bien sûr qu'ils ont pu m'accuser, gentiment guidés par l'inspecteur Banks et ses petites phrases bien tournées.

Je ne leur en veux pas…

Et puis je pense à mes propres parents, si on peut les appeler comme ça, qui ne se sont pas souciés une seconde de comment j'allais ces derniers mois. Ni toutes ces dernières années, en fait. Si j'avais un seul coup de fil à passer, là, maintenant, en imaginant qu'on respecte mes droits, c'est Jay que j'appellerais sur-le-champ. Mon frère serait capable de me sortir de là.

Je n'ai rien fait, bordel. Rien à foutre ici.

Alors je pense à Tillie. Non, elle n'a pas pu me faire ça. Aiguiller les enquêteurs vers moi, douter de mon innocence, se méfier de mes intentions. Mais je suis fou d'elle, peut-être que ça me rend aveugle.

Et voilà, Banks et ses potes ont gagné : je commence à vaciller. À perdre mes repères et mes certitudes. Je transpire, j'ai la bouche sèche et la peau moite, mon gobelet d'eau est vide depuis longtemps, mon cerveau en ébullition. Je veux me tirer. Je me lève d'un bond et fais les cent pas dans cette pièce étroite, fermée, irrespirable.

Sortez-moi de là.

– Sheridan, tu es libre.

Je sursaute : l'agent Higgins vient d'ouvrir la porte et reste sur le seuil en me montrant la sortie.

– Quoi, c'est tout ?

– À moins que tu préfères rester encore un peu parmi nous ?

– Attendez… Vous m'accusez, vous me faites croire que je suis le suspect numéro un, poireauter des heures, et puis vous me foutez juste dehors quand vous avez terminé ?

Elle s'adosse au cadre de la porte, croise les jambes et les bras en signe d'impatience, et je pense à Colleen qui avait parlé plusieurs fois de se raser les cheveux comme ça, aussi court que cette femme, pour avoir l'air *badass*. J'étais contre. Mais désormais, tout ce que ma meilleure amie n'a pas eu le temps de faire, d'accomplir, ses envies de voyages, de folies, ça me semble un terrible gâchis.

– On souhaite la même chose, m'apprend l'agent du FBI : que cette enquête aboutisse.

– Donc vous avez de nouvelles pistes ?

– Je ne peux pas répondre à cette question.

– Ces petits mots, c'est bidon, on est d'accord ? Ou ils viennent directement du tueur…

– Peut-être… On va les faire expertiser.

– Mais je suis suspecté, oui ou non ?

Cette fois, je n'obtiendrai pas de réponse du tout. Sans plus tarder, je quitte le commissariat de San Diego où je suis retenu depuis des heures. À la sortie, je tombe nez à nez avec Tillie, qui fixe ses pieds et fuit mon regard.

– Hey ! Tu vas te faire interroger aussi ? Je ne sais pas ce qui se passe, mais ils tirent tous des têtes de…

– Jeune homme, merci de vous adresser à moi si vous souhaitez communiquer avec ma cliente.

– Hein ? C'est quoi, ce bordel ?

Un jeune type blond en costard bleu nuit se glisse entre elle et moi et tend sa main en avant comme pour faire barrière.

– Tillie, putain, ça veut dire quoi, tout ça ?

La brune me regarde enfin et bredouille :

– C'est mon avocat, mon père me l'a envoyé. Il m'a dit de

faire ce qu'il me demandait…

– OK, mais c'est moi, Arlo, tu peux quand même me parler !

– Non, plus maintenant. C'est compris, jeune homme ? Plus aucun contact entre vous désormais. Sinon je vous fais plonger, et en l'état ça ne me paraît pas bien compliqué.

– Il n'est pas sérieux, là ?

Sans rien comprendre, je me décale sur le côté pour tenter d'atteindre Tillie, mais le type continue à s'interposer physiquement, et elle semble terrorisée, perdue, distante. Déjà résignée.

– Je suis désolée, Arlo, fais ce qu'il te dit, c'est mieux pour toi. Et pour moi.

Le requin en costard m'adresse un sourire faux et enfonce le clou.

– Elle a déjà perdu sa sœur, aie la décence de ne pas lui faire perdre sa dignité. Que ce soit à Queen Creek ou à San Diego, personne ne veut vous voir ensemble. Votre histoire dérange. Ça doit s'arrêter maintenant, avant que ça fasse plus de dégâts.

– Tillie, regarde-moi ! grondé-je en ignorant le type imbuvable.

– Et si vous voulez un dernier conseil, jeune homme, trouvez-vous un bon avocat.

– Arrêtez de m'appeler jeune homme, fulminé-je, ça ne fait pas de vous quelqu'un de respectable. Faites juste votre boulot… Et vous avez intérêt à le faire comme il faut.

Le blond m'ignore, lisse en arrière ses cheveux à la con et j'ai juste le temps de frôler la main de Tillie avant qu'il l'emporte loin de moi.

Mais je n'ai pas rêvé, elle a serré mes doigts.

67

DU BIEN ET DU MAL

Arlo

C'était bien vrai.

Les grands discours de cet avocat qui m'a pris de haut, les excuses de Tillie qui osait à peine me regarder : on ne doit plus se parler. Je n'y croyais pas mais la brune s'y tient. Elle ne prend aucun de mes appels, ne répond à aucun de mes textos, fait demi-tour quand elle me voit arriver en même temps qu'elle à la cafétéria, dans un couloir de la fac ou sur une pelouse du campus.

Un jour, je la suis discrètement jusqu'à la bibliothèque, attends que l'ex-mormone aux cheveux bleus se soit trouvé un bouquin à étudier, puis je me plante derrière Tillie dans un rayon désert.

– Je ne peux pas.

– Tu m'as fait peur ! râle-t-elle après avoir sursauté.

Mais elle glisse ses mains sur les miennes qui ont enserré sa taille. Puis ma petite bombe se reprend, se retourne pour me faire face, mais à distance.

– C'est mieux comme ça pour l'instant, Arlo. C'est dur, mais il le faut.

– On n'a rien fait, on ne mérite pas ça. À quoi ça rime, à quoi ça sert ? Je ne vais pas tenir... Ça ne te rend pas dingue, toi ?

Elle sent ma colère, plonge ses yeux sombres et brillants dans les miens, regarde partout autour d'elle avant de glisser sa main sur mon torse.

– Tu me manques aussi. Terriblement... C'est de la torture. J'ai du mal à supporter de ne pas te toucher, de ne pas te sentir, t'embrasser...

Elle se hisse sur la pointe des pieds et frôle mes lèvres des siennes.

– On le fait pour Colleen, susurre-t-elle avant de reculer.

Je meurs d'envie de l'attraper, de la plaquer contre la bibliothèque et de l'embrasser jusqu'à manquer d'air. Je me retiens, je me fais violence, mais ça me tue.

– Il faut qu'on tienne, pour l'enquête, continue-t-elle. Pour se protéger tous les deux. C'est pour mon bien et le tien... S'il te plaît, ne rends pas tout ça encore plus compliqué.

– Tu sais que je n'ai rien fait, hein ?

– J'ai découvert un petit mot dans mes affaires, me glisse-t-elle. Qui disait : *« Si je meurs, c'est du côté d'Arlo qu'il faudra chercher... »*

– Ça ne vient pas d'elle, Tillie.

– Je sais.

J'inspire profondément, soulagé qu'on ait la même intuition.

– Ce taré joue avec nous.

– On va le trouver, Arlo.

Je pose mon front contre une étagère de livres et le cogne plusieurs fois, doucement. Tillie me caresse la joue et part à reculons. Je la regarde s'éloigner, et lui balance un sourire qui m'échappe, un : « Je t'aime » silencieux, tellement cette fille me fait d'effet, me fait du bien et du mal à la fois.

Elle me le renvoie et un petit feu se met à brûler en moi.

Quand je quitte la bibliothèque et retrouve l'air chaud du mois de septembre à San Diego, les chuchotements sur mon passage me refont penser à ce qu'elle vient de dire.

Si c'est pour mon bien, est-ce que ça fait encore de moi un suspect dans cette enquête ?

Est-ce que Higgins, Banks et leurs potes me surveillent vraiment ?

Et pire, est-ce que même Tillie doute de moi, au fond ?

En tout cas, pendant un mois, on continue à jouer à ça : pas d'appels, pas de messages, pas de retrouvailles secrètes. À peine quelques regards échangés, des frôlements de main, des sourires et des soupirs frustrés, des mots qui crient le manque en chuchotant et de très rares baisers volés.

Qui me font tant de mal et tant de bien.

68

TONNERRE ET FLAMANTS ROSES

Tillie

– On peut sortir pour manger un truc qui a été cuisiné, pour une fois ? soupire Lauren en boudant le paquet de chips que lui tend Martha.

– Allez-y, moi, je reste là. J'ai pris du retard sur Netflix…

Et j'ai surtout eu ma dose de regards de travers et de chuchotements déplaisants pour la journée. Traîner sur le campus est devenu compliqué depuis que toute la fac a décidé de nous prendre pour cibles, Arlo et moi. Dès qu'on se retrouve tous les deux dans le même périmètre, par le plus grand des hasards, chacun de nos gestes est scruté, commenté, interprété, transformé. J'ai l'impression que même les profs, les gardiens, les agents d'entretien et les jardiniers me regardent de travers.

Certains continuent de penser que Colleen s'est suicidée à cause de nous. Les autres croient à la thèse officielle, celle de l'assassinat, mais ils s'imaginent quand même qu'Arlo et moi avons eu un rôle, même infime, dans tout ça.

– Les gens feraient mieux de se mêler de leur cul, râle Elle.

– Ou du mien, ajoute la fille aux cheveux bleus.

– Tu as le droit de renoncer à Jésus sans te transformer en nympho, toi, tu sais ?

Martha fait les gros yeux et tire la langue à la black qui se marre en triturant son afro.

– Till', j'ai reçu le dernier L. J. Shen. Si ça peut te changer les idées, tu sais où venir le chercher, me propose-t-elle.

– Bâtiment B, chambre neuf, récité-je.

Elle et Lauren partagent désormais une chambre dans le dortoir réservé aux Deuxième Année. Ça m'a fait du bien de les retrouver, à la rentrée, même si je garde certains secrets pour moi et ne me confie vraiment qu'à Jojo et Martha. Je crois que les deux filles du bâtiment B comprennent pourquoi je reste discrète, souvent sur mes gardes. Au fond, elles savent déjà l'essentiel et elles ont la délicatesse de ne pas me poser de questions, ni appuyer là où ça fait mal.

Mon histoire avec Arlo dérange, attire la suspicion, la moquerie, les insultes. J'ai mes parents, mon avocat, tout le campus sur le dos. Mais pas elles.

– Et en parlant de Shen… reprend la blonde en s'enfilant trois chips d'un coup. Il nous évite, non ?

J'acquiesce, constatant que je n'ai plus de nouvelles, si ce n'est un message cordial par-ci, par-là.

– Je l'ai peut-être traumatisé… pouffe Martha.

Et la discussion repart de plus belle sur la vie sexuelle de l'ex-mormone. Cette dernière nous apprend, soudain très sérieuse, qu'elle est abstinente depuis la rentrée et qu'elle cherche à nouveau l'amour. Le grand. Celui qui lui passera la bague au doigt et lui fera douze bébés. Dix secondes plus tard, elle avoue avoir déjà craqué pour un autre étudiant – un sportif du genre bad boy et qui ne joue pas du tout dans sa ligue. Ah, et elle précise qu'elle regrette déjà un peu ce bleu.

– Et si tu tentais le rose ?! s'emballe Lauren.

– Heu… Et si tu revenais plutôt au blond ? intervient Elle, l'air outré.

– Et si tu arrêtais de croire que tu n'es pas assez bien pour qui que ce soit ? lui soufflé-je.

Je lui balance un Kinder, elle me tend le paquet de Twizzlers et on se sourit. Lauren nous quitte pour aller voir Hector avec qui elle fricote à nouveau, Elle pour aller réviser, et notre petite chambre retrouve ses deux seules habitantes.

– *Drama* coréen ou film d'horreur ? lancé-je à ma colocataire en ouvrant mon ordinateur.

– Hmmm…

Elle hésite encore quand un petit coup retentit contre notre porte. Quelqu'un glisse une feuille de papier blanc dessous.

– Qu'est-ce que…

Je me lève d'un bond, vais ouvrir la porte aussi vite que je peux, mais il n'y a déjà plus personne dans le couloir. Je me penche, ramasse la feuille pliée en deux et découvre le message qu'elle contient.

Je sais qui l'a tuée.
Je l'aimais, moi aussi…

Et mon cœur s'arrête de battre.

***

Il est près de vingt-deux heures, le tonnerre gueule toute sa colère céleste. Je gare le vieux tacot de Colleen sur le parking du motel bas de gamme où Arlo m'a donné rendez-vous quand j'ai demandé à le voir en urgence. Les mains encore tremblantes, je ferme la voiture à clé, puis me rends en courant à l'accueil. Derrière son comptoir, le type en débardeur crasseux me mate de la tête aux pieds, louche sur mon décolleté, sursaute lorsque je me racle la gorge et me propose la chambre numéro sept.

Je lui en demande une autre.

Le sept est à Colleen.

Je me rends jusqu'à la numéro onze, envoie juste ce numéro par texto à Arlo, referme à double tour derrière moi, entends l'orage se déchaîner dehors, foule la moquette grise pleine de taches, observe les murs remplis de flamants roses délavés, le papier peint qui se décolle, m'assieds sur le couvre-lit marronnasse et tente d'allumer la télé qui doit avoir le double de mon âge. J'ai un besoin urgent de m'occuper. De combler le vide. De remplir ma tête d'images et de sons pour me calmer.

Depuis presque une heure, mon cœur ne parvient pas à retrouver son rythme.

Jimmy Fallon et Emilia Clarke se bidonnent à l'écran pendant que je lutte contre les larmes. Au bout d'une dizaine de minutes, on tambourine à la porte. Je pousse un cri nerveux et saute sur mes pieds. Je vais ouvrir prudemment, en laissant la chaînette de sécurité, croise le regard intense et inquiet d'Arlo et ouvre enfin en grand.

La porte, mes bras, les vannes que je maintenais fermées jusque-là.

Je sanglote contre son corps trempé et puissant, il nous enferme à nouveau, me porte jusqu'au lit et m'y dépose doucement.

– Montre-moi cette lettre…

Je tends le doigt vers mon sac, il va l'ouvrir et découvre la pochette en plastique qui renferme le précieux message.

– *« Je sais qui l'a tuée. Je l'aimais, moi aussi… »*, relit-il à trois reprises.

Sa voix est méconnaissable, enrouée, blanche, sans vie. Il est sous le choc, lui aussi.

– Il faut qu'on la donne à Higgins, murmuré-je. Il y a peut-être des empreintes ou de l'A.D.N…

Arlo acquiesce en silence, sans jamais quitter la lettre du regard.

– Et il faut que j'appelle Jojo, fais-je en sanglotant de nouveau.

Mon appel le réveille et le fait d'abord grogner, puis, lorsque les mots franchissent douloureusement la barrière de mes lèvres, mon frère devient muet. Abasourdi. Arlo lui envoie la photo du message anonyme, et, alors qu'il découvre la pièce jointe, je l'entends fondre en larmes. Pendant de longues minutes, douces et amères, on mélange nos tristesses par téléphone interposé, on se dit qu'on doit être forts, ne rien lâcher, se battre pour elle.

Et, juste avant de raccrocher, mon petit frère trouve le mot de la fin :

– Au moins, quelqu'un l'aimait… Elle n'a pas vécu pour rien.

Je repose mon portable, sèche mes larmes et croise le regard humide du garçon que j'aime.

– Qui a pu écrire ça ? soufflé-je. Je suis sa sœur et je ne sais rien d'elle…

– Je suis son meilleur ami, son double, et je n'ai aucune idée de qui pouvait bien l'aimer. Colleen ne laissait personne l'approcher…

On se contemple, de part et d'autre de cette chambre miteuse, un peu perdus, penauds, le bruit du tonnerre au-dehors s'ajoutant à nos cœurs qui cognent fort.

– Qui était amoureux de toi, Colleen ? m'écrié-je soudain, en proie à une colère noire. Un étudiant ? Un prof ? Un type de San Diego, de Queen Creek, ou d'ailleurs ? Un mec bien, ou un taré, un drogué, un paumé ? Quelqu'un qui veut nous aider… ou juste nous torturer ?!

– Tillie…

– J'aurais dû le savoir !

– Arrête ça…

Mais plus rien ne m'arrête. Les doigts enfouis dans mes cheveux, je tire jusqu'à en avoir mal et je hurle à m'en brûler la gorge.

– J'aurais dû la protéger ! M'intéresser à elle, lire entre les lignes, deviner ses mensonges, ses blessures, ne pas la laisser crever seule dans cette usine !

Les bras d'Arlo m'entourent soudain et m'emportent jusqu'au mur. Il me plaque brusquement contre le papier peint flamant rose, sa paume vient recouvrir ma bouche et sa voix s'élève, grave et frémissante :

– *Tu* n'y es pour rien. Tu comprends, ça ?

Je m'agite, me débats. Il ne me lâche pas.

– Je ne vais pas te laisser te détruire, gronde-t-il. C'est hors de question. Tu restes avec moi, on affronte tout ensemble : on chiale, on s'aime, on gueule, on vit, on s'accroche, on fait le tour de la terre s'il le faut, on y consacre dix ans si c'est ce que ça prend, mais on va trouver les réponses, Tillie. Ensemble. Jusqu'au bout.

Sa main s'éloigne lentement de ma bouche, je laisse échapper un râle de douleur.

– On ne l'a pas tuée, tu m'entends ?

– Qui l'aimait, Arlo ? gémis-je.

– Je ne sais pas… Mais là, tout de suite, ce n'est pas ça qui compte.

Je replonge dans ses yeux brillants d'intensité.

– C'est toi qui comptes, Tillie. Toi que je dois protéger…

Ses mains me décollent du mur et m'emmènent vers la sortie.

– Viens, on se casse de ce cauchemar beaucoup trop rose.

– Non…

Il me contemple un instant, je me hisse sur la pointe des pieds, vise ses lèvres et les happe. Je ne les ai pas goûtées depuis des semaines et je sais qu'il n'y a que ça qui m'apaisera. Qui refera battre mon cœur à un rythme normal. Une solution éphémère, qui n'aura pour effet que de décupler mon manque de lui ensuite, mais je n'en démords pas.

Je le veux.

Mon corps, mon âme ont besoin de se mêler aux siens.

– Tillie, attends…

Arlo sent mon impatience, ma frénésie, mon désespoir et tente de les tempérer, de vérifier que c'est ce que je veux vraiment. Ou peut-être de se contrôler lui-même. Ses mains s'emparent délicatement de mon visage et le brun m'embrasse sagement sur le nez, le front, les joues, le bout du menton avant de revenir sur mes lèvres. Là, sa langue s'invite au bal et la tension grimpe rapidement entre nous. Mes mains se glissent sous ses fringues et le caressent jusqu'à le sentir frémir.

Son impatience ne tarde pas à égaler la mienne.

Nos souffles s'affolent, nos peaux s'embrasent, il presse mes seins à travers mon T-shirt, les excite. Je suis trempée, et je sens son sexe durcir contre ma main.

Il n'y a plus de *« Attends »* qui tienne.

– C'est pas humain ce que tu me fais… souffle l'excité entre mes lèvres.

Il me soulève, me dépose brusquement sur le meuble télé à hauteur de ses hanches, tire sur mon short, m'enlève ma culotte, baisse son fute et… s'arrête cruellement.

– Putain de merde, gronde sa voix cassée. Pas de capote !

Il laisse tomber son front sur mon épaule et grogne de frustration.

– Moi, c'est bon, lui chuchoté-je. Je prends la pilule, je n'ai connu que toi et on s'est protégés à chaque fois.

– J'étais clean il y a un an. Et tu es la seule depuis…

On se fixe un instant, entre désir et désespoir, suspendus au regard et à la volonté de l'autre. Je me mords la lèvre, lui souris et… il est le premier à plonger. Arlo Sheridan m'embrasse de manière totalement indécente, me suçote, me mordille la lèvre, puis s'empare de son sexe bandé et le guide jusqu'à mes cuisses écartées.

Un coup de reins et je le sens en moi… et partout à la fois.

C'est complètement renversant de sentir sa peau nue dans ma peau, sa chair entre mes chairs, sans la moindre barrière. Je ne fais qu'un avec lui et je trouve ça fabuleux, puissant, évident, comme si nos A.D.N. étaient faits pile pour ça. Comme s'il n'existait rien de meilleur sur terre.

Et c'est comme ça qu'au milieu du tonnerre et des flamants roses, on se mêle, on s'abandonne, on se consomme, on se consume comme deux affamés. À moitié habillés, complètement déchaînés, nos corps fusionnent jusqu'à en avoir mal.

Je décolle, perds pied, les paupières fermées très fort.

– Tillie, ouvre les yeux...

La voix d'Arlo m'arrache à la douce torpeur qui coule en moi. Je m'exécute, sentant un orgasme fulgurant sur le point de me terrasser.

– Regarde-nous, petite bombe.

Il me pénètre à nouveau, un peu plus fort, un peu plus loin, et la jouissance salvatrice s'abat sur moi. En moi.

– Et n'oublie jamais ce qu'on a, me susurre-t-il avant d'être emporté, lui aussi, par ce tonnerre inouï.

69

TRAHIR ENCORE

Arlo

Il n'est même pas six heures du mat, ce vendredi, quand Tillie essaie de me réveiller, en toute petite tenue, et en me secouant par l'épaule. J'ouvre un œil, puis l'autre, découvre l'affreuse horloge sur le mur couvert de flamants roses, me remémore la nuit dernière en redécouvrant le motel choisi à la va-vite, hier soir, cette chambre dans laquelle on s'est réfugiés et cette petite bombe brune qui n'a pas l'air de me vouloir que du bien.

– Arlo, ton portable a vibré ! Tu as un message et c'est un numéro inconnu. Bouge, c'est peut-être important.

L'esprit encore embrumé après cette nuit si courte, je lui tends mon pouce pour qu'elle déverrouille elle-même mon téléphone avec mon empreinte. J'entends Tillie déchiffrer tout haut :

[Colleen aimait les filles
et tu le sais…]

– Quoi ?!

– Donne-moi ça.

Cette fois, je me redresse comme un ressort dans ce lit pourri, prends le téléphone des mains de Tillie et relis le message en silence. Cinq ou six fois.

– Arlo… C'est vrai ?

Je me frotte vigoureusement les cheveux et je vais affronter le regard trahi de la fille que j'aime.

– Attends…

Sous le choc, elle dégage la main que j'essaie de poser sur sa joue, puis sur son épaule.

– Je veux la vérité, tu le savais ?

– Colleen m'a fait jurer de garder le secret.

– Je n'en reviens pas…

En culotte et T-shirt court, la brune quitte mes draps et joue nerveusement avec ses longs cheveux emmêlés.

– Comment je peux connaître si peu ma sœur ? Comment elle a pu penser que je la jugerais ? Que je ne serais pas capable d'entendre ça ? Et comment mon mec peut me cacher un truc pareil, alors qu'on essaie de découvrir *toute la vérité ?*

– Ça n'a aucun rapport, Till'. Colleen n'avait pas honte de qui elle était. Elle ne ressentait juste pas le besoin de faire son coming out tant qu'elle n'avait personne de sérieux.

– Ça n'a aucun sens… murmure-t-elle, au bord des larmes.

– Elle ne voulait pas que vos parents pensent qu'elle faisait encore son intéressante ou qu'ils se fassent du souci pour elle.

– Mais je suis sa sœur ! À moi, elle pouvait me parler…

– Tillie, elle détestait les étiquettes, tu le sais. Elle n'avait pas envie d'être cataloguée, elle voulait rester libre et qu'on lui foute la paix, c'est Colleen !

Je m'assieds au bord du lit et tends la main à celle qui fait les cent pas devant moi sans me lâcher du regard.

– Alors pourquoi elle te l'a dit, à toi ?

– Je l'ai surprise dans les vestiaires avec une fille de l'équipe de foot, en première année.

– Qui ?

– Je ne sais plus, Tillie, c'est important ?

– Oui !

– Jenn ou Jenny, un truc comme ça…

– Jennifer ? La gardienne ? Je croyais qu'elle détestait cette fille !

Je ne peux pas m'empêcher de me marrer en me souvenant comme Colleen aimait vanner la meuf qu'elle se tapait en cachette, juste pour brouiller les pistes. Elle n'était vraiment pas tendre avec elle, jusque sur le terrain. Et toute la fac les pensait ennemies jurées.

Quand Jenn a été transférée dans une autre fac, repérée par un recruteur, ma meilleure amie a fait semblant de passer à autre chose sans jamais rien montrer. Mais elle a replongé peu après dans ses excès, pour oublier. Cet été-là, elle m'a dit qu'elle voulait profiter de la vie sans jamais s'attacher à personne. Je ne l'ai pas contredite, j'étais plus ou moins d'accord avec ça. J'ai promis de garder son secret pour moi et on n'en a plus jamais reparlé.

Notre amitié était simple et complexe à ce point-là.

– Je déteste le petit sourire que tu as en pensant sûrement à l'un de vos grands moments fusionnels, où vous vous compreniez sans rien dire, où vous vous faisiez rire avec vos *private jokes* que personne n'avait jamais le droit d'entendre… Je te déteste quand tu fais ça, Arlo !

– Tu es injuste, là…

Je soupire tandis que ses yeux sombres et trempés de larmes me fusillent. Tillie recule jusqu'au mur le plus proche et s'y laisse glisser jusqu'à s'asseoir en boule sur la moquette marronnasse.

– Si j'avais su, si tu me l'avais dit, j'aurais pu mieux comprendre ma sœur.

– Ce n'est pas ce qu'elle voulait, Tillie.

– Quand Colleen allait mal, elle ne savait pas ce qui était bon pour elle ! J'aurais pu l'aider à s'accepter, à en parler, j'aurais pu trouver ça tellement banal qu'elle aurait été rassurée, j'aurais pu lui raconter que j'ai roulé une pelle à ma meilleure copine en seconde, pour essayer.

– Tu as fait ça, toi ?

Je hausse un sourcil amusé et la brune lève les yeux au ciel. Je profite de cette petite accalmie pour la rejoindre à l'autre bout de la chambre et m'asseoir à côté d'elle contre le mur. Nos bras nus se touchent, je me penche un peu plus pour la pousser d'un petit coup d'épaule et demander une trêve. Mais la colère de Tillie revient, et ses larmes avec.

– Tu ne comprends pas, Arlo ? Je n'ai que des regrets, avec elle ! J'ai perdu ma sœur sans savoir qui elle était vraiment, qui elle aimait. J'ai l'impression d'avoir tout raté ! Et le dernier truc que j'ai fait, c'est la trahir et lui voler celui qui comptait plus que tout pour elle.

– Et tu aurais voulu que moi, je la trahisse encore une fois pour te balancer une info aussi intime ?

– Elle est morte, ça change quoi ?!

Tillie éructe, puis se lève d'un bond, se met à s'habiller comme une furie en ignorant mes questions.

– Tu fais quoi ? Tu vas où comme ça ? Tillie, tu ne vas pas partir à cette heure-là ?

– Je ne veux plus voir ta face de menteur, Sheridan !

La porte de la chambre claque et les murs tout fins du motel tremblent autour de moi.

Et merde.

70

JE NE CONTRÔLE RIEN

Arlo

Juste après son départ, j'ai roulé jusqu'à la côte, abandonné mon pick-up et fait un petit jogging matinal le long des falaises qui surplombent Black Beach. Ça n'a pas vraiment réussi à me calmer, mais j'ai pu penser à Colleen, à ces étranges messages que je n'arrive pas à déchiffrer.

Est-ce qu'elle avait quelqu'un dans sa vie ?

Quelqu'un qui lui veut du mal ou du bien ?

Aucune idée.

De retour sur le campus, je passe la journée à ruminer, à culpabiliser, tente d'appeler Tillie, lui écris que je suis désolé, sans tout à fait m'excuser, et prêt à l'accompagner voir Higgins, même si son putain d'avocat ne veut pas nous voir ensemble.

Aucune réponse.

Cette Sinclair est une coriace – et pas la sœur de Colleen pour rien.

Je savais bien gérer les colères et les bouderies de ma meilleure amie, deviner quand elle avait besoin d'air ou de vider son sac, quand elle était prête à revenir pleurer sur mon épaule ou à m'engueuler encore un peu plus fort pour passer ses nerfs sur quelqu'un. Et la plupart du temps, on se marrait avant même d'avoir fait la paix.

Avec Tillie, je ne contrôle rien. Je déteste la savoir loin de moi, fâchée. Je déteste avoir à la supplier de revenir, mais je ne peux pas m'en empêcher. Et je ne sais pas combien de temps ça peut durer.

Quand je reçois un message, vers vingt et une heures, je suis persuadé que c'est elle, mais le numéro anonyme frappe à nouveau et me relance avec un unique point d'interrogation. Qu'est-ce que je suis censé répondre à ça ? J'ignorais que le précédent message appelait une réponse. Je pensais être le seul à connaître le secret de Colleen, en plus de ses quelques « conquêtes »... Mais ça ne m'étonne pas plus que ça qu'un secret fuite après quatre années sur ce campus. Je pensais même que ça arriverait bien plus tôt.

Et surtout, je ne vois toujours pas ce que les préférences de ma meilleure amie ont à voir avec sa mort. Alors je réponds simplement :

[Si tu as des infos intéressantes
pour l'enquête, parle aux flics.
Si tu essaies juste de me faire chier,
ne te fatigue pas. Et si tu veux

qu'on se voie, viens et parlons-nous
face à face.]

Évidemment, mon mystérieux interlocuteur reste muet. J'ai toujours du mal à croire à l'existence d'un « corbeau blanc » capable de faire avancer l'enquête juste pour le geste, par amour de la justice. J'imagine plutôt un ou une étudiante qui s'ennuie, amateur de potins ou à la recherche de son heure de gloire… pour rien.

La vibration suivante annonçant l'arrivée d'un nouveau message me fait jurer à haute voix :

– Quoi encore, putain ?

À la différence que cette fois, c'est bien Tillie :

[Désolée d'être partie comme ça.]

[Pas grave…]

[C'est pas de ma faute, la super
Honda vintage qui appartenait
à ma sœur a encore son esprit, je crois.
Elle me fait faire n'importe quoi.]

Je souris.

[Comme quoi ?]

[Elle et moi, on est en bas
de chez toi. Viens !]

Je ne pense plus à sourire. J'enfile mes baskets en sautillant dans ma chambre, j'attrape un T-shirt et je claque la porte de la coloc pour descendre les marches quatre à quatre jusqu'à la caisse de Tillie.

– J'espère que tu as prévu de t'habiller un peu plus que ça… sourit-elle en matant mon short et mon torse nu.

– Ça dépend, pour quoi ?

– Grimpe, tu verras.

– T'es peut-être une coriace, Tillie Sinclair, mais je suis plus borné que toi. On va où, on fait quoi ?

– OK, elle capitule en sortant de la voiture.

Elle fait le tour et vient se pendre à mon cou dans la pénombre de cette allée bordant le campus. :

– Tu devrais aller chercher ta carte d'identité et autre chose qu'un maillot des Aztecs. Je t'emmène passer le week-end à Phoenix, Arizona.

– C'est mieux… mais je ne sais toujours pas pourquoi.

Je lui plante un baiser sur la bouche et me rapproche un peu pour la serrer contre moi.

– J'ignorais trop de choses sur ma sœur et je l'ai perdue, souffle la brune, tout près de mes lèvres. Je ne veux pas que ça t'arrive, Arlo… Tu as besoin de savoir la vérité, et celle-là, au moins, on peut la trouver.

– Qu'est-ce que tu as fait, Tillie ? commencé-je à m'inquiéter.

– Tu peux me grogner dessus autant que tu veux… mais j'ai pris rendez-vous pour toi à l'agence d'adoption de Phoenix pour tenter de retrouver tes parents. On est attendus demain matin.

Mon cœur se décroche.

Je ne sais pas si je dois lui hurler dessus pour avoir imaginé ce guet-apens ou la soulever du sol pour la faire tournoyer comme ces connards romantiques dans les films merdiques de l'après-midi. Je m'attendais à tout sauf à ça.

– Oh, Tillie… bordel…

– Et tu as intérêt à choisir un motel moins pourri que la dernière fois, blague-t-elle pour se donner une contenance.

– Ça dépend… grondé-je. Tu comptes me planter au petit matin pour aller bouder dans ton coin ?

– Pas cette fois, c'est promis… Je t'aime, Arlo.

Elle me sourit. Je l'embrasse. Et je marmonne dans ma barbe :

– Non, décidément, je ne contrôle rien, avec toi.

– Quoi ?

– Rien, j'ai juste dit : « Je reviens, attends-moi là ».

71

VIENS, ON Y VA

Tillie

– Colleen était peut-être un peu cinglée, complètement rebelle, mais elle savait maîtriser cette voiture, elle…

Arlo soupire. Je jette un regard faussement contrarié à l'insolent qui ose critiquer mon sens très personnel du Code de la route. Puis j'accélère dans un virage – juste pour le bonheur de le voir s'accrocher à son siège.

– T'as remarqué ? On arrive presque à parler d'elle sans chialer, maintenant, lâche-t-il tout bas.

Je le fixe un peu trop longtemps, troublée par ce qu'il vient de me faire réaliser. Le brun me fait signe de regarder droit devant moi.

– Cinq heures de route… grogne-t-il. En pleine nuit… Ô, joie.

Je le sens tendu depuis notre départ, un peu distant, dans son monde, et je peux aisément deviner pourquoi.

– Je ne voulais pas te forcer la main, murmuré-je.

– Personne ne me force à faire quoi que ce soit, pas même toi, Tillie.

– Tu as peur de ce que tu pourrais apprendre ?

– Un peu, finit-il par admettre après un long silence. Je crève d'envie de savoir qui sont mes parents biologiques, mais j'ai un sale pressentiment. Et déjà tellement de choses dans le crâne…

Tout en fixant l'étendue de bitume noir qui s'ouvre face à nous, devant les phares, je repense à celle qui aurait dû faire partie du voyage. Mon cœur se serre. Je ne supporte plus tous ces mystères, ces incertitudes. J'ai enquêté de mon côté, en espérant remonter jusqu'à l'amoureuse anonyme.

– Au fait, j'ai parlé à la nouvelle capitaine de l'équipe de foot, ce matin, raconté-je au brun ténébreux qui m'accompagne.

– Brooke ? Elle sait qui ça peut être ? Qui nous a envoyé ces messages ?

– Non. Elle ne savait même pas que Colleen aimait les filles…

Arlo soupire, se frotte la nuque et me demande d'une voix lasse :

– Et Freya, Kristan, Sabrina et l'autre, là ?

– C'est Sarina. Et non, rien non plus. Enfin, quand j'ai appelé Freya, elle m'a révélé qu'elle s'en doutait un peu, mais que Colleen ne s'était jamais confiée à ce sujet. L'amour, elle disait juste que ça ne l'intéressait pas…

On médite là-dessus pendant quelques kilomètres, puis j'allume la radio, zappe jusqu'à trouver une station potable et sens le regard du garçon que j'aime sur moi.

– Tu crois qu'elle aurait fini par accepter ? me souffle-t-il soudain.

– Toi et moi ?

Il acquiesce.

– Je ne sais pas. Peut-être en trouvant l'amour elle-même, oui.

– Tu crois qu'elle serait venue avec nous, cette nuit ?

– Pour toi, elle l'aurait fait, lui dis-je dans un sourire, en fixant l'autoroute éclairée. Et s'il avait fallu, je lui aurais laissé la place.

Sa main glisse jusqu'à ma cuisse et s'y pose doucement, tout comme sa voix profonde sur mon cœur.

– Il y a juste un problème, Tillie.

– Lequel ?

– C'est toi que j'aurais choisie. Tu prends toute la place là-dedans…

Il pointe sa tête du doigt.

– Là-dedans…

Son cœur.

– Et là aussi.

Son entrejambe.

Je lâche un rire troublé. Il se penche pour venir m'embrasser dans le cou.

– Tu prends toute la place partout. Alors ne t'avise pas de me lâcher en cours de route… me murmure-t-il à l'oreille.

***

Soixante kilomètres plus loin, sur l'aire d'autoroute d'El Centro où on fait le plein, personne ne nous reconnaît, ne nous fixe, ne nous juge. Après avoir rangé la pompe, le garçon aux yeux verts s'approche de ma vitre baissée et m'embrasse à pleine bouche dans la nuit fraîche.

– C'est bon d'être libre… soupiré-je en m'accrochant à son cou.

– Si tu en veux encore, laisse-moi prendre le volant.

– Quoi ?

– Laisse-moi conduire et je te ferai tout ce que tu veux… dit-il avec un sourire insolent.

– Parce qu'on se fait du chantage, maintenant ?

– Ouais. Si tu ne me donnes pas la place, plus de contact physique, quel qu'il soit.

Penché en avant, ses bras musclés, bronzés, posés en l'air sur le toit de la Honda, son regard défiant planté dans le mien, Arlo est irrésistible.

Et pourtant…

– Je ne négocie pas avec les terroristes, lui balancé-je le plus calmement du monde, en croisant les bras sur ma poitrine.

La petite étincelle dans son regard, son sourire de sale gosse et le grognement qu'il lâche ne me disent rien qui vaille. Passons les détails, mais trois minutes plus tard, essoufflée, échevelée, les lèvres en feu, la gorge sèche d'avoir trop ri et trop crié, j'accroche ma ceinture… sur le siège passager.

Arlo conduit tranquillement dans la nuit, les deux mains sur le volant, l'air déterminé à affronter tout ce qui pourrait arriver en face. Je ne peux m'empêcher de le scruter en secret, de caresser du regard son profil parfait, éclairé de temps en temps par les phares qu'on vient à croiser.

Et je me le répète sans cesse : le fait qu'Arlo Sheridan partage mes sentiments est tout simplement un miracle.

– Je ne pensais pas que tu m'aimerais un jour, soufflé-je au garçon dont je suis folle. Je veux dire… Pendant toutes ces années, je t'ai admiré en secret. Tu étais hors d'atteinte, intouchable, parce que Colleen était là, mais aussi parce que tu étais… *toi*.

– J'étais comment ? demande-t-il dans un léger sourire.

– Trop bien pour moi.

– Faux, souffle sa voix profonde.

– Tu étais comme un rêve super *hot* dont on ne veut pas se réveiller, alors qu'on sait très bien que ce n'est pas la réalité et que ça ne le sera jamais.

Il rit doucement.

– J'étais tout ça, moi ?

– Oui. Mais tu ne me voyais pas.

– J'ai fini par ouvrir les yeux. Et je n'ai plus vu que toi, Tillie.

On se fixe deux ou trois secondes, puis son regard tendre et intense retourne sur la route.

– Merci, murmure-t-il soudain en se brisant la voix.

– De quoi ?

– De m'aimer pour qui je suis, vraiment, quand même mes propres parents n'ont pas réussi à le faire… Ni ceux qui m'ont conçu, ni ceux qui m'ont adopté.

Il lâche un rire sans joie, cette fois.

– C'est fort, non ? Sur quatre adultes, au moins un aurait pu s'attacher à moi… Mais non, j'ai accompli l'exploit surhumain de tous les décevoir, les dégoûter ou les rendre indifférents !

J'ai la gorge nouée. Arlo se frotte énergiquement la nuque, puis se penche en avant pour rallumer la radio. Il se met à chanter – mal et faux – sur le premier titre qui passe, un vieux morceau d'Eminem. Et pour ne pas le laisser seul dans sa rage, ni l'obliger à me parler, je me mets à chanter fort, et le rejoins dans cette cacophonie nocturne.

L'arrêt suivant se fait au *diner* de Tacna, ouvert toute la nuit et situé à mi-chemin de Phoenix. Il est presque minuit et nos estomacs crient famine. On se commande des sodas, des tacos et des churros, on évoque les messages anonymes que j'ai fait parvenir à l'agent Higgins, on se repose un milliard et demi de questions et on avale nos plats en vitesse, assis sur deux tabourets de bar collés l'un à l'autre.

Nos assiettes gargantuesques laissées à moitié vides, on repart main dans la main.

– Tu veux qu'on se trouve un motel dans le coin ? me propose le brun en regagnant la voiture.

– Hmm… Je ne sais pas, il nous reste combien de route ?

– Moins de trois heures.

Je m'étire en m'adossant à la carrosserie. Arlo vient contre moi, dépose un baiser sur le bout de mon nez, puis sur mes lèvres. Sa langue chaude et sucrée s'invite dans ma bouche. Je réponds à ses sollicitations, gémis en sentant la tension monter, son corps se durcir contre moi. Puis je me détache de lui.

Les lèvres encore humides et gonflées de ce baiser, je plonge dans ses yeux pleins d'étoiles.

– Arrête de me faire ça, Arlo Sheridan.

– Te faire quoi ?

– Tes baisers, tes mains, ton odeur… C'est de la triche.

– Tu n'en veux plus ? OK.

Il fait mine de s'éloigner. Je le retiens par la taille et me plaque contre son dos chaud et musculeux.

– C'était un test ! N'arrête jamais !

Il se marre, se retourne et me colle un nouveau baiser, tout aussi indécent. Puis le farouche me balance une claque sur chaque fesse et m'ordonne de remonter en voiture.

– Tu n'es pas fatigué ? lui demandé-je tandis qu'il redémarre le moteur.

– Non.

– Alors, on va jusqu'au bout ? Le rendez-vous que j'ai réussi à obtenir est tôt demain matin et si on s'arrête maintenant, j'ai peur qu'on ne se réveille pas, que la caisse nous lâche, qu'une tornade nous tombe dessus, qu'un ogre nous mange, que…

– Je crois que j'ai saisi, Tillie.

– Non, parce que j'ai encore plein de possibilités à te proposer…

– Viens, on y va.

Il lâche un nouveau rire sonore que j'adore, trouve une station radio qui retransmet un match de la NBA et je m'endors la tête contre son épaule, tandis qu'il nous conduit jusqu'à Phoenix, dans la nuit.

Lorsque je me réveille, il est presque cinq heures du matin. La Honda ne roule plus, Arlo dort à poings fermés, sa tête calée contre sa vitre. Je me détache, m'allonge en travers pour poser la mienne sur ses cuisses.

Et je me rendors au son de son souffle régulier.

72

SON RÊVE

Tillie

Un café avalé au McDonald's, juste à l'angle, un passage aux toilettes pour se rafraîchir et se changer, et voilà qu'on se pointe à l'agence d'adoption avec dix minutes d'avance.

Une secrétaire de l'accueil nous propose d'aller patienter dans la salle d'attente. Je m'y rends en tirant Arlo par la main. Il est tendu, se mord les lèvres, se masse la nuque avec insistance – signe de sa nervosité et preuve que dormir dans cette Honda était une belle connerie.

– Ça va aller, mon joli… lui murmuré-je en me faisant une petite place dans ses bras.

– Joli ? Tu m'as bien regardé ?

Le fait qu'il soit encore capable de me grogner dessus me rassure – et me fait sourire.

– Je ne sais tellement pas à quoi m'attendre, lâche-t-il

soudain, avouant son inquiétude.

– Je sais. La femme que j'ai eue n'a rien pu me dire au téléphone…

– Je ne suis plus sûr de vouloir savoir, Tillie.

Je le serre un peu plus fort, frotte mon nez dans son cou et l'embrasse.

– Tu m'as, moi, lui rappelé-je.

Il inspire profondément, pose son front sur mon épaule et râle tout bas.

– Je ne veux plus perdre personne.

– Tu ne peux pas perdre des gens qui n'ont jamais existé pour toi, Arlo.

– C'est vrai…

– Tu peux juste retracer ton histoire, en apprendre plus sur toi-même, comprendre le pourquoi, le comment. Et, dans le meilleur des cas, rencontrer tes parents biologiques un jour et recevoir un peu d'amour… Mais crois-moi, avec Tillie Sinclair collée à tes basques, tes jauges seront pleines, de toute façon !

Il rigole doucement, puis se redresse lorsqu'une voix nous parvient :

– Monsieur Sheridan ?

On suit la rousse aux airs de Bree Van de Kamp jusqu'à son bureau coquet, dont les murs sont recouverts de photos de familles idylliques et de dessins d'enfants colorés.

– Je vomis tout de suite, ou j'attends un peu ? me glisse le rebelle en s'asseyant, aussi mal à l'aise que moi dans ce décor rose bonbon et bleu layette.

La quinqua en tailleur – qui exhibe également un diplôme de psychologue sur son bureau – sort un dossier très fin et n'y va pas par quatre chemins :

– Je suis Denise Fisher, la directrice de cette agence depuis bientôt dix ans. Je vous ai accordé ce rendez-vous parce que votre *amie* ici présente s'est montrée… comment dire ? Très persuasive. Normalement, il faut compter de longs mois d'attente, le temps pour nous de rassembler tous les documents.

– Je vois, lui répond Arlo, à peine surpris.

– Dans votre cas, tout est ici, ça n'a donc pas été très long. J'aurais aimé avoir beaucoup plus de choses à vous raconter…

Le brun la fixe intensément, ses mâchoires contractées. Je glisse ma main dans la sienne en espérant y puiser et récupérer une partie de son angoisse.

– Qu'est-ce que vous savez sur mon adoption ?

– Je n'ai qu'un nom et une adresse dont je ne suis pas certaine. Elle a pu changer depuis.

– Un nom ?

– Angela Follet.

Arlo serre soudain ma main très fort.

– Qu'est-ce que vous savez sur elle ? ajouté-je doucement.

– Mère adolescente qui a accouché à tout juste 14 ans…

Ce détail nous fait frémir tous les deux.

– 14 ans ? répète Arlo. Je… J'ai été conçu quand elle avait 13 ans ?

– Oui, confirme sobrement la rousse. J'imagine que vous vous posez beaucoup de questions…

– Elle a été agressée ? Je veux dire, à 13 ans, c'est rare qu'une jeune fille tombe enceinte, non ? C'est tôt… Vous savez si elle a été… Vous voyez ? Et si on l'a obligée à m'abandonner ?

– Je l'ignore, monsieur Sheridan. Désolée, je ne peux pas vous renseigner à ce sujet.

– Et mon père biologique ?

– Je n'ai aucune information sur lui, je suis navrée.

Il se prend la tête dans les mains. La directrice marque un temps d'arrêt, mais il lui fait signe de continuer.

– Voilà ce que je sais : Angela vous a placé à la naissance, puis elle a changé d'avis au bout de dix semaines. Elle vous a alors récupéré et élevé jusqu'à ce que vous atteigniez presque 3 ans. Vous avez vécu tous les deux dans un centre mère-enfant de Sun Lakes.

– Je ne savais rien de tout ça… Je pensais avoir vécu tout le temps à l'orphelinat. Pourquoi je n'ai aucun souvenir des années avec ma mère ? Pourquoi les Sheridan ne m'ont jamais rien raconté ?

– Tout ça n'a rien d'anormal, tente-t-elle de le rassurer.

Mais il fait non de la tête, l'air dégoûté, incrédule. Arlo vient de tomber de haut. Et la directrice enchaîne pour ne pas avoir à gérer sa colère qui tempête en silence.

– Et puis, vous avez été à nouveau abandonné. Votre mère biologique a renoncé à tous ses droits sur vous et, à l'âge de 4 ans, l'agence vous a trouvé votre famille d'adoption.

– Jane, Scott et Jay Sheridan… soupire le brun. Ça, je m'en souviens bien.

Elle acquiesce sans chercher à savoir si cette adoption a été une bonne chose ou non. Elle n'était pas là, à l'époque, elle ne doit donc pas se sentir concernée et ça me met hors de moi.

– Pourquoi les Sheridan ? lâché-je un peu trop sèchement.

– Ça, il faudrait le demander à mes prédécesseurs. Mais chaque enfant est placé avec énormément d'attention, à l'issue d'une enquête minutieuse. L'enfant passe avant tout : on garde toujours ses intérêts à cœur, et à l'esprit. Et d'après ce que j'ai lu, les Sheridan attendaient d'adopter depuis un long moment, leur dossier était impeccable et présentait une particularité plutôt rare : ils acceptaient d'accueillir un enfant déjà grand…

– C'est vrai que je n'étais pas un cadeau, murmure Arlo en quittant sa chaise. Donc je repars avec un nom. Et une adresse d'il y a un siècle…

La rousse se lève à son tour et lui tend la main.

– Je vous contacterai si quoi que ce soit d'autre refait surface.

– Laissez tomber… Je ne sais même pas ce que je suis venu chercher. Je n'aurais pas dû y croire.

Et mon cœur qui battait si fort jusque-là se scinde en deux.

Arlo a déjà perdu Colleen.

Et maintenant, c'est son rêve de retrouver un jour ses parents biologiques qui s'envole. Je savais que ça pouvait arriver, j'y ai beaucoup pensé. Mais je suis certaine qu'obtenir des réponses compte plus pour Arlo que leur contenu. Il cherchait la vérité, pas à être aimé.

Maintenant, il doit encaisser.

***

La route du retour se fait dans le silence. L'air absent, Arlo conduit pendant plusieurs heures, puis me demande de prendre le volant. Je tente de le faire parler, mais les mots qui sortent péniblement de sa bouche sont aussi expéditifs que rares.

– Arlo, je suis désolée. Si j'avais su…

– Je ne regrette rien, Tillie. Je ne veux juste pas en parler.

Il n'a pas l'air de m'en vouloir, il semble juste… ailleurs. Il finit par s'endormir. Je me concentre sur la route et nous ramène sur le campus en milieu d'après-midi. Il descend de voiture, la contourne et vient déposer un baiser sur mes lèvres.

– N'arrête surtout pas de m'aimer, Tillie Sinclair.

Je n'ai pas le temps de le lui prouver qu'il se barre déjà à petites foulées, emportant son chagrin dissimulé loin de moi. Cinq minutes plus tard, je me gare sur le parking du bâtiment A, traîne mon corps courbaturé jusqu'à la chambre quinze et ouvre la porte en cognant dans quelque chose de blond et de mormon.

Sauf que ce n'est pas Martha. C'est bien trop ridé, maigre, austère et effrayé.

– Ce n'est pas *eux*, ce n'est que Tillie, mon amie et colocataire !

Ma *roommate* invite cette étrange personne qui tremble à se rasseoir, en lui caressant doucement les cheveux pour la rassurer.

– Tillie, je te présente ma mère.

– Ta... Quoi ?!

Et Martha se précipite sur moi, nous fait sortir de la chambre, referme la porte mais la laisse juste un peu entrouverte. Une fois dans le couloir, elle me chuchote, des larmes plein les joues :

– Ma mère est arrivée il y a quelques heures, elle s'est enfuie de sa communauté.

– Mais pourquoi ? Tout va bien ?

– Oui, je crois... Elle m'a excommuniée par amour, Tillie. Pour que je puisse être une femme libre, heureuse, tout ce qu'elle n'a pas été. Je... Pendant tout ce temps, j'ai cru que je n'étais pas assez bien, pas assez pure...

Et la fontaine aux cheveux bleus se transforme en torrent. Je lui caresse le bras le temps qu'elle reprenne son souffle.

– Ça va aller, Martha. Ce sont des bonnes nouvelles, non ?

– Toutes les fois où j'ai essayé de revenir et où ma mère m'a chassée, c'était pour mon bien. Pour que je ne retombe pas dans le piège !

– Les mères ont toujours plus de courage qu'on ne croit… murmuré-je en souriant. Et elle, pourquoi elle est partie ?

– Parce qu'elle veut vivre, elle aussi. Elle étouffait, là-bas, elle mourait à petit feu. Elle dit que Dieu ne pouvait pas vouloir de ça pour elle, une vie sans liberté, une vie sans air.

– Je comprends. Va la retrouver, Martha. Ta mère va avoir besoin de toi. Si tu me cherches, tu sais où me trouver.

Émue, je regarde ma coloc et sa mère se tomber dans les bras à nouveau, sangloter l'une contre l'autre, au milieu de la chambre quinze, et je ferme doucement la porte pour les laisser à leurs retrouvailles.

En allant errer dans les allées verdoyantes du campus, je repense à cette étrange journée. Certaines mères le deviennent trop tôt, trop tard, restent des étrangères. D'autres sont prêtes à tous les sacrifices, protègent à tout prix leurs enfants, les perdent, parfois.

Dans ma tête, tout se mélange. Mais malgré tout, je veux croire encore à une fin heureuse pour Arlo. Peut-être que je rêve trop grand, mais je ne sais pas faire autrement. Aucune famille, aucun couple, aucun destin, aucun chemin ne se ressemble, mais j'aime à penser que, d'une manière ou d'une autre, même dans la douleur, l'amour finit toujours par triompher.

Et toi, Colleen ? Qui était ton air ?

73

TANT DE LARMES

Arlo

De retour à San Diego, je range ce *road trip* dans un coin de ma tête. Je reprends les cours et je me concentre sur Colleen. Ça me fait du bien de penser à quelqu'un d'autre que ma pomme, mon histoire sordide et mon enfance ratée.

Mais les flics ne nous disent rien, pour changer. J'ai passé plusieurs coups de fil au commissariat pour parler à l'inspecteur Banks. Il m'a envoyé me faire voir à chaque fois – quand il a bien voulu me prendre au téléphone. Je me suis même déplacé une fois pour parler à Higgins en personne, mais l'agent du FBI m'a aussi demandé de rentrer chez moi et de les laisser faire leur travail.

Je ne sais pas en quoi ça consiste, exactement, puisque l'enquête n'a pas l'air d'avancer d'un poil. Ça me fout salement en rogne.

En attendant, le meurtrier de Colleen se balade peut-être

tranquillement sur ce campus ou dans les rues de San Diego. En attendant, le « corbeau blanc » ne nous envoie plus de messages et je me demande si les enquêteurs ont retrouvé sa trace et sont allés lui faire peur avec leurs méthodes de brutes. Et en attendant, je n'ai toujours pas le droit d'approcher Tillie en public sous peine de me faire trucider par un connard d'avocat blond ou par Sinclair père.

Tout ça me laisse largement le temps de penser à ma mère biologique… et à mon père inconnu. Ça fait maintenant dix-huit ans, depuis mon adoption, que je pense à eux chaque jour, que j'imagine leurs visages, que je maudis leur absence ou que je rêve de les rencontrer. Je ne regrette pas d'être allé chercher ces réponses, enfin. Mais ça fait mal qu'elles soient si minces et si floues. Je vais devoir m'en contenter.

J'ai raconté toute l'histoire à Jay et Virginia, devant une montagne de frites au cheddar, et tout ce qu'ils ont trouvé à dire, c'est que peu importe ce qui arrivait après, j'avais de la chance d'avoir une fille comme Tillie à mes côtés, là, maintenant.

– Elle est le genre de femme qu'on n'oublie pas, a murmuré mon frère avec un stupide regard ému.

– Elle est le genre d'amour qui peut durer toute la vie, a surenchéri la romantique de service.

Et je les ai plantés là en emportant mon milk-shake et mon putain de sourire avec moi.

***

Il est six heures du matin, au tout début du mois de novembre, quand on tambourine à la porte de mon appart comme s'il y avait le feu. Mon premier réflexe est de penser que je vais me faire arrêter par un cow-boy aux gros muscles et au tout petit cerveau. Mal réveillé, je rejoins Todd dans l'entrée. Il a été plus rapide que moi et repart en direction de sa chambre en caleçon :

– Putain, dis à ta meuf de t'appeler, la prochaine fois. Vous ne pouvez pas être un peu normaux, tous les deux ?

J'ignore ses grommellements et je fais entrer Tillie chez moi en regardant dehors pour vérifier que personne ne la suit ou ne la surveille.

– Qu'est-ce qui se passe ?

– Je viens de recevoir un appel. J'ai couru chez toi dès que j'ai raccroché.

Elle est effectivement essoufflée, les cheveux attachés n'importe comment au sommet du crâne, le corps tremblant dans un legging noir et un long débardeur rose échancré, qu'elle porte sans soutien-gorge. Quelle que soit la situation, je ne peux pas m'empêcher de remarquer ce genre de trucs et de la trouver attirante.

Ça ne s'arrête jamais.

– Arlo, concentre-toi !

– Désolé, je t'écoute, fais-je en me frottant les cheveux. Je n'ai rien compris.

– Kristan Day m'a appelée.

– Kristan… ? répété-je en réfléchissant à haute voix. La meuf de Freya ?

Les larmes aux yeux, ma petite bombe… lâche une bombe :

– Arlo, c'est elle qui a glissé la lettre sous ma porte. Elle qui t'a envoyé les textos anonymes.

– Putain, attends…

Je retiens mon souffle, réfléchis à toute vitesse et pose

mes deux mains sur ses épaules nues, autant pour la soutenir que pour m'accrocher à elle.

– C'est Kristan, le corbeau blanc, bredouille Tillie en laissant couler une larme.

– Elle aimait Colleen ?

– J'en sais rien…

– Elle sait qui l'a tuée ?

– Elle n'a rien voulu me dire au téléphone…

– Mais elle te voulait quoi, bordel ?

– Qu'on se voie… Tout de suite… Elle veut me parler… Je lui ai dit que je venais avec toi.

Dans la minute qui suit, j'enfile des fringues, attrape ma veste en jean, les clés de mon pick-up, prête un sweat des Aztecs à Tillie et l'entraîne derrière moi dans les escaliers. Je n'ai jamais couru ni conduit aussi vite. La brune assise à côté de moi sur le siège passager me donne l'adresse de leur rendez-vous dans un *diner* de San Diego ouvert vingt-quatre heures sur vingt-quatre, puis me raconte que Kristan pleurait au téléphone. J'essaie de reconstituer le puzzle dans ma tête mais rien ne colle.

– Je ne comprends pas… Elle était copine avec Colleen, non ?

– Oui, avec Freya, Effie, Sarina, toutes dans la même bande l'année dernière.

– Elles ne sont plus à la fac ?

– Non, elles étaient toutes en quatrième année, je ne les ai pas revues à la rentrée.

Tillie bat frénétiquement de la jambe, des larmes dévalent ses joues sans discontinuer et elle triture une mèche de cheveux échappée de son chignon. Je lui prends doucement la main et pose nos doigts entrelacés sur sa cuisse. Elle me regarde de ses yeux sombres, trempés, tristes à mourir.

– On prévient les flics, ou pas ? lui demandé-je à voix basse.

– Tu en dis quoi ?

– Je préférerais lui parler d'abord et décider ensuite. Mais je m'en remettrai à ce que tu veux faire.

– Mes parents et mon avocat me tueraient… mais on va faire comme ça.

– OK.

– J'ai peur, Arlo.

Je serre sa main plus fort et appuie encore sur l'accélérateur.

Je veux la vérité.

Je veux que la fille que j'aime arrête d'avoir peur, d'avoir mal et d'avoir tant de larmes dans le regard.

74

PARLER

Arlo

Quand on entre dans le *diner* sur le coup de six heures et quart, il n'y a personne d'autre qu'une serveuse derrière le comptoir et Kristan assise à une table. Malgré son visage défait et notre nervosité, on attend tous sagement nos trois mugs de café noir pour lancer les hostilités.

– Parle, commencé-je. Avec plus d'agressivité dans la voix que je ne l'aurais voulu.

La blonde sursaute et se mord les lèvres en hésitant. Elle fixe la fenêtre à côté d'elle et la nuit encore sombre au-dehors. Elle est plutôt jolie, pulpeuse, naturelle, mais elle a l'air de ne pas avoir dormi depuis des semaines.

– On a besoin de savoir, Kristan, lui glisse doucement Tillie. Tout ce que tu pourras nous dire, ça compte. Fais-le pour Colleen.

Elle s'essuie à nouveau les yeux du revers des deux mains,

ses manches tirées jusqu'au bout des doigts. Elle boit une longue gorgée de café, puis se lance. Je ne suis pas loin d'exploser.

– J'étais retenue chez les flics depuis deux jours. Ils m'interrogeaient.

– Pourquoi ?

– C'est moi qui vous ai envoyé tout ça…

– Et ?

– Je leur ai dit que j'étais amoureuse de Colleen mais que je ne savais rien d'autre. Ils m'ont cuisinée longtemps mais ils ont été obligés de me relâcher.

– Ce que tu leur as dit, c'est vrai ? m'impatienté-je.

La banquette en faux cuir grince chaque fois que je bouge d'un millimètre. J'ai l'impression que tous les sons, toutes les émotions sont exacerbés.

– Je l'aimais, oui, souffle enfin Kristan. On était ensemble, Colleen et moi. On se voyait en cachette depuis des mois… On vivait quelque chose de très fort. Mais je ne savais pas comment quitter ma copine et elle ne voulait pas officialiser non plus. Elle disait qu'on était bien comme ça.

Tillie et moi échangeons un regard. Ça ressemble bien à Colleen.

– Ma sœur avait changé, ces derniers temps, confirme la brune dans un sanglot étouffé.

– Ouais… soufflé-je.

– J'ai menti aux flics quand j'ai dit que je ne savais rien d'autre sur sa mort…

La voix de Kristan s'éteint. Mon cœur rate un battement et je sens la respiration bruyante de Tillie s'arrêter une seconde aussi. Sous la table, elle cherche ma main à tâtons et je la serre à nouveau dans la mienne. Aussi fort que je peux.

On a la même putain d'intuition. Comme quand la vie s'arrête un peu et vous souffle, l'air de rien, qu'elle s'apprête à prendre un sale tournant, juste pour vous prévenir de vous accrocher.

En général, on n'a jamais le temps. Ou on n'entend pas le conseil. Mais Tillie et moi, à cet instant, on sait.

– Le soir de la rave-party dans l'usine… se lance Kristan en fixant sa tasse de café.

Elle se met à trembler, à sangloter comme si elle était terrifiée.

– Oui ?

– Kristan, si tu nous dis tout ce que tu sais et si tu ne lui as rien fait, je te promets d'essayer de te protéger. Je ferai tout ce que je pourrai.

Je prends le menton de la blonde dans ma main et la force doucement à relever la tête pour me regarder dans les yeux.

– Tu as ma parole.

Elle acquiesce lentement et nous regarde l'un après l'autre. Comme si elle venait de décider qu'elle pouvait nous faire confiance.

– Quand Colleen vous a vus vous embrasser, elle est venue me trouver et… elle m'a dit que si vous deux, vous aviez le droit de vous aimer, alors nous aussi.

Ses yeux bleus pleins de larmes se ferment de douleur. Celles de Tillie coulent en silence. Je ravale les miennes en serrant les dents. Kristan renifle et continue.

– Elle voulait qu'on se donne une chance d'essayer. Elle était prête à faire son coming out et à ce qu'on affronte Freya ensemble. J'avais très peur d'elle… et c'est toujours le cas. Ce n'est pas une fille qu'on quitte comme ça, vous savez ? Freya deale et distribue les rôles en même temps que la dope. Elle régit tout, elle a une grande emprise sur tout le monde. Soit on lui obéit, soit on trinque. Elle fournissait Colleen gratuitement pour mieux la contrôler, alors qu'elle voulait arrêter. Et moi, elle me menaçait de me faire plonger si je partais. Ça fait des années que ça dure. C'est une fille imprévisible, violente…

– Qu'est-ce qu'elle a fait, Kristan ? demandé-je en me retenant de vriller.

– Elle nous a surprises, ce soir-là, Colleen et moi.

Mon ventre se tord, la main de Tillie sursaute au creux de la mienne quand la blonde face à nous éclate en sanglots. Tout son visage se déforme. Ça devient difficile de déchiffrer ses mots au milieu de ses hoquets et de ses gémissements. Mais elle lâche tout :

– Freya s'est mise en colère, elle était comme enragée. Elle m'a giflée et elle m'a demandé de dégager pour parler à Colleen. Je ne voulais pas la laisser, je vous le promets. J'ai essayé de rester mais Freya m'a menacée, elle m'a prise à la gorge et elle a serré, elle a dit qu'elle s'occuperait de mon cas plus tard. Je me suis enfuie comme une lâche. Je suis désolée. Colleen, je l'aimais tellement…

– Putain, mais pourquoi tu n'as prévenu personne ?

Je me lève de la banquette d'un bond, mais Tillie m'oblige à me rasseoir.

– J'en sais rien, halète Kristan. J'ai paniqué, j'étais terrorisée. J'ai cru qu'elle allait juste faire peur à Colleen et lui demander de ne plus m'approcher. Mais je ne l'ai jamais revue. J'ai passé la soirée à la chercher, à demander à Freya ce qui s'était passé… Je n'ai jamais eu de réponse. À part… « Tu vas regretter de m'avoir trompée ».

– Elle t'a fait du mal ? demande Tillie d'un filet de voix.

Kristan fixe longuement la table en silence et la réponse

devient évidente. J'ai une furieuse envie de faire mal à Freya, moi aussi, et je dois me retenir de partir en courant pour aller la trouver sur-le-champ.

– Ça n'a aucune importance. J'aurais dû protéger Colleen, je ne me le pardonnerai jamais.

– Putain, tu aurais dû parler beaucoup plus tôt, Kristan ! Les flics t'auraient protégée, je t'aurais protégée !

Je m'énerve tout bas pour ne pas attirer l'attention sur nous. En un quart d'heure, le *diner* s'est un peu rempli de travailleurs matinaux.

– Je n'ai aucune certitude que Freya l'ait tuée. Je n'ai rien vu, rien entendu. Et quand je suis retournée à l'endroit où j'avais vu Colleen pour la dernière fois, elle n'était plus là… Freya avait dû l'entraîner ailleurs, dans un recoin caché de l'usine, je n'en sais rien… Elle m'aurait probablement fait la même chose si je l'avais dénoncée… Et…

– Et quoi, encore ?

– Je suis toujours avec elle. Freya ne me laisse pas le choix. On vit ensemble, maintenant. Je… je suis sa prisonnière. Sa chose. J'ai plus peur d'elle que des flics. Elle me surveille en permanence, me fait suivre, me file ma dose pour que je n'aie jamais les idées claires. Elle me fait vendre sa merde et elle prend tout le fric. Elle me tient en otage. Ça fait des mois qu'elle répète que si je parle aux flics, elle racontera que c'est moi, qu'elle a tout vu. Ç'aurait été sa parole contre la mienne. Et j'ai fini par ne plus savoir ce que je devais faire… Je suis vraiment, vraiment, vraiment désolée.

– Alors pourquoi maintenant ? grogné-je.

– Ça va bientôt faire un an que Colleen est morte. Je me suis promis que je la vengerais avant la fin de cette année.

Alors, j'ai enfin trouvé le courage de lui échapper pour aller glisser le petit mot sous ta porte, Tillie. Je l'ai payé cher : ce soir-là, elle s'est vengée sur moi pour que je lui avoue ce que j'avais fait, mais j'ai tenu bon, je ne lui ai rien dit.

Un nouveau sanglot lui coupe la voix. Puis elle reprend difficilement :

– Freya deale toujours à la fac et elle a vu que vous étiez revenus à la rentrée. Je me suis dit que si vous étiez là, c'était peut-être pour chercher la vérité. Et que si on le faisait tous les trois, on y arriverait… Vous en avez mis du temps à me trouver !

– Ça va être de notre faute, maintenant ? m'agacé-je en m'enfonçant en arrière sur la banquette.

Tillie n'ouvre plus la bouche, elle ne pleure plus, elle a l'air sonnée. Anesthésiée. Elle garde les yeux dans le vague, vers la fenêtre, pendant que la nuit commence à se lever. Je voudrais tellement savoir à quoi elle pense, en ce moment.

Mais je sais à qui.

Je passe doucement ma main dans son dos, sur mon sweat trop grand pour elle. Aucune réaction.

Kristan, elle, glisse sur le côté et quitte la banquette.

– Il faut que je rentre chez moi avant que Freya se mette à me chercher. Elle sait que j'étais chez les flics. Je n'ai juste pas prévenu que je sortais… C'était ma seule fenêtre de liberté pour vous parler.

– Merci, Kristan… souffle Tillie, reconnaissante.

– Je vais te ramener chez toi, proposé-je. Tu ne vas pas affronter Freya toute seule. Je t'avais donné ma parole.

– T'es sûr ?

– Ouais. Mais avant, je vais appeler les flics, OK ?

Les deux filles me fixent en retenant leur souffle, puis acquiescent.

– Tous ces secrets, ça a assez duré. Il faut qu'on sache ce qui s'est passé après, que Freya soit interrogée et qu'elle parle. La peur t'a empêchée de dire ce que tu savais mais au fond, tu n'as rien fait de mal, Kristan.

– Pour Colleen, je n'ai rien fait de bien.

Ses larmes coulent à nouveau et la blonde, épuisée, se rassoit. Tillie tend les bras en travers de la table et lui prend les mains.

– Tu l'as aimée. Et tu as laissé ma sœur tomber amoureuse de toi. Est-ce que tu sais à quel point c'est un exploit ?

La brune et la blonde se sourient tristement et je compose le numéro du commissariat de San Diego.

– Arlo Sheridan, je voudrais parler à l'agent Higgins, s'il vous plaît. Oui, l'affaire Sinclair. Oui, je sais quelle heure il est… Et oui, c'est urgent.

75

SANS HAÏR

Arlo

Les flics, le FBI, nous : on arrive tous en même temps devant l'espèce de *tiny house* qu'occupent Kristan et Freya, un peu à l'écart du centre de San Diego. Une petite bicoque sur roues, stationnée sur un terrain pas vraiment entretenu.

Mon pick-up se range derrière une voiture de police, gyrophare allumé mais sirène éteinte, garée en travers de la rue pour bloquer la circulation. Derrière nous, un autre fourgon noir monte carrément sur le trottoir. Dans mon rétroviseur, je vois l'inspecteur Banks et son pote musclé en jaillir avant même que les roues ne s'arrêtent. Ils vont frapper comme des tarés à la porte, brailler je ne sais quelles injonctions, suivis d'une équipe de flics en uniforme.

Je sors prudemment du pick-up. Tillie me suit mais Kristan choisit de rester terrée à l'intérieur, tétanisée. L'agent Higgins nous rejoint dès qu'elle nous aperçoit et on assiste en direct, depuis le trottoir d'en face, à l'arrestation de Freya. Il est bientôt sept heures du matin et la métisse n'a pas l'air de réaliser ce qui lui arrive. Mais quand je la vois se débattre dans la rue, hurler, cracher, tenter de fuir, mettre en difficulté trois flics qui doivent la plaquer au sol pour la contenir, je prends conscience de sa violence. Et je serre les dents en imaginant ce qu'elle a pu faire à Colleen.

Sous le choc, Tillie se retourne pour ne pas voir ce spectacle et se colle les paumes sur les yeux. C'est trop dur pour elle. Je l'entoure de mon bras, puis je me place devant elle, par réflexe, juste au cas où l'autre folle furieuse aurait envie de lui beugler des insultes ou des menaces de mort. Ça semble être sa spécialité.

Une fois Freya maîtrisée, menottée et engouffrée dans la première voiture de flics, l'agent du FBI se tourne à nouveau vers nous et s'adresse à Kristan en cognant d'un doigt contre la vitre.

– Kristan Day, vous êtes aussi en état d'arrestation, veuillez descendre du véhicule.

La blonde sursaute.

– Vous plaisantez ? m'interposé-je. Je vous ai appelée pour tout vous balancer, vous m'avez dit que vous la protégeriez !

La grande femme noire aux cheveux ras et au regard dur m'ignore, puis ouvre la porte du pick-up pour en faire descendre Kristan. Elle s'adresse à elle solennellement :

– Je vais vous lire vos droits et vous embarquer, mais sachez que si vous coopérez, on retirera les charges qui pourraient être retenues contre vous. Pour l'instant, vous êtes coupable de rétention d'informations dans une affaire criminelle, fausses déclarations, obstruction à la justice, consommation et vente de stupéfiants… et j'en passe. Mais vous êtes jusqu'ici la dernière personne à avoir vu Colleen Sinclair vivante, la première à parler et vous allez nous aider à boucler cette enquête. Satisfait, Sheridan ?

Higgins me jette un coup d'œil et un petit geste nerveux du menton, avant de me tourner le dos à nouveau. Kristan descend fébrilement de mon pick-up et s'effondre sur le trottoir en tremblant, en pleurant, en criant sa honte, des excuses presque inaudibles, et en cachant son visage dans ses mains. Son pull se relève sur son dos et on peut tous observer les bleus et les traces de coups qui barrent la peau de ses reins. Je n'ose pas imaginer le reste.

Tillie essaie de la relever doucement mais il faut la force de l'agent Higgins pour remettre la blonde sur pied.

– Kristan, quelqu'un pourra venir vous chercher, après tout ça ?

– Je viendrai ! lancé-je sans hésiter. Appelle quand ils te relâchent, OK ?

– Merci, Arlo…

– Tu pourras rester dormir à l'appart si tu ne sais pas où aller. Todd n'est pas le coloc le plus jovial, mais on a une chambre libre. Et un frigo plein.

Elle fond à nouveau en larmes et Higgins l'emmène en la soutenant par le bras.

Quand on se retrouve seuls et que la rue se vide de tous les flics, la petite bombe brune, épuisée et gelée, se roule en boule entre mes bras, puis se love dans mon cou. Je retire ma veste en jean pour la lui passer sur les épaules.

– Freya, putain… On aurait dû s'en douter, murmuré-je à son oreille.

– On n'est sûrs de rien.

– Mais je ne peux pas m'empêcher de la haïr… Et j'ai envie de la démolir.

– Je ne suis pas certaine de vouloir savoir ce qu'elle a fait à Colleen.

– Je sais, moi non plus… fais-je en caressant longuement son dos.

– Ramène-moi, s'il te plaît, Arlo.

***

Pour la première fois depuis des mois, je raccompagne Tillie dans sa chambre quinze. J'y entre avec elle sans me cacher, et je décide même d'y rester. Sa coloc Martha vit à l'hôtel depuis peu, avec sa mère. Il paraît qu'elles ne veulent plus être séparées une seconde. Cette histoire me ferait chaud au cœur si je n'avais pas devant moi une Tillie dévastée, assise sur son lit, inerte, vidée, trop fatiguée pour bouger, mais qui trouve encore le courage d'appeler Jonah, puis ses parents.

Je l'écoute faire ce terrible récit deux fois, avec toute la dignité et la douceur dont elle est capable. Cette fille m'impressionnera toujours. C'est elle qui se retrouve à consoler sa mère, à rassurer son père, à apaiser son frère, avec un masque de douleur greffé sur son visage si expressif.

Quand elle raccroche, elle me laisse enfin m'occuper d'elle, la déshabiller, l'emmener jusqu'à la salle de bains commune où je demande à tout le monde de dégager. Bizarrement, personne n'essaie de se rebeller. Je la ramène dans sa chambre, les cheveux mouillés et les yeux encore gonflés des larmes qu'elle a dû laisser couler sous la douche, en silence. Ça me fait mal. Je la couche, la borde, la laisse cinq minutes après m'être assuré qu'elle voulait bien rester seule, reviens les poches pleines de ce que j'ai pu trouver au distributeur et les mains chargées de gobelets brûlants :

– Café, chocolat chaud ou soupe, je ne savais pas ce que tu voudrais.

– Rien… Toi… Dormir.

Je l'oblige à avaler quand même trois gorgées de chocolat et je m'allonge à côté d'elle jusqu'à ce que son corps tendu s'abandonne contre le mien. Tillie dort d'un sommeil agité une bonne partie de la journée. Je ne la quitte une petite heure que pour aller chercher Kristan au commissariat, comme convenu. Je m'organise pour que personne ne reste seul en piochant dans les contacts de Tillie : ses copines Elle et Lauren acceptent de rester avec elle le temps que j'installe la blonde traumatisée dans mon appart ; Martha et sa mère proposent de venir vivre avec Kristan quelques jours, chez moi, pour s'en occuper. Elles disent qu'elles s'y connaissent en cuisine réconfortante et vie en communauté.

Todd ne râle même pas quand je lui demande de quitter provisoirement la coloc et d'aller habiter ailleurs quelque temps pour laisser les filles entre elles. Il ose même blaguer en me disant que vivre avec Hector Vargas lui rappellera le bon vieux temps. Mes deux potes me demandent s'ils peuvent faire quelque chose et me rappellent que l'équipe de soccer est toujours là pour moi en cas de besoin. Je décline en les remerciant, touché de leur loyauté malgré les distances que j'ai prises, cette année.

Je retourne rapidement auprès de Tillie qui me souffle :

– C'est fou… Tous ces gens autour de nous…

– Ouais, confirmé-je dans un petit sourire. On dirait une famille.

En début de soirée, c'est Jay et Virginia qui viennent taper doucement à la porte avec une douzaine de hot dogs fumants.

– Les meilleurs du campus, annonce mon frère en souriant.

Tillie accepte de manger un peu et de parler, sans doute pour se montrer forte face à « Jay Shay », son prof de dessin préféré. Et on dîne tous les quatre dans cette chambre d'étudiante en reparlant de la journée et de la nuit dernières.

Au bout d'un long moment, Virginia dit de sa voix douce :

– Ce que je retiens de tout ça, c'est que Colleen approuvait votre histoire d'amour. Ça l'a inspirée… Elle est allée trouver la fille qu'elle aimait pour suivre votre exemple.

– Ouais… et ça l'a tuée, soupiré-je.

Mon frère pose une main derrière ma nuque et secoue la tête.

– Non, Arlo… Ça l'a aidée à faire la paix avec qui elle était, à savoir ce qu'elle voulait. Pendant toute sa courte existence, tu l'as guidée comme tu pouvais. Toi aussi, Tillie.

L'émotion me gagne et la fille que j'aime glisse une main dans mes cheveux avant de m'embrasser sur la joue. Une vague d'émotion me pique les yeux et le nez. Jay et Virginia décident de nous laisser, et s'éclipsent en silence.

– Ils ont raison, vient me chuchoter Tillie.

Elle me rejoint près de la porte, se hisse sur la pointe des pieds et m'enlace, ses bras autour de mon cou.

– Tu te souviens quand Colleen nous a dit : « Je m'efface » ? C'était pour nous laisser la place, Arlo.

– Je sais… J'y ai repensé.

– Colleen est morte sans nous haïr. Et elle est morte aimée… C'est tout ce que je veux retenir.

Ses cheveux ondulés sentent la noix de coco, ses lèvres douces m'embrassent, sa chaleur me gagne et sa tendresse me désarme. Il n'y a qu'elle pour réussir à me faire du bien dans un moment pareil.

On retourne s'allonger tous les deux dans le lit une place, incapables de se séparer d'un centimètre. En fixant le plafond, entre un réveil corgi et une petite lampe de chevet qui éclaire à peine, on parle longtemps du passé, de nos souvenirs avec Colleen, du début de notre histoire. Et on finit par s'endormir à nouveau, l'un contre l'autre, entre rires et larmes, nostalgie de tout ce qu'on a perdu et souvenirs indélébiles qu'on a la chance de pouvoir revivre encore.

***

C'est le beau milieu de la nuit mais quelque chose me tient éveillé et me force à me relever. Je n'allume pas la lumière pour éviter de réveiller Tillie, m'installe à son petit bureau pour trouver quelque chose à lire, m'éclaire avec mon portable, mais les manuels d'architecture et de design ne me passionnent pas longtemps.

Je ne sais pas ce qui me pousse à attraper une feuille blanche et un stylo noir. À écrire le prénom et le nom de ma mère parce que je n'ai jamais eu l'occasion de le faire à l'école. Chaque fois que je m'inscrivais sous le nom de Sheridan, je me demandais comment je m'appelais *vraiment*. Maintenant que je le sais, « Follet » me paraît tout aussi étranger.

Alors je prends une nouvelle feuille de papier et je me mets à lui écrire, à elle. Pour tenter de comprendre. Peut-être de tourner cette page.

Bonjour Angela,

Je suis Arlo, le bébé que tu as mis au monde à 14 ans.

J'en ai 22 maintenant et je t'ai cherchée longtemps. Je viens de retrouver ton nom et ton adresse et je ne sais plus quoi en faire. Mais je ne peux pas rester avec des regrets, des questions. Je ne veux pas te haïr, pas me réveiller quand il sera trop tard.

Il reste peut-être encore des choses à vivre dans notre histoire.

Alors je voudrais simplement te dire que je te pardonne. Et que je suis là, si jamais tu veux encore d'un fils. Ou juste d'une infime présence dans ta vie.

J'aimerais bien savoir qui tu es. Peut-être qui je suis.

Arlo

Les yeux secs, le cœur un peu moins lourd, je plie la feuille en quatre, la glisse dans une enveloppe trouvée dans un tiroir et inscris la dernière adresse de ma mère. Je vais glisser cette lettre dans la poche intérieure de ma veste en jean. Elle n'arrivera probablement jamais. Mais je l'aurai écrite.

Et je peux me recoucher contre la fille que j'aime si fort. La serrer, la sentir, caler ma respiration sur la sienne et mon histoire dans son histoire.

76

TROUVER LA PAIX

Tillie

Presque trois semaines après l'arrestation traumatisante de Freya, alors que la nuit s'apprête à tomber sur le ciel de décembre, on célèbre le premier anniversaire de la mort de Colleen.

Un an déjà. Sans son regard fier, ses mots mordants, ses sourires troublants et sa force magnétique. Un an sans mon ennemie, mon modèle, mon alliée, mon énigme, ma fonceuse, ma paumée, ma seule et unique sœur.

Pourquoi rien ne tarit ma douleur ?

Après avoir passé plusieurs heures à l'écran avec Jojo et mes parents, à parler d'elle en riant, en pleurant, en recommençant encore et encore, je m'apprête à aller lui faire mon dernier adieu.

Arlo, Kristan et moi, on fait le trajet jusqu'à l'usine désaffectée en marchant dans un silence pesant, puis on se rend à l'étage jusqu'au petit coin de poussière et de béton où elle est morte, tabassée à mort, puis asphyxiée. On s'assied sur le sol tous les trois, contre le mur gris, et on lui parle comme si elle était encore là. Pas beaucoup, ni longtemps, mais on sort tout ce qui nous reste encore en travers du cœur.

– Les tests A.D.N. ont parlé, Colleen, lui souffle son meilleur ami. Elle a beau nier en bloc, ça y est, on sait qui t'a fait ça. Ta mort ne restera pas impunie.

La voix profonde d'Arlo tremble légèrement, mais le ténébreux ajoute dans un sourire presque imperceptible :

– Tu es morte comme tu as vécu, ma vieille. Pas comme les autres !

Je laisse tomber ma tête sur son épaule, la gorge nouée.

– Je t'aime, Co', gémit soudain Kristan en cachant son visage entre ses mains. Je t'aime et je t'ai laissée mourir. Je suis tellement désolée…

La blonde, terriblement amaigrie et toujours en manque depuis qu'elle a arrêté la drogue, bondit sur ses pieds et part en courant. J'imagine qu'elle a tout dit. Alors, après une longue inspiration, je laisse sortir mes mots à moi, en fermant les paupières :

– Je crois qu'on s'est ratées de peu, toi et moi. On s'est aimées, ça oui, et je t'aime pour toujours, Colleen. Mais on aurait pu le faire tellement mieux. Alors rendez-vous dans notre prochaine vie, *sister*…

Je caresse mon tatouage. Mes larmes trempent tout sur leur passage. Arlo pleure aussi, plus discrètement, et cale sa cuisse contre la mienne en signe de soutien. Il est mon roc, dans tout ça. Ma force. Ma lumière.

– Et cette fois, ne nous loupons pas…

On reste immobiles de longues minutes encore, lui et moi, la sentant partout autour de nous, avec nous, en nous.

Une dernière fois.

On s'est dit ce matin qu'il fallait qu'on la laisse partir. Qu'on ne pouvait pas l'arracher à la terre ni au ciel, que personne n'allait nous la rendre, que Colleen était bien là où elle était.

Et qu'il était temps qu'on trouve la paix, qu'on vive à nouveau, qu'on s'aime sans limites, sans retenir notre souffle à chaque pas.

– Prête ? me demande Arlo en me tendant la main.

– Prête, murmuré-je en le laissant me relever.

***

À la mi-décembre, mon téléphone se met à sonner alors que j'arrive – juste à l'heure – à mon examen d'histoire de l'art. Je laisse la grosse porte de l'amphi se refermer devant moi et je m'éloigne dans le couloir pour décrocher.

– Agent Higgins ?

– Je sais que vous êtes en plein partiels, Tillie, mais je viens d'avoir vos parents et ils m'ont demandé de vous appeler directement.

– Il y a du nouveau ?

– C'est fini pour elle. Plus de doute qui tienne. Elle ne pourra pas manipuler les jurés lors de son procès : les seconds tests A.D.N. confirment les premiers. C'est bien elle, c'est bien Freya Coben qui a assassiné votre sœur.

Je sens le sang battre dans mes tempes. Je suis soulagée, pétrifiée, j'ai mal, j'hésite à éclater de rire, à fondre en larmes : tout à la fois. Depuis sa cellule, cela fait des semaines que la garce qui a frappé à mort et étranglé ma sœur fait parler d'elle dans la presse. Au lieu d'avouer, Freya crie son innocence haut et fort pour retarder l'inéluctable, accuse Kristan, puis Arlo, puis un dealer rival, raconte qu'elle a été tabassée par les flics et que les premiers résultats étaient truqués. Alors Higgins et ses collègues du FBI ont pris l'initiative d'envoyer de nouveaux échantillons à un laboratoire indépendant.

Sa culpabilité est à nouveau prouvée. Ferme et définitive. Sans appel. On n'aura jamais ni explications, ni récit de cette nuit-là, encore moins d'excuses, mais désormais on sait.

– Elle est sacrément tordue, je ne suis pas mécontente de savoir qu'elle va passer minimum vingt ans derrière les barreaux… commente Higgins.

– Elle ne l'a pas seulement tuée, murmuré-je, furieuse. Elle nous a fait croire qu'elle était vivante, elle s'est moquée de nous pendant des mois, nous a fait espérer…

L'agent du FBI soupire, à l'autre bout du fil, puis ajoute :

– Les cartes postales envoyées par des gens d'un peu partout dans le monde, il fallait le faire…

– Vous avez découvert comment elle avait réussi ce coup-là ?

– Oui, tout récemment. Elle a prétexté rédiger un mémoire sur « la communication épistolaire face aux technologies modernes » et a fait appel à des inconnus sur un forum d'étudiants.

– Et les petits mots anonymes qui pointaient Arlo du doigt ? Celui qui était dans le sac de Colleen ?

– L'un de ses anciens revendeurs qui lui devait beaucoup d'argent s'est sali les mains à sa place. Il les a écrits à sa demande juste après le meurtre et elle les a gardés pour s'en servir au meilleur moment… Celui planqué dans le sac de Colleen, elle l'a planté là en espérant que vous tombiez dessus.

– Et les trois messages que les flics ont reçus directement ?

– On les a fait expertiser, ils viennent bien du même type.

Elle était vraiment prête à tout pour faire accuser Arlo.

J'ai encore du mal à réprimer ma colère quand je pense à la personne qui m'a volé ma sœur, à ses yeux jaunes, à toutes ses personnalités, à sa violence extrême, si bien cachée, et à son sourire faux. Mais le garçon que j'aime me le répète chaque jour : je lui ai appris à abandonner sa noirceur, sa haine, sa rancœur pour essayer d'avancer, de vivre vraiment. À moi d'en faire autant.

Et aujourd'hui, je veux vivre.

– Merci pour tout ce que vous avez fait, soufflé-je à celle qui nous a tant aidés.

– J'espère que Colleen savait à quel point elle avait une famille formidable…

– Formidable, je ne sais pas. Mais merci quand même.

Ce jour-là, je plante mon examen et je m'en fous. Mes parents, mon frère, mon amoureux et moi, on peut enfin dormir tranquilles. Le cœur encore lourd de l'absence de Colleen, mais serein.

Celle qui a envoyé ma sœur dans la tombe n'est plus une menace pour la société.

***

– Tu es sûre de ce vert olive ? me glisse Arlo en me retrouvant dans notre chambre.

Un catalogue de déco à la main, je souris en fixant le mur pendant qu'il m'enlace.

– Il faut que la tête de lit aille avec mon réveil corgi ! Et avec tes yeux !

Oui, les choses ont bien bougé, en peu de temps.

Nous voilà déjà mi-janvier. Arlo et moi avons fêté Noël, puis le Jour de l'an chez mes parents, à Queen Creek, avec

Jojo, Jay, Virginia et Pan ! Mon brun aux yeux verts n'est plus l'ennemi numéro un chez les Sinclair, mais officiellement mon *boyfriend*. Doug et Sylvia lui ont longuement parlé, se sont excusés, ils se sont pleuré dans les bras et tapoté le dos, puis sont passés à autre chose.

Colleen aurait été fière d'eux, sur ce coup-là.

En retrouvant le campus de San Diego, il y a deux semaines, j'ai à nouveau senti le changement. Plus personne pour me fixer avec insistance, plus de murmures sur mon passage, plus la moindre rumeur à propos d'Arlo et moi. L'ombre de Freya, qui était partout, dans tous les esprits, toutes les bouches avant le break, a, elle aussi, disparu.

Les secrets, les mensonges, les crimes et les amours interdits, c'est fini.

J'ai abandonné sans regrets ma chambre d'étudiante à Martha et Mary – qui a rejoint une association et un refuge d'aide et de réinsertion des femmes victimes de cultes religieux, mais qui squatte le dortoir une nuit sur deux. Todd est parti à Tucson pour un stage de trois mois et Jay et Virginia ont généreusement ouvert leur porte à Kristan qui sort de sa cure de désintoxication.

Quand je ne suis pas dans les bras d'Arlo, en cours, à la cafét' avec Martha, Elle et Lauren, ou au téléphone avec Jonah, je décore « mon » appartement, je dessine, je lis, je fais des plans, je me projette, j'avance.

Et j'écris à Colleen.

Je noircis des pages blanches, sans tristesse, sans regrets ni nostalgie.

Je lui écris des lettres, je lui raconte la vie.

La mienne, celle d'Arlo, de Jojo, de nos parents, de nos amis.

La vie qui continue.

77

L'AMOUR, RIEN QUE L'AMOUR

Tillie

Après quatre longs jours de pluie, le soleil fait son retour en Californie et nous enveloppe de sa chaleur. Il fait presque vingt degrés en cette fin janvier. Arlo a voulu aller retrouver son spot préféré de Black Beach et courir le long de la plage déserte. Je l'ai accompagné – sans me douter qu'il allait me botter les fesses tout le long pour que je tienne le rythme.

– Accélère, jolie feignasse !

– Je ne fais que ça !

– Tu fais du sur place, Tillie, ricane l'insolent. Qu'est-ce que ça va être au moment des pompes ?

– DES QUOI ?

L'enfoiré se marre en contractant ses biceps.

– Je n'ai plus de souffle ! Je comptais juste t'attendre en me prélassant sur le sable, moi !

– Tu parles encore, c'est que tout va bien. Allez, *go,* on y va !

– Moins vite ! Je n'ai pas les jambes de trois kilomètres de Co…

Je m'interromps moi-même, ralentis jusqu'à marcher, appuie sur mon point de côté, tire sur mon short couleur pêche qui a une fâcheuse tendance à remonter entre mes cuisses qui frottent. Voilà pourquoi le sport n'est pas fait pour moi : c'est une question de morphologie et pas de volonté. J'ai passé des années à l'expliquer à ma sœur. Arlo revient en courant à reculons, à petites foulées, un doux sourire sur les lèvres.

– Tu peux parler d'elle, tu sais ?

– Il faut que j'arrête de l'avoir tout le temps à la bouche.

– Je crois que ça ne lui déplairait pas, lâche-t-il en enlevant sa casquette des Aztecs pour la remettre en arrière.

Je le fixe en silence et j'ai toujours autant de mal à croire que lui et moi, c'est réel. Que le garçon qui hantait tous mes rêves et était le sujet de tous mes fantasmes est vraiment à moi.

Arlo Sheridan partage ma vie. Je partage son appart. Il m'a choisie. Il n'y a plus de secrets, plus de barrières, plus d'impossible entre nous.

Ce qu'il y a, c'est cet amour immense, intense, qui m'étreint, me trouble, me renverse, me coupe le souffle chaque jour. Et qui arrive encore à grandir à chaque seconde.

Il me sourit en plissant les yeux. Je le trouve incroyablement beau, promène mon regard sur la peau bronzée de ses bras nus, sur ses larges épaules, son cou puissant, ses lèvres qui s'étirent en coin et ce grain de beauté juste au-dessus qui m'aguiche à tous les coups.

– Tu aimes ce que tu vois, Sinclair ? souffle sa voix grave, terriblement sexy.

– J'ai vu mieux…

– Quoi ?

– Pas ouf.

– Tu… tu veux bouffer du sable ?

– Passable, commenté-je à nouveau en reprenant ma course.

Dans un éclat de rire redoutable, qui fait s'envoler des oiseaux un peu plus loin, il me rattrape en quatre foulées à peine, m'attrape par la taille et me plaque contre lui malgré mes protestations.

– Retire ça, petite bombe !

– Un petit dix sur vingt, c'est tout ce que tu mérites, Sheridan !

– Dis la vérité, dis que je suis beau comme un dieu ! insiste-t-il en se marrant.

Je me débats, parviens à lui échapper et file en direction des vagues.

– Tu es sûre que tu veux me chercher, Tillie ? Tu pourrais le regretter…

– Tu ne me fais pas peur avec tes beaux yeux et ta gueule d'ange !

– Un ange, moi ? grogne-t-il dans mon dos, outré.

Je l'entends accélérer brusquement derrière moi. Je prends peur, laisse échapper un rire excité et nerveux. Soudain, mes pieds quittent le sol. Le farouche me prend contre lui et m'emporte en direction de l'océan.

Je devine immédiatement ce que ce rustre borné a en tête.

– Non, Arlo, non ! Ne fais pas ça !

– Fallait pas me chercher, Sinclair…

– Non ! m'écrié-je en riant. Je retire ! Tu es un dieu vivant, Arlo Sheridan ! Aucun homme ne t'arrive à la cheville ! On se prosterne sur ton passage, on loue ta beauté, on te fait des offrandes, on sacrifie des agneaux et des vierges pour toi, le monde entier se…

– Trop tard.

– Arlo, non, mon corps va GELER !

– Je serai toujours là pour te réchauffer, me glisse-t-il à l'oreille avant d'entrer en contact avec l'eau.

Je hurle, m'accroche à ses épaules. Il se marre et continue d'avancer. Quand il a de l'eau jusqu'à la taille, il me colle un baiser sur les lèvres, compte jusqu'à trois… puis me balance comme un malpropre dans la mer à quinze degrés. Le froid me mord la peau. Je lâche un cri de bête, strident et guttural à la fois, reviens nager vers lui, puis lui grimpe sur le dos, en panique.

– Ra… ramène-nous, on va mourir ! grondé-je en claquant des dents.

– Je suis un surhomme, je ne sens pas le froid.

– Tu… tu vas me le payer…

– Je n'attends que ça.

– Tu ne sais même pas ce que je vais te faire ! grogné-je contre son oreille.

– J'aime tout ce que tu me fais, Tillie.

Il virevolte sur lui-même. Je m'accroche à son cou, prie pour que le soleil qui cogne me réchauffe rapidement, sèche mes vêtements trempés et mes cheveux dégoulinants. Mais rien n'y fait. Pendant qu'Arlo fait « mumuse » dans l'eau et tente des sprints pour remuscler ses cuisses, je m'agrippe à lui pour ne pas tomber et me transforme en glaçon hurlant.

– Je ne sens plus mon nez ! Mes jambes tétanisent ! Il va falloir les couper ! Je n'aurai plus de nez, plus de jambes et tu ne voudras plus de moi !

– Malheureusement pour toi, je t'aimerai quoi qu'il arrive, se marre-t-il. Tu es coincée avec moi, Tillie Sinclair.

Le sportif de l'extrême a enfin entendu mon appel à l'aide et daigne revenir en courant vers le sable, une fille trempée et grognon accrochée à son dos. Une fois sur la plage, il me laisse glisser jusqu'au sol et je sautille sur mes pieds comme une hystérique, en le frappant aussi fort que je peux. Mais Arlo esquive chacune de mes attaques en se moquant de moi et me provoque sur tout le chemin du retour.

Quand j'atteins enfin son pick-up, complètement essoufflée, rouge écarlate mais toujours frigorifiée, il est déjà au volant.

– Grimpe, la rebelle, j'ai mis le chauffage !

– Tu me le paieras quand même !

Je m'installe sur le siège passager, retire mon short, mon T-shirt, ne garde que mes sous-vêtements mouillés. Je pointe mes tétons durcis par le froid vers l'air chaud qui sort du tableau de bord, en lâchant des gémissements de plaisir. Aussitôt, le rire sexy d'Arlo vient me chatouiller les oreilles. Le brun me bouffe du regard, me tend une serviette que je lui arrache des mains sauvagement.

– Je crois que je t'aime encore plus quand tu es bornée…

Il grogne ces mots, une lueur joueuse dans le regard, récupère la serviette, la pose lui-même sur mes cheveux et se met à frotter sans délicatesse.

– Tu sais qu'on ne l'a jamais fait dans cette bagnole ? murmure-t-il en ignorant mes menaces de mort silencieuses.

– Arlo, je meurs de froid, ramène-moi à la maison.

– Pourtant, ce n'est pas passé loin, une fois…

Il se mord la lèvre et je commence à sentir des picotements, plus bas, entre mes cuisses.

– Ça te dit quelque chose : toi, à califourchon sur moi, chaude et gémissante comme jamais ?

Ce timbre rauque qui m'excite comme aucun autre… L'air se fait plus rare, tout à coup, dans l'habitacle.

– Ce jour-là, tu m'as dit de tout prendre, Tillie. De *te* prendre… Et puis, on a été interrompus.

Sa voix se veut charmeuse… tentatrice… et ça marche.

– Je me souviens, soufflé-je en le fixant droit dans les yeux.

– On n'a jamais remis ça, ici. Il est temps qu'on corrige cette grave erreur…

La serviette disparaît, ses lèvres avides se plaquent sur les miennes et me volent un baiser impatient, indécent, qui prend le contrôle de mon corps. M'embrase au creux des reins. Ouvre les portes de mon désir.

– Je vais te faire l'amour, te baiser, te faire gémir comme jamais, Tillie Sinclair.

Son audace et son intensité me surprennent toujours, me troublent, me donnent chaud. Je le laisse incliner mon siège et m'y allonger pour venir s'installer au-dessus de moi.

– On pourrait nous voir, lui soufflé-je en espérant secrètement qu'il ne renoncera pas.

– Je m'en contrefous, Tillie. Ces tétons ont clairement besoin de moi.

Ses doigts habiles dégrafent mon soutien-gorge, ses dents l'écartent, puis ses lèvres s'emparent de mes seins pointés vers lui. Il les suce, les titille, les grignote, les lèche. Je m'arque contre lui, m'agrippe à ses hanches, cherche sa peau, la trouve, la griffe. Je gémis et le supplie de me dévorer encore, de ne jamais arrêter ce qu'il me fait.

Déjà dur contre moi, il empoigne mes seins, les embrasse,

les aspire, les excite entre ses lèvres, du bout de son nez, du bout de ses doigts. De sa main libre, il caresse mon ventre, mes cuisses, mon sexe. Il se faufile sous ma culotte, entre mes lèvres, en moi.

En un soupir, deux baisers, trois caresses, il arrive à faire de moi un jouet entre ses mains, une poupée désarticulée, une esclave de ses talents.

Mon corps et mon âme sont à sa merci.

– Ce que tu me fais… haleté-je en agrippant sa tignasse. Tous les mecs devraient savoir faire ça. Pas juste toi. Il ne faut le raconter à personne, j'ai trop peur qu'on te vole à moi…

L'arrogant sourit, stoppe ses caresses, m'embrasse comme un *très* mauvais garçon, puis descend lentement jusqu'à mon intimité qui se meurt sans lui. J'écarte les jambes, prête pour la douce torture qu'il me réserve.

– Salée… délicieuse… bandante… lâche sa voix profonde après le baiser le plus intime qui soit.

Puis sa langue entre en moi et une flamme s'allume au creux de mon ventre. Ses doigts enfoncés dans la chair tendre de mes cuisses, Arlo me goûte, me déguste, aspire et suçote mon clitoris, revient me lécher à l'intérieur, grogne de délectation tandis que je gémis bruyamment.

Je me cambre, me décolle du siège tellement c'est bon. Bruyante, agitée, je fourrage dans ses cheveux humides, les tire lorsque le plaisir devient trop fort, trop dément, trop vertigineux.

– Trop vite ! m'écrié-je, la voix cassée. Arlo, c'est trop bon, je vais jouir trop vite…

Mais mon amant aux lèvres insatiables et à la langue endiablée ne ralentit pas, il continue à me malmener, à me lécher, à me mordiller, à se glisser en moi jusqu'à ce que l'orgasme m'emporte, indéniable et violent.

Essoufflée, le sexe en feu, la peau ultrasensible, je le sens à peine remonter le long de mon corps et disséminer ses baisers partout sur ma peau.

– Tu m'as mise hors jeu, Sheridan, haleté-je.

– Tu crois que c'est fini ? Je vais te faire jouir une deuxième fois, petite bombe. Et peut-être même une troisième.

Son air défiant et son sourire canaille m'arrachent un petit rire excité. Arlo retire son T-shirt encore mouillé d'un seul bras. Son torse sculptural se dessine sous mes yeux. Je le caresse du bout des doigts, pince ses tétons, descends le long de ses abdominaux sans le quitter du regard.

Emprisonnée dans son vert abyssal, j'écarte la ceinture de son short de sport et glisse ma main sur son sexe bandé. Je le palpe, l'entoure, le caresse, lentement d'abord, dans un va-et-vient terriblement langoureux. Son souffle s'intensifie, son beau visage se crispe, ses dents viennent mordre ses lèvres avant de se planter dans les miennes. Je couine de douleur. Arlo recommence, puis m'embrasse sensuellement.

– Tu es à moi, Tillie… grogne sa voix suave entre deux baisers. Tes seins, ton cul, cette bouche… Putain, j'en crèverais.

J'accélère le rythme de mes caresses, je le serre un peu plus dans ma main, l'entends gémir, râler, grogner, et mon intimité pulse, tressaute et me consume à nouveau. Je le veux de toutes mes forces, de tous mes sens. Avec Arlo, je me suis enfin découverte et mon corps n'a jamais été aussi vivant.

J'aime le sexe, j'aime ces pulsions qui m'emportent, j'aime perdre le contrôle pour mieux me perdre en lui.

Sans arrêter de le toucher, de le rendre plus dur, plus long encore, je me frotte contre sa jambe, sens mes lèvres s'ouvrir, mon sexe trempé qui s'impatiente et le réclame.

– Je ne veux que toi, Arlo.

– Ça tombe bien, parce que je n'en peux plus d'attendre…

On échange un même regard brûlant, délicieusement complice, follement érotique, et on tire sur son short d'un même geste, d'une même envie. Le farouche s'en débarrasse comme il peut, il se déshabille intégralement en se cognant à la vitre, au tableau de bord, en lâchant des grognements qui m'excitent, puis il revient sur moi, me colle un baiser chaud, impatient, mouillé qui me fait perdre la tête.

Ses mains se glissent sur la peau sensible de mes hanches, puis Arlo les empoigne et… me retourne brusquement. J'adore qu'il ait fait ça. Appuyée sur les coudes, la croupe pointée vers lui, j'attends qu'il s'invite en moi. Qu'il me prenne, me coupe le souffle, fasse tout disparaître sur son passage.

Et il le fait.

Son sexe s'enfonce lentement dans ma chair, m'arrachant un gémissement sourd. Les va-et-vient démarrent et le plaisir s'insinue partout. D'abord au creux de mes reins, puis au plus profond de mon ventre et partout sous ma peau.

Arlo me pénètre vite, il me bouscule, c'est fort. Il caresse mes fesses, plante ses griffes dans mon dos, tire mes cheveux et m'attire en arrière, contre lui, pour mieux me posséder.

– Je te ferai ça autant de fois que tu le voudras… murmure-t-il à mon oreille. Je serai doux, si c'est ce que tu veux. Ou brusque. Lent ou rapide. Je te prendrai n'importe où, n'importe quand. Je te ferai l'amour au coucher, et aussi au réveil. Ton corps, mon corps, soudés, imbriqués, c'est ce qu'on fait de mieux, Tillie.

Sa peau claque contre la mienne, son sexe me pilonne encore et encore, je sens le plaisir monter en vagues successives, la boule de feu grandir en moi. Je me cambre, perds un peu l'équilibre sous le coup du plaisir, prends appui sur le siège incliné. Arlo me pénètre sans discontinuer, encouragé par mes cris de plaisir que je ne contrôle plus.

Ça devient flou, tout devient flou. Tout ce qui reste, tout ce que je ressens clairement, c'est *lui en moi*.

Penché sur mon corps, Arlo embrasse mon dos. Il suce un grain de beauté qui traîne par là, me claque la fesse, empoigne mes seins qui ballottent, me pince les tétons… Je suis à deux doigts de défaillir tellement c'est bon.

Le feu se propage. Entre mes cuisses. Au creux de mon ventre. Sous mes seins. Dans ma gorge.

– Arlo… Je…

– Vas-y, ma petite bombe, gronde sa voix virile. Explose…

Un coup de reins puissant, encore un autre et je décolle.

L'orgasme me terrasse, m'emporte. Je lâche un cri bestial, tremble de tout mon corps, m'embrase, tandis que le garçon qui me consume se plante une dernière fois en moi et jouit à son tour.

On s'écroule sur le même siège, de profil, tous les deux à bout de souffle. Abandonnés dans les bras l'un de l'autre, on écoute nos cœurs battre la chamade. Je me noie dans sa peau. Arlo m'embrasse sur le front, puis tente de remettre un peu d'ordre dans ma crinière folle.

– Tillie, me souffle le garçon aux yeux verts.

– Hmm ?

– J'ai l'impression que tu n'as plus froid. Et si on…

Je lâche un rire grave et lui couvre la bouche avant qu'il

me propose d'aller me rafraîchir dans l'océan. Il retire ma main, s'empare de mes poignets mais je lui échappe et me retrouve à califourchon sur lui.

– Quoi, tu veux déjà remettre ça ? grogne l'arrogant.

– Tu m'as promis trois orgasmes… Et le mec que j'aime tient toujours ses promesses.

Ce sourire qui me provoque et m'attise sans fin.

Ce regard qui scintille et fait tout pétiller en moi.

Cette âme qui connaît mes maux, mes douleurs, mes cicatrices et mes faiblesses mieux que personne. Mes forces aussi.

Ce garçon est l'amour de ma vie.

78

CHOISIR SA FAMILLE

Arlo

J'ai eu du mal à atterrir après ce week-end dément avec Tillie. Difficile de trouver de l'intérêt au quotidien sans l'océan, l'insouciance, la liberté, son corps et son sourire tout le temps. La vraie vie est un peu moins belle que ça.

Après les cours du matin, que j'ai suivis d'un œil, je retrouve Jay sur un banc : mon frère ne veut pas qu'on perde ce lien qu'on a fini par créer et m'invite à déjeuner presque un jour sur deux, maintenant.

Ouais, tant que ça.

– Je te rappelle que j'ai arrêté de jouer au foot… Si je ne me nourris que de hot dogs, je vais pouvoir dire au revoir à mes abdos.

– Je suis certain que Tillie t'aimera comme tu es, Arlo.

– Ce que tu peux être chiant avec ton romantisme à la con, là !

Mon frère se marre et sort un Tupperware contenant une salade César.

– C'est ta femme ou ta maman qui t'a préparé ton goûter ? fais-je pour le vanner.

– Virginia n'aime pas cuisiner, je suis un homme moderne qui me fait moi-même à manger, figure-toi. Et en parlant de « maman »…

– Je n'en ai pas parlé, c'était une plaisanterie ! répliqué-je, tentant de l'arrêter.

– Elle m'a quand même demandé de tes nouvelles.

– Elle n'a qu'à m'en demander directement.

– Je lui ai dit que tu étais allé à l'agence d'adoption de Phoenix et que tu avais obtenu les coordonnées de ta mère biologique.

Je repose mon sandwich à côté de moi sur le banc. Ce genre de discussion a tendance à me couper l'appétit illico.

– Elle est devenue muette ? Elle a fait la tête ? Du chantage affectif ?

– Elle a juste dit qu'elle espérait que ces réponses t'aideraient…

– Et… ?

– Et qu'elle ne méritait pas qu'on la rejette comme ça…

– Et… ?

– Et qu'une fille-mère de 14 ans n'aurait certainement pas fait mieux qu'elle.

– Elle est irrécupérable, putain ! Mais Jay, pourquoi tu continues à la voir ?! T'es pas obligé de t'infliger ça.

– Parce que je n'ai pas d'autre mère qu'elle, Arlo.

– Et papa ?

– Il a fait semblant de ne rien entendre de toute la conversation.

Je lève les yeux au ciel, lâche un long soupir et m'affale en arrière sur le banc avant de reprendre mon hot dog pour me venger sur lui.

– Je sais que personne ne choisit sa famille, continué-je, mais quand même, on a été élevés par une mère sacrément égoïste et un père bien lâche… On ne s'en sort pas si mal, finalement, non ?

– Hmm… Ils auraient quand même pu t'apprendre à ne pas parler la bouche pleine.

Je me marre, puis raconte à Jay que l'agence d'adoption m'a recontacté : Denise Fisher a mis la main sur la dernière adresse d'Angela, ma mère biologique. Alors, la semaine dernière, je lui ai renvoyé une seconde lettre – à la bonne adresse, cette fois –, puis une troisième.

Elles sont toutes les deux restées sans réponse.

– Je sais que tu espérais autre chose, souffle mon frère. Mais toutes les femmes ne sont pas faites pour être mères.

– Je n'attends pas d'affection, de cadeaux ou de jolis conseils de vie pour rattraper mon enfance… Juste des réponses à mes questions. Pourquoi elle m'a abandonné une première fois à la naissance, et a changé d'avis pour me larguer à nouveau trois ans plus tard ? Qui est mon père biologique ? Est-ce qu'ils s'aimaient ou se connaissaient à peine ? Ou pire encore ? Ça me bouffe depuis tant d'années…

– Peut-être qu'elle a besoin de temps ?

Je hoche la tête, renonce à la fin de mon hot dog et soupire un bon coup.

– Ouais, je me dis qu'elle a peut-être un mari à qui elle n'a jamais rien dit. Ou de nouveaux enfants qu'elle ne veut pas chambouler. T'imagines ? J'ai peut-être des demi-frères et sœurs ados, quelque part…

– S'ils ont ta belle gueule et tes abdos, j'espère qu'ils ne font pas trop de ravages dans leur lycée.

J'essaie de les imaginer dans ma tête mais aucune image ne me vient. Je fixe ce type sur le banc, aussi blond que je suis brun, maigrichon, coquet, sophistiqué, délicat. Tout ce que je ne suis pas.

– Mon frère, c'est toi, Jay… lâché-je en fixant mes pompes.

Il me met une petite tape dans le dos et j'enchaîne rapidement pour éviter les débordements :

– Et je suis certain que Virginia t'aime comme tu es, frangin. T'as eu le cerveau et le cœur, moi le physique, c'est comme ça.

Jay s'étouffe avec sa feuille de salade et un fou rire con nous prend tous les deux, pendant de longues minutes. Ce genre de trucs ne nous est jamais arrivé pendant l'enfance. Et ça fait du bien de se lâcher un peu.

Mon frère en costard à carreaux essuie des larmes aux coins de ses yeux et range ses cheveux blonds asymétriques, puis il finit par lâcher une bombe, comme si de rien n'était :

– Notre procédure d'adoption a avancé un peu. On a reçu un coup de fil de l'agence hier pour nous proposer un apparentement.

– Quoi ?! Vous allez avoir un enfant ?

– Peut-être, mais c'est un dossier difficile. Et on héberge toujours Kristan. Il va falloir qu'on s'organise.

– Bah, raconte !

– C'est une fillette de 6 ans. Elle a déjà fait pas mal d'allers-retours entre ses parents biologiques et des familles d'accueil.

Cette fois, elle est définitivement adoptable… et ils ont pensé à nous parce qu'on accepte les enfants grands.

– Ça me rappelle quelque chose, murmuré-je.

– Oui, ça fait écho à ton histoire. Mais cette petite fille a aussi une particularité : elle a un léger retard mental.

– Qu'est-ce que je disais ? Tout comme moi !

Mon frère m'adresse un petit sourire gêné.

– Et cette fois, c'est Virginia et moi qui allons écrire cette nouvelle page blanche, avec cette petite fille qui a besoin de nous. Et je te jure qu'on va faire mieux qu'*eux*… On va tout faire pour être à la hauteur.

J'ai les yeux qui me piquent et les jambes qui me démangent. Je me lève du banc, chiffonne le papier gras de mon hot dog et me lèche les doigts.

– Vous le serez, affirmé-je. Juste parce que vous pensez à elle avant vous, vous le serez.

Je balance mon papier dans la poubelle la plus proche et manque ma cible. Pendant que je vais le ramasser, Jay change de sujet :

– Tu vas jouer pour le match en hommage à Colleen, la semaine prochaine ?

– Je n'en sais rien. Les gars de l'équipe insistent mais pas sûr que ce soit une bonne idée. Je n'en fais plus partie. Et je n'ai pas envie de m'écrouler sur le terrain en pensant à elle.

À l'issue de l'enquête, la fac s'est enfin réveillée pour organiser quelque chose à sa mémoire. Les équipes féminine et masculine de soccer doivent se mélanger pour un match amical. La rencontre sera payante et les fonds récoltés par les tickets d'entrée seront reversés à plusieurs associations, dont celle des fiertés LGBT. Personnellement, je pense que ma meilleure amie aurait détesté tous ces honneurs, tous ces bons sentiments, et que c'est un peu tard pour faire attention à elle.

Mais peut-être qu'un jour, j'arriverai à penser à sa mort sans m'en vouloir de l'avoir laissée tomber.

Peut-être.

***

Ce soir-là, en rentrant à l'appart, Tillie m'attend derrière la porte avec une enveloppe kraft dans les mains et un sourire qu'elle n'arrive pas à retenir. Elle m'embrasse sur la joue et me la colle sur le torse :

– C'est quoi, cette tête ?

– Il y a l'en-tête de l'agence d'adoption sur l'enveloppe. Et un tampon « personnel et confidentiel ».

– Et c'est ça qui te donne les yeux qui brillent ?

– Mais ouvre, il y a peut-être de nouvelles infos sur ta mère ! Ou une lettre d'elle, qui sait ?

Dans une salopette en jean noire et un T-shirt gris moulant, elle sautille sur place et j'ai bien envie de la déshabiller avant de m'occuper de ça. Je le garde pour moi, mais à l'intérieur, ça cogne sévère.

– Ouvre, ouvre, ouvre, t'attends quoi ?

– Fais-le, toi, je vais me chercher une bière.

Quelque chose me dit que je vais en avoir besoin. Tillie sort de la grande enveloppe une plus petite, blanche, et une autre feuille volante qu'elle me lit à haute voix et à toute vitesse.

– Ça vient de la directrice de l'agence. « Monsieur Sheridan, nous vous faisons parvenir la copie d'une lettre que votre mère biologique, Angela Follet, nous a demandé de vous remettre. L'original se trouve au sein de nos bureaux, à Phoenix, si vous souhaitez venir le récupérer en personne. Nous restons à votre disposition bla-bla-bla... » Tiens !

Elle m'apporte l'enveloppe blanche, de plus en plus excitée, et boit une gorgée de bière au goulot de ma bouteille. Sans trop savoir à quoi m'attendre, je me racle la gorge avant de commencer ma lecture. Et je sens mon cœur battre un peu plus vite encore. Beaucoup trop fort.

– Putain, j'attends ça depuis tellement longtemps... soufflé-je.

– Tu le mérites, Arlo.

La fille que j'aime m'envoie son sourire radieux, sincère et désarmant. Je tente de m'accrocher à sa simplicité, à sa façon de voir la vie sans chercher de complications. Je prends une grande inspiration et me lance :

– « Bonjour, Arlo. Je vois que tu as gardé le même prénom que celui que je t'ai donné. Tu aurais pu en changer, si tu avais voulu. Tu m'as demandé des réponses, alors je vais essayer de t'en donner quelques-unes. J'aimais le garçon avec qui je t'ai fabriqué, mais il est parti. J'étais très jeune et je me suis retrouvée très seule quand tu es né. J'ai essayé de t'élever pendant trois ans, mais je n'ai pas pu t'apporter ce qu'il te fallait. T'abandonner a été la décision la plus difficile de ma vie, mais aussi, je crois, la meilleure ».

Ma voix commence à partir en vrille. Je jette un regard à Tillie, émue, et me lèche les lèvres avant de continuer.

– « J'espère que tes nouveaux parents t'ont donné tout ce dont tu avais besoin dans ta vie. Je suis sûre que oui. »

Je lâche un petit rire faux et un goût amer se répand dans ma bouche. La brune s'approche doucement de moi pour me rejoindre dans la cuisine ouverte.

– Continue… chuchote-t-elle.

– « J'ai essayé de grandir et de construire ma propre vie en pensant que j'avais fait le mieux pour toi. Je suis contente de savoir que tu ne m'en veux pas. À partir de maintenant, je préférerais que tu arrêtes de m'écrire car je ne souhaite pas renouer le contact, ce serait trop difficile pour moi. En ce qui me concerne, cette lettre sera la première et la dernière. J'espère que tu comprends. Prends soin de toi, Angela ».

J'ai réussi à aller au bout de la lettre mais je la lâche par terre comme si elle me brûlait les doigts. Je m'appuie sur le plan de travail de la cuisine et je sens Tillie se coller à moi dans mon dos.

– Ô, Arlo, je suis tellement désolée !

– Je le mérite, hein ? sifflé-je entre mes dents serrées.

– Elle ne sait pas quel fils extraordinaire elle perd.

Tillie noue ses mains autour de ma taille. Je bois un peu de bière fraîche et repose la bouteille sans la balancer à travers la pièce. Je me retourne pour prendre ma meuf dans mes bras.

– Il y a quelques mois, j'aurais cassé des trucs qui me passaient sous la main, je serais allé courir quinze bornes et ce soir, j'aurais probablement passé une heure ou deux dans un bar à me saouler jusqu'à trouver un connard à cogner ou une fille à ramener chez moi.

– Mais… ?

– Mais j'ai mes réponses, maintenant. Je sais que ma mère biologique ne s'est pas fait agresser, que personne ne l'a obligée à m'abandonner, que je ne suis pas l'enfant d'un drame. Je vais pouvoir vivre en paix avec ça. Et…

– Et quoi… ?

– Et je t'ai dans ma vie, maintenant, Tillie Sinclair. Et la famille que je me suis choisie, c'est Jay, c'est Virginia, c'est Colleen, c'est toi.

Ses yeux sombres brillent encore un peu plus fort et son menton se met à trembler.

– Je t'aime, Arlo, si tu savais. Je t'aimerai toujours. Et je veux bien être ta famille pour…

Je lui mets un doigt sur la bouche, puis je le remplace par la mienne que je colle à ses lèvres pulpeuses.

– Je ne veux pas de promesse, Till'. Juste qu'on s'aime tous les jours.

Et j'embrasse cette petite bombe en salopette que je vais enfin pouvoir déshabiller.

En foutant un coup de pied dans la lettre qui traîne par terre, je lui lance :

– Au fait, je t'ai dit que j'allais peut-être avoir une nièce ?

Et voilà qu'elle sautille à nouveau sur place en souriant jusqu'aux oreilles.

Bordel, que j'aime cette fille.

79

GO COLLEEN, GO !

Arlo

Le premier samedi de février, le stade de la San Diego State University est en effervescence. Les pom-pom girls épellent à l'infini le prénom de Colleen en exécutant des chorégraphies un peu débiles, la fanfare de la fac joue Muse mais c'est à peine reconnaissable, et tous les joueurs et joueuses portent un maillot de foot blanc avec un brassard noir triste à mourir.

Sur l'écran géant du stade, des photos de Colleen se succèdent, parfois sur le terrain, parfois dans le jardin de la maison de son enfance, parfois avec moi, ses parents, son frère et sa sœur, ses copines… Souvent dans des déguisements improbables et faisant des grimaces mémorables. Ils ont demandé à Tillie de leur donner des photos et c'est Jonah qui s'est chargé de la sélection.

L'affreux Jojo a bien fait son boulot.

Douglas et Sylvia Sinclair sont venus de Queen Creek pour assister au match – et m'ont même serré dans leurs bras, comme avant. Ils ne me regardent plus avec la mort au fond des yeux et ont l'air de me faire confiance à nouveau, en particulier pour prendre soin de leur Tillie.

Ma Tillie.

Jojo, lui, a préféré décliner : trop de monde, trop de bruit, trop d'émotions à prévoir.

Et c'est vrai que la foule n'a jamais été aussi serrée dans les gradins. Au coup d'envoi du match, j'aperçois Jay et Virginia déguisés en supporters des Aztecs, Kristan avec le maillot numéro sept appartenant à Colleen, Martha et sa mère bizarre, des tas de profs de la fac qui ne se sont jamais intéressés au foot jusque-là.

Et un flot infini d'étudiants vêtus des couleurs rouge et noire que ma meilleure amie aimait tant.

Après avoir écouté le discours chiant à mourir du doyen, toute la foule se tait pour une minute de silence émouvante et presque intolérable. Beaucoup de larmes coulent sur les visages que je connais. Je sèche les miennes en jetant un regard à Tillie assise au premier rang. Elle me sourit tristement et je donne le coup d'envoi du match.

J'ai décidé de jouer pour Colleen. C'était ce qu'elle préférait faire au monde, ce qu'on préférait faire ensemble. Et pendant une heure et demie, je me donne sur le terrain comme elle l'aurait fait. Je suis de toutes les actions, me jette sur tous les ballons, fais mordre la pelouse aux petits jeunes de première et de deuxième année qui se prennent pour les nouvelles stars de l'équipe.

Au micro du stade, Todd et Hector s'en donnent à cœur joie : mes deux meilleurs potes ne jouent pas aujourd'hui, ils commentent le match pour leur premier vrai boulot – non rémunéré – de journalistes sportifs.

Je me marre en les entendant me vanner indirectement, en pleine action :

– Et encore un tacle raté du numéro neuf. Beaucoup d'engagement de la part de ce joueur expérimenté… mais ce n'est pas toujours payant, malheureusement, ricane mon ancien coloc.

– C'est vrai que les pointes de vitesse de Sheridan ne sont plus tout à fait ce qu'elles étaient, enchérit Vargas avec un sourire dans la voix.

– Et buuuuuuut ! nouveau point marqué par l'ancienne star des Aztecs…

– Un but un peu offert par la gardienne adverse, il me semble, plus impressionnée par son charme que par son jeu !

– Ce qui porte à cinq-trois le score de cette rencontre. On n'aura pas vu de grands talents aujourd'hui, mais on aura au moins eu du spectacle !

Mon équipe perd le match mais au moment où l'arbitre siffle, Tillie déboule sur le terrain en courant. Je ne crois pas l'avoir déjà vue cavaler si vite, et tous les joueurs s'arrêtent et se tournent pour suivre sa course folle. Elle finit par me sauter dessus, enrouler ses jambes autour de ma taille, et ses bras autour de mon cou.

La bombe brune m'embrasse à pleine bouche au milieu du stade en délire.

– Qu'est-ce que tu fous, petite folle ? lui demandé-je quand elle me laisse enfin respirer.

– Je montre à tout le monde que t'es à moi, Arlo Sheridan.

Que je suis à toi et qu'on n'a plus aucune raison de se cacher.

– Je rêve ou même tes parents sont debout en train d'applaudir ?

Elle se tourne vers les gradins et tout un tas de visages familiers nous sourient, crient, dansent ou sifflent : Martha et toutes ses copines, Todd et Hector, qui agitent leur poing depuis la cabine du commentateur, Kristan, qui pleure à chaudes larmes, Jay et Virginia, qui s'embrassent langoureusement comme si c'était un putain de concours de romantisme.

Tous les autres scandent « *Go* Aztecs, *go* ! », et, sur l'écran géant, le visage de Colleen nous tire la langue de toutes ses forces.

80

AI SHITERU

Tillie

Salut sister,

Avec Arlo, on a validé notre année. Oui, tu peux le dire : c'est pas trop tôt.

Alors cet été, on a décidé de partir faire le tour du monde dont tu rêvais. On commence par le Japon et on s'est promis qu'on t'enverrait une carte postale à chaque pays visité.

On est partis avec pas grand-chose, on va devoir dormir dans des hôtels pourris et surtout à la belle étoile. C'est pas mon truc mais je sais que tu aurais adoré ça. Je vais essayer de survivre pour te faire honneur.

Tu nous manques.

Tillie

P.-S. : Kristan nous a remis des petits coquillages que

vous ramassiez toutes les deux, il paraît, pour qu'on les dissémine partout dans le monde, comme si tu y étais.

PP.-S. : Je ne savais pas que t'étais une telle loveuse. *J'en souris encore. Du coup, pour rattraper toutes les fois où j'aurais dû te le dire, j'ai décidé d'apprendre à écrire « je t'aime » dans toutes les langues. Juste pour toi.*

81

I MISS YOU

Arlo

Tu devineras jamais, ma vieille : pendant qu'on changeait de continent pour débarquer en Australie, ton frère a eu sa première meuf. C'est moi qu'il a appelé, pas Tillie, et elle en est encore verte de jalousie… La copine de Jojo s'appelle Christina, c'est la voisine d'en face et il dit que finalement, il aime bien ses petits seins. Je crois qu'il est surtout content d'avoir à seulement traverser la rue pour la voir.

En fait, s'il m'appelait moi, c'est pour me poser une question : il voulait savoir si c'était normal que sa meuf aille se brosser les dents chaque fois qu'il l'embrasse. En fait, elle est juste encore plus bizarre que lui. Mais Jojo dit que même ses TOC, il les adore.

Vous êtes vraiment des gros lovers, dans cette famille.

Arlo

P.-S. : pas mal, l'Australie… J'ai traîné ta sœur à un match de foot. Et je peux te dire que tu m'as manqué, numéro sept.

82

YA TIBIA LIOUBLIOU

Tillie

Hey, sis !

On vient de recevoir la bonne nouvelle : Jay et Virginia ont une fille ! Tous les trois, ils se sont mis d'accord pour changer son prénom et elle s'appelle désormais… Coco. « Jay Shay » ne peut vraiment rien faire comme tout le monde. Arlo sera le parrain, il ne se sent plus péter. Il lui a déjà acheté un maillot de foot en taille six ans, je ne m'en remets pas.

On a presque hâte de rentrer, juste pour rencontrer Coco.

Entre Arlo et ses parents, c'est toujours le statu quo… Mais je crois qu'il s'en fiche vraiment. Pareil pour sa mère biologique, il a tourné la page. Et il dit qu'on a bien assez des parents Sinclair à gérer : papa et maman nous appellent tous les jours pour prendre des nouvelles et s'assurer qu'on est prudents, qu'il nous reste assez d'argent, qu'Arlo s'occupe bien de moi et que je ne me fais pas de nouveaux tatouages. Ils sont mignons. Tu ne supporterais pas.

Tillie

P.-S. : j'aimerais tellement que tu sois là, avec nous, pour râler sur tout.

PP.-S. : t'as vu ? Je t'aime dans toutes les langues, même en russe.

83

WǑ XIǍNGNIÀN NǏ

Arlo

Putain de bordel de merde, Colleen, tu veux savoir la dernière ?

Hector Vargas se tape Martha, l'ex-mormone.

Et ils sont amoureux, ces fous furieux.

Franchement, je suis à deux doigts de plaquer ce tour du monde et de renoncer à la Chine, juste pour rentrer voir ça de mes yeux.

Arlo

P.-S. : ma petite nièce fait connerie sur connerie, elle n'écoute rien, fugue dans le jardin avec son petit baluchon et elle est en train de rendre fous Jay et Virginia. Je l'adore, cette gamine ! Et eux aussi…

PP.-S. : allez, avoue, tu t'es réincarnée en Coco, c'est ça ?

84

CHAN RAK KHUN

Tillie

Salut ma sœur,

J'ai eu longtemps Kristan au téléphone, aujourd'hui : elle a du mal à t'oublier et à décrocher de la drogue. Elle nous appelle à l'aide parfois et on essaie d'être là à chaque fois, même de loin. On va peut-être rentrer plus tôt si elle a trop besoin de nous.

Elle t'aime jusqu'au ciel, je crois, et rien que pour ça, on ne la lâchera pas.

Tes coquillages sont partout grâce à elle. Et toi toujours avec nous.

À Queen Creek, papa s'est remis à regarder le foot, c'est Jojo qui me l'a dit. Mais il n'a toujours pas repris le ketchup. Maman fait une petite déprime parce qu'elle ne voit plus jamais son fils, toujours fourré chez Christina.

Elle a menacé de prendre un autre corgi et de l'appeler « Reste ici ! ».

Moi, je commence à avoir le mal du pays. Et le mal de toi. Quand tu me manques trop, Arlo me raconte des choses que j'ignorais sur vous. Puis il met ses bras autour de moi et je me sens entière, à nouveau.

À 20 ans, on est capable d'aimer toute une vie, tu crois ?

J'ai décidé que oui.

Tillie

P.-S. : il ne le sait pas encore mais je me suis fait tatouer son prénom en alphabet thaï sur les côtes, juste sous le sein gauche. Oui, je sais, c'est la pire connerie qui soit. Mais tu l'aurais faite, toi. Et je sais que tu garderas mon secret.

ÉPILOGUE

Arlo

Je découvre son tatouage pendant qu'elle dort. Je la réveille tout doucement pour lui demander ce qui est écrit, elle murmure : « Arlo, quoi d'autre ? » et se rendort aussitôt avec un petit sourire aux lèvres. Moi, je ne peux plus fermer l'œil : je ne me lasse pas de regarder mon prénom gravé sur sa peau, sur ce corps chaud et ensorcelant qui fait des étincelles dès qu'il se frotte au mien.

C'est con, mais c'est la plus belle déclaration d'amour qu'elle pouvait me faire.

Il suffit que je regarde Tillie, que je pose mes yeux sur ses jambes nues, sur la courbe de ses seins, sur ses lèvres pulpeuses et entrouvertes pour avoir envie d'elle.

Et pour avoir envie de l'aimer toute ma putain de vie.

***

– Tu crois qu'on arrivera à rentrer un jour ? me demande-t-elle avec le regard brillant.

Ses beaux yeux sombres plongent loin en moi tandis qu'elle lèche sa glace d'un air gourmand.

– Pas si tu continues à m'allumer comme ça, Sinclair…

– J'espère que les glaces seront aussi bonnes au Sri Lanka.

Et elle me sourit en faisant exploser mon cœur. Elle sait parfaitement l'effet qu'elle me fait et j'adore que ça l'amuse. Et je crois qu'elle sait enfin qu'elle est la seule fille au monde à me faire ça, en dedans. À aimer à ce point la vie qu'elle arrive à me la rendre belle, sans réserve. À chasser tous les mauvais souvenirs pour s'en fabriquer de nouveaux, tous les deux. Plein de petits moments du genre futiles mais quand même indélébiles.

Assis sur la terrasse de notre hôtel flottant sur la rivière Kwaï, presque nus, les pieds dans l'eau, on profite de notre dernier jour en Thaïlande. Et on vit chaque heure, chaque minute comme s'il ne devait plus y en avoir d'autre.

Demain, un nouvel avion nous attend peut-être, si on le décide. Une nouvelle destination, une nouvelle étape dans cette échappée belle qui a révolutionné nos vies. D'autres jours lumineux à suivre la route du soleil, d'autres nuits brûlantes à fusionner nos corps.

– Tillie ?

– Hmm ?

– On est d'accord, ce tatouage, ça veut dire que tu m'appartiens corps et âme ?

Ouais. Cette fille a fait de moi un putain de *lover*.

Dans un sourire qui pétille, elle se marre et vient asseoir son joli petit cul à califourchon sur moi.

– Arlo Sheridan, tu paries que tu ne voudras plus que moi jusqu'à la fin de tes jours ?

Elle murmure ces mots à mon oreille, puis fait lentement

glisser sa glace à la noix de coco sur mes lèvres… avant de venir les goûter.

Et je la crois, bordel.

Elle et moi, ça ne s'explique pas. C'est comme ça. On franchit des murs, on teste nos limites, on les dépasse à chaque fois, on se guérit de nos passés, on s'aime à en crever…

Et pourtant, elle et moi, on est vivants, bien vivants. Plus qu'on ne l'a jamais été.

Fin

Petit catalogue d'Emma Green à l'usage des nouveaux lecteurs !

Les romans « one shot »
Cent facettes de Mr Diamonds
Fallait pas me chercher !
Bliss. Le faux journal d'une vraie romantique
(Im)parfait
It's Raining Love !
The Boy Next Room
Recherche coloc : emmerdeurs, râleurs, lovers... s'abstenir !
10 bonnes raisons de te détester !
Just 17
Love & Lies on Campus

Les séries
• Les *Toi + Moi*
Seuls contre tous raconte les années campus d'Alma et Vadim, *L'un contre l'autre* et *Envers et contre tout* les années adultes. *Seuls contre tous* peut se lire indépendamment des deux autres volumes.
Seuls contre tous (1/3)
L'un contre l'autre (2/3)
Envers et contre tout (3/3)
• Les *Jeux*
La série des *Jeux* est divisée en deux saisons : la première centrée sur le couple de Liv et Tristan, et la seconde qui raconte l'histoire de June et Harry.

Vous pouvez ne lire qu'un tome, les quatre, seulement les deux premiers ou seulement les deux derniers !

Saison 1

Jeux interdits (1/2)

Jeux insolents (2/2)

Saison 2

Jeux imprudents (1/2)

Une toute dernière fois (2/2)

Les romans qui peuvent se lire seuls ou avec spin-off

Ces livres-ci peuvent se lire indépendamment, ce ne sont pas des suites mais des spin-off, des romans compagnons. On retrouve des personnages récurrents d'un volume à l'autre, mais les héros changent à chaque fois.

• Les *Call Me*

Call Me Baby (Sidonie & Emmett)

Call Me Bitch (Joe & Jude)

• Les *Love & Kiss*

Love Me if You Can (Adèle & Damon)

Kiss Me if You Can (Violette & Blake)

• *Corps, Cœurs & Âmes*

Corps impatients (Thelma & Finn)

Cœurs insoumis (Solveig & Dante)

Âmes indociles (Calliopé & Lennon)

• *Strange & Strong*

PS : Oublie-moi ! (Léo & Wolf)

Bien plus forte que toi ! (Willa & Rio)

addictives

Romans déjà parus

Rose Becker
Le Bébé, mon milliardaire et moi (aussi en poche)
Torride, sexy & dangereux
Forever You – saisons 1 et 2
Dangerous

Phoebe Campbell
Tes ordres sont mes désirs – poche
Lui résister… ou pas – l'intégrale
You Again
Single Daddy. Try Me if You Can

Mia Carre
Bad for You
Teach Me Everything
Charmant connard !

Mélodie Chavin
Campus Rules
Fucking Wedding

Olivia Dean
À lui, corps et âme – volumes 1 et 2 – poche

Emma Green
Toi + Moi : L'un contre l'autre (aussi en poche)
Toi + Moi : Envers et contre tout (aussi en poche)
Toi + Moi : Seuls contre tous (aussi en poche)
Call Me Baby – volumes 1 et 2
Call Me Bitch
Love Me if You Can
Kiss Me if You Can
Bliss. Le faux journal d'une vraie romantique – volumes 1 et 2
Jeux interdits
Jeux insolents
Jeux imprudents
Une toute dernière fois
Fallait pas me chercher ! – volumes 1 et 2

Corps impatients (aussi en poche)
Cœurs insoumis (aussi en poche)
Âmes indociles (aussi en poche)
Cent facettes de Mr Diamonds – l'intégrale
Bliss. Le faux journal d'une vraie romantique – l'intégrale
(Im)parfait
Love Me if You Can – l'intégrale
Kiss Me if You Can – l'intégrale
It's Raining Love!
The Boy Next Room
Call Me Baby – l'intégrale
Call Me Bitch – l'intégrale
PS: Oublie-moi!
Fallait pas me chercher! – l'intégrale
Recherche coloc: emmerdeurs, râleurs, lovers… s'abstenir!
10 bonnes raisons de te détester!
Just 17
Love & Lies on Campus
Bien plus forte que toi!

Kim Grey
Insolent Bastard

Megan Harold
Sublime-moi! – poche
Breaking the Rules
Initiation with My Boss

Amy Hopper
Gone Boy
Le Coloc

Julie Huleux
Alpha Player

Charlie Lazlo
Mon insupportable boss

Sienna Lloyd
Mords-moi!

Caroline Mongas
Mariage forcé. Un contrat indécent

June Moore
Étreinte – volumes 1 à 3

Zoé Murat
Stepbrother Love
Boss Me Around

Clara Oz
Arrogant

Lise Robin
Infiltrée. Sex, Drugs & Danger
Love Scandal
Forbidden Stepbrother – poche

Gaëlle Sage
Kiss, Kill & Ride

Ana Scott
Dark Ride
Last Ride
Vicious Ride
The Dominant
Evil Ride
Sensual Stepbrother

Camilla Simon
Le voisin parfait est un enfoiré
Initiation with My Enemy

Ève Souliac
Sexy Mistake

Liv Stone
Love Lessons

Lisa Swann
Adore-moi ! – l'intégrale

Louise Valmont
Toi & moi, c'est compliqué !
Campus Initiation

Chloe Wilkox
Extreme Lover – l'intégrale
Immoral
Your Game, My Rules – poche
Dominant Boss. Apprends-moi
The Virgin's Price

Luv

Romans déjà parus

Ana K. Anderson
Indompté
Scottish Bastard

Sophie Auger
Be with Me

Sonia Birdy
L'Initiation
Touchdown. Campus Star

Laura Black
Dark Initiation
Games of Desire
H.A.R.D. Hot, Arrogant, Rebelle, Déterminé
Sulfurous Bad Boy

Margot D. Bortoli
Too Young

Juliette Brunel
Delicious

Anne Cantore
Promets-moi. Louise et Marco

Sarina Cassint
Avec toi… peut-être
Insolent Boss

Mary Ann Davis
Coach Me Love

Nora Davy
Don't Resist

Gwen Delmas
Noël, toi & moi
Perfect Boss
Sex Friends. Pas de contraintes, que du plaisir !

Cléa Dorian & Ninon Vars
Dark Love

Laurie Eschard
Love Naked

Lil Evans
Savage Rider
Crash & Burn
Boss Affair

Lou Everly
Bad Boy Crush – poche

Lou Garance
Can You Keep a Secret?

Alexandra Gonzalez
Shades of You

Erin Graham
Teach Me Love
The Boss
Secret Stepbrother
Strong Addiction
Coloc avec mon boss

Joh Harper
Crazy Love

Marie Hayle
Under Control

Emma S. James
Under the Rain

Iris Julliard
Catch & Shoot

Lucie F. June
Fight with Darkness

Sara June
Rider in the Dark
Sexy Wild Rider

Lena Jung
Mon coloc, mes désirs & moi

Emily Jurius
Love to Hate You

Allie Krown
High School Challenge

Pauline Libersart
Tiger. Entre ses griffes

Nina Loren
Breaking the Ice

Ella Lores
Mariée par accident à un connard arrogant rencontré la veille…

Jessica Lumbroso
Emma X. Secrète et insoumise

Mila Marelli
Dark Man in Love
Crazy Wedding

Mag Maury
Fast Games
No Love, No Limits
My Hipster Christmas

Alix Parks
Never Kiss the Boss

Jeanne Pears
Insupportable coloc
Colocs & Sex Friends
H.O.T. Hypnotique, Obstiné, Ténébreux

Alexia Perkins
Arrogant Fake Lover

Sophie S. Pierucci
L'Inconnu de l'ascenseur & Moi (aussi en poche)
My Stepbrother. L'initiation
Deep & Dark – poche

Silvia Reed
Darkest. La dernière heure
Too Close

Anita Rigins
No Rules
My Rules

Avril Rose
Coffee, Sex & Law

Jana Rouze
Effet de vague – saisons 1, 2 et 3

Wendy Roy
Une seule fois (ou presque)

Ana Scott
À corps brisés

Léana Soal
Fight & Hope

Cara Solak
Perfect Obsession

Liv Stone
Initie-moi. Mes jours contre tes nuits

Lena K. Summers
Perfect Bad Boy

Kaly Swann
Austin. Breathe with Me

Alexane Tolley
The Boss Rules – poche

Lily Tortay
Dance for Me

Flore Valier
Ta peau contre la mienne

Anna Wendell
Arrogant Bad Boy
Apprends-moi le désir
Colosse. Le maître du jeu

Mina Zadig
Just Sex & Tattoos

Can You Keep a Secret?
Lou Garance

Il est son connard de demi-frère. Et il va la rendre folle…

Depuis des années, Jayden ne revient au domicile familial qu'en de rares occasions, et ça convient très bien à Ambre. Moins elle voit son insupportable demi-frère, mieux elle se porte ! Alors, quand elle apprend que Jayden-le-connard s'est fait virer de sa fac et qu'il est de retour à San Francisco, elle se prépare à vivre un été cauchemardesque. Jayden s'est toujours montré froid et méprisant avec elle, et ça n'a pas l'air d'avoir changé. Mais désormais, elle le découvre aussi viril, fascinant, terriblement sexy…
Et si leur été devenait tout à coup bien plus intéressant ?

Auteure : Emma Green

Edisource – Éditions Addictives
100, rue Petit, 75019 Paris
Imprimé par FINIDR – Lipova cp. 1965 – 73701 Cesky Tesin,
République tchèque
Dépôt légal : février 2021 – Achevé d'imprimer : décembre 2020
Réimprimé en avril 2021, septembre 2021 et juillet 2022
ISBN : 978-2-37126-403-8
Réf. contrats : ZRLO_001, ZRLO_002, ZRLO_003